THE CONCISE GUIDE TO

SELF-SUFFICIENCY

自给自足生活简明指南

[英] 约翰·西摩、[英] 威尔·萨瑟兰著，王小可译

DK

Penguin
Random
House

图书在版编目（C I P）数据

自给自足生活简明指南 /（英）西摩 (Seymour,J.)，（英）萨瑟兰 (Sutherland,W.) 著 ; 王小可译 . -- 天津 : 百花文艺出版社 , 2016.1（2024.3 重印）

ISBN 978-7-5306-6663-0

Ⅰ . ①自… Ⅱ . ①西…②萨…③王… Ⅲ . ①生活 - 知识Ⅳ . ① TS976.3

中国版本图书馆 CIP 数据核字 (2015) 第 306712 号

Original Title: The Concise Guide To Self-Sufficiency

天津市版权局著作权合同登记章图字 02-2014-319

自给自足生活简明指南

ZIJIZIZU SHENGHUO JIANMING ZHINAN

[英]约翰 · 西摩、[英]威尔 · 萨瑟兰　著　　王小可　译

出 版 人：薛印胜　　**策 划 人：**张　雪
责任编辑：张　雪　　**封面设计：**蔡露滋
出版发行：百花文艺出版社
地址：天津市和平区西康路 35 号　　**邮编：**300051
电话传真：+86-22-23332651（发行部）
+86-22-23332656（总编室）
+86-22-23332478（邮购部）
主页：http://www.baihuawenyi.com
印刷：北京中科印刷有限公司
开本：880 × 720 毫米　　**印张：**16
页数：256 页　　**字数：**240，000 字
版次：2016 年 3 月第 1 版
印次：2024 年 3 月第 6 次印刷
定价：118.00 元

www.dk.com

目　录

第 3 章　牲畜养殖与野生食材

第 4 章　厨房里的故事

第 5 章　能源与垃圾

第 6 章　工艺与技术

第 7 章　总结与补充说明

简明版前言

亲爱的读者，衷心感谢您选读此书。对于本书作者约翰·西摩之名，相信您早已熟知于心。或许有朋友向您谈起过他的自给自足系列书籍，或许您只是在书店、图书馆或网上浏览过他的著作封面。多半是“自给自足”这一概念勾起了您的好奇心，因为您一直没有放弃追问，那些关于桃源仙境的昔日梦想，能否成为现实?

正因如此，我很高兴多林·金德斯利出版公司决定推出《自给自足生活全书》的简明版本。为了方便那些工作繁忙，或环境条件不允许实践全部指南的读者，我们特意挑选了原书中具有实用价值的重点章节，无论您生活在城镇还是乡村，均可照此改变自己的生活方式。毕竟对我们大多数人来说，要在乡下有块地，养头牛，都不是那么现实的愿景，然而，倘使别出心裁，平凡的生活也可以与众不同。我们希望本书能带您走入这样的生活。

初见约翰·西摩先生是 1991 年，那个时候，整个社会都弥漫着消费主义的气息，而他那淳朴的教学方法和积极的生活态度，恰如一盏理性的明灯。在爱尔兰，约翰与他的合伙人安吉拉·爱什齐心协力、努力工作了 20 年。他们的工作成果是，建起了一个像家一样温暖的基洛文小农场。1992 年，他们开办了一所学校，来推广自给自足生活方式。次年，我辞去了伦敦的工作，慕名前去求学。现在，我和安吉拉已经结为夫妻，并且将这所学校一直经营至今。在 2002 年，我有幸协助约翰对初版《自给自足生活全书》进行更新和补充。我要感谢多林·金德斯利出版公司，由于他们卓越的出版推广能力，《全书》每年的销量都高达数万册。

约翰·西摩的遗产

约翰逝于 2004 年，享年 90 岁。在他漫长而多彩的一生中，他总是独辟蹊径，坚持自己简明的理念。约翰从来不想当什么“精神导师”，也不想对别人的行为指手画脚。他只是尽其所能，将许多古老的实用技巧保留和传播下去。在地球上，过去的无数个世纪里，这些技巧曾使人们吃穿无忧，安享生活乐趣。更重要的是，他为我们树立了一个榜样，告诉我们即使没有跑车，没有等离子电视，没有那些只供一次性使用的小玩意儿，人们照样可以过好自己的生活。

移居爱尔兰后，我有幸与超过一千名学生，与立志过自给自足生活的人们分享约翰的愿景，教授与经营小型农场相关的各种课程。前来参观的人们来自社会各个阶层，包括银行职员、教师、警察、公务员、高管、个体商人、医生，以及许多刚刚毕业的志向远大的年轻人。

这些“学生们”的共同点在于按照一般标准，他们在事业上都极为成功。他们当年冲进这个充满竞争的社会，奋勇拼搏，并以胜利者的姿态脱颖而出。然而恰恰在这个成为胜利者的过程中，他们发现了自己生活中的缺憾，这些缺憾是事业与金钱都不能弥补的。他们选择跟从约翰·西摩的引导，迈出了弥补缺憾的第一步。那么，他们找到弥补缺憾的方法了吗？还是让事实来回答吧：《自给自足生活全书》自1976年问世以来至今，一直受到读者欢迎，销量逐年攀升。

约翰对于小型农场经营的不懈坚持

我们的各种课程，以及约翰·西摩自己的著作和理念，产生了持续而广泛的影响。经过与约翰，以及其他同道中人协力劳作，我明白了四个关键的事实。

·人各有所需，各有所长。有人钟情园艺，有人喜欢建筑，有人爱好饲养，有人醉心编织。但除非身体力行，很少有人真正懂得这个道理。

·人们对自然界存在很大误解。自然界绝对不是卡通片里充满了秩序和美的天堂，而是生生不息，弱肉强食的巨大熔炉。作为人类，只要我们够聪明，就可以插手自然万物，推动它们朝有益的方向发展。但在现实中，整齐规划的菜园是持续处于动态平衡之中的——自然是宽大为怀的，但她同时也是一名冷酷的监工，对那些软弱、无知、优柔寡断的人没有丝毫怜悯。

·我已经看到竞争激烈的现代世界是如何训练我们的。它使我们所有人都变得像业务顾问们所鼓吹的那样功利。我们按照设定好的目标工作，并努力实现它们。这样一来，我们仅仅在达成目标以后才能得到满足感，却浑然忘记满足感可以来自也应该来自“工作”本身。如果你正在翻耕面积超过半英亩（约2000平方米）的花园土地，或者挖掘成吨的牛粪，在这种工作中获得满足感是很重要的。关于这一点，我永远忘不了自己学到的第一堂课。那时我刚离开剑桥大学，找到第一份工作：农场学徒。“把这根钢筋混凝土大梁切成3段，用这把锤子和这把凿子！”这个工作花了我3天时间，几根手指被砸得又青又肿，我深切地体会到“欲速则不达”这句谚语的涵义。自从那时起，我便追随约翰·西摩的足迹，不慌不忙地工作。最重要的一点，是我们要明白，所谓“千里之行，始于足下”。哪怕在本书谈到的所有事情中，你只能做到其中一件，你都可以把它当成是一种成功。只要开始践行第一步，你的前途就无可限量。现在，让我们为约翰·西摩欢呼3次，向多林·金德斯利出版公司的全体员工表示感谢，并对你们——亲爱的读者——致以最诚挚的祝福。

威尔·萨瑟兰

基洛文农场，爱尔兰

自给自足的现代田园生活

作为约翰和萨丽·西摩的女儿，我自幼年便开始了自给自足的生活。我能够体会到这本《自给自足生活简明指南》中所倾注的心血和时间，同时也为父亲的这本著作始终畅销感到非常高兴。

孩童时期，我们要参与许多日常工作，这些工作都是自给自足家庭生活的组成部分。我们照料牲畜，挤牛奶，帮忙制作黄油和奶酪。

我们和身边的成年人一样辛勤工作，剪羊毛，割干草，也干各种收割与储藏的活计。我们确实也会发牢骚，因为必须先干完活才能做家庭作业，有时不得不连夜把作业赶完。不过在我们心中对此从不曾有质疑，因为我们知道这才是正确的生活方式。

我们家吸引了很多兴致勃勃自愿前来学习和体验这种生活的人。我们热烈欢迎这些人的到来，劲头不下于我们对工作的热情。只要有几个人，有半桶啤酒，干完一天的工作，我们就会举办派对。我儿时印象最深的就是这些场景。我尤其记得父亲那时的样子，他嗓门响亮、和蔼可亲、热情好客。他豪爽的待客方式，让每个人都感到自己受到欢迎、不可或缺，情不自禁地放歌起舞、讲述故事。正是这本书，让我回想起了那段珍贵而愉快的时光。

因为我父亲约翰和我母亲萨丽的哲学理念，因为他们健全而实用的生活方式，我们一手创建的这个狂躁而空虚的社会，才拥有了意义。一个重要的事实是，我们逐渐意识到自己对这颗星球所造成的危害正愈演愈烈。约翰和萨丽用来经营婚姻的，是多年的技能与经验。这对他们彼此来说，都是完美的赠礼。约翰从事过各种农务工作，萨丽也与这种生活方式有着天然的亲和力。她做事踏实，天性敏锐，面对多如牛毛的困难，她顽强拼搏，不予克服誓不罢休。同时，她也是心灵手巧的美术家和陶艺家，并且和约翰一起撰写了大量带有插图的书籍。他们是完美的搭档，直到约翰去世。

《自给自足生活全书》于 1976 年第一次出版。出版事业是我父亲与当时还处于起步阶段的多林·金德斯利公司合作的成果，也得益于我母亲的大力支持。我父亲认为自己的理念是值得分享的，而多林·金德斯利公司提供了将其推而广之的机会。那次出版也是多年艰辛劳作与不断尝试的成果，记载了欢笑与喜庆的点点滴滴，如实再现了父母二人健康幸福的生活。

我父亲约翰不仅是一位知识渊博，生活阅历丰富的作家，更是一个能为大家带来热情和希望的人。他让人们有勇气相信，自己能够改变生活中不好的方面，摆脱传统的桎梏。他的文笔充满谐趣，能够在某种程度上直达人心。他这样的人，能够适应任何环境，能够同任何人交谈，无论贵贱贫富，他都能找到与对方的共同点。他的经验对每个人都是适用的。
生命中最后几年时光，约翰与家人一起在他钟爱的威尔士农场度过。正是在那里，他完成了本书的写作。萨丽陪他走过了最后一个夏天。他们坐在阳光里，喝着前些年酿制的橡叶酒，萨丽从他记载自己早年生活的书中选取片段，读给他听，一起重温旧梦。2004 年 9 月，父亲在绕膝的儿孙中间离开。我们将他安葬在他亲手植下的树林中——他生前选好的永眠之地。从那里，他可以远眺我们的卡宁里山，以及爱尔兰海的一角。
他从不认为自己是个圣人，但是我们都深爱着他，爱他传授的那些简单却不朽的人生哲理。这些哲理使我们获益，并惠及众人。透过这本实用指南的书页，我们仍能听到他清晰响亮的话语。他对生命中重要的事物倾注了热情，他的言语简洁有力，告诫我们要善待地球，尊重其他生灵，而要做到这一点，就必须过一种愉悦健康，努力创新的生活。还有，别忘了，要为我们劳作的收获，为世界之美而庆贺。

安妮 · 西尔斯

2002年版前言

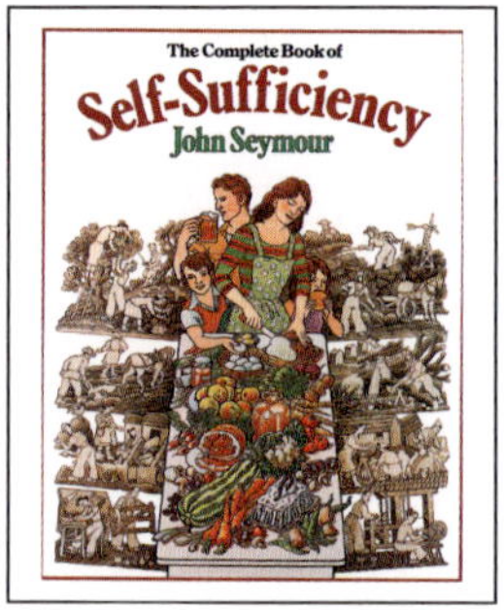

《自给自足全书》1976年在英国首次出版时的封面。

三十多年前，在我一点微不足道的协助之下，多林·金德斯利公司首次出版了《自给自足生活全书》。本书已经多次再版，在新的千年来临之际，又继续生龙活虎地登场了！经过各种包装改版，拥有多达二十种语言的译本，我的书得到了广泛传播，被更多人所了解。从我写这本书到现在，我游历了数十个国家，足迹遍布四个大洲，每到一国，人们都会拿着书来找我签名。每当我看到介绍酿酒的书页染上了酒渍，介绍园艺的书页沾上了质朴的泥土，就知道人们在践行着我的指导，这让我开心极了。为了这个新千年的版本，我做了多次修改，但是我那些千锤百炼的技术秘诀，可一丁点也没有改动。

说真的，我自打写这本书的第一个版本起，就觉得城市和乡村的居民都一样，越来越走向幻灭。所以当务之急，是要好好反思我们的生活方式。到今天，绝大多数人都能明白这个道理：当今人类所走的道路是不可持续的。我们正在疯狂、不顾后果地将地球上储量丰富的煤炭燃烧殆尽，从而以可怕的速度改变大气环境，改变全球气候。我们完全依赖于唾手可得的矿物燃料，因此一旦供应中断，就会造成灾难。这幅场面哪怕只是想象一下，都会引发冲突。想想看，燃料如果耗尽，我们该怎样满足大型城市的需求！现在迫切需要做的，是纠正全球贸易严重不均衡的现状，推出一个燃料需求低、污染少、危险系数小、不偏不倚的新方案。

大多数的西方人对此都心知肚明，但是，他们担心这样做会降低他们的生活质量。好啦，这本书恰恰就是要告诉大家，生活质量不会降低。不掠夺这个星球的资源，我们也可以生活得很好，千真万确！由于市场的盲目运作，我们放任自己随波逐流。但我们自己并不盲目，所以，现在就必须开始运用我们良好的判断力，将糟糕的旧方案重塑成我们理想的样子。正如当年欧玛尔·海亚姆（欧玛尔·海亚姆，波斯中世纪诗人、天文学家、数学家。其诗集《鲁拜集》于19世纪由英国人菲茨杰拉德译为英文，从此风靡全球，成为西方主流文学界所推崇的不朽名著。）所说的那样。

放任自己，依赖于由贪心的商人所创造出来的物质生活，绝对是件疯狂的事。是时候停止索取那些我们不需要的东西了，只有这样我们才能活的更加简单、更加快乐。舒适的家、本土的食物、合身的衣服、耐用的房屋、真正的文化——这些才是重要的东西。要实现这一切，只有靠我们自己，我们普通大众，去抵制那些正在毁灭地球的跨国公司，去创造一个新的时代——让治愈的时代，代替掠夺的时代。

“这本书中所提及的大都是我已经亲身实践过的工序，尽管有的做得还不够完美。

我要感谢两位自给自足生活之路的同行者——威尔·萨瑟兰和安吉拉·爱什对我无微不至的帮助。在这条路上，他们与我同甘共苦，还跟我共同在爱尔兰创办了一所传授此道的学校。这所学校非常欢迎所有正直的男人、女人和小孩，只要付得起学费就行，哈哈！

从我写出本书的第一版到现在，我又学会了很多东西（当然，只要有口气在，学习的脚步就不会停止）。我总是试着过一种完全自给自足的现代田园生活。这本书中所提及的大都是我已经亲身实践过的工序，尽管有的做得还不够完美。我曾做过很多工作，刚开始我对它们都一无所知，但到最后总能获得成功，而且丰富了自己的知识。

那么我会劝大家遵循这样的生活方式吗？不，我不会劝别人做任何事。本书的目的不是要为别人的生活设定条条框框，而是要为那些已经做出决定的人提供帮助。这是适合我自己的生活方式：它让我保持拼搏的状态，让我年届 88 岁还能保持部分理智，也让我懂得不去伤害我们可怜的星球。

我会将下面这个明智的劝诫传承下去：做事不可急于求成。有机的生活方式和有机的发展进程总是缓慢而平稳的。我也想把这句格言送给大家：“我只是一个普通人，我只能做别人能做的事。但是，只要别人能做到，我也能做到！”大家来翻耕土地吧！挖土比成天挖空心思挣钱要快乐得多！

约翰·西摩

导言

当今生活中，我们对太多的事情习以为常。很少有人真正记得，为什么那么多所谓的古代高等文明，就这样消失了。我大学一毕业就去了非洲，在那里逛荡了6年。在南非的高地草原,我骑马驰骋,照管羊群。在纳米布沙漠边缘的纳米比亚，我经营过一个牧羊场，也猎杀过雄鹿与狮子。我花了1年时间在深海捕鱼，又到现在称为赞比亚的地区，在铜矿里工作了6个月。之后2年里，我游遍非洲中部，推销当地牲畜。

在非洲，我最好的朋友之一，是一位仿佛来自旧石器时代的人。他的真实姓名由一长串噼里啪啦的音节组成，我根本不知道怎么发音，只好管他叫约瑟夫。他居住在纳米布沙漠的丛林地带，却被一名农场主抓住，被迫在那里工作，因此懂得南非荷兰语。我会讲些开普荷兰语，所以可以跟他交流。

我经常和约瑟夫一起去打猎。那时他会把羊群交由他妻子看管，然后我们就一起去丛林中搜寻大羚羊。约瑟夫懂得用特别的窍门来寻找大羚羊。在他与我熟络之后，就叫我把步枪收起来，然后就见他把手伸进荆棘丛里，从中拽出一个矛头。他会用灌木削一根矛柄，把矛头安上去，然后我们会带着三只狗把一头羚羊赶到湖边，约瑟夫用矛将它刺死。

不久之后，约瑟夫会带我走远路去拜访他的族人。他们住在非洲偏远荒凉的地方，却仍然生活得很好。他们埋伏在水源附近，用涂有毒液的细小箭头来射杀猎物。他们将羚羊的胃剖开，饮用里面的水分——我也学会了这一招。有时他们会去找一种不起眼的蔓生植物，顺着藤向下挖，会挖到一团像足球那么大的，水淋淋的块根，从中吸取汁液。虽然汁液的味道不敢恭维，但在靠它救命的时候，你肯定会喜欢的。

这些人跟咱们不太一样，我大概也明白这一点。他们一夜可以步行40英里（65公里），有着无限的耐心去等待猎物。在当地恶劣的气候条件下，生活十分困难，但是大多数夜晚，他们都会围着篝火跳舞、唱歌和讲故事。他们习惯周围的自然世界，熟知这里的每一种生物。他们从未觉得自己在自然界中是特殊的，也从未感到与自然疏离。

我之所以讲述这些，是因为我想指出，当人类开始农耕活动之后，生活方式发生了巨大改变。在一万到一万两千年前，人们才突然发现自己可以种植庄稼，同样重要的是，还发现自己可以驯养动物。但是只有在少部分的地区（大部分都是肥沃的河谷地带），自然条件允许人们年复一年地进行农业活动，进而建造城市。历史表明，很少有文明拥有足够的智

慧与力量，能够延续上千年之久。大多数文明要么耗尽了土壤的肥力，要么被更野蛮的邻居征服。
到现在，我们依次经历过了农业革命、工业革命、科技革命、信息革命和互联网革命，所有这些革命都曾给生活带来极大的改变。然而，物质上受益的人总是那些掌握或接近权力的人，他们只是极少数，其他大多数人依然贫困潦倒。
地球上的大多数人被迫在贫苦的城市中从事繁重的工作，他们薪水微薄，还要唯那些跨国公司马首是瞻。如今的农民和农场工人要么挨饿，要么被迫采取那些他们明知道会污染土地的耕种方法。整个地球的土壤都在受到机器耕作的侵蚀，渐渐被化学物质玷污，可耕土地日益减少。我们造就的这些生活方式既不可持续，也不使人愉快。但我们个人可以在生活中做出许多简单的改变，来改变这一切。如果我们够聪明，我们就会赶在末日到来之前，提前做出调整。我不要求你们盲目地听从我的建议，只是希望你们在思考未来的时候，对这些建议加以考虑。

能源

有一天，我受邀参加一个关于能源的公共研讨会，有位核能工业的公关人员也在场。他向我们展示了一张骇人的图表，上面标示着从1800年到现在的世界能源消耗情况。在图表上，世界能源消耗量从最初的零开始，不断加速上升，最后几乎成了一条垂直的直线。他没注意到的，那条线笔直地指向上方的“出口”标志：消耗能源的结果最终将是人类出局！这年头，只要稍微想一想就会知道，按照21世纪西方人理想中的能源消耗水平，全世界所有人最后都会完蛋。

几千年来，人类赖以生存的资源，只不过是肌肉的力量和火焰产生的热量。而在我出生的 1914 年，随着人们掌握了石油的开采方式，情况开始发生巨大的变化。如今，我们向大气中释放了太多的二氧化碳，没有人能够预测其后果。但是你们可能会问，我不乘电梯而是爬楼梯，或者将暖气调低几度，又或者不开车而是骑自行车，对我又有什么好处呢？我不能得到实质性的利益，没有人会因为我的公益活动，因为我保护了大家共同享有的陆地和海洋，而付钱给我。这就是自私所造成的悲剧——没有人会为了保持海洋和空气的洁净而付费。

但是，就算我只能掌控我自己的行为，那也并非毫无意义。我的所作所为或许对整个世界微不足道，对我自己却至关重要。幸运的是，有一招能帮助我们在节能方面取得进步——少用工业产品，自己动手干活。这样做不但对地球有好处，也会让我们更健康。

当然也有其他多种清洁能源。可供选择的 3 种常见能源是太阳能、风能和水能，通过现代技术，它们越来越容易被利用。我认为有计划的植树和矮林作业是聚集太阳能的最好方式之一。还有别忘了，节约能源可以省下购买能源的钱。通常情况下，购买节能装置，要远比使用能耗率较高的装置划算得多。

交通

我们每个人都非常“本土化”，除非你是游牧民族的一分子。我们都住在某一个地方，对我们来说，在本土发生的事，远比在巴黎、伦敦、东京、华盛顿等大都市发生的事来得重要。如果有一天，我们能把世界缩小到本土规模，并由本土社区来进行决策，那么现在存在的很多问题都将迎刃而解。接下来，我将对两个村庄进行比较，从而解释我对“本土”所下的定义。我选取克里特岛为例，这大概是个具有普遍意义的例子。

第一个村庄位于群山高处，就在宙斯出生的山洞的南边。通往这个村庄的，只有一条坑坑洼洼、不宜行车的崎岖小路。每周会有一个人开着辆笨重的卡车，驶过崎岖的山路，从海边的小鱼港把一批鱼运到村里。村民则向外出售绵羊，换取现金来买鱼。就我所见，这是村庄与山外唯一的联系。

除了这种简单的商品交换，山村在其他方面都自给自足。有许多狭长的梯田用于种植小麦、葡萄和橄榄树。有一座榨油作坊，可自产橄榄油。有大量的坚果树，有成排的柠檬树，有无花果树和其他各种果树。有蜂巢提供蜂蜜，羊群提供肉食。山村里的房屋，简朴美观，适宜在山里的气候条件下安居。女人们缝制衣物。相邻的村子里面，一个村里有人能制造织布机，另一个村里有人会做靴子，第三个村里有人会锻造刀具。你可能会问，有什么文化活动吗？有啊，村民们常常唱歌跳舞，演奏音乐。村里藏书不多，但只要有人想读，总能买得到。村民们不用上税，全村只有一个警察。他们有自己的法律，人人遵纪守法。

我要谈的另一个村庄也在克里特岛，地势要低一些，有条相对好点的路。这样的环境使村民容易与城市联系，但同时也容易遭到城市生活的侵扰。城市的资金涌入，买走了这片土地上的许多东西。老树被连根拔起，葡萄园被铲平，改种能快速生长的油橄榄，用收获的果实进行现金交易。事到如今，村民们不得不掏钱购买原本自家出产的橄榄油，被迫卷入到市场经济之中。各色商人鱼贯而入，村里还开了一个小型超市。

一转眼间，村民们发现，有那么多原来不需要的商品，如今却成了必需之物。村里有了电视，带来了惑人心神的影像。村子里的年轻人不再唱歌跳舞，而是爱上了西方的流行音乐，还有可口可乐。那条“好”路，看似通向自由，其实却是一条使青年们走向悲伤，成为金钱的奴隶，欲望永无止境的不归之路。

工作

我过去认识一位老太太，独居在英格兰赫里福德郡的金色山谷，她是我见过最幸福的老妇人之一。她向我描述了在她小的时候，她和母亲要做的所有活计：周一洗衣服，周二做黄油，周三销售……我对她说，这些工作听上去很繁重。

“对啊，但那时候吧，没人告诉过我们。”她用赫里福德郡的口音说道。

“告诉你们什么？”

“告诉我们，好好工作有什么不对！”

今天，人们觉得“工作”这个词相当讨厌，大多数人想尽一切办法来摆脱工作。如果我们说某种发明能够节省劳力，那简直是最高的赞誉，但对于视工作为享受的人来说，却完全不是这么回事。我整天赶着一大群套好的马耕地，当一天的工作结束时，我反而会感到难过！

这本书的主题是改变我们的生活方式，而我知道这种改变将

> 这本书的主题是改变我们的生活方式，而我知道这种改变将充满困难。

充满困难。年轻的夫妇要还房贷，每个月上下班都要花大笔车费，还中了透支信用卡的圈套，债务累累。他们是没有多少自由来选择工作的。但是，我们为什么要让自己陷入如此糟糕的境地呢？

当下现实是，我们做牛做马，养肥了银行，可是凭什么？工作本为自己获利，这本身未必有什么错，但是当“获利”变成了我们生活的主要动力，恶性循环就开始了。在我奉行自给自足生活的这些年，我遇到过成百上千来自世界各国的人，他们都想要摆脱大城市的传统工作，搬到乡下生活。几乎他们所有人都找到了良好、诚信而有效的方式，得以自谋生计。一些人很有钱，也有一些人很穷，但就那些真正有意义的事来说，他们都是非常富有的。他们才是未来的主人。只要没有欠债，他们就能活得非常幸福。

家

真正的家应该是这样一个地方：它集热情好客、博学明理、觥筹宴乐于一体，有着可靠的慰藉，更是货真价实的文明之所。世上最具创造性的事，也是任何人都可以做到的事，就是建设一个真正的家。的确，持家的人就和房子一样重要，而家庭主妇的工作就是地球上最具创造性，又最重要的工作之一。一个好的家有许多本质特征，其中之一就是手工技艺。在我看来，一切人类手工艺品都散发着文化之光，光的亮度取决于制造过程中投入了多少爱与艺术。而批量生产的家具，则来自于高科技工厂的高速生产线，使用的是塑料，以及被切削与胶合工艺搞得一团糟的木料。这些工厂里的噪音和气味十分可怕，而这里制造的垃圾，虽然能够光鲜个几年，最后也只配扔到垃圾填埋场里（你还不能烧了它们，因为会散发出有毒的二恶英）。

与之相比，手工制作的家具，是由工匠精心制成，饱含着他对木材的怜爱之情。这样的家具好似家中长明的灯塔，足可让好几代人使用，也为家庭增添了一种美感。当然，我并不是说每个人都应该自己建造房子，自己打造家具。也不是每个人都能做到这一点。总而言之，如果房屋建造得很好，家庭人口又保持稳定，每个人都会继承到一座好房子。我的意思是，如果你可以打造家具，或者建造房子，不管是全凭自己动手，还是在建筑工人的帮助下进行，这都是一件了不起的事情。

食物

超市里的朋友们确实带来了许多进步，比如用更复杂的工艺进行食品发酵，用更高端的技术制作快餐。但可悲的事实是，现在我们吃到的食物，都要从千里之外的原产地运到我们嘴边，没错，千里之外。大多数人从来没有机会尝一口本地土产的新鲜食物。他们压根就不知道自己错过的是什么。这本书讨论的是生活质量，而且我认为，如果我们吃到嘴里的东西毫无品质可言，那还不如赶快活完这辈子拉倒。由于我们的食品来源日渐远离餐桌，食品加工工序日益繁复，如今唯一显得重要的品质，只剩下保质期了。这样的食物是没有生命的，所有的生机都已流失殆尽。世上最好的食物是从自家菜园里长出来的，所以一点儿也别惊讶，这本指南里有大量的篇幅，教你如何播种、培植、施肥、耕耘，最后收获并贮藏这些美好的产物。当然你也可以从本地农场，或者从本地商店与农贸市场购得土生土长的有机食品。如果我们不辞辛劳，追寻真正品质优良、香气四溢的食物，我们就是在为自己造福。而且同样重要的是，我们的购买行动，为那些不辞辛劳生产这类食品的人提供了支持。

第1章

自给自足生活的意义

“我们从未刻意去实现自给自足生活。当初我们只不过觉得，亲自种植蔬菜是个好点子，其他很多人也这样想过。是现实生活改变了我们的价值观。我们每次购买一些工业制造的商品，都不禁会思索，那些工人在制造它们时，心情究竟是享受，还是厌烦？我知道，与农民相比，现代工厂的工人过着更加轻松的生活。但我禁不住要想，更轻松就意味着更好、更质朴、更健康吗？更能带给人精神上的满足感吗？还是说，答案恰恰相反？我们尽可能从诚信的小工匠和小商贩手里购买必需品，尽可能不跟企业大亨、广告商和拿着费用账单的小伙子们打交道。”

约翰·西摩：《沃土》，1976年

第 1 节 通向自给自足之路

所谓自给自足生活，并不意味着降低生活标准。恰恰相反，它是对生活标准的一种提高——有机食品新鲜可口、周遭环境美丽宜人；在清新的空气中劳动，自然心宽体健；还有完成错综艰辛的工作所带来的那种成就感。

在现代社会中，几乎我们使用的所有事物，都是依赖于某个国际企业的研发灵感，或是某条复杂供应链运作之下的产品。正因如此，假如我们能够完全独立地工作和生产，难道不会获得更大的满足感和心灵的平静吗？所谓“自己动手，丰衣足食”，在这里再贴切不过了。若是我们无法从现有职业，以及消费时代的生活方式中得到满足，倒不如换一种生活，重操古时生计——在逝去的往昔，正是那样的活计，营造出了梦幻一般的田园生活。

凡是拥有土地的人，都应当尽可能节俭地、科学地、集中地使用自己的土地。坐在各个码头和蓟丛中，空谈哲学，自诩过着“田园生活”的人，还不如回城里去。这种人半点好事没做，还占据了土地。只有懂得有效、可持续地利用土地的人，才配占据它们。

> 过自给自足生活，无需广袤的土地，亦无需园艺学学位。

自给自足生活无关规模大小

要过自给自足生活，无需广袤的土地，亦无需园艺学学位。如果你无法生产自己所需的一切事物，也不必感到失望。所谓自给自足的田园生活，是指掌控并有效利用手头的资源，来进行生产。生产的成果，可以是自制的面包、果酱或啤酒，也可以是自家种植的蔬菜、自家家畜提供的肉食，还可以是亲手编织的篮子、亲手砌成的砖墙。我们天生就不是只会单一技能的动物，更不是机器上的零件。我们是复杂的生物，多才多艺，无所不能，这是大自然的旨意。城里的居民可以亲自跑到乡下，从农户手中购买一袋小麦，回家自己动手磨面粉，烤面包。因为跳过了中间商的倒卖环节，他自然能够获得更好的面包，还能提高自己操作磨粉机的技巧。凡是住在郊区的花匠，都可以拔掉一批乏味的多年生观赏植物，扔进肥料堆里，再把原先用处不大的草坪重新翻耕，种上自家的卷心菜。在市区，一个园子，一小块土地，便足以支撑一个人过上自给自足的生活（参见第 1 章第 3、第 4 节）；而一片面积较大的郊区园地，更是足够养活一家子人。我认识一名女子，她在一幢大楼第 12 层的窗台上用花盆种番茄，结出来的果实是我见过最好的露天种植番茄。因为种得高，所以不会染病枯萎。

自给自足生活的首要原则

尽管本书的这个简明版本着重讲解城镇或乡村居民的实践操作，但有关较大规模田产的一些基本原则，仍然值得我们花时间思考。谁知道呢？你们中有些人也许会考虑，在更高的

> 在自给自足的农场里，清洁工毫无用武之地。

层次实践自己的理念，而上述基本原则可以提供一些参考。我们在此讨论的是，如何将较大规模田产（如牧场、耕地、果园和菜园）里，方方面面的生产活动结合为一体。但我的核心信念——即不应浪费任何东西——就算在方圆 50 英尺（15 米）的小园子里，也是适用的。

在规划农场布局时，农场主应慎重考虑建立自然庇护所，特别要考虑到当地主要风向带来的影响。根据你农场的规模，可以在农场北部和东部植树，构成防护带（这适用于北半球）。如果你足够幸运，有一大片农场的话，你一定会想架起永久性的荆棘栅栏，保护土地不被牲畜糟蹋。你还可以细心地引入附近的水流，用于灌溉、发电，或蓄水建造池塘来养殖鸭和鹅。你需要深思熟虑，充分利用农场附近所有的自然资源。为了栽培出优质的果树，你可以砌起几面墙，建造一座朝南的庇护所。要将不同建筑规划在不同的地点，使其互不冲突，也不妨碍农场其他区域的生产活动。

如今的农场主们——我是说那些拥有家畜的农民——不会一直在一块土地上饲养同样的牲畜，就像在同一块土地不会年复一年地种植同一种庄稼一样。他们会将牛犊、牛、羊和马养在一起，将鹅和其他家禽养在一起，要么散养，要么渐渐转移到草地或耕地上去饲养（我这里说的耕地，是与草地相对的概念，即经过开垦，种植庄稼的土地）。每种动物都会遭受寄生虫的困扰，如果你让同一种家禽或家畜长时间待在同一地方，寄生虫与病原体就会积累成灾。通常有一条规律，一种动物的寄生虫不会侵袭另一种动物。因此，要使同一地区的动物种类多样化，以便消灭寄生虫。

农场主们还会发现，如果正确合理地规划，自己农场里的每一种事物，都能互为裨益。如果养牛，牛粪可以用来给土地施肥，这样不仅能间接为牛提供草食，还能间接为人或猪等其他生物提供食物。牛奶的副产品（制黄油时的副产品是脱脂乳，制奶酪时的副产品是乳清）对猪和各种家禽来说，正是美妙的天然健康食品。猪和家禽的粪便又能提高土壤肥力，间接为牛提供草食。鸡还会在其他动物的粪便里乱刨，找出没有被消化的谷物来食用。

庄稼收割后的残茬可用来喂养某些动物——好处不但是猪可以来吃，而且猪在吃时还能顺便践踏松土，在地里排便制造肥料。这样一来，无需人们动一下铁锹，肥就自动施好了。屠宰家禽或家畜后，内脏下水既可以用来喂养猪或牧羊犬，也可以用来堆肥。这便是前面提到的首个基本原则：没有什么东西是无用的废物，没有什么东西需要丢掉，污染了环境，再花大价钱治理。在自给自足的农场里，清洁工毫无用武之地。旧报纸可以用来垫猪窝，做肥料；不得不烧掉的垃圾，也可以变成草木灰用来施肥。没有什么东西是废物，没有什么东西是“垃圾”。不过，如果你想要过自给自足生活，在真正开启这种生活之前，一定要了解一些大自然的基本规律，从而更好地理解，在自己的农场里，为什么某些事会发生，某些事不会发生。

食物链

自然界生物之间的关系就像一个金字塔——处于底层的物种众多，而在塔尖的物种十分稀少。所有动植物的生存都需要大量氮元素，因为它是组成生物细胞的最基本元素，也是大气中含量最多的元素。但是绝大多数生物都无法从大气中直接吸收氮。好在生物金字塔的最底层是由细菌所组成的，它们大多生存在土壤中，或与植物共生，拥有吸收转化大气中氮元素的能力。在土壤中，细菌的数量多得惊人，针头那么小的一点点土壤里，就寄生着上百万的细菌。

在这样一小撮滋养万物的土壤中，生长着众多的微生物。当我们审视生物金字塔或食物链时，不难发现，处于金字塔更高层的生物的数量，远少于作为其食物来源的下层生物数量。羚羊这样的草食动物，要吃掉数以百万计的草；而处于其上层的肉食动物狮子，一生可以吃掉成百上千的羚羊。真正的肉食动物站在金字塔的顶端。人类仅仅只是靠近顶部，因为我们是杂食动物，是能以多种多样的动物和植物为生的幸运物种之一。

互不干涉的相互关系

食物链的每个环节，或生物金字塔的每一层之间，其相互关系非常复杂。举个例子，自然界还存在纯粹的肉食性微生物。此外还有各种各样的寄生和腐生生物：前者依其寄主生存，吸取其生命力；后者与其他有机体共栖，或友好合作而生。我们之前说过，肉食动物处于食物链的顶端，那么狮子背上的跳蚤该处于什么位置？狮子肠道里的寄生虫该处于什么位置？跳蚤体内的细菌（我敢说肯定有）又该处于什么位置？我们也许能通过以下简化的名句，来更好地理解这个错综复杂的关系网：

小虫子身上有小小虫子咬，
小小虫子身上有小小小虫子咬，
小到无限小，总有虫子咬！

这里只提到了寄生虫，但不用说，金字塔中的大小生物最终都会被其他生物吃掉。我们人类也是如此，除非我们通过人类死后彻底的火化来打破这一链条。如今的人类可是有思想的猴子，非要破坏这一链条（我们永远不该忘记我们是链条中的一环），这使我们深陷险境。如果我们从大型哺乳动物中消灭掉许多肉食动物，那么被肉食动物捕食的草食动物就会过度繁衍，过度啃食草原，进而导致土地沙漠化。另一方面，如果消灭过多的草食动物，牧草就会疯长、失去控制，原来肥美的牧场草质等级就会下降，进而退化为灌木丛。除非将灌木丛彻底清除，否则草原将无法牧养其他的草食动物。假如消灭掉别的草食动物，只留下一种，草原的牧养能力也无法得到有效的发挥。

这是因为，绵羊食草时能啃食到草的根部（它们用门牙咀嚼牧草），而牛偏爱长草（它们用舌头卷着草进行撕扯咀嚼），所以如果牛和绵羊一同在山上放养，反而更有利于绵羊吃草，让它们长得更加肥壮。在我们人工干预部分生物链之前，我们的考虑一定要周全，行动一定要明智。

植物和动物一样，以多种生命形式存在于多样的自然环境中。不同种类的植物会从土壤中汲取不同的养分，又将肥力施还给土壤。例如，豆类植物与苜蓿共生时，豆类的根部生长着根瘤菌，在这些有益细菌的帮助下，苜蓿能够吸收足够的氮养分。但如果你施用人工氮肥的话，就可能会消灭掉牧场里的苜蓿。这不是因为苜蓿不能吸收人工氮肥，而是这种做法移除了苜蓿的“不公平优势”。这个优势就是，苜蓿的固氮能力比一般的草本植物强。但是一旦普通的草本植物吸收了人工氮肥，自然就会比苜蓿生长得更有活力，最终剥夺了苜蓿的生存空间。

显而易见的是，单一培养并不符合自然规律。为了维持单一作物的生态系统，我们只能在肥料袋中增加作物所需要的基础营养，并使用化学药物消灭它的天敌。如果我们遵照自然规律养殖更多的物种，就必须尽可能使农场里的动物和植物多元化。

成为自然循环的一部分

最终这一切都回到了自给自足生活的首要定律：了解自然循环规律。土壤为植物提供养分，植物用以喂养动物，而动物的粪便滋养土地，土地又为植物提供养分。真正的农场主会希望维持这样的自然循环，但是他们自己必须成为自然循环的一部分。作为食草和食肉者，人类容易破坏掉食物链，除非他们始终遵守“回归法则”。

> 土壤为植物提供养分，植物用以喂养动物，而动物的粪便滋养土地，土地又为植物提供养分。

回归法则是指，动物、植物以及人类的所有残余物，都应该回归到土壤中，不管是通过堆肥、动物粪便、犁田的方法，或者是被牲畜踩踏到土壤下面。任何能够滋养土壤，或在其他方面发挥作用的东西，都应该烧掉成为草木灰，给土壤提供肥力。自给自足生活中不应该浪费任何事物。我相信，这些方法既适用于数英亩之广的田地，也适用于小面积的私人园地。

土壤

人和动物的粪便，以及植物的残枝中含有大量可利用的氮元素。氮元素通过这些残余物回归到土壤中，比通过土里的细菌从大气里来直接提取要容易得多。这就是高产量农业区如此重视保持土壤健康度和肥沃度的原因。

土壤是从各种各样的岩石中衍生出来的，因此土壤的种类也有很多。我们不能保证每次都恰巧能够找到需要的土壤类型，所以这就要求农业从事者们将土壤的利用价值最大化。根据土壤微粒的大小，可以有“轻重”之分。“轻”是指土壤由大的微粒组成，“重”是指土壤由小的微粒组成。沙砾基本上不能被称为土壤，但沙土可以。最“轻”的土壤便是纯粹的沙土，而由最小的微粒所组成的黏土，反倒是最“重”的土壤。这里所说的“轻重”跟重量没什么关系，指的是土壤的易耕作性。不管“轻”的沙地有多潮湿，你都可以挖掘它，或者把它用在其他方面，不会有任何危害性。但是“重”的黏土一旦变湿，就变得既黏且稠，非常难以翻耕，很容易造成危害。

我们所说的土壤，通常只有几英寸，而不是几英尺的厚度。这样的土壤能够迅速与它底下的底土融合。底土一般不含腐殖质（即不含堆肥、淤泥、农家粪肥、腐叶土、绿色化肥等任何动植物残渣），却富含植物所需矿物质。深根植物，比如某些树、紫花苜蓿、紫草和许多草本植物，会将它们的根直接深入到底土去吸收这些营养物质。

底土的成分十分重要，因为它直接影响着排水系统。如果底土是重黏土，排水系统就会非常糟糕，土壤就会很潮湿。但如果底土是沙土、沙砾、风化的白垩岩或者石灰岩，地面就很可能会是干燥的。底土的下面是岩层，从地壳（地球的表层）直到地心，都由岩层组成。岩层同样可以影响排水系统。如果它是白垩岩、石灰岩、砂岩或其他可渗水的岩石，就有利于排水。如果岩层是黏土（地质学家认为这也是岩石的一种）、板岩、泥岩、某些页岩、花岗岩或其他的火成岩，就不利于排水。如果土壤和岩层的排水性不好，也是可以改善的，只是需要足够的人力和财力来进行整修。

土壤种类：

重黏土（Heavy clay）如果投入大量的精力，运用足够的知识，来改善重黏土的排水性和耕作性，那么它将不失为一种相当肥沃的土壤，至少对许多农作物而言是如此。在精心耕作的重黏土土地里，小麦、橡树、蚕豆、番茄和其他一些作物的产量十分可观，因此农夫们称其为“过硬的土地”。但是想要在重黏土土地里高效地种植作物，必须要有丰富的农作经验，因为这种土壤有凝聚的趋势（细小微粒组成较大的微粒）。这种情况一旦发生，土壤就更容易耕种了，排水效果变好了，吸氧能力变强了，植物根的深入也变得更为容易了。换句话说，土壤的质量变好了。土壤凝聚的相反情形，是土壤“板结”（也就是土壤变成了黏性很强的板块，跟陶艺工人用的陶土差不多）。这种情况一旦发生，土壤基本上是不大适合用来耕作了，因为它干燥的时候会像砖块一样坚硬，地面会龟裂，形成很大的裂缝，这块土地也就荒废了。

造成土壤凝聚的因素有：土壤偏碱性而不是酸性；暴露在风霜之中；增加腐殖质；良好的排水系统。造成土壤板结的因素则有：土壤偏酸性；在土壤潮湿之时进行耕作；使用重型机械进行耕作。对于重黏土土地，必须在合适的湿度条件下进行翻耕或挖掘；当土地潮湿的时候，就必须停止耕作。

重黏土的土质可以通过以下方法得以改善：加入腐殖质、完善排水系统、在合适的时间翻耕，以及让土壤接触风霜（霜会强制性地将土壤颗粒分离开来）。若土壤偏酸性，可以撒石灰，甚至在必要时混入沙土，来增加土壤碱性。重黏土是所谓“晚生”土壤（也就是说，在一年伊始之际，它不适合农作物的生长），这种土壤利用起来比较困难。不过它并不是一种“饥饿”的土壤，这种土消耗肥力的速度较慢，因此如果将腐殖质加入其中，效果将会持续很长一段时间。通常情况下，这种土壤里的碳酸钾含量比较高，自然呈碱性，那

“底土的成分十分重要，因为它直接影响着排水系统。如果底土是重黏土，排水系统就会非常糟糕，土壤就会很潮湿。

就不需要额外撒石灰来中和酸性。

壤土（Loam）壤土介于黏土与沙土之间，轻的重的都有。中等的壤土对于农业而言，应该是最完美的土壤了。虽然有些壤土是由大小均等的颗粒组成，但绝大多数的壤土却是黏土和沙土的混合物。如果壤土（或者其他土壤）的底下是石灰岩岩层或白垩岩岩层，它很可能就会偏碱性，从而不需要额外往里加石灰。不过尽管概率很小，也不排除有些石灰岩之上的壤土仍然偏酸性，还是需要加石灰。

沙土（Sand）位于土壤轻重谱系最轻端的沙土，通常情况下，其排水效果极好，土壤呈酸性（需要撒石灰来中和），碳酸钾和磷酸盐含量不足。沙土是“早生”土壤，也就是说，冬季刚结束，新的一年才开始，这种土壤就可以种植农作物了。沙土也是一种“饥饿”的土壤，消耗肥力的速度较快（将腐殖质加入其中，肥力很快就会耗尽）。事实上，要想增加沙土的作物产量，需要往里施加大量的有机肥料，因为无机化肥会很快随水分排出流失。
既然沙土是易于耕作的“早生”土壤，又需要大量施加粪肥，基于这两个特点，它颇受商品蔬菜种植业的青睐。沙土土地上也适合畜养绵羊或猪。对于越冬期的家畜，这也是个不错的栖息地，因为不管它们怎么踩踏，沙土都不会变得如泥浆般黏稠，只要上面长了草，很短时间内便可恢复原来的模样。但缺点在于，沙土中农作物的产量没有较“重”的土地中那么高。与黏土相比，它的蓄水能力不强，很容易遭受旱灾的影响。

泥炭土（Peat）跟其他各种土壤相比，泥炭土少得可怜。它是由水底未完全腐烂的植物残渣在厌氧条件下压缩形成的。尽管经过排水之后，土豆、燕麦、芹菜等可以在偏酸性、潮湿的泥炭土质中存活，但它并不适合大多数农作物的生长。不过，自然排干水分之后的泥炭土，则是世上最完美的土壤。任何作物都可以在那上面生长，并且比在其他任何地方都长得好。在这种土里，作物不需要肥料，因为土壤本身就是肥料！若能够有这样一片土地来种植作物，绝对是一笔稳赚不赔的买卖，农场主该乐疯了吧。

第2节 人与环境

假如有一天，地球上的石油资源被我们消耗殆尽，那我们就该重新审视，我们对自己所真正持有的资产——土地——的态度了。终有一天，我们将失去石油化工的帮助，不得不依赖土地上自然产出的产品来维持生计。

我们并不期望，将来的生活能达到完全依靠精密且昂贵的机器设备来维持的标准，但在确实重要的事物上，我们是希望保持高标准的。这些事物包括：衣食住行、幸福健康、与人为善。

土地能让我们拥有这一切，而且并不需要大量使用人工化肥和昂贵的机械。因此，真正的农场主总是善于管理土地，而非掠夺土地。他们希望能够提高和维护土地真正的核心价值——肥力。

耕作的艺术

我们人类除了为自己考虑之外，也应该为其他生物考虑。人类应该做大自然的管理者，而不是剥削者。这颗星球并非只为人类所用。毁灭一切生命体，只留下那些人类能直接利用的生命体，这样的行为是不道德的，它最终的结果，很可能是我们自身的灭亡。深思熟虑、因地制宜地进行自给自足生活，才能保证生物的多样性不受影响，每一个过着自给自足生活的人，都希望能在自己的农场里留出一片彻底的荒地，让那些野生生物能够不被打搅，安宁地繁衍下去。所以，通过观察自然，我们可以发现，在同一片土地上，作物的单一化种植与牲畜的单一化养殖，是不符合自然规律的。无论在何处耕作，都应时刻考虑土地需要什么，考虑每种动植物对土地有何益处。一个过着自给自足生活的人，独自生活在自己经营的大农场里，也可能会感到孤独。但如果在他周围有着同道中人，那他就会理所当然地与之合作，并很快找到集体的温暖。在这片土地上，他们会彼此合作共享，有人外出度假时，别人会帮其饲养动物或者照看孩子。同时，他们也分享彼此的劳动成果或种植技术。

同本地的乡村居民搞好关系，也是非常重要的。在我这里，村民老乡对我们这类“不速之客”都很热心。他们很高兴看到，我们恢复和保留了他们曾在年轻时身体力行的农业技术，也乐意把这类技术分享给我们。当他们看到我的烟囱上挂着的火腿和培根时，更是激动地指点起来。

“那才是真正的培根！”他们说，“比我们在店里买的好多了。”

“在我小时候，妈妈就经常做这个，我们那时食物都是自己种的。”他们可能还会说。

“那你们现在为什么不种了呢？”我问道。

“唉，时代变了啊！”

没关系，时代又变回去啦。

第3节 城中菜园

一个城市里的菜园也可以包罗万象，这想起来真是神奇。即使极为狭小的空间，也可变得很高产。想想在自家后门外长满了多汁、诱人的水果和蔬菜的景象，有什么比这更具有吸引力呢？如果还有空间，你可以考虑再建一个小温室，这个温室能够延长作物生长期，还可以用来栽培不太常见的作物。并且别忘了，如果有蜂箱的话，里面会派出许多小小的征粮兵，完全合法地从你邻居家的花上采集花蜜。

我记得在加州时遇到过一个迷人的男人，他毕生致力于创建一种“易于经营”的，适合老弱人群的城中菜园。这种菜园的要诀在于，用砖块或处理过的木材建成高于地面的苗床。这样的苗床能够把土壤提升到一个适合除草和采摘的高度，同时也能为植物提供更多阳光，为园子增添了3D立体效果。这类由苗床构成的菜园是“立体”的，由旧的枕木、砖头、石块作框架结构，然后填充至少45厘米厚的肥沃地表土。这为作物的密植、高产、茁壮生长、耐旱生根提供了条件。土地越小，你越可以集中进行栽培。

还有一种与苗床菜园不同的传统社区苗圃。小型盆栽木棚屋、缠在木桩上生长的红花菜豆和被精心看护的冬油菜，在铁路沿线随处可见。大多数社区都出租社区苗圃，你可以去本地的商店或图书馆看看。

规划你的城中菜园

你首要应当考虑的是菜园的朝向：朝阳还是背阴？你肯定不想让高耸的植物长在菜园南面（只要你是在北半球）；同样地，你会乐意为攀架果树一类的喜阳植物建一片朝南的篱笆或矮墙。在理想情况下，你可以间种多年生植物，如莓类灌木或洋蓟等，把种植区域隔成多个小块。

对某些植物来说，例如西葫芦或黑莓，植株占地较大、蔓生较广，并不适合种在城中的小菜园。而土豆占地大、收成小，同样不适合在城中菜园种植，并且你大可轻松买到质量上乘的土豆。

作为折中方案，你可以种一些时鲜蔬菜。种植沙拉作物（可用来做沙拉的蔬果）是个不错的主意，因为它们刚从园子或社区苗圃里采摘出来时，尝起来最为可口。荷兰豆和蜜豆也适合现摘现吃，而红花菜豆是一个能从很小的空间里生产大量食物的真正的3D立体工厂。如果种些莓类灌木和覆盆莓，或者攀架果树，占用的空间和付出的劳力会换来满意的收成。大黄是一种值得选择的早期结种作物，芦笋和甜玉米则是不折不扣的空间消耗大户。种植胡萝卜也很不错，刚从土壤里拔出来的新鲜胡萝卜，味道绝对一流。番茄也是一种优良高产的作物，种在狭小的空间里性价比很高。草莓在特制的花盆中长势良好，但要确保你买的盆是防冻的，因为很多便宜货都极易因受冻而开裂，这会让你失去你可爱的作物。你也可以在石墙里弄出小缝种植草莓。在城中菜园，我认为这是最适合它们的地方。

作物和围墙

费点心，为你的菜园建造便于打理的小径和围墙。选择与都市环

微型城中菜园

铺好砖块、去掉烂泥、去除杂草，把整个三维空间都利用起来，尽可能把你的城中菜园规划好。

攀架果树树篱
苹果和李子是让树篱又赏心悦目，又果实累累的好选择。树篱应该朝南或者朝西。

多产的攀岩植物
覆盆莓和红花菜豆都是高产作物，它们自己就能筑起高墙。

大型植物
菜园底层种上番茄、洋蓟、大黄，甚至南瓜等高产作物。

蜂箱
为了让蜜蜂出入，让蜂箱内保持干净，并且确保它不被高大的植物挡住，因为蜜蜂需要一些畅通的起降通道。

电线安装
用处理过的木材和镀锌电线来安装供电设施。不锈钢电线会减少对树皮的摩擦。

堆肥
密封箱隔绝老鼠或苍蝇。在下方放置一个有孔的金属薄片可以让蠕虫进入，同时又不会让老鼠进来。

铺石板
在用于通行的道路上铺上石板、砖头或混凝土，并在路的下方铺设塑料膜，以免杂草从缝隙中生出。

中央深层苗床
这是你的菜园中负担最重的地方。保持土壤肥沃，定期使用腐熟肥料堆肥，确保每一年的庄稼健康无病。

苗床
用砖块、石头或者防腐木材制作苗床，并要确保排水系统工作正常。

苗床栽培
美味的沙拉作物最宜在高于地面的苗床栽培，成苗后移植到中央深层苗床。

境相协调的材料，切记小径不能一直杂草丛生。沙砾或木条砌成的小径，还没到仲夏时节就会长满杂草，成为你的噩梦；用石板铺成或砖头砌成的路面则会好一些。围墙千万要便于维护，因为你不会希望那些美丽的攀架果树刚长几年，就不得不重建围墙。确保你的墙基坚固，并且顶部防水。如果你觉得还有空间来安置一两个开放式堆肥箱，那就确保你使用的材料不容易断裂或腐烂。旧的软木板或许很便宜，但绝不是最好的选择。

育苗盘和疏苗移植

为都市菜园选择室内育苗盘有很多益处。如果你指望直接把种子种到菜园里，那么本地的猫和各种鸟很有可能会毁掉刚发出来的嫩芽。使用育苗盘来育苗似乎需要花费更多精力，但从长远来看，如果你在室内亲手种出了沙拉作物和芸薹属植物，那你将非常有成就感。用育苗盘的方法种出了这些作物，比如冬南瓜、倭瓜和向日葵等，也是非常有成就感的事。

栽种秧苗时，要记得规避从苗圃买到病苗的风险，你可以在年初早些栽种，省些钱额外再买包种子，把它们直接撒在菜园里，成苗时再进行疏苗。

我们倾向于采用可加热的培植盘，它应该有着纯色塑料盖子，并且容易置入菜园中心区域。你可以把 2~3 个装种子的育苗盘放到其中一个加热培植盘上（数量取决于尺寸大小），适宜的温度会使幼苗生长更快，快到让你大吃一惊。有时候，仿佛你刚刚将种子播撒在潮湿的，堆了肥的苗床上，才几个小时，种子就长出了绿色的嫩枝。如果你有温室或一扇大玻璃窗，那么，这里就可以作为你早春播种的理想之处。一旦幼苗长出几片完好的叶子，你就可以把它们移植出来。移植的时候要用厨刀或平板螺丝刀当铲子，把长出的叶苗一次性都挑出来，迅速移植进小盆或是大型育苗盘里，这样，在它们被移种到菜园里之前，可以有更大的空间生长。

土质条件

土质条件不好，你就不可能有一个让自己满意的有机菜园。在小型都市菜园里花些时间和精力提高土质尤其重要。如果我们栽培时不使用农药，那就得选些抗病虫害的植株。一个好的菜园要花 20 年甚至更久的时间深挖堆肥，才能为厨房提供蔬菜，但我们肯定等不了那么久，我们得迅速改善土质条件。

本书前文已谈到不同土壤类型的利与弊，但是无论哪种土壤，至关重要的原料都是我们一直称作“腐殖质”的东西。好的土壤必然混合了多种生命物质，而它们都依赖于植物美妙地腐烂时所产生的营养素。植物腐烂过程中，你能闻到细菌和真菌分解植物时产生的健康的气息。对一般的草坪而言，顶好的土壤可能仅仅只有几英寸深，但是如果我们想种好菜，那在我们的菜园里，顶好的土壤应深至 6~12 英寸（15~30 厘米）。要获得这样的土壤，必须掘地，再施上新肥。许多人在城里建菜园时，在土壤表层下面就留下许多碎石，结果造成了污染。这一点必须避免。

众所周知，腐烂的牛粪是最好的腐殖质原料，它会让你的菜园得到丰收，不会让作物患病。奶牛是顶级、纯天然的有益菌贮藏库，这些有益菌会神奇地将草转化为蛋白质。不过如果你无法将腐烂的牛粪运到园子里，也有其他许多种上好的堆肥——说不定你们本地官方机构已经足够聪明，开始用生活垃圾来堆肥了。或者你可以在本地园林中心直接购买堆肥，但是要检查是否含有化学物质。

我个人选择种在城中菜园里的作物

沙拉作物是我种在城中菜园里的首选作物。生菜、芝麻菜、希腊水芹都有着繁复的种属，可以让你的温室多姿多彩。如果水分温度适宜，沙拉作物会生长得很快，你可以持续添种，以便不同季节都可以获得新鲜收成。你会遇到的主要麻烦可能是当地偷菜的懒汉，不过夜间巡逻队会抓到他们的。

胡萝卜则是我的第二选择，尽管它只有在沙质的“轻”土上才能真正长好。胡萝卜无法通过籽苗移种，因此你需要就地播种，还要防止喜欢刨土的猫把胡萝卜苗床扒得尘土飞扬。我发现，用竹竿打桩，挂上细铁丝网，这样的矮篱笆就足以防止绝大部分猫进入。胡萝卜发芽很慢，所以需要耐心。我必须承认，给胡萝卜苗除草和给嫩萝卜疏苗对于腰背疼痛的人来说绝非易事。用心播种，只在土壤潮湿时疏苗，把所有枯死的枯萝卜叶直接扔在地里当肥料，这样你就能避免胡萝卜螟的侵害。

种上一两株南瓜、冬南瓜或倭瓜，你的菜园会增添郁郁葱葱的生机，孩子们看到这些神奇的植物一天天长大时，也会雀跃不已。不过它们都是容易疯长的植物，小心照看，不然整个菜园都会被它们占满了。

我也喜欢在城中菜园里种上四季豆、红花菜豆、豌豆和甜菜。它们易于生长，不易受害虫和疾病的侵害。如果你还有空间，可以种植一些黑加仑和覆盆莓。如果顾得过来，也可以种鹅莓。每种莓类植物只需种上两三株，就能收获盈余的果实，足以冷藏过冬。记住，自然界里会祸害农作物的生物，例如蚜虫和兔子，繁衍速度都极快。一旦它们出现，就会以难以想象的速度增长，你的菜园会很快被啃食殆尽。所以一件至关重要的事是，在有害生物繁殖的季节到来前，先行养好捕猎它们的动物。一两丛多年生灌木，可以为这些捕猎动物在寒冬提供庇护所——这就是种植黑加仑或覆盆莓的额外好处。

第4节 社区苗圃

我衷心希望，当你与家人开始耕作生涯，与土地建立起亲密关系之时，社区苗圃能够成为这种亲密关系的纽带之一。花些时间规划一下，几年之内你希望它如何发展。莓类灌木和攀架果树将长势良好，超乎你的想象——至少我的经验是如此，每过五六年，我都不得不分种其中一些。小径、树篱和常年种植的作物需要精心布局，为旋耕机留出足够的空间，确保它能进入菜园中心。你也必须在苗圃最后一行植株尽头留出空间，好让旋耕机掉头。

开始清理一个社区苗圃时，首先，刈除所有地表植被，建立一个堆肥区，大约5平方英尺（4.5平方米）的空间。

长柄镰刀是刈除野草最好的工具，如果你使用镰刀的技巧不错，大可以尽情施展。

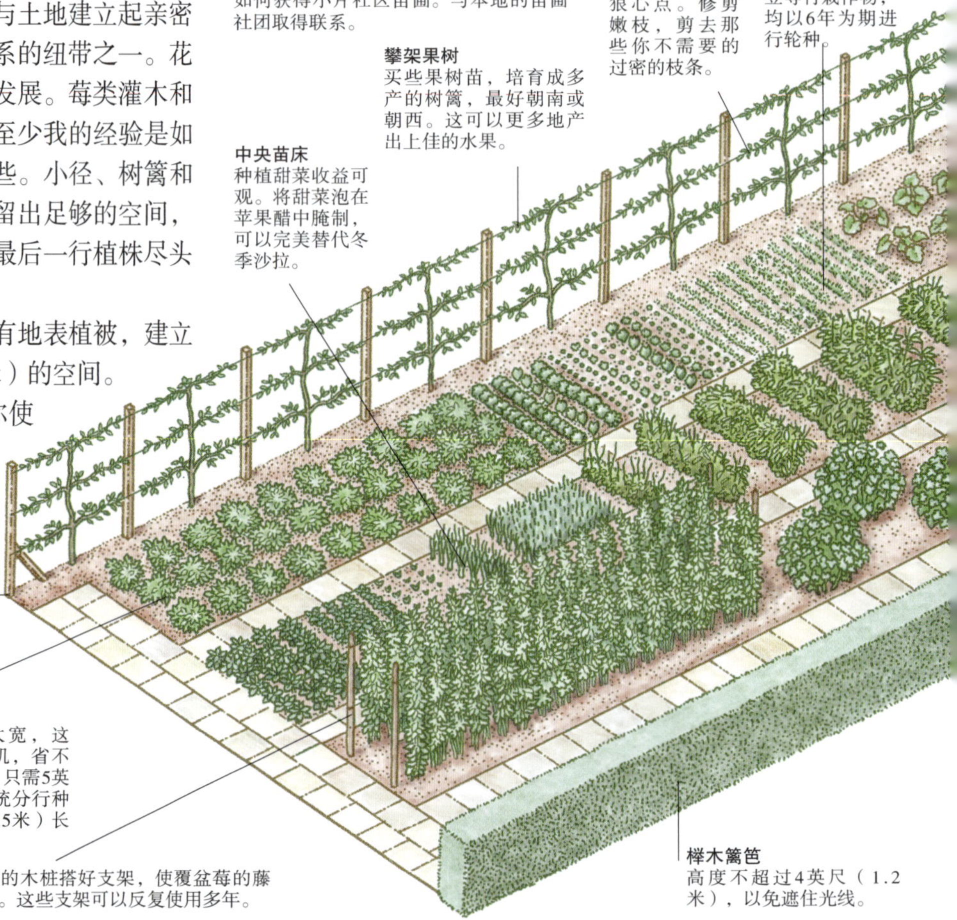

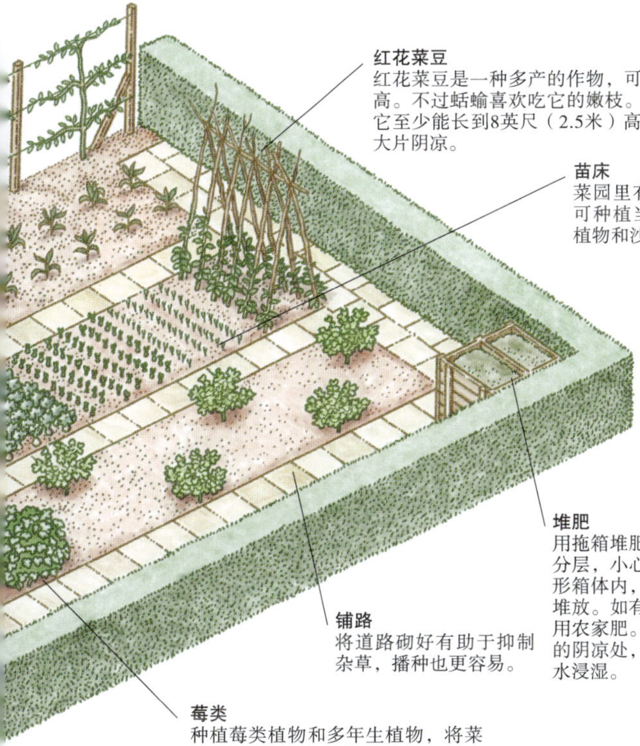

用园艺叉清理掉断裂的植株。用力将园艺叉插入表层杂草，再用力拔出。表层清理干净之后，再用园艺叉清理一遍。使用园艺叉可以避免割断多年生草本植物（如阔叶野草或令人生畏的针茅）的深层根系。如果土壤太湿润或太干燥，都无法挖掘，所以最适宜的天气就是晴朗又吹着凉风的冬天，沐浴在阳光下，你可以愉快地工作。用园艺叉耙出来的杂草分成几大堆，再薅除杂草的深层根系，用手扶平倒伏的植物。不用担心表层的一年生杂草，反正接下来的几周你总得薅除它们。只需要翻动最大的一块草皮，绿色的那一面朝下。手推车就在手边，直接把杂草和草根运到阴凉处的肥堆上，把它们分堆在箱体每一层里，而不是散乱地堆起来。

掘土的时候，保持自己步伐的节奏，形成一种冥思般的韵律。在你的身体稳步工作时，思绪却不妨天马行空。你可能会花上几个小时，甚至几天的时间来开掘小片土地，但也没关系，毕竟我们不能催促大自然。完工之后会是一片棕色的不平整的土地，就让它那样晾上 3~4 周，任由风雨阳光来滋养。

使用旋耕机进行挖掘

找辆好使的旋耕机，开始挖掘。不要挖太深，9 英尺（23 厘米）就差不多了。旋耕机对于新手来说，简直像狡猾的野兽一般难以驾驭，一开始你可能会觉得比用手挖还难！使用旋耕机之前，快速在地里走一遍，拔出那些残留的深根植物。现在试着用你的旋耕机在地里翻耕至少两遍。翻耕最后一遍时，尽量不要在土地上留下任何脚印。为了让杂草根枯死，尽可能地把土地翻松。你可以先种一些大型的植物，比如说大黄、莓类、洋蓟和攀架果树，不过，最好还是把那片土地闲置几周再说。

双重挖掘

在对你的土地进行适当的清理之后，就必须制定年度种植计划了。作物种植大部分应当在春、秋、冬季进行。具体计划包括，及时清理地里的石块，施肥，以及一些必要的双重挖掘（详见 43~45 页“深层苗床”一节）。

在 9 月份，我们要整理菜园，除掉衰老的草木和扎根较深的多年生杂草。像浮萍这种较小的一年生杂草，我们用旋耕机或铲子挖出来即可。然后把整个菜园挖一遍或用旋耕机翻一遍——不过正如上文所说，别碰那些种着冬油菜、韭葱或草莓的苗床，它们要保持原状度过整个冬天。

整个菜园都这样来整理，以便经受住冬天的寒风、霜冻、阳光。很多小的一年生杂草将覆盖土壤表面，但这没什么，因为它们可以防止土壤流失和遭受侵蚀。而且在来年春天 3 月，我们准备耕种时，这些草很容易就可以用旋耕机除掉。

冬季是我们有时间进行双重挖掘的季节。每年我们都尝试只翻一小块面积的土，因为双重挖掘是艰难而缓慢的工作，不过一旦你以这个方式处理了一小块区域，在接下来的五六年或者更长的时间里，你将不需要再这样做了。随着时间的流逝，通过扩展表土和移除石块，你的整个菜园将持续且显著地改善。每一年，你都可以移到菜园的另一个不同区域耕作。你将会惊讶地发现，这会让菜园的产量明显增加。

围栏、围墙和大门

永远不要低估围栏和围墙对菜园的重要性。传统的菜园要围上 8 英尺（2.5 米）的围墙，那并不是没有意义的。理想情况下，你的围墙应该把狗、猫、兔子、鹿、牛、猪、羊，以及有时来捣乱的熊孩子，或偶尔光顾的窃贼挡在外面。没错，这些才是会给你的菜园造成更大规模损失的“害虫”。我们早前使用树篱加上防野兔的细绳围栏，但现在我们已经开始在菜园周围砌起完整的砖墙。这不仅成功把兔群阻拦在外，也阻拦住狗和附近偶尔会带来灾难性毁坏的狂暴公牛。要记住，围墙无需赶在几天内建成——实际上，修建这样的防御工事可能要花上你几年的时间。如果你真的这样做了，你会感到物有所值的！

轮作

合理进行庄稼轮作的学问，这方面的书籍以及农业课程比比皆是，所以我们不会用很多段落讨论这个话题。连续几年在同一块土地上播种，对一部分庄稼，比如沙拉作物、大豆、豌豆，并不会有影响。但其他一些作物，比如芸薹属植物和土豆，如果不进行轮作，就会给你带来很多麻烦。土豆会被铁线虫攻击并枯萎，而甘蓝可能会出现根瘤病以及其他病症，所以它们需要搬家。实现轮作的最简易的方法，就是每年为菜园做一份简短的日志或是计划。第二年尝试把一切作物移动到不同的地方。在我们的菜园里，我们不会在一片地上连种 5 年土豆——那样我们就只能收获一些土豆仔了。同样，对于自然界的任何事物而言，多样化总能带来恢复能力与健康，而单一作物制只会带来虫害和疾病。

混栽

关于混栽的精妙科学知识，也需要你花大量时间去学习。简单说来，就是了解不同植物种在一起，它们之间的相互促进作用。所以，如果你的胡萝卜散发的味道吸引了成群的胡萝卜螟，试着在旁边种些同样散发味道的作物，比如洋葱，等等。我通常是把芝麻菜或者是希腊水芹同沙拉作物种在一起，因为它们刺激性的味道能驱除当地的某些蛞蝓。这再次说明了多样性对自然界的好处。所以，不要一大块地都种同一种蔬菜。如果你确实需要大量的同种作物，就在园子边上的小块土地种植吧。

工具房

永远不要低估对工具进行管理和保养的重要性。使用过工具之后，最好清理干净，然后放回到工具房。一定要坚持这个习惯，不然过段时间，等你想用时，工具要么找不到，要么坏了。

水

不论全球气候是否变暖，你的菜园总是需要水的。在地下铺设塑料水管，再在合适的地方安两个水龙头（至少两个），这活儿并不难。只要地里扎进几个经过防腐处理的栅栏木桩，再拧上几个水龙头，你就有充足的水源用以灌溉，或是给秧苗提供水洼了。如果你能在开始种植之前就准备好供水，那是再好不过，但不是每次都行得通。最好能在高处建一个蓄水池，用来储存从屋檐上滴落的水。然后，当别人因为禁用水龙带而为干旱发愁时，你的这些水就派上用场了。

适于小块土地饲养的牲畜

虽然你们大多数人都居住在城市，几乎不可能饲养一些体形相对较大的牲畜，但在你菜园里一些独立的区域，你还是有机会饲养兔子，甚至是猪，以及一些家禽。兔子体型不大，只需要一个相对较小的笼子就可以养了（参见第3章第3节），同时猪也可以养在封闭的猪圈里（这是传统上常见的养殖方法，参见第3章第1节）。

自己喂养肉用牲畜将带来巨大的益处。一方面，你能获得可以信赖的健康优质肉品；另一方面你可以充分利用你菜园里腐坏或是不达标的农产品，否则这些农产品只好用来堆肥。

家禽是蛋和肉类的理想来源，但是成功饲养需要一个相对开阔的空间（参见第3章第2节）。这就意味着，在你规划你的菜园时，一开始就要把饲养家禽的计划考虑进去。如果你足够走运，拥有一个种有果树的大菜园，它将成为饲养鸡鸭的理想地方。养四五只鸡，就能提供足够多的鸡蛋，也占不了太大地方——每只鸡所享有的空间越大，它就生长得越健康，也不会把菜园搞得十分混乱。

第2章

菜园里产出的食物

“我们不必在菜园里的作物上费太多心，一切顺其自然。每年作物都有好有坏，但起码都够我们食用，都能让我们尝到鲜。如果按照书里说的把洒水、喷药、除尘、消毒全都做一遍，我们买化学药品就要花一大笔钱，也没多少时间可以做其他事情了。事实上，种植大量不同种类的蔬菜，同一块土地上的作物每年都更换轮种，并且大量施上以各种动物粪便堆制的肥料，就似乎已经能够让这些作物抵抗大多数病虫害了。只是有时会栽跟头，没有收获而已。坚持不用人工肥料，并不是因为我们偏执。简单地说，我们的目的就是亲手种出自己的食物，仅此而已。如果要把钱花在买人工肥料上，就没有达到自给自足的目的。我们现在还意识到一点，使用天然肥料的食物，比使用人工肥料的口感更好。”

约翰·西摩：《沃土》，1976年

第 1 节 产出食物的菜园

我童年记忆中的乡村菜园满是蔬菜、鲜花、莓果，树上结满了果实(啊,我真怀念那些青梅！)。那里还经常有家兔出现，时而母鸡跑过，时而鸽子飞过，时而蹿出雪貂。那可真是一个美丽的地方。唉,现在园子已经消失,成了一片柔软的草地，毫无用处，其中长着大量花坛植物和多年生耐寒植物，看着真傻。当然啦，这个园子的主人也是受了隔壁邻居的影响。

无论可用空间多么有限，你一定要有决心，除去那些占地方的杂草和花圃，采用轮作方式耕种，使菜园的每一英寸土地都变成一个多产的单元。这可以省钱，种出来的产品会很新鲜，而你的菜园也会成为硕果仅存的珍稀范例：昔日的农庄菜园。可究竟怎样才能让这老旧的农庄菜园——曾是最多产的地方之一——恢复最佳的生产力呢？你得把园地分成 6 部分（如果你想有点扑鼻的花香，打算留一小块作为花草区，那就分成 7 部分）。

聪明的做法是用常年生可食用植物作为篱笆，把菜园分成小块。这些植物年年可以生长，给益虫提供过冬的居所来躲避寒风和恶劣天气。它们是芦笋、洋蓟、山葵、大黄，还有很多莓类水果，其中包括覆盆莓。你一定不想病虫害频发，那就别留下大块开阔的区域。

> “作物每年都有一次轮休。

你也一定不想你的菜园太狭窄幽闭，以至于春耕时都没有空间来使用旋耕机。大点的树，比如果树，最好单独种在果园里，因为它们真的能让大面积的土壤变成不毛之地。相反,你可以考虑种植整洁的攀架果树，因为它们可以变成极好且多产的树篱，将苗床划分开来。

我们分好的 6 个部分接下来就可以分别进行轮作了。要避免土豆和芸薹属植物频繁种在同一位置。作物每年都有一次轮休。我 6 年里分别种下的作物有土豆,豌豆和黄豆类植物(豆类)，芸薹属植物（甘蓝、西兰花、萝卜等），有着细长茎的植物如玉米、南瓜和黄瓜，沙拉作物和填闲作物、洋葱、青葱，以及块根类作物（胡萝卜、防风草、甜菜、芹菜等）。

撒石灰

如果你的土地属于酸性，就需要撒点石灰，中和酸碱度。你用一个很简单的装置就可以测试酸碱度，这个装置随便哪家园艺店都能买到，或者问一下邻居。要在豌豆等豆类作物轮休前撒石灰，因为豆类作物喜欢石灰，而紧随其后种植的甘蓝类作物喜欢吸收了石灰的土壤成分。芸薹属植物会带来可怕的根瘤病，但如果在种植芸薹属植物之前几个月就撒上石灰，那石灰就有更长时间来对抗这种病症。

施粪肥及覆盖根部

如果你有粪肥，也就是农家肥——当然我希望你有，或者你有堆肥，就把它堆积在土豆的间隙。土豆会因此长势良好。事实上，没有堆肥，你不可能种很多。最好不要在根部间隙处施肥，因为一些作物，特别是胡萝卜和萝卜，如果它们的根部有太多粪肥，会容易长出分杈。最好不要在豌豆和大豆的间隙施肥，因为你要在那儿撒石灰，而石灰和粪肥是不能在同一年施的。

在甘蓝类植物的行间，把一些枯死的绿色植被覆盖在土壤表面，能带来相当的好处。不过在此之后，你要锄地两三次，去除野草。如果你把覆盖物覆在野草上，这些野草就会穿过覆盖物生长，这样它们就会影响你使用锄头。

有机培育

有机培育的目的，应该是往地里尽可能多地加入腐殖质。我所说的腐殖质是指富含死亡和腐烂生物的土壤，包括粪肥、堆肥、海草、腐叶土壤、干草、荨麻、路边粉屑，一切有腐烂动植物的东西。把它们堆起来，放置在土地里。如果你把地很好地翻一翻，那你就把它翻进去了。如果你只是把它们留在表面，蠕虫也会帮你把它们翻进地里。（第 5 章第 1 节里我将专门讲解堆肥技艺）

如果你想拥有一个真正高产的菜园，那么除非你在菜园里养了些牲畜，否则你只好从菜园外引进些有机作物，如果你不在乎，也可以是无机作物。

我往菜园里施加粪肥，这些粪肥得自一些动物的排泄物，而这些动物以种植在农场空地的青草、干草和庄稼为食。许多有志成为有机园丁的人大胆地断言，一个菜园生产的堆肥材料足以自给自足。来，让我们试一试。

耕作菜园的主要工具

1. 荷兰锄：用于前推，便于反向使用，使田地上不留脚印。2. 除草铲：用于后拉，操作更加快捷，入土更深，能拔出更顽固的野草。3. 鹤嘴锄：利于铲除树根。4. 铁锹：翻土、挖肥必备；保持清洁。5. 叉：不用翻动就能快速松土，用于在土壤表面几英寸混合堆肥和粪便；叉出野草树根；挖土豆的必备工具。6. 肩背式喷雾器（压力喷雾器）：大面积种植的必需品。7. 修枝剪：比起刀，修剪得又快又好。也用于剪断鸡脖、取出内脏。8. 泥铲：用于铲除植物。9. 修枝刀。10. 挖洞器：你可以用破铁锹或破叉柄制造一个，用来铲除幼苗。11. 水管卷管器：木制或铁制，用来卷起水管。12. 园艺绳：使用不会像细线一样打卷的灯绳。13. 喷壶：最好是大而镀锌。14. 耙：要有大的钢制耙头，用来耙出好的苗床及用来覆盖种子。15. 精密播种机：一次挑选出种子，以精确间隔播下它们，可以节省种子和劳力，稍后种菜人可用以间苗。

有机肥料营养成分百分表

	磷	钾	钙	氮
农家肥平均含量	0.64	0.23	0.32	无
仅猪粪	0.48	0.58	0.36	无
仅牛粪	0.44	0.12	0.04	无
堆肥	0.50	0.27	0.81	无*
泥煤上的厚垫草	4.40	1.90	1.90	2.20
稻草上的厚垫草	0.80	0.55	0.48	无
新鲜家禽粪便	1.66	0.91	0.48	无
鸽粪	5.84	2.10	1.77	无

*除非加入石灰

让他们取一小块土地，在上面种下他们能弄到的体积最庞大的堆肥作物，然后开始堆肥，看看它生产的堆肥能用多久。当然啦，它们用不了多久。诚然，深根系植物，如紫花苜蓿和紫草，能从底土中把大量的矿物质，以及磷酸盐和钾肥吸收到土壤表层来。树木在这方面做得更好。但是，土地如果专供苜蓿草或树木生长，就没有办法种植粮食作物了。

当然，如果你家里的污水以某种方式回流到你菜园的土壤里，这倒可以大大遏制植物所需营养物的流失。过去的旧平房菜园可以将污水全部回收，因为污水处理系统只是一个水桶，污水污物全被掩埋在菜园里。只要这些污水不受干扰地在土壤里待一段时间，它包含的病原体就会自然死亡。这些乡村菜园之所以会有肥沃的土壤，是因为它们的主人从外界购进食物也好，吃菜园里自产的作物也好，这些最终都埋进自家菜园的土里。但是，如果你每年从一小片土地上收获大量作物，然后要么卖掉，要么吃掉，又把产生的污水污物排掉，此外再不对它投入任何外来的肥料，那么，你最终会损毁这块土壤。这就是自然法则。

保持菜园排水良好是最重要的，如果底下的土壤不是非常“重”的话，也是一个优势。排水性良好的壤土是最理想的，施肥足够的沙土也是非常好的。重黏土虽然不太好对付，但最适合种芸薹属植物。不管什么土壤，都不要过度施加粪肥或其他类型的腐殖质。

绿肥

制造绿肥的过程是种植庄稼，再将其从土里挖出、拔出或是剪掉，然后将其撒在土壤的表层。这最后一步称为“覆盖”。这些绿色的东西会逐渐腐烂，蚯蚓会不停地把它们拉回土地里。如果要在庄稼地里埋上绿肥，至少要等3周，再在它们之上播种下一轮的庄稼。如果不想等这么久，唯一的方法是加入大量速效氮使绿肥快速腐烂，这样做也不会使土壤肥力流失。

绿肥会提高土壤的肥沃程度，因为植物腐烂后，土壤就成为腐殖土。大量植物腐烂后形成的腐殖土，可能没有你想象得那么多，但很宝贵，因为之前的植物吸收了土壤里的氮。暴露在空气中时，土地里的氮会消失;绿色植物则能够保存土壤里的氮，它腐烂时，氮成分会流出，随后播种的庄稼就能很好地利用这些土壤中的养分了。

杂草利用

就连杂草也可以用来制造绿肥。收割庄稼之后，许多一年生杂草会莫名其妙地冒出来，请宽容它们，因为只要你用镰刀收割这些杂草，它们就可以成为堆肥的绝好添加物。它们的根能锁住土壤，防止土壤在冬雨中流失。

但无论你做什么,都不要让它们播撒种子。一方面,谨记“一年播种，七年除草”；另一方面，所有的绿肥植物都应在花季或者更早的时候割掉，因为那时它们正值生长期，水分多，蛋白质含量高。这样它们自身就拥有足够的氮好腐烂。

所以，你可以把这些一年生杂草看作你的朋友，只要你把它们限制在可控范围内。但对于多年生的杂草（那种每年都生长的），就要毫不姑息。它们对你只有坏处没有好处，荨麻和欧洲蕨或许是例外。如果你在别的荒地里种了这两种植物，那可以收割后用于堆肥。它们的深根汲取的养分可以化作很好的肥料。

种植绿肥植物

绿肥植物可以划分为冬季植物和夏季植物，以及豆类和非豆类。拥有小菜园的人们会发现，冬季绿肥植物要比夏季绿肥植物更有用些，因为在夏季，菜园的每个角落都种着食用作物，没有多余的空间来种植绿肥植物。

豆类植物比非豆类植物更适合做绿肥，因为豆类植物的根瘤菌能从空气中汲取植物生长所需要的氮，所以当它们腐烂的时候，这些氮能自然地融于土壤中。

黑麦草

冬季种植绿肥植物，黑麦草是首选。请在土豆收获之后开始播种，播种时要按每平方码 2 盎司（每平方米 70 克）种子的比率。把种子播撒在地里，任其生长一个冬季，在春季时刨土埋深。晚至 10 月再种植黑麦草也行,不过收获量会降低。

紫草和万寿菊

紫草是一种多年生植物，可用做绿肥或堆肥。在春季时，从已有的紫草上截下 2 英尺（0.6 米）的根部，进行根插种植，任其生长。这段根会继续往地下长，只要有生长的空间，它就会一直生长下去，并且存活 10 年之久，给它的土地提供大量的氮、碳酸钾、磷酸钾等物质。

万寿菊是一种巨型的金盏花，生长高度可以达到 10 英尺（3 米），它可以杀死线虫，阻止宽叶羊角芹（亦称阿米芹）和旋花类植物的生长。它甚至能够抑制茅草的生长，但是把它埋作绿肥似乎有些困难，所以就做堆肥吧。

第 2 节 深层苗床

要在一个狭小的空间高度密集地种植蔬菜，深层苗床是一个有效的方法——尤其在你希望植物能够抗旱，生命力顽强地生长的情况下。这也是把旧的草地转变为蔬菜种植土地的最佳途径。这个想法似乎源自加利福尼亚，在那儿我第一次看到这种技术。它非常适合在那些有限的空间里使用。首先，我们需要了解如何创建深层苗床。然后，我们要学会怎样从中获得最佳效果。

建立深层苗床系统应遵循这 3 个简单的步骤：首先创建肥沃度高、深度足够、排水良好的表层土，做足够多的堆肥工作，这样能使植物根系蓬勃生长并增强其抗旱性。然后从土地的边缘开始工作，不要走在土壤上。深层苗床的宽度不应该超过 5 英尺（1.5 米）——如果种菜人的手臂短，苗床则应该更短一些。这样，人就可以在土地边缘种菜和除草。把你的蔬菜种植成紧密模式，这将降低除草强度（大部分杂草你将不得不用手拔除）。

画出分界线

首先，用线画出你选择作为深层苗床的区域。它很可能是现有的草地，也可能是已用于耕作的土壤（可能是一个用于在市区内开辟的菜园区）。理想的面积大概是 5 英尺(1.5 米)宽，20 英尺（6 米）长。草皮应被充分翻耕，最好翻到土壤表层下面两“铲”深——“铲”是乡下人的术语，指一铲子下去挖到的土壤深度，即约 9 英寸(22 厘米)——在那儿它会腐烂。如果苗床是我所建议的大小，你就可以使用一条园艺绳或一根直木条来划出 6 块同一宽度的区域。线会引导你。在你开始之前，如果能找到一大块旧塑料，甚至几块旧的胶合板，它们都能派上用场。这将会成为挖第一排垄沟时倾倒挖出物的地方。翻完草皮后，把第一排垄沟挖出来。这可能是艰难的工作，特别是在你之前并没有培育过那块土地的情况下。

现在回到刚开始的地方，再挖一“铲”土。如果第二“铲”土里含有底土，不用担心，把它放在顶部，和堆肥混合起来。随着你耕种深层苗床的年头越来越长，定期翻动顶层约 18 英寸（45 厘米）厚的土壤，一片越来越深厚的肥沃土壤层也就渐渐育成了。挖好第一条沟之后，翻动下一块草皮之前，在底部耙入一层 2~3 英寸（5~8 厘米）的优质粪肥。如果你还没有粪肥也没关系，苗床总会运作良好的。不过，有粪肥的话，它会形成一个优良的储水池，在旱季让庄稼喝饱水分。如果沟渠里的草皮太密，不平整，就用铁锹多敲打几下。一直重复这样的过程，直到最后一道沟渠挖完，然后把挖第一道沟挖出的草皮和土壤（眼下正搁在塑料膜或胶合板上）倾倒进去。在爱尔兰，我们的菜园里有很多大石头，多数藏在地下，所以要备好手推车、镐和一根大铁棍。同时要做好准备，你会在离大树很远的地方碰到树根。还有，处理树根和石头的时候，双手要抓紧铁锹的杆，这样你利用铁锹自身重量砍掉树根，或是松动岩石的时候才不会伤到手。相信我，这是个很重要的小窍门。

如果你发现深层苗床现在比周边菜园高出了 9 英尺（22 厘米），那也不必感到惊讶。这很正常，这种堆积形成的效应对苗圃是非

挖掘深层苗床

1 先给土层画好边界线，在开挖之前，拿一把锋利的铁锹，用尽全身力气，在草皮上切出两条平行线。

2 分割线间隔不应超过12英寸（30厘米），以便挖出一块6英寸（15厘米）厚的草皮。挖出根深的杂草，比如阔叶野草和蓟。

3 将这些草皮（第一“铲”草皮）排成一排，就放在一块塑料膜或胶合板的旁边。这排草皮要在胶合板远端，为接下来挖出的土留出足够空间。

4 当你将草皮的顶上一层（顶上的一“铲”土）铲掉之后，继续向下挖一“铲”土，挖出一条沟。把挖出来的土放到草皮旁边的木板上。

常有利的。但是可以肯定地说，在受到干扰的情况下，所有土地都会发生这样的效应，并且它们会随着天气变化，下雨等情况，出现明显的沉陷。

建造苗床边沿

让深层苗床更具效率，方式之一就是在它刚建好时，就做一个结实的边沿。我个人比较喜欢铺厚木板，你可以从审美的角度出发，铺设一些更自然美观的边沿，像旧铁轨枕木、防腐木材或其他材料都可以。

把厚木板放在建筑塑料膜（可以从当地一些好的家居店买到）上，这样可以防止杂草从缝隙中长出去。这些坚固的边沿不仅能让你在种植和收获的时候感到舒适方便，而且，在它上面放置一些重设备时，也不用担心会对苗床造成破坏。其他一些好处包括降雨时雨水会聚集到深层苗床的两边，使夏季降雨对种植区域的作用翻倍。苗床的边沿还能阻止一些蔓延性杂草的入侵，暖和的水泥边沿能有效阻止无处不在的蛞蝓

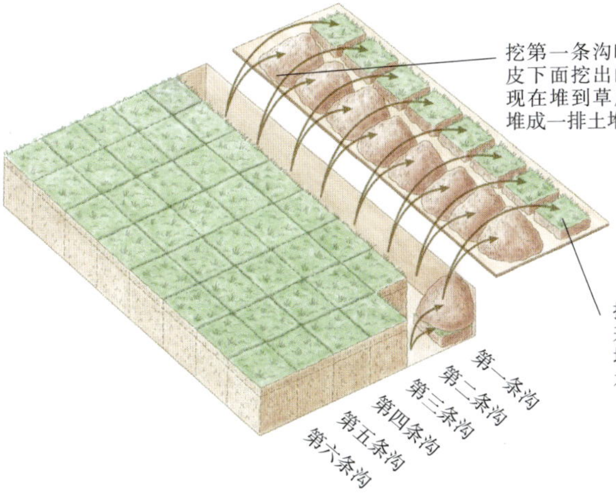

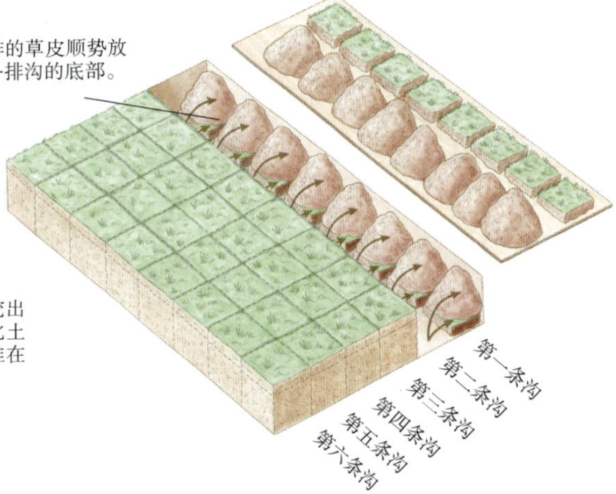

5 第一排的土壤都挖出来后，开始挖第二条沟，将第二排的草皮像第一排那样分割成方块。所有这些挖出来的草皮都要填进你已经挖好的第一条沟里，有草的一面向下。

6 掘出下一“铲”草皮下的土壤，然后把它翻过来，覆在第一排朝上的草皮上，这样第二排沟就挖好啦。如果挖到大的石头，得把它们都弄出来（需要借助一支镐）。

7 按照这个顺序，不停地在沟里上下颠倒堆放草皮。想得到更好的土壤，就在每排草皮下加些肥料吧。

8 将第一排草皮放在最后一排沟的底部，然后将第一排沟里的土壤盖上去，这样，苗床就建成了。

（尤其是在你时不时往地里撒点盐或草木灰什么的情况下）。板状苗床边沿吸收白天热量的能力，有利于作物在夜间获得合适的温度来抵御霜冻。我就很好地利用了这一点，防止霜冻把一些树苗，比如核桃树之类打蔫——在树苗的各个边上堆两三块 9 英寸（22 厘米）宽的混凝土砖即可。

在你准备播种之前，先搁置你的苗圃至少一周（当然这得视季节而定）。用叉叉起顶层，再用叉或者一支坚硬的耙，来平顺土层表面。理想情况下，土壤含有很大比例的底土，这样你可以在顶层铺一些好的堆肥。如果你不这样做，作物的发芽率可能会很低。移植你的籽苗到其他土壤，也可规避发芽率低的风险。依我看，最好的方式是种植一些容易生长的作物，如洋葱、生菜、玉米、黄瓜、南瓜和草莓，当然，芸薹属植物也是可以的。如果种的是胡萝卜和甜菜，从播种之初就需要精心呵护。

第3节 播种与种植

一颗种子的生长需要些什么？土壤的湿度、温度适合，并且土壤足够细软，利于种子萌芽向上成长和向下扎根。土壤应该和种子保持近距离，种子上不应覆盖过多土壤，以便接受阳光，因为作物的生长需要的能量，来源于绿色植物的光合作用所吸收的光能。种子在耗尽其内部能量之后，就改为消耗来自光合作用的能量，后者还能保护植株免遭害虫侵害。

一般而言，种植蔬菜有两种方法，一种是直接把种子播种在它原先一直生长的地方，另外一种方法就是一个地方播种，成苗后移植到另外一块地生长。甚至还有一种情况，就是把作物从播种地移植到另外一块地生长一段时间，然后再移植到它最终生长的苗床上。

为什么要移植？这好像是一个费时费力的环节。首先，把种

播种

1 用叉在菜园画行。分出各排垄沟，并沿着每一排拉直一条园艺绳。用除草铲和播种机挖出一个适宜的深度。

2 薄薄地撒一层细小的种子。硕大的种子（如豌豆和黄豆）应该以一定的间隔播种，卖种子的人通常会告诉你间隔多大为宜。然后慢慢地浇水。

3 播种完成后，用耙子耙过所有的土地，精耕细作。顶层土壤必须细软，而且经过精心翻耕，这是最重要的一点。

4 把土壤耙过一遍之后，用脚或是用耙的底部夯实土层。这是确保土壤把种子压实。

子密集地播撒在苗床上，可以节省出植物最终长成所需的土地。这样的话，几乎所有芸薹属植物（甘蓝类）、韭葱，以及可以在秋冬生长的植物，在前半个夏天之内，就只占据很小的地方。然后，我们把它们种到早熟作物，比如早季土豆或豌豆收获后空出来的地方。这样我们在 1 年内就可以收获 2 种作物。其次，将种子移植到覆盖了玻璃、塑料或其他材料的苗床中，可以让种子从一开始就顺利生长。通过这种方式，像我们这样生活在更温和气候下的人，能够尽早播种，初步地促进种子生长。这样，我们就能在短暂的夏季获得大丰收。

种植

1 把所有种子密集地播撒在一个种箱内，以便腾出土地，在这些种子生长的同时，让另外一种早熟作物生长。

2 或者你可以在盆里种植。等秧苗长出来后间苗，让那些强健的秧苗能够有更多空间发展根系。

种箱内土壤的选择

田地里以及放在种箱或盆里的土壤是什么种类，这十分重要。如果你只用普通的表层土，在温室热空气条件下，这类土容易开裂变干，昆虫和病原体就会进入并大肆繁殖。如果你能买到帮助幼苗生长的精制盆栽堆肥，就弄些吧。从结果上看，这笔开支还是合理的，这类堆肥已经精心混合过并很好地消过毒。如果你不想买或是买不起，可以试着自己制作盆栽堆肥。这类精制土的主要成分包括壤土、泥炭土和沙土。

你可以自制壤土。去优质草场挖一些顶部的草皮，把它们堆起来，有草的一面朝下，每层草皮之间撒少量质量好点的堆肥或粪肥，堆成 6 英尺（约 1.8 米）高，放上 6~12 个月。这些壤土要尽量消毒，最好用蒸汽穿透法：把这些壤土放进底部有洞的任意容器，放置在一个装有沸水的容器上。至于泥炭土，你可以买到包装好的，或直接从泥炭沼泽里挖，并在水里简单消毒一下。有几种作物，如玉米、甜瓜、南瓜等，在移植之前种在泥炭盆里，而不是平地上或种箱里，会生长得更好。

上述几种作物，以及其他的半耐寒作物，都不宜被频繁翻动。如果你把装有泥炭土的花盆直接埋到土里，植物的根部就可以穿透潮湿的泥炭土，而不会受损。

堆肥的成分

种子堆肥，按体积计算，在平地上或种箱里堆放 2 份无菌壤土，1 份无菌泥炭土，1 份粗沙土。每一蒲式耳（25.5 千克）的土里要添加 1.5 盎司（40 克）的过磷酸石灰和 0.75 盎司（20 克）的磨碎白垩岩或石灰粉。

盆栽用土按体积含有：7 份无菌壤土，3 份无菌泥炭土，2 份粗沙土。每蒲式耳（25.5 千克）的土里要添加 0.25 磅（115 克）基肥和 0.75 盎司（20 克）磨碎的白垩岩或石灰粉。

基肥按重量含有：2 份蹄角粉，2 份过磷酸石灰，1 份硫酸钾。

移植

想想看，对于一株天生在同一个地方生长的植物而言，创伤移植意味着什么？植物被从地里拽出来，大部分连在根上的土壤都遭到摇晃，它脆弱的根系很可能遭受严重的创伤，然后，再被强行插进陌生的土壤中，可能很多根须都没有完全接触到土壤，就被挤在一起，放进了暗淡无光的地坑里。

因此，你要温柔地把作物挖出来，确保它们的根尽可能多地接触到土壤。你要温和、细心地把它们移植到松软的土壤里，并且使它们的根部像以前一样自然舒展。确保土壤足够稳固，而且不要使劲踩踏，以致折断那些脆弱的根。然后在根部注水，使它们完全浸湿。缺水会让大部分移植的植物枯萎，因此请在雨天，或者天气预报会下雨的时候移植。移植大型植物时使用泥铲，小型植物使用挖洞器（尖头棍子）。如果轻微的拉动无法拔出植物，也别着急硬扯。移植番茄或玉米这类尺寸较大或者体质娇弱的植物时，让根部周围保留球状的土壤，小心地放进用泥铲挖好的洞里，然后稳固周围的泥土。

3 如果你第一个种箱里的秧苗过于密集，那就把它们薅锄，也就是说，把它们分种和移植到另一个种箱里或苗床上，以提供足够的生长空间。

4 把种子播种在温室内的花盆或种箱里，让种子一开始就在良好环境下生长，比把种子直接暴露在空气中，能使它们更早发芽，生长更茂盛。

第 4 节 大棚栽培

你可以建一个花哨的温室，加上恒温控制器、繁殖盒、熏蒸消毒器，还有鬼知道什么设备。但是，买这些设备需要花掉你一大笔钱，这笔钱可以用来买上好几十年的反季蔬菜了。想想看：费尽周折，消费不菲的金钱来买设备，只不过是为了提前几周收获你早晚能收获的蔬果，这真的值得吗？除非过着自给自足生活的人是想用这些温室产品来换取货物或赚钱，否则，最简单的温室才是最好的（参见本章第 13 节），只需一些阳畦、温床和玻璃罩即可。

阳畦

四面建好矮墙，在上方向阳处斜放一块玻璃，就是阳畦。任何材料都可以用来建矮墙，比如木材、砖块、混凝土砖和夯土。玻璃必须安放入木头框架内，以便调节高低。阳畦可以催生早季的生菜、卷心菜，夏末则能帮助黄瓜、甜瓜和其他植物的生长。不过大多数阳畦对于番茄来说位置太低了。

温床

很多有经验的法国园丁都会使用温床，因为温床对于催生植物来说是一种非常有效，又经济实惠的方法。但这也是需要技术的。温床里，一开始应该堆上部分腐烂的农家肥或堆肥，最好是厩肥，也就是马粪混上稻草。厩肥再和同样多的树叶或其他堆肥材料混合起来，以避免温床温度过高。将肥料多次翻转，直到发酵产生的第一次高温和氨的强烈臭味完全消失，然后将它放进你做的温床里，并在上面盖上薄薄一层土。你应该施上 2.5 英尺（75 厘米）深的肥料，再盖上 12 英寸（30 厘米）的土壤。当温度降至 27℃，再埋入种子。在晚冬或是初春，你可以把植物移植到苗圃，因为温暖的苗圃这时冷却了下来，而春天的到来使阳光的热能代替了肥料。接下来你将会得到质量上乘的马粪。精心堆制，施加了活化剂的粪堆也能起到相同作用。在温床里生长并不像听起来那样简单，不过程序如果正确，效率会很高。

> 有时我只是盯着一个玻璃罩看，它也会碎掉。

温床
植物从头年晚冬到第二年早春所需的充足热量，来自于腐烂中的厚厚一层粪便或堆肥。上面盖上一层土壤。

纸板箱
一个涂成黑色的纸板箱可以吸收太阳的热能，帮助种子发芽。

塑料膜
一层透明的塑料膜可以帮助种子发芽，促进早季蔬菜生长。

玻璃罩

最早的玻璃罩塑成钟形，并在法国广泛使用。当时只是将玻璃罩强行扣在植物外面。早期玻璃罩随后被连接玻璃罩取代了，后者是将帐幕状或棒状的玻璃棚首尾相连，形成一条长长的通道。它们的优点是很便宜，这是件好事，因为如果你有我一半笨拙的话，玻璃破碎的欢快之声会不断为你管理玻璃罩的事业加上点缀。有时我只是盯着一个玻璃罩看，它也会碎掉。当你在庄稼周围锄土、除草、浇水（浇水对玻璃罩下的植物很重要，因为它们淋不到雨水）、疏苗、检查和收获时，你必须不断拿起所有玻璃罩，然后又放回去，当你这样做的时候，你会发现它们极易破碎。

玻璃罩和阳畦

阳畦的四面都是玻璃墙（见图示右上角）。玻璃罩是可以活动的，图示从左到右依次为：硬塑料罩、谷仓玻璃罩、软塑料棚罩、简易褶皱塑料罩、帐篷式玻璃罩。还有一块沉重的“绒布”状塑料膜（图示上方偏右）。

由倒置的 U 形金属丝支撑的聚乙烯管道，现在随处可见。它们不易破碎，却很容易被大风吹走，散落一地。可是它们真的挺管用，如今很多人都在使用——商品蔬菜经营者占绝大多数。装卸管道使得在作物种植过程中，需要耗费的劳力大为增加，但可以因此提前几周收获作物，最终还是提高了收益率。顺便提一下，PVC（聚氯乙烯）在保温上比聚乙烯更有效，价格也更高。也不要忽视了不起眼的塑胶广口瓶，你只要把其中的一个倒扣在早播的种子或某些脆弱的植物上，保护作用和盖上任何一种玻璃罩的效果一样好。在地面铺上任意一片透明塑料膜，边缘用土壤压实，可让土豆之类的作物早熟。做这些事的时候，你一定要非常小心，要让植物渐渐适应寒冷的温度。

繁殖箱

你可以用繁殖箱让早播的种子发芽。这是一个装有泥土的封闭玻璃箱，泥土下面通电供热。它可以创造一个所谓“头冷脚热”的环境。把土豆种放在里面，适宜的温度下，每年 1 月份便可以发芽，但是繁殖箱上面的空气温度必须保持不低于 7℃，土壤也要保持温暖。如果你有时间和技术从播种开始种植土豆，繁殖箱会是一个很划算的投资。

第 5 节 防治虫害

不管你怎么努力地清除，杂草依旧会在菜园里欢快地生长。杂草是一种顽强的生命体，可以很好地适应环境，保护自己免受大多数敌人和疾病之害——否则它们也就不会出现在那儿了。而我们的庄稼是经过人工挑选，进化成了多汁、味美、高产的作物的。结果就是，为了发展其他特质，这些作物自身抵抗病虫害的韧性和免疫力被牺牲掉。因此我们必须反过来保护它们。但是防治害虫和疾病并不是说说那么容易，在这个过程中总会有一些损失，好在比例并不大。我认识一个种植有机植物的农场主，他上千英亩的土地里没用一盎司的化学药品，但每种作物的产量都高于国家平均水平。他说，在他的小麦地里，你可以发现各种小麦作物的疾病，但这些疾病对他的产量不会造成任何影响。

如果你很好地遵守了务农的规则——施农家肥，严格遵守轮作的规则（不在一块土地上种植同一种一年生作物超过 2 年，同一作物在种植的时候，要留出尽可能长的间隙空间），那么你就能避免很多问题的发生。同时，保持一个种植环境内的生态系统平衡也是非常重要的：害虫逃不出它们天敌的手心。而用农药消灭害虫时，你也消灭掉了害虫的天敌，结果是当你发现一堆没有了天敌的害虫时，你不得不再次用农药来消灭它们。

“少量的害虫对庄稼几乎无害。

顺应自然，不可破坏生态

话说回来，万事难周全，无论你如何采取有机的方式种植作物，有时还是会让一些害虫和疾病占到上风，这时你就必须做一些事，来防止你的庄稼受到损失。

化学防治虫害

权威的园艺专家会建议你使用农药。你的确可以使用一些农药，而且有时候非用不可；但可以肯定的是，更好和更熟练的园艺实践，比用农药来侵害你的作物要好得多。傻瓜都知道往他的作物上面喷农药来避免作物生病，但是你有没有考虑过，农药对益虫会造成什么影响？如果农药对害虫是有毒的，那它对其他形式的生命也是有毒的，包括人类。而且它们不毒死人不会罢休。

我唯一使用过的化学物质是波尔多液，以防治土豆枯萎病。制作波尔多液时，我将 4 磅（1.8 千克）的硫酸铜与 35 加仑（160 升）的水混合在水桶或者塑料垃圾罐中，然后慢慢将 2 磅（0.9 千克）新鲜的烧制过的生石灰与水混合成 5 加仑（23 升）的奶油状液体。接着我再缓缓地用滤网把这些“奶油”过滤出来，与硫酸铜溶液混合在一起。这时把抛光后的刀片浸入溶液中，以确定铜质是否已经全部沉淀。如果取出刀片后发现上面沾有一层薄薄的铜，就必须添加更多的石灰。勃艮第液则更烈性，反应更加激烈。它使用 12.5 磅（5.7 千克）的洗涤碱代替石灰制成。

这些溶液必须在新鲜时使用，因为它们很容易过期。你要用制作精良的喷雾器彻底地喷洒，要让叶子的上下两面都浸上溶液。喷雾的作用就是为了防止孢子进入。在一垄作物的茎秆尖端相交之前喷一次，大概一周之后再喷一次。另一种方法是当作物上面沾有露水时，往上面撒铜和石灰的混合粉末。枯萎病的产生因日期而异，在温暖、潮湿、闷热的天气较易滋生。

我也曾尝试使用各种毒饵防治蛞蝓，使用鱼藤酮或除虫菊，或是两者的混合物，来对付毛毛虫与蚜虫。鱼藤酮与除虫菊

金属线与绳网保护

要防止刚刚长出的植物与灌木被鸟类侵害。用 4 根木棍与一些柔软的绳网把正在生长的灌木罩在里面，可以有效地保护它们。请用绷在铁环上或者缠在木桩上的金属线网，罩在刚出芽的幼苗上。

间作的奇妙景象

有的作物，比如胡萝卜和洋葱，能够互相驱赶对方的天敌。

用煤油浸过的沙土带

在种洋葱的地垄之间撒上一条沙土带，用煤油浸湿，可以驱赶洋葱蝇。

用大黄对抗根瘤病

在油菜幼苗下放入一片大黄，可以防止根瘤病的发生。

为蛞蝓设置的啤酒陷阱

在盛夏时节，将一小盆啤酒放置于地面，来引诱蛞蝓从地下爬出来。

皆为植物，毒性也不会持久残留在环境中，但对鱼类和一些哺乳动物存在威胁，因此须谨慎使用。我试过使用炉甘石（氯化汞）来对抗根瘤病，但是没有效果。

生物防治虫害

从自然或生物方面着手研究的防治方法相对较少。简单讲，原因在于缺乏研究资金。没有一家大公司会愿意花费力气去做毫无利润可言的虫害防治研究（而且这项研究还会妨碍他们销售有毒的化学农药来获利）。

关于生物虫害防治，这里有一些从英国有机菜园（原亨利·道布尔迪协会）及其他渠道获得的小技巧。其中一些古老的方法，经农民们几个世纪地实践，被证明是可靠的。

·夏末，将麻布条绑在树干上，或将波状纸板放置在果树周围——这能够引诱害虫前来化蛹越冬，之后用火将这些甲虫、苹果蠹幼虫和其他可恶的害虫通通烧尽。

·将上好的老式粘虫带绕树干放置，这样能够粘住沿树干而上的害虫和大多数食肉飞虫。在夏初，我便将核果类果树上枯死的枝干全部砍下，然后全部烧掉，以预防银叶病与顶梢枯死。

·冬天在果树上喷洒休眠油。但除非必要，否则最好不使用，因为它在除掉害虫的同时也杀死了益虫。

·可施用大量的钾肥，以防止蚕豆赤斑病的侵袭。

·种植冬播蚕豆来取代春播蚕豆，能够避免黑甲虫的袭击。在首次发现蚜虫时，就必须剔除受害蚕豆。

·在胡萝卜地里间种洋葱，能够防治胡萝卜螟。洋葱与胡萝卜两种作物所散发的气味混合在一起，既能驱除胡萝卜螟，又能防治洋葱蝇。若将沙土与石蜡混合，放置于胡萝卜与洋葱周围，效果也许更佳。不能放过每一株芸薹属杂草（包括野生芥菜和荠菜），拔掉它们才能预防根瘤病。

·在种下每一株芸薹属植物前，可在每个坑里放入少许大黄。若能使用带水的苗床，将种子培养在大黄与水的苗床上为最佳。大黄的气味据说能抑制引发根瘤病的微生物的生长。还有一个古老的补救措施，就是将啤酒灌满种植盆直至溢出，可以诱捕蛞蝓。或者为了节省啤酒，也可以用牛奶或水。

根据我自身的经验，除非发生土豆晚期疫病，偶尔出现些毛毛虫和蚜虫，并不用喷农药。只要你与自然和谐相处，不去与之对抗，这些根本不足为惧。健康的作物上也会有一些昆虫，它们对作物造成的伤害很小，不必太过担心。

第 6 节 保持土地健康

如果能遵守自给自足生活的基本原则，顺应自然规律进行耕种，给土壤施肥，并利用好一切可能的资源，不像单一栽培的农夫们那样年复一年在相同的地方种植相同的作物，你就不会为害虫和疾病的问题而烦恼。

当然了，我们对那些包治百病的药一直非常迷恋。你确实也会在园艺中心发现这样的灵药。可即使它们大部分颜色都很鲜亮，被大力促销，却也因化学用剂而变得污秽异常。大部分经过挑选的除莠剂、脱叶剂、杀虫剂及杀菌剂都是致命的毒药。我只说一句，我们不想用这些化学战争的副产品，或者至少是效力不明的化学制剂，来污染自己的自然小天地。因此，健康、合理的自给自足生活方式才是唯一的灵药。

首先，我们必须清楚大自然在非常辽阔，充满了美丽多样的健康植物的同时，也遍布着种类繁多的昆虫及细菌。大自然本身有很多自己的检验方式和平衡标准，它们决定植物和蔬菜是否会被流行病侵扰或死亡。我们可以试着在种植和管理上反映出那些自然选择。我们想要的是多样性，不想要一大片栽满了单一作物，充斥着闻风而来的害虫和疾病的菜园。如果田地面积小一些，风险也会变小。我们想好好规划自己的地，将多年生植物和一年生植物混合种植。多年生植物在冬天到来时，给黑甲虫和其他昆虫提供了完美的避寒栖息地。如果菜园里的多年生植物占地超过 15 平方英尺（4.5 平方米），那我倾向于不再种植一年生植物。我们希望菜园附近有大片荒地。我们想要有大量的鸟类和昆虫。我们还想要有各种无脊椎动物，有蜻蜓、青蛙和蟾蜍。我们想要年年施肥，创造出充满健康生机的土壤。定期耕作你的土地，最好是使用旋耕机来耕地，这会让许多害虫都退避三舍。上乘的有机土壤改良剂，比如海藻、血粉和骨粉，也会给你带来帮助。

上好的土壤，精明的菜园规划，良好的菜园卫生，以及及时的感染预防措施，这些都至关重要。第二重要的事，是要定期在菜园生起篝火。第三重要的事，是建造的棚屋与其他建筑，地面要用便于打扫的混凝土浇筑。面对染病的植物不要手软，果断将其撕碎、焚烧或用于堆肥。要一直使用优质种子，同时只储存高品质的收成。

对菜园来说，我个人比较倾向于 6 年一循环进行轮作。如果作物生长过于频繁和密集，线虫类害虫（包括铁线虫、线虫之类）会造成严重的破坏。减少危害的方法之一，就是在你需要收获的植物旁边种上你不需要的，但是昆虫们喜欢的植物。我甚至做过一个假苗床来吸引当地的野猫，同时在一个临时基座上建起我的真苗床，然后在其周围绕了一圈铁丝网。

“在盆子里倒满啤酒，放在地里诱捕蛞蝓。
也可以用牛奶和水来代替啤酒。

常常到访的不速之客

家养的宠物和缺乏管教的孩子都会对你的土地造成破坏，更不用说那些野生生物了。你要学会控制这些破坏者，不然你数月的努力将会白费。

保护菜园的朋友们

鸟、甲虫、臭虫、蜜蜂和其他许多动物，都可以成为你最大的盟友。即使是鸡或鸭，都能帮助我们将害虫阻拦在果园的栅栏外。家中训练有素的狗能驱赶邻居家的猫，以避免猫来踩踏植物、随意排便、翻动土壤，以至于毁坏苗床。（还要禁止任何人跟你的狗在菜园里玩扔骨头游戏，不然狗一定会踩坏作物和损坏苗床。）下面是一些保护菜园的主要朋友。

蜜蜂
蜜蜂不仅能为我们提供大量的蜂蜜，还能帮我们菜园里的作物授粉。请确保你的菜园里面和周边有着健康的蜜蜂种群。

鸟类
尽管有些鸟类掠夺水果、啄坏蔬菜，给我们带来了不少麻烦，但其中也有很多以昆虫为食，因此我们应该理性地鼓励鸟类啄食昆虫。乌鸦、知更鸟、八哥、画眉都会不断地搜捕各种昆虫，如毛毛虫与蛞蝓。若你想引来这些鸟类，可以在冬季给它们喂食，并在夏季为它们提供饮水。

蜈蚣
绝不能将这些快速移动的小猎人与行动缓慢、脚足众多的千足虫混为一谈。蜈蚣捕食螨虫、臭虫以及蛞蝓。

青蛙和蟾蜍
青蛙与蟾蜍都需要在水中繁衍，且对农药极为敏感。它们都能够捕食大量的昆虫。若你能为它们提供茂密的草丛或阴凉处以供潜伏，它们将在整个菜园中游走捕食。

步行甲虫
甲虫中有一个非常庞大的家族，里面的大多数甲虫又大又黑，它们生活在地面上，捕食其他昆虫为生，其中包括根潜蝇的蛆。这些甲虫需要躲进土里以保暖过冬，因此种植多年生作物，以及设置树篱，对它们的生存极为重要。

刺猬
在英国家庭的后院中，这些小家伙会吃掉大量的蛞蝓。若你想要它成为你的捕虫帮手，可以用碗盛些面包和牛奶来喂养它。它还需要牢固的树篱和一些叶子来建造它的冬眠床。

食蚜蝇
食蚜蝇看起来就像小黄蜂，这些漂亮的昆虫在幼虫期会大量捕食蚜虫。它们的幼虫长得很丑陋，却有一对钳子能够帮助它们抓住蚜虫。若你想让它成为你的帮手，你可以在菜园里种花以吸引它们——它们似乎特别喜欢黄色的花朵。

草蛉
这些纤弱的昆虫临水而生，最受鳟鱼喜爱。它们的幼虫有着扁平的棕色躯体，能够大量捕食蚜虫。

瓢虫
瓢虫是众所周知的蚜虫捕食者，其成虫与幼虫都吃蚜虫。瓢虫幼虫外表呈灰色，它是非常活跃的蚜虫杀手。

蠕虫
我们最希望在菜园中看到的两种蠕虫是蚯蚓和粪虫。蚯蚓是土壤中伟大的施工者，因为在它将有机肥料拖拽入层层土壤的过程中，空气不断被灌入土壤里，而新的土壤被翻到表面。若你曾思考为何古罗马时期的遗迹都被埋在地表之下几英尺，那么你只需要看着你的园中土地下发生的事情，便会明白了。我将土壤松紧度测试杆插入地里，借助它可以清楚地看到，几年前我施用的各种肥料从土壤深处被翻到了表面。显而易见的是，这些土壤层的深度每10年增加约1英寸（2.5厘米）。每当蚯蚓们将深处新鲜的土壤翻到表面时，土壤的深度便增加了。所以蚯蚓活动1000年，土壤深度可能会增加约8英尺（2.5米）！是的，事实确实如此——蚯蚓在那些古老的遗迹下不断挖掘并将周围的新土不断向上推升。另一类蠕虫是粪虫，它比蚯蚓更细小，外表颜色更红。它们迅速将有机物转化为堆肥，是蠕虫堆肥法的核心基础。你可以从诱饵商店买到被称为“红纹蚯蚓”的它们，然后轻易建立起自己的蠕虫堆肥系统。粪虫喜欢温暖潮湿的地方，它们会避开干燥的物质。

害虫

下面这些昆虫是你的敌人。

蚜虫
蚜虫有着各式各样的形状、颜色和大小，它们能够大范围地祸害植物。如果你的植物正健康茁壮地成长，那么蚜虫对它们的伤害是很有限的。不管你信不信，这些植物几乎会立即分泌化学成分进行自我防御，以抵制蚜虫的攻击。但如果你的植物过于脆弱，且菜园里没有多少蚜虫的天敌，那么，你必须得想其他办法来防治蚜虫。将软皂与温水混合，喷在植物上，能够减少蚜虫的侵扰。或者，你也可以自己制作防虫剂，如将大黄的叶子或艾草用水煮沸，制成防虫药水。解决蚜虫最有效的方案是使用最致命的毒药尼古丁，你可以从浸在热水中的烟头里提取它。

甲虫
有一些甲虫会对菜园造成威胁，主要是它们的幼虫会啃食作物。最常见的有害甲虫是金龟子和跳甲。金龟子主要以叶子、花和果实为食，它的幼虫则会破坏植物的根部，使叶子枯萎，植物死亡。不断翻耕及有效控制杂草生长是防治这类甲虫的有力措施。耕种植物的时候，你或许能在受这些甲虫侵害的植物周围看见这些幼虫，并把它们一网打尽。跳甲在植物叶子上咬出又小又圆的洞；它们的幼虫爬进植物体内，啃食茎和根。可以通过让冬季土壤保持洁净来防止跳甲越冬，从而控制其数量。天气干燥时，要通过浇水来保持幼苗的快速生长。清晨的露珠停留在叶子上时，你可以喷上一些钙化海藻粉。

大芽螨
这些小螨虫专门袭击黑加仑，有时也会转向红加仑或白加仑。它名叫“大芽螨”，是因为在早春的时候，它会导致“大芽病”——嫩芽里爬满了这些螨虫，最终枯死。你可以喷一些石灰硫黄溶液来杀死这些螨虫，但只有在萌芽绽开，舒展成叶子的时候才能喷。以1品脱（0.5升）石灰硫黄溶液兑上7加仑（4.5升）的水，每3周喷洒一次。

盲蝽
盲蝽和蚜虫相似，比蚜虫小，却更具毒性。它会使叶子上出现褐色的小斑点，让植物变得弯弯曲曲，垂头丧气。你可以在冬天让果树根部保持干净，然后做上护根，来防止盲蝽越冬。喷洒休眠油会有一定作用，但在夏天，休眠油只有与尼古丁混合之后才有效。

毛毛虫
白蝴蝶就是由毛毛虫蜕变而生的。它美丽异常，但在夏天，却是菜园的不速之客。最主要的控制方法就是用轻型铁丝网将籽苗围上，等作物长大到铁丝网容不下的时候，就只得每天人工消灭这些毛毛虫。如果你的植物被祸害得太严重，就得连根拔起扔掉了。

糖蛾
有几种飞蛾的幼虫就是糖蛾。它们在夜间以植物的茎秆为食，将其咬断。它们还会进攻籽苗的根茎部。它们所造成的危害和蛞蝓差不多，只是没有黏液。你可以锄掉野草以破坏糖蛾的温床，如果情况严重的话，徒手把它们抓起来消灭掉。

线虫
这种虫子非常小，几乎是微型的，但它们大量繁殖，给许多植物都带来不小的伤害。良好的轮作周期能够预防它的出现，而卫生的环境则是最好的补救方法。受感染之后，叶子的叶脉之间可能会有一些褐色的污点。其实就算是把受感染的叶子和枝干剔除并焚烧，也不是真正有效的办法。如果没有良好的轮作周期的话，土豆上长线虫就是个大问题。土豆的叶子枯死之前会变黄，块茎就像弹珠一样小，感染后的根部上会有一些小小的白色或是黄色的囊肿，这些囊肿要用放大镜才能看到。每一种土豆类的作物在至少6年之内都应该换一片土地再进行耕种。受感染的植物应将其焚烧。根结线虫会侵害很大一部分的植物，导致根部畸形和一些小擦伤，之后它们长到一起就会导致肿胀凸起。被感染的作物最终会死，而且也没有可治之方——这些作物一定要烧毁，同样的作物至少6年之内也不要在那片土地上再种植。

根潜蝇
有一部分的作物会受到根潜蝇攻击，典型例子就是卷心菜和胡萝卜。受感染的植物在死前会褪色、枯萎。唯一的治疗之方就是预防。这种感染最可能发生在卷心菜的籽苗进行移植之后。请确保在移植过程中充分浇水和翻土。而对胡萝卜来说，可能因为间苗或除草时造成的细微伤害而导致感染。间苗时一定要非常谨慎，迅速清理完毕——要在土地潮湿时进行清除，还要确保余下的植物都完好地埋在土里。如果你的胡萝卜感染不断，就用店里买的细网栅覆盖整块土地，把边缘处小心地埋起来，以防苍蝇飞进去。

红蜘蛛螨
在放大镜下，这些小螨虫看起来恰如其名，好像红蜘蛛一样。它也是袭击温室和果树的主要螨虫之一。红蜘蛛螨及其幼虫靠树叶的汁液生存，然后树叶上会先出现黄点，接着变成褐色。要一天喷两次水，让植物保持凉爽和潮湿以避免螨虫的侵袭。有一些有效的生物防治办法，可以花钱买到，并在温室里应用。防治果树的叶螨要困难一些——需清除并烧毁受感染的叶子。

蛞蝓
这些灰色、黑色或橙色的作物啃食者，总是阴魂不散地缠在农夫身边。将野草和杂草控制在最小范围内——好的菜园卫生环境对预防虫害是很重要的。蛞蝓能毁掉你的蔬菜以及其他受它偏爱的作物，比如红花菜豆和紫苏。你可以用一堆枯叶引诱它们藏进来，然后一并捡起来扔进肥料堆里。在草上铺上旧报纸或木板也能吸引来蛞蝓。你可以把塑胶广口瓶装满加糖的啤酒和水，埋在地下，用来作为吸引蛞蝓的陷阱。或者，到万不得已的时候，你夜里可以带着手电筒出门，亲手把这些讨厌的家伙抓起来，这便是终极的手段。把钙化海藻粉和新鲜的草木灰混入你的土壤，也能减少它们的攻击，因为蛞蝓讨厌在干燥的环境里生活。用煤烟来熏死它们也可以，但如果作物被熏到，也会受到伤害。

象鼻虫
象鼻虫的幼虫喜欢攻击多种作物，尤其是苹果花、豌豆、蚕豆和萝卜。在果园里，有效的防治方法是在6月份时清除树干上的幼虫，并将它们烧掉。保持土壤洁净，清理碎片杂物，提高土壤肥沃度，并促成良好的作物轮作周期，这样也会降低象鼻虫对作物的伤害。

金针虫
这些具有毁灭力的小虫，栖息在草地上，并在它第一次长成时具有异常的杀伤力。它们是磕头虫的幼虫，是呈褐色，状似铁丝的蠕虫，大约只有1英寸（2.5厘米）长，4~5年后才会化蛹。它们在仲夏时对土豆的伤害尤其巨大。新长出来的草地可能会有3年感染期，所以你可以种植一些抵抗力强的作物，如豌豆和蚕豆等。有个方法可以抓到金针虫并消灭它们：你可以在易拉罐上打个孔，里面装满土豆皮，然后埋在土里，每隔3~4天拿出来查看一下，然后把土豆皮倒进一桶水里，溺死上面的金针虫。把用芥菜制成的绿肥捣进土里，也能帮助消灭这种害虫，但用于喷洒则无效。

第7节 各类蔬菜

下面列出的蔬菜，只要种上其中一些，你就可以从初春到深秋都吃到自家的新鲜蔬菜。如果你种植适宜的蔬菜，并恰当地储存它们，或者建立一个温室，你就可以一年四季都吃到自家的蔬菜，永远不必再去忍受软塌塌的生菜或淡而无味的番茄。

洋蓟

食用价值 作为多年生植物，洋蓟可以长期种植。我不会推荐它们成为养活这个饥饿的世界的主力作物，但过着自给自足生活的人，理应使自己的餐桌丰富多彩。洋蓟是一种巨大的蓟类，我们吃它的花头，但也不是整个花头都吃，只吃隐藏在花蕊底部和未绽放的刺状花瓣下面那一小部分。洋蓟的美味难以言表。你可以将整个花头煮熟，撕下花瓣，蘸着适当加热的黄油，或蘸着油和醋一起吃。

播种 春天，从现成的洋蓟植株上取下根出条，每一个根出条都要连着母株根部的一小部分一起撕下来。以3英尺（1米）的间隔把它们种在4英寸（10厘米）深的，施过肥并排干水的土壤中。移植后善加养护，使之便于锄作。

收获 种植洋蓟的第一年并不收获，从第二年开始，包括往后的每一年，都可以把它们的头掐下来食用。五六年之后，把它们挖出来，并在其他地方另种一行。如果你每年都重新种一行，并废弃旧的，你就每年都有洋蓟吃。每年都要很好地给它们施肥，到了冬天，你要用厚厚的稻草覆盖住它们的根部。

洋姜

食用价值 在冬天，它们是土豆的有效替代品。它们可以炖煮或切片煎炸食用。

种植 洋姜的种植方法和土豆类似，初春将块茎种下去，然后洋姜苗就会长出来，而且非常容易生长。如果你的土壤需要用到石灰，对于洋姜来说，只需要稍微加一点点就够了。它们很少被害虫侵蚀。

后续照料 在枝叶密度足够抑制杂草生长之前，都要不停锄作。

收获 当你需要它们时，把它们挖出来吃就是。它们也可以整个冬天都留在地里。留下少量成熟的块茎，以便明年继续种植。它是一年生植物，其他方面跟洋蓟一样。它的花可以食用，而到了春天，你也可以像吃芹菜一样吃它的茎。

芦笋

食用价值 种植芦笋需要用3年时间，但这种等待是非常值得的。它们早季成熟——当你需要食用它们时就已经成熟了，并且它们味道鲜美、营养丰富。在你可以种植的作物中，也许最有价值的就是芦笋。

土壤 芦笋喜欢较深、松软、排水良好的肥沃土壤。如果施肥足够，它们也能生长在沙地上。在你准备种芦笋的苗床里，先把多年生的杂草除掉，

否则，它们可能毁掉你的苗床。等芦笋开始生长，杂草与芦笋的根部将变得密不可分，就来不及除草了。我喜欢使用高于地面，可以种3排芦笋的苗床，这样单位面积种得较多，会获得较高的收成。秋天时要用厚厚的海藻覆盖住它。

播种 秋天要多施肥。在春天，购买或找人要一些生长了3年的植株，并以18英寸（45厘米）的间隔种植它们。间隔是以各个植株中间部分来计量的。这些植物看起来就像大蜘蛛。不要让它们干枯，也不要让你堆在它们上面的那几英寸土壤变干。

养护方式 第一年不要砍掉它的任何枝条。在深秋，把那些芦笋植株除掉，并且再次好好施肥。次年春天你可以施用鱼粉、新鲜的鸡粪，海藻、盐（没错，就是盐，芦笋是一种海滨植物）和杂草作为肥料。把修剪工作推迟至6月。在深秋和接下来的春天再次施肥。

收获 到第三个年头，直接收割它们。你可以每隔两三天就割下新鲜的芦笋食用（直到6月下旬）。它们很快就会再次长出嫩芽。

茄子

食用价值 茄子是一种让人感到愉悦的地中海美食，它具有异国风味，可用于炖肉、炖菜或制作“慕沙卡”——一种用肉和茄子做成的希腊菜，抑或单独烧烤。

播种 初春时，要在室内播种。给它们施肥，并尽量使温度接近于16℃。1个月后，把它们换进装有泥炭土的盆中或者植在土块上。

种植 初夏把它们种在室外。如果当地气候很凉爽，那么你要用玻璃罩盖住它们。当你种植它们时，掐开它们茎秆的头，使它们长出分枝。春末，你可以把它们播种在玻璃罩下，这样可以长出晚季作物。

收获 当茄子变成深紫色且有光泽时要赶在霜降之前摘下它们。

甜菜

食用价值 甜菜中含有丰富的甜菜碱，它是维生素B的一种。因此，甜菜可以使你身体健康，尤其是磨碎了生吃，但生吃没有做熟后的味道好。要生吃的话，未长熟的甜菜会好些。

土壤 甜菜宜种在松软的深层壤土里。不过大部分的土壤都能种植甜菜。

养护方式 甜菜并不喜欢刚施过肥的土地，它需要的是一个好的苗床。

播种 初夏时节，播下甜菜作物的种子，间距要宽，每6英寸（15厘米）播撒几粒种子即可。种子是粘连在一起的，你必须将其分开播撒。每垄要有1英寸（2.5厘米）深，间隔12英寸（30厘米）远。

后续照料 间苗并用锄头翻耕。嫩苗可制成沙拉生吃。

收获 除非食用或霜寒降临，等到秋天再采摘。将甜菜茎扭下来（不要切），扭下的部位不要离根太近。把收获的甜菜用室外堆埋法储存，或者储藏在凉爽地窖中，埋在沙子里。

蚕豆

食用价值 你可以采摘秋播蚕豆，做成菜吃。当蚕豆变绿的时候就可以吃了，或者你可以把它们晒干留待冬天食用。到时剥掉干蚕豆的皮，能让它们变得更软一些。

土壤 在大部分土壤中它们都能生长。

养护方式 用种豌豆的方式养护它们。细致地播撒石灰，并用覆盖物厚厚地盖住根部。

播种 我喜欢在晚秋的时候播撒蚕豆，但是你也可以在早春时节将它们播撒在较“轻”、排水良好的土壤中。越晚播种，越容易遭到蚜虫的侵害。每粒种子播种在深约3英寸（8厘米）的土中，与下一粒间隔8英寸（20厘米），两垄之间的距离也为8英寸（20厘米）。垄沟里的种子要交错分开，这是常识。每两垄与下两垄之间应该保持30英寸（75厘米）的距离。

后续照料 春天时，要在蚜虫侵袭之前尽快采摘其嫩尖食用。

收获 首先，当然还是继续用锄头锄地。当蚕豆成熟时，就尽可能多地采摘下来。夏天过后如果还有未吃完的，就把它们晒干储存。

团心西兰花（又名冬季花椰菜）

食用价值 团心西兰花和花椰菜类似，特别适合留到冬季和早春食用。如果你更换不同品种，连续种植，那么从头一年的夏末到下一年的夏初，你都有花菜可以吃。

土壤 团心西兰花喜欢品质比较好、“重”且结实的土壤，但是只要施肥良好，在大多数土地里都可以生长。

养护方式 像所有的芸薹属植物一样，西兰花喜欢碱性土壤，不喜欢酸性土壤。它喜欢在非常紧实的深层土壤里生长。

播种 在晚春时节将其播种在苗床里，播种需要4~5周时间。

种植 苗床里秧苗一旦长好，同时有空地，就可以马上把西兰花种在地里。当它们有几英寸高，至少能看到4片叶子时，秧苗就成熟了。植株之间的间隔为2英尺（60厘米），每垄之间的间隔为30英寸（75厘米）。

后续照料 在秋季，经常锄地，直到杂草不再生长为止。

收获 9~10月间收割秋季品种；1~3月间收割冬季品种；4月时收获春季品种。要收割晚季花菜，可将叶片弯曲，覆盖在西兰花心（白色西兰花的菜头）上作为保护。在西兰花成熟时割下菜头，不要煮，微微蒸一下（不要像医院餐厅和学校食堂烹调油菜那样，蒸得太过头，否则营养会全部流失）。蒸到软一点，但还有嚼头时即可。

嫩茎西兰花（紫色或绿色）

食用价值 嫩茎西兰花与团心西兰花差别很大。紫色嫩茎西兰花非常耐寒，晚冬和早春时节，还没有其他冬季蔬菜供应时，它是美妙的备用食物。基本上，早季或晚季的紫色嫩茎西兰花皆可种植。绿色嫩茎西兰花又名花茎甘蓝，是秋季的美味蔬菜。

养护方式 绿色嫩茎西兰花是在仲夏种植，除了这一点以外，其他养护方式均和团心西兰花相同。当紫色或绿色的嫩芽出现时，你便可以采摘并食用了。到最后再摘下它们的叶子食用。

球芽甘蓝

食用价值 球芽甘蓝是冬天里最实用也最美味的绿色蔬菜，别吃太多撑着就行。

土壤 球芽甘蓝喜欢被耕耘过的壤土。不过，只要是被耕耘过的足够坚实的土壤，它们便能茁壮生长。

养护方式 在上一年的秋天将它们种植在堆肥或粪肥上，或者待精心施过肥的作物收获之后再种植。如果你的土壤石灰质不足，那么就在种过其他作物，地里撒过石灰之后，再种植球芽甘蓝。

播种 在初春时节将种子播撒在露天的苗床里。如果你想要晚熟的甘蓝，那么在几周之后再播种一次。

种植 在初夏将它们种植成行，行距3英尺（90厘米）。这对于植株长直很有帮助，特别是在风大的地方，因为这样做给了每一棵植株一个标杆，帮助它们在长高的过程中直立生长。

后续照料 有需要的时候再除草。球芽甘蓝要间作，也就是和其他作物，比如生菜（如果你喜欢的话）交叉种植，或者与其他生长快速的填闲作物混种，因为还有富余空间。消灭蛞蝓和毛毛虫。如果春天时你没有给作物支架，那么记得在秋天时把茎埋在土里，以促使它们长出新的根。

收获 在夏天将尽的时候，早熟的球芽甘蓝就已经可以收获了，但也要取决于它们生长的气候条件。也就是说，如果你住在一个相对温和的气候环境里，球芽甘蓝便可晚些收获，作为冬季储备食物。在一些国家，圣诞节就一定能吃到甘蓝，余下的收获还能一直吃到来年春天。甘蓝叶子如果变黄，就要把它扯掉。摘下甘蓝后，食用其菜叶。

卷心菜

食用价值 卷心菜是所有芸薹属植物里最可靠的。它不挑剔土壤，不需要特别照料，每亩产量很可观，此外，它的一些品种还可以用室外堆埋法储存，或储存在地窖或酸菜缸里。卷心菜有3种：春季卷心菜、夏秋季卷心菜和冬季卷心菜。

春季卷心菜

土壤 “轻”质土壤是最理想的。

养护方式 它们喜欢肥沃的土壤，不能偏酸性，也不能特别硬实。

播种 在夏季将种子播种到苗床里。

种植 在秋季种植春季卷心菜，行内间距为1英尺（30厘米），行距为18英寸（45厘米）。

后续照料 定期除草，当你觉得有必要时施氮肥。

收获 在青黄不接的早春时节食用，或者是留下一些在晚春和初夏时吃。

夏秋季卷心菜

土壤 它们对此不是非常挑剔。

养护方式 参考春季卷心菜。

播种 在晚冬时节播种在阳畦里，或于春季在室外播种。

种植 在初夏时节，只要有空间就种一些。

后续照料 参考春季卷心菜。

收获 夏天你并不需要很多卷心菜，不过只要发现它们成熟了，就可以采摘。

冬季卷心菜

土壤 它们喜欢“重”质的壤土。

养护方式 参考春季卷心菜。

播种 在4、5月份播种在苗床里。

种植 在仲夏时播种成行，行内间距和行距都是2英尺（60厘米）。

后续照料 经常锄作。不必在表面施肥。

收获 如果冬天不是那么严寒，将它们留在地里，需要时再采摘。如果经常下雪和出现冰冻，那么就在秋天里将它们摘下储存或是做成酸菜。

红叶卷心菜

像照料冬季卷心菜那样照料红叶卷心菜。腌渍或是用油、醋等其他调料烹制。烹调时间要长点，因为它很硬。

胡萝卜

食用价值 胡萝卜含有的维生素A比我们种植的其他任何作物都多。当然啦，它们可以增进你的夜视能力。胡萝卜可以顺利地储存过冬，对于过着自给自足生活的人来说，是上佳的食物来源。它们可以生拌在沙拉里吃，或者和其他任何食物一起，做成热菜吃。

土壤 胡萝卜喜欢精细耕耘过的沙质壤土。它们在质地很“轻”的土壤，尤其是沙土里，长得特别好。

养护方式 像大多数植物的根一样，如果把胡萝卜种植在刚刚施过很多肥的土壤里，它们的根会分杈，即使是精心施肥，似乎也不能对它们产生很大的影响。莎士比亚就曾把人比作分了杈的胡萝卜。所以，不要把胡萝卜移栽到刚施过肥的土壤里。它们不喜欢过酸的土壤（PH值在6左右时还凑合）。播种的土地最好是被彻底翻过的，有很好的可耕作性。

播种 种植胡萝卜必须要等到土地干燥、温暖的时候方可进行，比如晚春。胡萝卜的生长需要良好的苗床，它适宜在酸性土壤中生长，因此可能需要用石灰来中和土壤的酸性。要尽可能将胡萝卜稀疏地埋种在浅层土壤

中，每垄之间的行距为1英尺（30厘米），并用耙子背面将每垄的土壤夯实。有些人会在胡萝卜中间种一些水萝卜，后者生长较快，比胡萝卜更早破土，这样能据此大致确定每排萝卜的位置。水萝卜成熟之后摘取食用即可。也可以间种洋葱，我就是这么做的。有人相信（我也完全赞成），洋葱的气味可以驱赶胡萝卜螟，胡萝卜的气味则可驱赶洋葱蝇。

后续照料 如果你在干燥的天气进行播种，那么就要对胡萝卜进行排灌来促使它发芽。经常用锄头小心翼翼地翻动土壤，以免挖坏了胡萝卜，同时也要做好清除杂草的准备。你不仅要忍受杂草在一排排胡萝卜中蔓延生长，还得忍受大量除草工作，因为作物生长得十分缓慢，比杂草慢得多。要想大丰收，需要每隔3英寸（8厘米）间种作物，当种在作物之间的胡萝卜成熟收获后，便能留给这些作物6英寸（15厘米）的生长空间。你要是需要又大又坚韧的胡萝卜做冬粮，这种种植方式再好不过。夏秋两季种植的胡萝卜，则不需要采取间种的方式。如果你非要间种，那么尽量在雨天时再干这个活儿（以防止胡萝卜螟前来捣乱）。完成间种后，在植物周围覆上泥土并夯实，以防止间种造成胡萝卜破损，破损处散发出的气味会吸引来该死的胡萝卜螟。

收获 只要你喜欢，随时都可以趁胡萝卜新鲜脆嫩时采摘。在冬季第一场霜冻来临之前，用耙子将作物连土耙起，移到地窖一类的阴凉处去。你也可以用室外堆埋法来储存作物（见第4章第2节），但这样做有时会把它们捂烂。胡萝卜一旦过水清洗，就别指望能保存了，它们很快就会腐烂。

花椰菜

食用价值 在夏秋两季食用花椰菜，因为冬季更适合食用团心西兰花。花椰菜产量可观，但也要有优良的种植技术和优质的土地，才能使它们茁壮生长。所以，花椰菜不适合初学者种植。

土壤 花椰菜适宜在施肥足够、灌溉与排水良好、土层较深的土壤中种植。在贫瘠的土壤与恶劣的条件下，花椰菜是无法生长的。

养护方式 像所有芸薹属植物一样，花椰菜必须种植在非酸性的土壤上，因此若有必要，必须用石灰中和土壤酸性。在播种前2周，用耙子将鱼粪或类似的养料覆置于土壤表面。可能还会用到一些钾肥。

播种 若在9月份播种，需种在凉爽的玻璃罩下；若在1、2月份播种，则须将其置于温室培育；若在春末播种，则直接在室外种植。种植时作物要保持24英寸（60厘米）的间距和30英寸（75厘米）的行距。

种植 秋冬两季播种的花椰菜，春天便可成熟；而春季播种的花椰菜可在夏天收获。

后续照料 锄头无疑是种植花椰菜的必备工具。要始终保持土壤水分充足，因为干燥的环境不适宜花椰菜的生长。氮肥对于花椰菜来说是顶级的肥料。保持花椰菜的生长活力，换句话说，就是要它不停地生长。

收获 当花椰菜成熟后便可收割，时间最好是在清晨。不要把它们煮得太老，用开水焯一下，裹上用鸡蛋、牛奶和面粉调成的糊状物，放入锅中炸，冷却之后便可食用。

块根芹

食用价值 你可以把块根芹磨碎后生吃，或者是去皮之后用水煮熟食用，又或者是用沸水煮熟后油炸。它的种植方法与白芹相似：播种、出苗与移植。

后续照料 种植过后，不要像种芹菜

那样培土，而是锄掉盖在根上的多余土壤。

收获 秋天便可收获块根芹。在11月份中旬给它们培土，以抵御冬季霜冻的侵袭。

芹菜（白芹）

食用价值 据说经历过一次霜冻后的芹菜是最鲜美的，如果你将它们照料得很好，幸运的话，直到圣诞过后的几周，严寒天气来临之前，它们的味道都很好。而那之后它们就会变得湿漉漉的，根本没法吃。

无论是如平常一样生吃芹菜茎部，或是炖煮它的叶子部分，芹菜都是最美味且有益的冬季蔬菜。

土壤 芹菜适宜在土层深厚、土质肥沃的土壤中生长。土壤需要非常湿润，但又不能像沼泽那样。富含有机物且水分充足的土壤中能生长出最优质的芹菜。无论如何，都别让土壤变得干燥。

养护方式 芹菜更喜欢在酸性而不是

碱性土壤中生长，因此绝对不要往土里加石灰。在生长的过程中，芹菜需要大量的从淤泥中挖出的腐殖土或是腐熟堆肥。

播种 春天时把芹菜播种在玻璃罩下，温度保持在16~19℃之间，或者从苗圃购买幼苗（我手头的幼苗是从一个邻居那儿买来的）。幼苗必须保持湿润，一天至少进行两次喷雾。芹菜一般在初夏种植，要小心地种在距排水沟1英尺（30厘米），且下层有淤泥的地方，让植物充分吸收水分。

后续照料 你可以在田埂上种生菜、萝卜这些填闲作物。当这些填闲作物被收割以后，就可以用它们的根给芹菜培土。切掉蔓生的嫩枝。将植株捆成捆之后用土覆盖根部。这样做以后，在新田埂上就只会露出茎叶部分。要时常保持湿润以免干枯。为了防止叶子枯萎，除草时要喷洒一两次的波尔多液。如果你想延长食用期，在冬天时就要用麦秆、蕨丛、玻璃罩以及其他一切可用之物来保护作物。如果害怕作物受霜冻，你也可以把作物移植到干燥的土地上，但是这会加大收割难度。无论何时，但凡你需要，挖出来食用就好。

黄化芹菜

你可以将它种植在平地上，环境和白芹相同，但不必培土。由于它不耐寒，尽管比白芹菜先成熟，也必须在霜冻开始前采摘完。虽然它的味道不如白芹，但在秋季，白芹成熟之前，它是很适合食用的。

菊苣

食用价值 在冬天，菊苣是制作沙拉的上好食材。

播种 初夏时节将其成排播种在肥沃的土地上，间距为1英尺（30厘米），行距为18英寸（45厘米）。

后续照料 11月时进行修剪，只留下花冠以下的部分。然后将它连根拔起，移种在小坑里，还要处于黑暗环境下，温度保持在10℃左右。不久，它们就会发芽。

收获 到你需要食用之前，再掐掉嫩芽。它们约每4周长出一次新芽。继续掐芽即可。

野苣

食用价值 如果你喜欢在冬天吃沙拉，那么野苣将是不二选择。它的叶子吃起来就像嫩生菜。

播种 在晚夏时节进行条播，播种间距为1英尺（30厘米）。

收获 当植株还比较矮，只有三四片叶子时，就该收割了。别等到它们长得细长时再收割。

黄瓜

食用价值 你可以种长黄瓜或是小黄瓜，无论哪种，都适于在户外种植。在大棚里或者塑料罩中生长的大棚黄瓜，幼嫩之时更好看也更好吃。有温室就更好了，因为黄瓜可以更早成熟。如果把它们种在地里，施过粪肥的“轻”质土壤较佳。它们需要大量的水分，不喜酸性土壤。

养护方式 在头一年秋天安置大量的护根物。

播种 大棚黄瓜可以在初春的时候播种——最好是在加热的温室中，温度保持在16℃。室外种植的黄瓜直到初夏才播种，除非你在生长期的第一个月能保护好它们。气候潮湿的话，可以在高约4英寸（10厘米）的小丘上撒6粒适宜室外生长的黄瓜种子，然后间苗，选出其中长得最好的3株。在干燥的季节用同样的方法，但要种在较小的洼地里，这样在秋季之前就会有足够的淤泥或堆肥。

种植 室外种植的黄瓜就在你播种它们的地方生长好了。大棚黄瓜会在初夏时分逐渐茁壮。

如果你在温室里种植黄瓜，要先把它们种到装有泥炭土的盆里，待长到足够大，根系快要长出盆外时，再连着

盆和土壤一起移到温室土壤里。要一直给它们浇温水，还要确保温室的湿度和通风适宜。

后续照料 一定要有充足的水分以免其干枯。这样也能帮助粪肥浸入水中。要掐掉长黄瓜所有的雄蕊，这样雌蕊在长出黄瓜前就不会受精。一旦受精，长出来的黄瓜味道就会变苦。当长黄瓜长出7片真正的叶子时，就得把嫩芽掐掉。

收获 趁它们还鲜嫩，适时摘下，这样它们就会继续开花结果。在初霜降临之前，要把最后一堆黄瓜腌上。

苣荬菜

食用价值 苣荬菜是一种脆的、弯曲的阔叶植物。在冬季，它宽大的叶子可以代替生菜做沙拉。

播种 在盛夏播种，夏末时用塑料罩盖住。用石灰水将塑料罩刷白，以避免阳光直射，这样苣荬菜就会变白，制作冬季的沙拉会更好吃。变白后，苣荬菜的苦味也会减弱。对于夏季苣荬菜来说，要在春天之前就种植它们。它们要做成沙拉才好吃。

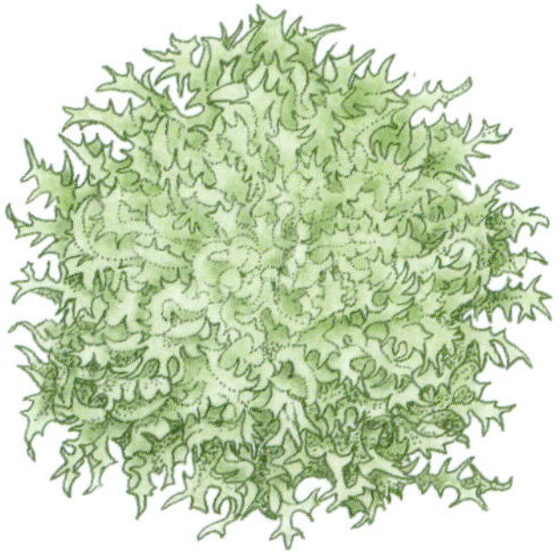

四季豆和干豆

食用价值 将成熟的四季豆烘干后留到冬天食用，就是所谓英国扁豆。利马豆也特别适合烘干后留到冬天食用。对于素食主义者来说，这种干豆是必须的，因为这是他们冬天获取蛋白质的唯一途径。四季豆变绿了就能吃，包括豆荚等部位在内都能吃，和红花菜豆差不多。

土壤 四季豆喜欢较“轻”、排水好、温暖的土壤。最好不要在重黏土或是酸性土壤里种植。

养护方式 像所有的豆科植物一样，在大量施过肥的土壤里，它们会长得更好。必要时也会用到石灰。

播种 要在初夏这样的温和天气条件下播种。它们易受霜冻，如果种在寒冷潮湿的土里，就不会茁壮成长。在错列的两垄的宽沟畦里播种，种深约2英寸（5厘米），间距约6英寸（15厘米）。

后续照料 好好锄地，将土堆在植株四周。矮小的植株不需要支架，但高大的植株需要。在木桩上用木条、金属丝或绳子搭成架子。

收获 如果豆子要烘干储藏到冬天，就要待它们熟透，然后完好无损地摘下。把豆子挂在通风大棚的顶上。还得按要求脱粒。如果你要在豆子还绿的时候就吃，那就等一批豆子绿了马上摘一批。让豆子高产并且保持鲜嫩的秘诀就是：不停地采摘。

羽衣甘蓝

食用价值 羽衣甘蓝十分耐寒，因此是绝佳的冬季绿色蔬菜。当我初次种植羽衣甘蓝时，我是在青黄不接时改种它们。从苗床中种出羽衣甘蓝，实在非常艰辛。早春青黄不接的时候很难成功种出蔬菜，但羽衣甘蓝就很好。羽衣甘蓝可以在冬天或早春种植，在寒冷潮湿的气候下生长，同样的条件下几乎种不了其他蔬菜。苏格兰高地的“羽衣甘蓝农场”是当地在严冬获取绿色蔬菜的唯一途径。

土壤 羽衣甘蓝不是特别讲究，但是也需要肥沃的土壤。

养护方式 参照春季卷心菜的养护方式。

播种 在4月末播种，也可以在5月初比较冷的时候和4月初稍暖的时候。

种植 在你想让它生长的地方播种，然后进行间苗，而不用移植，除非你用地紧张。

后续照料 参照春季卷心菜的后续照料。

收获 直到你真正需要的时候再去理会它们。也就是说，直到球芽甘蓝已经腐烂，卷心菜已经收获，蛞蝓吃掉了残余的芹菜，地里积雪深达2英尺（60厘米），唯有羽衣甘蓝傲雪而立时，再来收获它们。

韭葱

食用价值 它是寒冷潮湿地区最有用的植物之一，因为它能在冬季存活，并为人类提供必要的食物和维生素。在冬天，除了羽衣甘蓝和韭葱外，就没有其他蔬菜能存活了。洋葱很难在冬季生长，韭葱是很好的替代品。韭葱的产量通常很少。威尔士人将韭葱，而不是那些不能食用的花或者该死的蓟，当成他们的标志。本书第4章第12节还记载了一份极佳的奶油韭葱的食谱。

土壤 韭葱可以在任何土壤中生长，只要不是涝地就行。

养护方式 种植韭葱时，大量施肥会利于生长。所以为了使韭葱长得好，大多数人要么施很多肥，要么将其种在早前丰收过土豆的土地上。但是，如果在盛夏之前收不了土豆，就别想再用这块地种韭葱了。你得把它们种植在深耕过的土地上，好好地施肥。

播种 春天时，在普通的苗床上播种。播种深度1英寸（2厘米），每垄行距1英尺（30厘米）为宜。

种植 种植韭葱的传统方法是从根部切断，再切掉幼苗的叶子，然后把这些植物扔在小坑里，就不用再去管了。此法的确能长出韭葱，可是我觉得这种方法不够聪明，还不如不毁坏植物，好好地妥善栽培它们呢。为什么不在两种方法都试过之后，再做比较呢？用手锄或轮锄犁出3英寸（8厘米）深的条播犁沟，把韭葱以5英寸（13厘米）的间距种在犁沟中。为每一根韭葱挖一个较大的坑，并精心种植它们，要确保幼苗的根部不出现褶皱。请勿像按压洋葱苗一样去按压它们。只需要给它们浇水，这样会使得根部周围的土质变得湿软，然后流进坑中。

后续照料 在土地上堆出田垄，并时不时地抬高田垄，以便韭葱茎部的下半部分变白。

收获 收割之前都不必管它。到冬季结束前，把它们挖出来，斜放到另一块地上。倾斜着铲子在地上铲出一个小坑，把挖出的韭葱严实地填进坑里，并在根部培土。这样做它们虽然不会再生长，但在食用之前，它们都会保持新鲜。

生菜

食用价值 一年中的任何月份，制作沙拉的最基础的材料都是生菜。如果有必要的话，把它们装进玻璃容器里保存，这样可以吃上一整个冬天。它不是芸薹属植物，所以不用担心根瘤病。

土壤 生菜喜欢良好的，特别是施肥良好的土壤环境。但在大多数的土壤环境中，它都可以生长。生菜喜阴，但在靠近树的地方生长得不太好。它也喜欢潮湿的气候。

养护方式 种植夏季生菜时，要把完全腐烂的粪肥或者堆肥填进土里面。但冬天就不行了，因为冬季生菜不喜过量的新鲜粪肥，否则它会得灰霉病。请在土壤状况良好的苗床上认真进行种植。

冬季生菜

播种与种植 夏末，在大约1英寸（2厘米）深的坑中撒下种子，然后用塑

料罩之类的东西来保护它们过冬。当然，在非常寒冷的气候下，冬季生菜也没辙。如果你想要在早春收获，可以把冬季生菜的种子播种在苗床上。当然，你也可以整个冬天都在大棚里种普通生菜。有一种野生菜，可以在冬天很好地替代生菜制作沙拉——真正的生菜那时候已经玩完了。

夏季生菜

播种与种植 在早春，稀疏地播下种子，并保持18英寸（45厘米）的行距，超过1英尺（30厘米）的间距稀疏种植。鉴于它们很容易移植，也可将疏苗移植到别处。不要一次播种太多，在夏季则要多次播种。

后续照料 不管什么时候，只要有必要就不停地锄作、浇水。然后尽情享用。

西葫芦、南瓜

食用价值 它们富含维生素，营养价值高，易存储，可备冬天食用。

土壤 对于南瓜而言，最好把它们种在陈腐的粪肥堆里，我们也经常这样做。它们喜爱“重”质土壤。

养护方式 如果你不把它们种在粪肥堆中，就得在秋天翻开土，再填进大量的粪肥或堆肥。

播种 春末，在种子长出来的位置就地播种，并用塑料罩罩住它们。如改用倒置的塑胶广口瓶，效果会更好。或者，也可把它们播种在土壤营养钵或装有泥炭土的盆中，用玻璃罩罩住。初夏时分，白天把塑胶广口瓶支起来，到了晚上再把它们盖下去，以使植株茁壮生长。几周后，移开塑料

罩，或者把装在盆中的植物取出来种在室外。由于这种植物喜欢四处蔓延，所以在每个种子坑里撒上3粒种子，并保持6英尺（1.8米）的间距为宜。

后续照料 当然了，有必要时肯定要锄作、浇水，要是得闲，不妨顺便做下护根工作。还要当心蛞蝓。

收获 在它们还没成熟时，要不停地修剪，如此便会收获更多。嫩绿的西

葫芦口味超赞。夏末时，留下一些不收，等它们长成熟，然后把它们储存在凉爽的地方，避开风霜。最好是把它们挂在一张网上。在南部非洲（那里没什么霜冻），南瓜一整个冬天都被扔在波纹形的铁皮房顶上。经冬日阳光晒干后，南瓜会变得相当美味，那也是南部非洲国家主要的冬季蔬菜。

瓜类作物

食用价值 瓜类作物在天气冷暖时都可以进行室外栽培，但在最后一次霜冻降临后，要尽早覆盖住它们。天冷时，瓜类作物在保护架里长得最好。
养护方式 养护它们的方式，除了不要摘掉雄性花蕊之外，就和养护黄瓜的方式一模一样了。在小山丘上种植的话，要有6英尺（1.8米）的间隔。

洋葱

食用价值 说到好食材，总是会想到洋葱。
土壤 洋葱对土壤是很挑剔的：它们喜欢中性且排水系统好的土壤，要有深挖的排水沟和厚厚的堆肥。
养护方式 土壤一定不能是酸性的，所以必要的话，秋天时可以加一点石灰在里面。在秋季进行深挖，然后施肥或堆肥。在春季挖到一个恰当的深度，然后夯实土壤，因为要想洋葱长得好，必须有坚实的土壤。
播种 可以在仲夏进行播种，并将秧苗留在苗床里，直到次年春天。也可以在早春进行播种。或者，土壤变干到不结成块，可以在上面行走的程度，即可播种。如果你有意在原地进行种植和间苗，那么播种的时候尽量浅一些，稀疏一些，保持10英寸（25厘米）的间距。如果就地播下全部种子，就容易长得太密。用耙子轻轻地松松土，然后再用耙头把土拍实。
种植 洋葱要种在较为硬实的土壤里，但不要种得太深。在早春时种植夏季播种作物，不论什么时候种植，都要等到土壤足够干。据说和胡萝卜间种有助于驱赶洋葱蝇，我觉得和欧芹间种的效果更好。
后续照料 种植洋葱就意味着一场与杂草的战争。野草看起来对洋葱还挺热爱，当然洋葱也无力抵抗，只会像其他植物那样垂下叶子。我知道现在有些人会说，洋葱在一堆杂草里也可以长得很好，但是我的经验告诉我，在它们生长的前几个月里，必须把杂草除得干干净净。不过在洋葱生长期的最后一个月，就算周围长有大量的一年生杂草，洋葱也可以长得不赖，这倒是事实。我喜欢把杂草除干净，再用杂草在后期给它们做个护篱。如果选择在苗床原地种植洋葱，要保持4英寸（10厘米）的间距。要是以前种得非常稀疏，就该试试种得稍微密一些。一开始收获的洋葱较小，但是情况会逐渐好转。
收获 当洋葱头开始下垂，植株弯曲到地上，那就是说洋葱开始成熟了，同时也就停止生长，开始结种。几天

后把洋葱拔出来，放在裸露的土地上，要是有钢丝网架更好，可以放上去把土地腾出来。不定时地翻翻它们。太阳越辣，对洋葱越好。秋天到来之前，把它们串起来，挂好，挂在网状袋子里也可以，抑或是将它们放在阴凉干爽的钢丝网架上。保持空气流通。对于洋葱来说，可以不用担心霜冻的问题，但是一定不能少了通风换气。

青葱

在晚冬种植鳞茎的话，会在下个夏天收获长在第一个鳞茎附近的青葱。直至秋天之前，你都可以去采摘它们。要留下一些较好的鳞茎来年种植。

乔木洋葱

这种洋葱是多年生植物，所以一旦种下，它们会年复一年地生长。每一年，当作物生长的时候，小洋葱总会在茎秆的尖部出现。这种情况发生时，你需要搭起支架，为植株承重。每行间隔大约6英寸（15厘米），每列大约间距18英寸（45厘米）。落地的洋葱可以和落叶一起用做肥料。

泡菜洋葱

这种洋葱喜爱贫瘠的土壤。在春天的时候播种，并轻轻地翻动土壤。用手撒下种子，但不要太密集。合适的时候就采摘下来腌制。

沙拉洋葱

和普通洋葱一样，在夏末时播种。你喜欢的话，可以在早春再播种一次。不要间种，按要求采摘食用。

洋葱密种

这是懒人种植洋葱的办法。即将未成熟的鳞茎，人为加热后限制其生长。我们应选择在早春的时候坚定地播种，被鸟儿刨出来的话，就重新种进土里。之后的方法就和普通洋葱一样了。这样种出来的洋葱就容易生长得多。

欧洲防风草

食用价值 欧洲防风草的根可以酿出极好的酒。作为蔬菜，它富含维生素A、B、C。烹调时注意别煮得太老。

土壤 只要地里石头不是太多，欧洲防风草可以在任何一种深层土壤中生长。就像所有的根茎类蔬菜一样，不要使用新鲜的粪肥。

养护方式 欧洲防风草喜欢钾肥，同时土地需要深耕。如果想要让欧洲防风草长得茁壮，就要挖一个洞（就像挖个洞埋栅栏木桩一样），再用泥炭土和堆肥，或是盆栽用土把洞填满。之后便可在洞里播种。

播种 在初春有空地又足够干燥的时候，在地上钻出1英寸（2.5厘米）深的洞种下种子，间隔14英寸（36厘米）。欧洲防风草生长期较长，所以要在旁边种上一些水萝卜，因为水萝卜会比欧洲防风草先长出来，这样便能标识出欧洲防风草生长的区域，以免锄作时伤害其幼苗。

后续照料 你可以将其和某一种莴苣属植物间种，然后进行锄作，并保持地面清洁。

收获 种植了欧洲防风草之后，你大可以不去照顾任其生长。经霜打后它们会生长得更好。到严霜时节，它们就很难挖出来了，因此，如果你想食用它们，就要在霜害之前挖出并堆放在室外或者棚内。你可以把它们炖煮成菜肴，但是和肉一起烤来吃味道会更好。也可以稍微煮一下，然后切片油炸。英国的一些园丁把他们的菜园分成两部分，一部分用来种植大黄，一部分用来种植欧洲防风草。这两种作物收获之后就可以酿酒了！欧洲防风草酒是本书提到的最好的酒类之一。

豌豆

食用价值 刚成熟的青豌豆非常美味，也极具营养价值。把它们晒干之后，就可以储藏度过整个冬天，也可像烹饪扁豆一样食用。最好是在新鲜的青豌豆刚成熟时就采摘，只有这样，你才会每年都尝到新鲜的当季豌豆，不会厌倦其口感。冷冻豌豆的味道很糟糕。

土壤 它们喜欢“轻重”适中的壤土，但在大部分土壤中都能生长。像所有的豆类（以及芸薹属植物）一样，它们不喜欢酸性土壤。土壤要保持湿润。

养护方式 如果你想获得大丰收，就得在秋季挖一条沟，用粪肥和堆肥，或者任何老旧的东西（只要是有机的）填满它，然后用土埋起来。在土壤上撒上石灰。春天时，便就着沟里已有的肥料进行种植。但是，这也很费力。种完土豆之后再种豌豆，那时你的土壤已经很好地施过肥了。

播种 就我个人而言，我会用锄头挖出大约3英寸（8厘米）深的小沟，然后把豌豆密集地种植在沟中。我吃豌豆都快吃吐了。播种时，种子之间要有2~3英寸（5~8厘米）的间隔。要把豌豆种子埋在土里，并且把土夯实。播种之前先把豌豆种子在水中浸泡两三天，可促使其萌芽，对豌豆苗早日破土而出很有帮助。鸟类对于豌豆的生长来说是一个威胁。使用金属丝制成的防护网，养一只好猫，可有效防止侵害。你可以在11月气候比较温和的时候，种植一些圆形的豌豆，2月份时再大量播种在干燥的“轻”土里。当然，用玻璃罩盖住它们也会奏效。它们很快就会成熟。但如果是3月中旬以后才大量播种的豌豆，就要一直等到7月再收获了。这样也会方便下次播种。最后熟得快的反而是种得晚的，听起来真是自相矛盾。它们会在受霜冻侵害之前就快速成熟。

后续照料 在豌豆苗生长出来并缠绕成藤蔓之前都要进行锄作，而藤蔓长出来后，它就可以抑制杂草的生长了。此外，对豌豆进行护根工作会有奇效，因为这样做会让地面保持湿冷，而这正是豌豆喜欢的生长条件。

收获 可采摘嫩豌豆，拌在沙拉中生吃，或等豆荚包裹得更加紧实之后，再采摘来烹煮。你大可尽情采摘，如果实在太多了，吃不完的话，可以让它们留在藤蔓上，继续生长成熟后，再适当采收。换句话说，要在藤蔓停止生长时将它们扯掉（秋天之前），将它们挂在通风处，但要注意避雨。及时地将其脱粒，并将它们放在罐子中储存起来，然后做汤吃。

辣椒

食用价值 有的辣椒呈温润饱满的圆形，有的则是长长细细的，后者更辣。辣椒和小米辣（番椒）给平淡的菜肴增添了风味，并且可以在温室中成功种植。

播种和种植 早春时，在室内播种并培育种子，至少在最后一次霜冻天气

过去2周后，再将幼苗移栽到精心施过肥的菜园中。如果种植时天气寒冷，就要盖上棉布保温。

种植时保持2英尺（60厘米）的间距和3英尺（90厘米）的行距。在地温升高之后再做护根。辣椒适宜在潮湿环境中生长，但水分太多也会导致其死亡。在气候潮湿的时候应将它们种在田垄上。

收获 它们变青就可以收获，或者等它们变红再采摘也行。

土豆

食用价值 土豆极易种植，不用花太

多精力就可以大量收获，你甚至光吃它就能活命。土豆是我们能种植的作物中最易储存的一种能量来源，也是我们在冬天获取维生素C的主要来源。

土壤 土豆喜欢肥沃且坚实的土壤。它们可以在黏质的壤土中成长，也喜欢泥炭土。此外，它们是极少数不仅能忍受，甚至还喜欢酸性土壤的作物之一。如果在种植前撒上石灰，它们便会长满疙瘩。土豆的生长需要很多的粪肥，它会在精心施过肥的土壤中自然生长。

养护方式 最好先在秋天时挖好深坑，在春天时再挖一次，同时做好田垄和地沟。它们不需要优质的耕地，只要够深就行。在播种之前把粪肥和堆肥倒进地沟里，再把土豆直接种在上面即可。

种植 在当地其他人种植之前先行种植，或提前2周种植在玻璃罩或透明塑料薄膜下。一旦叶面沾上一点霜，它们就会枯萎，那样就得从头开始。如果你想要早点收获土豆，就得先让种薯发芽。也就是说，你得把种薯放进凹陷处，用架子支撑，或者放进旧鸡蛋盒里，然后透入光线，避免严霜，调整温度至40~50℉（5~10℃）。当你种植土豆时，一定要小心别把所有的嫩枝碰断了。每个块茎上至少保留两根嫩枝。别摘掉主产土豆上的嫩芽。在晚春时直接种下它们，切记时间不能提前。如果是种土豆仔，要种在大约3英寸（8厘米）深的土里，并保持1英尺（30厘米）的行距，有些也可以是18英寸（45厘米）。主产土豆也得保持上述行距，但要想收获最好的土豆，深度就不能超过5英寸（13厘米）。

后续照料 当叶子出现时，将土豆周围的土轻轻推开。3周过后，继续培土，当过几周主产土豆长出来时，再培一次土。在垄间锄土，并喷洒波尔多液（在天气变得闷热潮湿时）。

收获 如果你种植了大量的土豆，当它们还很小个的时候，就可以挖一点来吃上一两顿。然后继续挖土豆仔，直到挖完。如果你种了第二批土豆仔，就如上继续。主产土豆成熟后会作为当季食物接替它们，但在茎梢没有完全枯萎之前，不要把主产土豆拔起来。

随后小心地把它们耙出来，放在地上，晾晒1天或1天半，使它们的表层颜色一致（超过2天它们会变青，这样就会产生毒素）。将它们用室外堆埋法储存，或者储存在黑暗的地窖中。土豆绝对不能受霜冻，那会使其变质，白白浪费掉。

水萝卜

食用价值 水萝卜随处都可以生长。可加入沙拉里，让它爽脆的口感和鲜艳的色彩为沙拉增添别一种风味。

播种 在条播的沟垄里种入大种子，大概6周之后便能成熟并收获。它们是芸薹属植物，但是由于生长速度太

快，它们几乎不可能得根瘤病。为了时常收获幼嫩的小萝卜，可在春夏季连续播种。不要让它们长得太老开始结种。

大黄

食用价值 大黄是一种耐寒的多年生植物，你可以种在地里，也可以从别处嫁接过来，它们都会长得很好。

土壤 任何土质较好的土壤都行。

养护方式 大量施肥。

种植 购买或者讨要一些根茎，然后在晚秋时种下它们。作物间保持3英尺（90厘米）的间距和4英尺（1.2米）的行距。在作物茎叶部分施一些氮肥，将它们变成自我激活的肥料堆。春天时将盆或壶倒扣在这些作物上，尽早刺激其生长。

后续照料 秋天时用厚厚的稻草铺满土地。

收获 当根茎长得又高又壮时，你就

可以开始采摘了。但不要采得太狠。

红花菜豆

食用价值 此类豆子的成熟期比后文介绍的菜豆要晚一些。红花菜豆产量丰富，豆质坚硬，表面粗糙，但我认为这样尝起来更好，更具风味。在红花菜豆的种植过程中，你需要对它悉心照料，并且需要搭设较高的支架，以便红花菜豆苗攀缘生长。腌红花菜豆是绝佳的越冬蔬菜。

土壤 红花菜豆适宜在土质优良肥沃、土层深厚的土壤中生长。

养护方式 早春时，在土壤中挖出两条平行深沟，将大量的堆肥或粪肥混合埋入土中。如果你有紫草叶子，也可以将它们一道混入，因为它们富含豆类喜欢的钾。必要的话，在上一个秋天豆子收成之后，在土地上撒上石灰。

播种 夏初，将红花菜豆播种在较宽的浅土坑中，大概2英寸（5厘米）深就行；分作2行种植，行距约9英寸（23厘米）。豆苗之间至少要留出5英寸（1.5米）来放置豆架。尽早放置支架，能使红花菜豆从一开始就生长良好。或者你可以掐掉高过支架的红花菜豆藤蔓，使其在地面上蔓延生长，但这样就不会丰收。而且在我看来，缺少这些多产藤蔓，就减少了你菜园的美感。

后续照料 在干燥的季节，需不时用锄头翻土，并保持水分充足。当红花菜豆开花时，必须保证有充足的灌溉。条件允许的话，可将堆肥覆盖在土壤表面，偶尔浇浇水，通过这种方式使红花菜豆花习惯在少雨环境中生长。

收获 你要做的只是不断采摘。唯一的问题是豆子多得采不过来。总之，你就采你的吧。将采摘下的红花菜豆平整放置，然后将它们切成小碎粒（你可以买个专门切这类植物的小工具），最后用盐腌制储存（见第4章第6节）。或者你可以挑一些红花菜豆喂给鸡吃，这总比你放任它在支架上长得又干又扁好。你还可以留一些红花菜豆继续生长，这样等它成熟了你便可以收获种子，来年继续播种。

大豆

食用价值 大豆在亚洲已有长达几个世纪的种植历史。它们传入西方还不到200年，但由于其富含蛋白质，已经成为气候温暖地区非常有价值的作物。不过它们需要较长时间的温暖气候——至少100天。你可以像吃豌豆一样，在它新鲜嫩绿的时候食用，也可以等它成熟之后将其风干，然后存储，以备冬季食用。你还可以磨成营养丰富的大豆粉。

准备工作 在秋季开始松土挖坑，并向土壤中掺入石灰。

播种 晚春时节，在深约1英寸（2.5

厘米）的土壤中播种，保持3英寸（8厘米）的间距，2英尺（60厘米）的行距。

收获 初熟时，便可挑选嫩绿的大豆采摘食用，全部豆子一定要在变黄前采摘完。食用之前将大豆放在开水中煮上几分钟，便能轻松将豆子从豆壳中分离出来。如果想将大豆风干磨成粉，就要等它们完全成熟之后再采，但必须在炸荚之前摘取完毕。你可以根据豆茎颜色的变化来判断豆子的生长期。

菠菜

食用价值 菠菜有许多品种：新西兰菠菜、甜菜，以四季长青知名的叶甜菜，以及莙荙菜。它们的种植方法都相同。虽然它们生长缓慢，但最终都有不错的收成。

土壤 和其他植物一样，菠菜适宜在优良肥沃的土壤中生长，因此要尽可能为它提供充足的肥料。菠菜在黏土中会生长得更好，但除非在土壤中施加大量肥料，否则黏土也会变成沙

土。

播种 将菠菜种子播种在1英寸（2.5厘米）深的土层中，保持1英尺（30厘米）的间距，6英寸（15厘米）的行距。

后续照料 常用锄头翻土，做好护根，夏季时多浇水。

收获 挑选叶子鲜嫩翠绿的菠菜进行采摘，只摘少量成熟的菠菜叶，让剩下的小叶子继续生长。不要长时间煮菠菜。你只需将它放在水中清洗干净，然后将湿湿的叶子放入炖锅里焯一下即可。收获莙荙菜时，不仅要采摘叶子，还要摘取其茎部。莙荙菜的茎部的食用方法同芦笋一样。

芜菁甘蓝和萝卜

食用价值 芜菁甘蓝和萝卜既可以在夏秋季节趁鲜嫩食用，也可以用室外堆埋法储存起来过冬。在严寒的霜冻来临之前，或是在气候温和的圣诞之前，萝卜都能够继续生长。芜菁甘蓝

十分耐寒，它们能在地里持续生长一整个冬天。

不管怎样，它们便于收获储存，因此只要你需要，随时可以食用。它们属十字花科，极易得根瘤病；它们也是芸薹属植物，这便意味着患病周期不会长久。因为可能罹患根瘤病，你要给作物之间留出尽可能宽的缝隙。甘蓝（卷心菜、球茎甘蓝一类）或者大头菜，和萝卜都很相似，以同样的方式生长。

土壤 “轻”质、肥沃的壤土是最好的。保持土壤排水良好，但不要太干。不过萝卜这种主要用做存储的作物，在大部分的土壤中都能生长。

养护方式 在每年降水量超过35英寸（90厘米）的雨水丰富的地区，在山脊顶部种植萝卜和芜菁甘蓝是极好的，也有利于排水。所以可用犁将土地堆成垄状，或者是用铁锹堆出一小块，并在垄脊上播种。

如果你想让它们在平地上生长，则和照料春季卷心菜的方式相同（见本节卷心菜部分）。

播种 早季播种可以在早春，或者是最后一场霜冻来临前的一两周内完成，不过萝卜和芜菁甘蓝直到8月份再种都行。在地上浅浅地撒上一层种子，并保持大概9英寸（23厘米）的间隔。用土覆盖住并夯实。

后续照料 要当心跳甲。这些小跳虫会在叶子上弄出针尖一样大小的孔。你可以用杀虫剂来避免其侵蚀作物，或者你可以用一种特别的双轮设备来逮到它们。这种设备有一块底部具有黏性的木板，位于植物上方一点点那么高的地方，用一根丝线连接木板和植物叶片，这样，跳甲一跳就会被粘住。当秧苗还很小时，每垄之间的距离为4英寸（10厘米）即可。随着植株长大，每垄之间的距离至少要锄宽两倍。

收获 2个月之后成熟，便可以食用，或者你可以将它们保留至初冬，然后拔起，截去顶端，用室外堆埋法储藏。

甜玉米

食用价值 不要等到甜玉米完全成熟。它的种子相当柔软且呈乳白色，其中的碳水化合物几乎都是糖分。甜玉米适合在最热的季节生长，在温和的季节则会长出耐寒品种。

土壤 甜玉米在大多数排水系统良好的土地里都能生长，但它也不好伺候，需要大量粪肥，土壤酸碱度须保持6.5左右。

播种 对甜玉米来说，保证较长的生长期是很重要的。但是甜玉米经不起霜冻，因此如果你要种植它，最后一场霜冻来临前的一两周内，就要用倒放的塑胶广口瓶来覆盖它们，或者是

将其放置在小塑料棚里、玻璃罩内，这些均是不错的选择。你可以选择在初夏这样温暖的季节将它们种植在室外，但如果离夏季到来还早，你也可以在晚春时分，先将它们种在室内的装有泥炭土的盆里，然后再移栽出去。播种大概要有1英寸（2.5厘米）深，并保持15英寸（28厘米）的间距，30英寸（75厘米）的行距。试着成片播种——最好不要少于4垄，因为它们是由风来授粉的。如果将它们种在较长、较狭窄的垄里，就会有许多植株无法得到授粉。

种植 如果先前是在花盆里种植它，那么移栽时一定要非常小心，否则它很难存活。最好在它们长到5英寸（13厘米）高的时候，连着泥炭土盆一起移植。之后要好好浇水。当然了，要是能直接在地里播种会更好。

后续照料 种上甜玉米后要锄地，如果土壤不是那么肥沃的话，还得向地里施氮肥，否则甜玉米无法生长。

收获 当玉米穗开始枯萎并变成棕色的时候，就可以将乳白色的玉米棒掰下来了。为了检验是否成熟，你可以先撕开几片叶子，用指甲掐掐玉米粒。要是渗出乳白色的汁液，说明玉米已经成熟，可以收获了。不过此时，你得先小跑回家，把你掐下来的这根超级鲜嫩的玉米煮了尝尝。因为只要你把玉米一摘下来，它里面的糖分就会迅速转化成淀粉。如果收获了很多玉米棒，可将其烘干（见本书第4章第2节）。剩下的玉米秸秆可以喂鸡，或者用来堆肥。光这后面两条就很有价值。

甘薯

食用价值 在干燥、温暖的地带，甘薯可以作为主食。它在阴暗潮湿的环境中收成不好。它们极易受冻。

土壤 它们长在沙地或者沙质壤土里，却不喜肥沃的土地。

养护方式 只要挖个深坑，种进去就好。不需要添加任何东西。

种植 像种植土豆一样种下块茎（如果你确信它们没喷过生长抗化剂）。要保持40厘米的间距，75厘米的行距。直到最后一场霜冻结束2周后，再开始种植它们。

后续照料 锄地就行。

收获 至少要在初霜来临的前2周，小心翼翼地把它们挖出来。轻轻地把它们放在干草上，晾晒10天左右，然后储存起来。它们不会变绿，因为它们跟土豆完全不同。

收获之后，要时不时地翻动甘薯。如果日照不足，将其置于温度80~90℉（27~32℃）之间、湿度90%的地方，10天为宜。保存时用稻草薄薄包

裹，置于通风处，温度不低于50℉（10℃）。

番茄

露天番茄

食用价值 在任何寒冷、潮湿的环境里种植露天番茄都是有风险的。它们自然成熟需要夏末时分温暖、干燥的环境（我就住在这种环境里），这种条件如今却不易具备。但是，如果你能把绿番茄储存得很好的话，它们会在储存时成熟，然后用来制作上好的番茄酱或开胃菜。尽管它们吃起来不像刚从藤蔓上摘下来，被阳光晒得暖暖的天然番茄那样美味，你也依然可以选择种植它们。在阴冷的冬天，它们可以保证全家人的健康，因此是非常有价值的作物。它们就像是被储存起来的阳光。

土壤 土壤的排水系统必须设计得当，要能晒到阳光，但是在冷天也要有一定的遮蔽物。

养护方式 秋天在地上堆起垄沟。早春时节，把腐烂的堆肥或粪肥填进沟里，然后再在肥料上挖出新沟来，最后再将番茄种植在新沟里。

播种 我见过长得最好的番茄，是污水沟旁的一棵植株上结出来的。也许有人觉得既然如此，干脆吃掉果实就别再种它了。我们不会用这种太过极端的方法。你可以在玻璃罩下稀疏地播种，种子要撒在肥料里，任何形式的肥料都可以，包括你自己制作的。如果你是在晚春时的温和天气里播种，就算温室里没有热量，作物也能生长，但是如果有热量，效果更佳。如果实在没有加热装置，夜间可以用报纸厚厚地盖住秧苗来保温，温度保持在55℉（12℃）。要经常浇水，温水最好，但别浇太多，以免将根沤烂。或者你可以就在收获果实之后一两周，在原地直接播种，气候温和的话用玻璃罩盖住它们保温，气候炎热的话可以直接种在户外。

种植 大部分人都会种两次。第一次，当番茄有三四片叶子的时候，把它们种植在土壤营养钵或装有泥炭土的罐子里，又或施了肥的小花盆里。这些花盆在天冷时也可以使用，作物也会因受冷而慢慢变得耐寒起来。第二次，在初夏的温暖天气里种植。种植时小心一些，尽量不要把根上的肥料弄掉，要比之前种得更深一些。把它们种在施过肥的田垄上，跟之前描述得一样。当番茄越长越大，也越长越重时，给每株番茄旁边立一根高高的木桩，作为支架。

后续照料 合理进行锄地及护根，会有一定的保护作用，但果实的种类就比较单一。切掉那些单边侧生的嫩芽。它们就是果实与主干之间长出的小芽，就像从你的腋窝又长了只小手臂出来一样。对番茄不能太娇惯，只在需要时浇水就好（将粪肥浸在水中，浇的同时也顺便施了肥）。当它们长得再高一些，用树皮纤维或细绳把它们小心地捆在木桩上。给它们喷点波多尔液，以防罹患马铃薯晚疫病（番茄和土豆有非常密切的关系，以至于它们的种植方式几近相同）。接下来，让它们长成4丛左右。在阴冷的气候条件下，要把番茄催熟，你可以试着将它们平放在干净的稻草上，在上面盖一些旧衣服。

收获 自家种植的番茄风味极佳（比那些商业化培植的番茄好太多了，那些番茄的保质期长，却一点番茄味儿都没有）。

室内番茄

食用价值 如果你的温室可以加热，那就在初冬播种，春天就可收获。

播种 在11月里，气温70℉（21℃）时进行播种。冬天的气温如低于60℉（16℃），就不要播种了。如果你不能将温度保持在70℉（21℃）左右，就在2月的时候播种，将温度保持在50℉（16℃）左右。用两份筛过的壤土，一份腐叶，再加上一点点沙子混起来，播种在这种混合土壤里。要用草覆盖住幼苗，以防水分蒸发。保持湿润。

种植 当植株长出2片叶子时，将其逐一移栽在5英寸（13厘米）口径的花盆里。还是用一样的混合土壤，但是要加施一些腐烂的粪肥。当第一束花开的时候，就移植到两倍大的花盆里。

后续照料 与露天番茄的照料方式相同，不过你可以让它们长成10丛。

收获 果实变红之后尽快采摘。

水田芥

食用价值 水田芥是你所种植的维生素C含量最丰富的作物之一。用它制作沙拉非常美味，烹饪成熟菜亦可。

播种 晚春或盛夏之时，在潮湿、阴凉的地方播种或扦插。深挖土壤，如果能弄到泥炭土的话，就放一些进去。耙松苗床，用水将其没过，然后将水排干，密集地播种。未经污染的小溪是不错的种植地。

第 8 节 各类香草

香草十分廉价，用于食物调味非常合算。同时有些香草还有助于消化，对身体有益。古时候，人们对于香草的药用价值和食用价值同样看重；而伴随着工业社会的到来，人们对香草用的少了，在北美与英国，只有欧芹与薄荷是厨房里的常客，对喜欢辛辣口味的人群来说，山葵也是常用的调味剂。如今，随着国际美食的风行，人们再次渴望尝试各种新口味。因此，种植香草，用它来增添食物的自然风味，成为越来越有吸引力的事情。

即使没有菜园，人们也可以在花盆里种植香草。从厨房窗口向外望去，一片琉璃苣与百里香的海洋华丽炫目。如今香草沉沦到只能种在园子后面的偏僻角落，而不是代替毫无食用价值的花卉种植在房子周围，这简直没道理可言。但是，除非你打算成为一名草药师，你最好集中种植一些对你有药用或食用价值的香草，而不是培育好几十个品种，因为你会大部分都顾不过来。

如果你想种植香草，你只需要记着，香草能够简单分成两种：多年生香草（不结籽且年年生长）和一年生香草（每一年都生长、结籽、死亡）。顶多再加上稍微复杂点的两年生香草（在第一年生长并在第二年结籽）。

收获香草

少数香草喜阴，但大部分香草都适宜种植在土质较“轻”、排水良好的土壤中，并需要充足的阳光。香草可以反复采摘。你可以通过将香草晾干，来保持新鲜的颜色和香味。晾干过程需要细致操作，需要时间以及悉心的照料。大多数香草都可以晾干储存。

晾干的一般方法，是在香草开花之前将它的茎叶摘下，选择天气晴朗，气温较高的早上，等到晨露蒸发后进行。若你要保存香草，立马将它们放在干燥器下，但不要放置过长时间。香草十分脆弱，多浪费一分钟，就意味着多一丝香草精华的流失，而后者决定香草的芳香品质。

将香草捆成小捆，悬挂在通风处。尽可能地使用最大的气流，将温度保持在 21~27℃之间最为理想。你可以无限期将它们悬挂晾干，但香草上会沾染灰尘。更好的做法是在叶子变干变脆（但还是绿色）的时候，从茎上摘下香草叶子，将它们弄碎并储存在黑暗处密封的玻璃或陶瓷罐中。如果空气太潮湿无法晾干，你可以把它们放在一张纸上，设定温度为 44℃在冷烘箱中放置一夜。或者你可以把香草悬挂在太阳能干燥机（参见第 5 章第 4 节）里晒干，这是理想的干燥方法，但在使用干燥机时，你需要用温度计来监测香草周围的温度。

在接下来的几页中，我会介绍多种香草，过着自给自足生活的人可能会发现，它们不仅对食品调味十分有用（谁能够想象，没有迷迭香调味，烹制出的羊肉会是怎样的难以入口！），还能在紧要关头提神，甚至能够缓解、消除一些病痛。

欧白芷
（Angelica archangelica）
两年生植物

用途　想要治愈鼠疫，可用欧白芷那带着芳香的叶子熬出一剂好汤药。根和茎可以制成糖果蜜饯。

土壤　欧白芷需要一个肥沃而湿润的土壤环境，位置要在阴凉的地方。

播种　种子必须是新鲜的，否则它们不会发芽。一旦它们成熟，就在仲夏把它们种在1英寸（2.5厘米）深的坑中。

种植　在第一年的秋天移栽其幼苗，然后以6英寸（15厘米）为间隔，稀疏种植。在第二年以2英尺（60厘米）为间隔种植。到了第三年，就以5英尺（15米）为间隔种植。它们会长得非常高，叶面也会迅速扩大。

收获　要在初夏，趁叶子颜色还鲜亮时，就把它们剪下来。也要在春末挑选出茎秆和叶子，不然就会没法制成蜜饯了。还要在第一年的秋天就把根挖出来，否则它们会变得很干。彻底清洗它们，然后尽可能快地把它们成捆晾干。

茴芹（Pimpinella anisum）
一年生植物

用途　茴芹具有宝贵的助消化作用。香喷喷的种子可以用来制作面包、奶酪和甜点，并让它们散发一种淡淡的甘草香味。

土壤　它需要肥沃度适中和相当干燥的土壤来茁壮生长。

播种　春末，在原地播种，之后再以8英寸（20厘米）为间隔稀疏地种植它们。在种植的时候要小心一点，因为这种香草很脆弱，并且很容易就打蔫。

收获　第一年，只要能晒到太阳，种子就会在120天后发芽。当种子的穗变成灰棕色时，就可以收获它们，然后待种子彻底晾干便可以开始脱粒。

香蜂草
（Melissa officinalis）
多年生植物

用途　它的叶片可以让汤和夏季饮料散发出柠檬的清香。

土壤　香蜂草喜欢那种阳光充足的，但有一些遮蔽的地方，土壤要肥沃而湿润。但如果由于遮挡土壤太过阴凉，香气就会消散殆尽；如果土壤太干，叶片就会变黄。

播种　香蜂草结出的大量种子，很容易就能自行发芽生长。在春天或者初夏比较寒冷的时候播种，3~4周后应该就可以发芽。当它们长到4英寸（10厘米）高时移栽在菜园里，或者在仲夏直接把它们播种在菜园里，然后在第二年的初夏种植幼苗。

收获　在长出芽花之前就收获它们，然后在秋天再收获一次。香蜂草很容易受伤，所以尽可能别用手去触碰。在黑暗的、通风良好的地方晾干它们，然后把它们装在密封罐中，并放在黑暗中储藏。

种植　每排之间保持10英寸（25厘米）行距，植株之间保持1英尺（30厘米）间距。香蜂草很容易受霜冻的影响，所以要在它们上面覆盖土壤，或者覆盖一层薄薄的粪肥、泥炭，或者腐叶土壤。

罗勒（Ocimum basilicum）
一年生植物

用途　罗勒是一种精致而辛辣的草本植物，适合为香肠、意大利面和填馅番茄调味。

土壤　罗勒需要比较干燥、排水良好的“轻”质土壤，并且需要在阳光充足且有遮蔽的地方生长。

播种　罗勒在气候炎热的国家是一种坚韧的多年生植物，在寒冷气候下则变得纤弱，一年只能生长一次。初夏时，把它们播种在室内。

种植　在土壤变得温暖前，是不适合去种植幼苗的。种植时，植株之间以8英寸（20厘米）为间隔，排与排之间以1英尺（30厘米）为间隔。

收获　罗勒需要大量的水来保持叶子中的丰富汁液。当叶子舒展开时，就尽快把它们采摘下来。在夏末或初秋把它们剪下，以便晾干。罗勒需要比其他植物更多的时间来晾干；它对光和热非常敏感，并且很容易受伤，所以尽可能少去触碰它。

月桂（Laurus nobilis）

常青植物

用途　在古希腊，桂冠曾被用来给诗人加冕。在现代，月桂叶经常用于炖菜。

土壤　月桂在任何土壤里都能生长。起大风时给它一些遮挡。大多数人认为它喜欢阳光，但它其实在阴凉处生长得更好。浓雾可能导致它死亡。在气候寒冷的环境中，通常应把月桂种在桶里，以便在冬天移进室内。

种植　用半成熟的嫩枝扦插，可以很快生长。不要让它干枯，要不时地补充肥料。

收获　月桂叶可以风干保存（在低温下进行，可保留叶片原始颜色），不过，一年中任何时候都能采到它的新鲜叶片。

琉璃苣（Borago officinalis）

一年生植物

用途　传统认为琉璃苣可以鼓舞精神，坚定心灵。在酒里加一点琉璃苣的嫩枝，你就会感受到别样风味。生的琉璃苣花可以给沙拉调色增香，琉璃苣叶切碎后则可以入汤或者炖煮。

土壤　琉璃苣喜阳，喜欢排水良好、

肥沃的沙土或壤土。

播种　最好在春天播种，并按照深1英寸（2.5厘米）、间隔3英尺（90厘米）的标准，每个坑播撒3粒种子。一段时间后，缩减到一个坑里只播一粒种子。种子会很快发芽，之后便让它们自己生长，你就只需关心除野草的事情就行了。

收获　大约8周之后，叶子就可以派上用场了，但只能采摘嫩叶。花一开就可以采摘香草叶了，但得在低温下快速风干。

小地榆（Poterium sanguisorba）

多年生植物

用途　幼嫩的小地榆叶加在冰饮或沙拉里，可增添类似黄瓜的清香。它们

是奶油和白软干酪的好伴侣。干叶则可用于制作美味的地榆醋。

土壤　小地榆在“轻”质、干燥、用石灰平衡好酸碱度的土壤中长势良好。

播种　早春时开始稀疏地播种，保持1英尺（30厘米）的间距。你也可以进行扦插繁殖。保持充足的阳光是最基本的。如果需要经常的叶片供应，那么每年都要播种。

收获　这种植物在大多数气候中都很顽强。可以时常采摘幼叶制作沙拉，或者晾干保存。

葛缕子（Carum carvi）

两年生植物

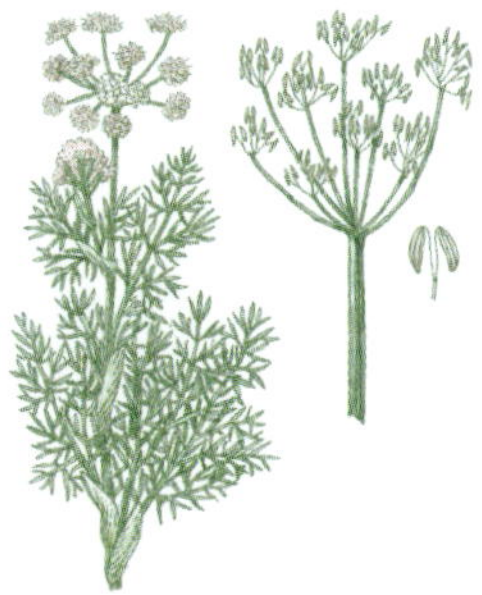

用途　葛缕子种子可用于蛋糕和面包中，也可以磨碎后撒在肝或烤猪肉上，还可以和炖牛肉、德式酸菜一起烹制。它的叶片可以加入沙拉食用，根部亦可以煮出美味的菜肴，就像欧洲防风草一样。

土壤　葛缕子喜爱肥沃的黏壤土，喜欢有遮蔽的地方。它能够顽强地度过冬天，在凉爽的气候条件下茁壮成长。

播种　盛夏时播种，它会在下一年开花长籽。在强风来时要保护好花柄，以防止种球在种子成熟之前就被吹散。

收获　种子变成棕色时剪掉花头。脱粒前在通风处风干种子。

洋甘菊（Matricaria chamomilla）

一年生植物

用途　洋甘菊有时作为观赏植物用在花坛中，但主要价值在于药用。洋甘菊茶对消化系统有净化的作用。一杯开水，加入两勺洋甘菊花，便成了清口佳品，也是缓解牙痛的良方。

土壤　菜园里的各种土壤皆可。只要土壤足够肥沃，加上充足的阳光，就可以让洋甘菊茁壮成长。

播种　在早春湿润的日子里，混着泥沙或草木灰种下它，并保持9英寸（23厘米）的稀疏间隔。这些种子有很强的自行生长能力。建议在发芽期多浇水。

收获　播种后8周，花苞初放。可以时常采摘，但要在晴朗的天气采，因为在那时花朵的精油含量最高。不要过多触碰洋甘菊花。

雪维菜（Antbriscus cerefolium）

两年生植物

用途 雪维菜是汤和酱汁中美味的调味品。可作为菜肴中的装饰，也可以作为一道经典的菜肴——雪维菜汤的主料。

土壤 雪维菜在大部分土壤里都可以生长，但是它更喜欢土质“轻”、排水系统好的土壤。

播种 早春时节在室外播种，或者在冬季，在恒温为45℉（7℃）以上的温室内播种。每垄之间的距离为1英尺（30厘米）。过了这个时节它就会自我繁殖了。雪维菜不能移植，所以种在哪里它就长在哪里。当秧苗长到2~3英寸（5~8厘米）时，就要进行间苗。保持苗床潮湿，随时除草。

收获 在播种6~8周后，就可以摘来吃了。经常摘掉雪维菜外层的叶子，以便让内部果实更好地生长。尽量避免让它开花，因为这会带走它的香气。同时，雪维菜也是一种很难干燥的香草，需要在连续的低温下风干。不过因为全年都有嫩叶，所以这并不是大问题。

细香葱（Allium schoenoprasum）

多年生植物

用途 细香葱与洋葱是同类植物，会产生让人流泪的刺激性香气。将它加在沙拉、浓汤或开胃菜里，能增添一抹嫩绿的色泽。而将它与炒蛋、奶油芝士和蛋黄酱拌在一起，就制成了土豆沙拉里的重要调料。和小洋葱一样，它的根可以被掐下来。不开花的茎味道更加辛辣。

土壤 细香葱喜欢温暖、有荫蔽的地方，几乎可以在所有类型的土壤中生长，但一定要潮湿。因此，有条件的话，尽量在池塘或水库旁种植。

播种 在春季播种，每垄之间的距离为30厘米。如土壤中腐殖质含量很高，你又去细心照料它，常浇水，细香葱便可以茁壮成长。

收获 从春季开始种植，5周之后就可以采割。如果在80℉（27℃）的室温下种植的话，2周便可成熟。可从紧贴地面的根部下刀收割。

胡荽（Coriandrum sativum）

一年生植物

用途 印度菜中常常用到胡荽。它也可以在寒冷的国度生长。压碎后的种子可以加在咖喱肉或者蒸菜里；外加一些橘子酱，就很有异国风味。也有人把种子涂上一层糖，当成糖果吃。

土壤 它需要阳光充足、排水系统好、土质肥沃的土壤。

播种 晚春时节播种，每垄之间距离为1英尺（30厘米），当秧苗长到6英寸（15厘米）时就要间苗。它们会迅速地长到约2英尺（60厘米）高。

收获 当荚成熟后，就要切掉种球，然后在食用之前将种子彻底风干。如果在种子呈嫩绿色的时候就食用，你会觉得有一丝微苦。以常规方式脱粒储藏。

莳萝（Anethum graveolens）

一年生植物

用途 莳萝的英文名“dill”来源于古斯堪的纳维亚语“dilla”一词，意为“催人安眠”。它的种子曾被人们称作“教堂”，因为在教会无休无止的布道期间，教徒会带些莳萝种子去，轻轻咬着吃掉。莳萝种子用在治疗疝气的药水里，产生催眠的作用，它的叶子则能为你的菜肴增色不少。它适合加在鱼、烤鸡和蔬菜里面作为调料。你也可以将生的莳萝切碎，加入各种沙拉与酱汁。

土壤 莳萝需要排水系统好、有阳光照射的中性土壤。

播种 可从晚春到初夏时节连续播种，每垄之间的间隔为1英尺（30厘米），然后间苗至9英寸（23厘米）。同时，还要保证好好给它浇水。

收获 在播种后的6~8周内，它的叶子

就可以食用了。当它长到1英尺（30厘米）高的时候，可以收割后风干，但一定要在开花之前。如果要把种子腌制起来，就在花和种子同时冒头的时候收割。如果种子要留待播种或用以调味，就让储存的时间长点，直到它们变为棕色。种球应风干后抖动脱粒。不要在高于体温的温度下风干它的叶子，否则在用于烹饪时，它可能已失去那浓烈的香气。

茴香（Foeniculum vulgare）

多年生植物

用途 茴香味道鲜甜，特别适合与偏油腻的海鱼搭配。把茴香叶剁碎，可制成调味汁、沙拉酱或卤汁。宽大的根部可以切片做成沙拉，或与奶酪酱搭配。种子可以放在香肠、面包、苹果派中。

土壤 茴香要种在肥沃的白垩土里，还需要充足的阳光。

播种 应在春天播种，每行播撒3~4粒种子，间隔18英寸（45厘米）。如果你想收获种子，你就得早些动手，播种在热量充足的玻璃温室下。如果分株繁殖，春天时连根拔起，分开改种，每行间隔1英尺（30厘米），植株间隔15英寸（38厘米）。

收获 叶子可以在整个夏季食用，种球应在秋天烘干。趁种子依然轻盈、青嫩、干燥的时候，在低温下，在没有阳光直射的天气条件下，收割茴香种子。

将种子置于塑料薄膜层中，因其易渗出水分，所以应经常翻动一下。而当整株茴香呈现出灰棕色时，就可以全部收割了。

大蒜（Allium sativum）

多年生植物

用途 大蒜是保持身体健康和进行美味烹饪的必需品。没有大蒜的国家很不幸。请常吃大蒜，想吃就吃。有些蠢人认为沙拉里不能添加大蒜，别理他们，切一两片蒜放进沙拉里。

土壤 大蒜的生长需要肥沃的土壤、充足的阳光和适量的水分。如果土壤是“轻”质土壤，可以用粪肥增强养分。

种植 在春天种下单个的蒜瓣，像种洋葱一样，深度为2英寸（5厘米），间隔为6英寸（15厘米）。秋天就可以吃了。然后在秋天继续种植，你就一年四季都有大蒜吃。

收获 当树叶渐落时，就把植株拔出来，花几天时间将大蒜在阳光下晒干，然后编成辫子状，在干燥通风的房间成捆地挂起来。

山葵（Cochlearia armoracia）

多年生植物

用途 将根切成小条直接使用，或者混入面团中，之后要么加入油和少量的醋，要么加入磨碎的苹果和奶油。烤牛肉、熏鳟鱼或火腿蘸着山葵酱吃，味道很不错。

土壤 它需要肥沃湿润的土壤和一个相对背阴的环境。

播种 山葵生长迅猛，并以同样迅猛的速度生长出大面积的根系。所以要给它最大空间。在早春种下根部。挖出2~3英尺（61~90厘米）深的沟，将底部15英寸（38厘米）的表层土刨出，填入一层优质堆肥，最后填上剩余的土壤。种植长约3英寸（8厘米）的根，间隔约为12英寸（30厘米），并定期除草。也可在早春播撒种子，这时间隔可以拓宽至12英寸（30厘米）。

收获 根部种植9个月就可以食用了。建议食用较大的根，较小的根可以用来补植。

牛膝草（Hyssopus officinalis）

多年生植物

用途 圣经就曾提及其具有通便的功效，而当代的僧侣用牛膝草制作绿色查特酒。你可将它的嫩枝加入沙拉食用，也可将它剁碎煮汤炖菜。散发着牛膝草轻微薄荷味的水果派很让人喜欢。我喜欢将它作为油腻的马鲛鱼的配料，不过不要放太多。

土壤 “轻”质，用石灰中和好酸碱度，位于阳光地带的土壤。

播种 种子很容易自行生长。你也可以分株繁殖，要么在春天开花之前，要么在秋天开花之后插条。将种子种在0.25英寸（0.5厘米）深的孔中，当幼苗长到6英寸（15厘米）高时进行移植，间隔为2英尺（60厘米）。

收获 剪下植株的顶端，可以保持树叶鲜嫩。在开花之前剪枝，然后晒干。

盆栽马郁兰（Origanum onites）
多年生植物

用途 盆栽马郁兰比芳香型马郁兰的香味淡。将马郁兰与其他填料一起加进香肠里，味道美极了。
土壤 盆栽马郁兰喜干燥、“轻”质的土壤，需要阳光照射。
栽种 在春天播种，入土0.5英寸（1厘米），间隔8英寸（20厘米）。当幼苗长到能用手移动时，进行移栽，间隔为1英尺（30厘米）。或者在初夏时节将插条种在玻璃温室中，之后再移植，保证植物之间的间距和每行之间的行距均为2英尺（60厘米）。
收获 与收获后面提及的芳香型马郁兰的方式相同。种子在夏末或秋初成熟。盆栽马郁兰可以存活数年。

芳香型马郁兰（Origanum majorana）
一年生植物

用途 芳香型马郁兰能为香肠、野味和家禽的填料增添香味。
土壤 它需要中等肥沃的土壤，充足的肥料，和一个温暖、有遮蔽的栽种地。
播种 初春时节，在玻璃大棚下的盆中播种，初夏时节将其移植，间隔1英尺（30厘米）种植。
收获 在夏末，最好在花蕾绽开之前，采收叶子和花。温度不超过38℃的环境下，隔着塑料薄膜将叶子和花压干。

牛至（Origanum vulgare）
多年生植物

用途 牛至是马郁兰的一种。它出现在很多辛辣菜品之中，味道浓烈。你可以在精致的菜品中适当地使用它。
土壤 它需要在温暖干燥的地方生长，最好是白垩土或砾石土。
播种 在初春播种。作物之间的间距应保持在20英寸（50厘米）；如果你使用播种机，间距应降至8~12英寸（20~30厘米）。和盆栽马郁兰一样，它应该采用扦插栽培法。
收获 与芳香型马郁兰的收获方式相同。种子在初秋成熟。

薄荷（Mentha species）
多年生植物

用途 薄荷按不同的性质和味道分为几类，但处理方法均相似。如果你想要浓烈味道的薄荷酱，应选用鲍尔斯薄荷而不是花园薄荷。几枝胡椒薄荷能做成一份不错的草药茶。将薄荷加入任何水果盘或者饮料中，都会增加清凉的口感。
土壤 薄荷有一个蔓生的根系，最好和其他的草本植物分开种植。

薄荷在阳光下种植就会具有特别浓郁的香味，但它同时也需要长在潮湿、肥沃的土壤中，且需大量浇水。
播种 在秋天或春天种植薄荷的根部。将它们水平种下，使根在2英寸（5厘米）深处，间隔为1英尺（30厘米）。通常情况下，在播种的第一周除草和大面积施肥。
收割 将薄荷叶干燥储存，应当在开花季节初始（仲夏时节）收获。需要新鲜的薄荷则随时都能收获。经常修剪有助于植株的生长。不要在潮湿阴雨天气收薄荷，否则薄荷叶会变黑和发霉。保持胡椒薄荷的叶片完整，以待干燥制茶。如将薄荷叶反复揉搓后制茶，会有全然不同的味道。

旱金莲（Tropaeolum major / Tropaeolum minus）

一年生植物

用途 将旱金莲圆润、辛辣的叶子放在米饭沙拉里，会很美味。它们是有益健康的，足以代替胡椒粉这一调味料。它的花和奶油干酪拌在一起也很好吃。将它嫩的绿色种子进行腌制，则可以代替酸豆，与烤羊腿是绝妙的搭配。
土壤 只要有“轻”质的沙土和充足的阳光，旱金莲差不多能在任何地方生长。叶子的生长需要充足的肥料。
播种 晚春时节在原来耕作的土地上就地播种。如果旱金莲周围还有其他植物，据说它可以保护后者免受害虫侵袭。
收获 叶子的维生素含量在开花前的仲夏时节最高，应在这时进行收获。烘干后磨碎或撕碎。叶子越干越好，而花的食用要趁新鲜。

欧芹（Pelroselinum crispum）

两年生植物

用途 欧芹有很多种，包括卷叶的和平叶的，它们都富含维生素C、铁和有机盐。将欧芹剁碎，做菜时当成配菜大量使用。配着鱼吃尤其美味。
土壤 欧芹需要肥沃的土壤，精耕细作。
播种 每年欧芹一结种，就马上播种。在早春和仲夏时节将欧芹种子以8~12英寸（20~30厘米）的间隔播种在2英寸（1厘米）深的坑里。在种子上盖上薄薄一层土，大量浇水在第5周到第8周的发芽期内，要小心呵护。幼苗长到1英寸（2.5厘米）高时，间苗至3英寸（8厘米）间距；植株成熟时，间苗至8英寸（20厘米）间距。充分地浇水。卷叶欧芹一年三熟：早春时节在田地边缘播种，初夏时节在广阔的土地上播种，仲夏时节在有遮蔽的地方播种。
收获 起先每次只采几片叶子，在欧芹的茎长到8英寸（20厘米）之前，不要成簇采摘。在夏季采摘用于烘干的叶片，并快速烘干。平叶欧芹是唯一需要高温烘干的草本植物；在磨碎之前，叶片一定要烘得又干又脆。

迷迭香（Rosmarinus officinale）

多年生植物

用途 这种常绿灌木被希腊人用来提神醒脑。我们今天则用迷迭香来为肉、鱼和各种野味提味。它是一种非常耐寒的植物，极度严寒除外。也需要充足的阳光。
土壤 迷迭香能够生长到超过5英尺（1.5米）高。迷迭香喜光，耐旱，喜欢生长在免受风吹的地方，需要大量石灰才会长得茂盛。
播种 早春时节将种子播种在浅坑

里，间隔为6英寸（15厘米）。当秧苗长到几英尺高时，将它们移植到苗床里，植株之间的间距为6英寸（15厘米）；最后，将它们以3英尺（90厘米）的间距移到户外栽培。仲夏时节修剪，以便嫩枝能够在冬季来临前变得耐寒。然后松动土壤，用腐殖土覆盖根部来抵御寒冬。
收获 从第2年开始，全年都可以采摘叶片。而如果打算将叶片烘干，夏末是最好的采摘时机。迷迭香的花应当在完全绽放之前采摘。

鼠尾草（Salvia officinalis）

多年生植物

用途 在过去几个世纪里，鼠尾草被认为是应用最广泛的药物之一，现代则多用于火鸡的填料（想想用鼠尾草调味的烤火鸡）。窄叶的鼠尾草适合烹饪，宽叶的更适合祛湿防潮。

土壤 鼠尾草可长到2英尺（60厘米），需要“轻”质、干燥的白垩土。生长过程需摄取大量的有机物。喜阳。

播种 窄叶鼠尾草的播种应选在暮春之际，将种子撒在湿润的土壤中，表层覆盖一层松松的土壤。10~14天之后萌芽。初夏，移植刚出芽的幼苗，间距为15~20英寸（38~50厘米）。宽叶鼠尾草则通常在暮春早夏之际，以扦插方式繁殖。插条长出根系后将其移植到户外，植株间距为15~20英寸（38~50厘米），行距为2英尺（60厘米）。

收获 第二年的植物会更加丰产，也能收获更多的精油。宽叶鼠尾草最好在仲夏修剪，并在1个月之后再次修剪，以防其变得茎粗叶少。如果是温带气候，别指望鼠尾草能开花。在初秋修剪窄叶鼠尾草。鼠尾草的叶子很粗糙，烘干所需时间比大多数草本植物长。

夏季香薄荷（Satureja hortensia）

一年生植物

用途 夏季香薄荷俗称“香豆”，有一种特别的香味。种植它会有额外的好处，即可以吸引蜜蜂光顾你的园子。

土壤条件 作为灌木植物，它能生长到大约1英尺（30厘米）高，生命力十分旺盛。在相对肥沃、湿润，不加堆肥的土壤中长得最好。

播种 在春末夏初播种，行距为1英尺（30厘米）。秧苗间距为6英寸（15厘米）。播种之后需要修剪，一次在仲夏，一次在秋季。

收获 在花开前不久（仲夏到秋季）剪下嫩枝烘干。待种子变成深褐色，即可收获。

冬季香薄荷（Satureja montana）

多年生植物

用途 冬季香薄荷的香味很浓烈，可作为香肠、烤鱼或羊羔肉的作料。

土壤 冬季香薄荷的茎秆比夏季香薄荷的茎秆更加笔直，它可以长成一道完美的香草篱笆。它喜欢排水良好的白垩土，且需要大量阳光。

播种 它也是依赖光照发芽的植物之一，所以千万不要遮住种子的阳光。在夏末播种，间距为12~15英寸（30~38厘米），春季则可扦插繁殖，此时间距为2英尺（60厘米）。植物可在同一地点生长，无须移栽，每年都会生长得很茁壮。

收获 从第二年起，每年初夏收割嫩枝和嫩芽。如果想要得到上好的精油，你要赶在开花之前收割。

酸模（Rumex acetosa）

多年生植物

用途 采摘嫩叶生吃，或是像煮菠菜那样煮了吃。酸模的酸味是煮鱼的完美作料。酸模汤则是法国的一道特色菜。

土壤 酸模草的成长需要比较肥沃的“轻”质土壤，可遮风挡雨且阳光充足的地点。

种植 酸模草的繁殖主要是靠春秋时，根部的分杈。种植间距为5英寸（38厘米）。初夏花开的时候，要剪掉酸模的花以防再次结种，分掉养分。

收获 酸模种下3~4个月后，抽出四五

片叶子，即可采摘。在初夏开花前摘取其嫩芽与嫩枝，并晒干。

龙蒿（Artemisia dracunculus）

多年生植物

用途 龙蒿是一种重要的香料和蔬菜，它与贝类搭配颇为经典，与鸡肉和抹上黄油的蔬菜（尤其是绿皮西葫芦）搭配也是一道美味，此外，自制的醋蘸上龙蒿也很美味。龙蒿幼苗的嫩叶具有独特口感，能增添沙拉的风味（植株成熟后，叶片的味道会逐渐淡去）。龙蒿分为法国龙蒿与俄国龙蒿两种。两种都是耐寒植物，俄国龙蒿更能适应残酷的天气，法国龙蒿则需要防霜。

土壤 要培育优良龙蒿，排水引流非常重要。上好的耕种地点是有微微倾斜的坡度和充足光照。

种植 其根系可长到约4英尺（120厘米），因此得给它足够的生长空间。种植龙蒿的最佳方法是从苗圃购得幼苗。冬季的残冰消融后下种，入土18~24英寸（45~60厘米）。用少许稻草或凤尾草做护根，以保护幼苗免受不久后来临的春冻。拔掉龙蒿周围的土里的杂草根系，以防在春天长出草来。移植龙蒿插条选在春秋季节。上述龙蒿品种都可以在栽种4年后移栽别处，使其恢复原有活力与芳香。

收获 整个夏天都可以摘取龙蒿嫩叶，只是采摘原有叶片也能刺激新芽冒出。要晒干龙蒿叶保存，选在花期摘取最佳，不过它的幽香仍会有所损失。

百里香（Thymus vulgaris）

多年生植物

用途 花园百里香是一种有着浓烈味道的草本植物，它与烤肉搭配，或是调汤、做馅，都是上等美味。菜肴里放枝百里香，文火慢熬，会带来美妙的口感。切勿多放，因为会掩盖其他食物的味道。当然，它还能引诱蜜蜂飞入你的菜园。

土壤 百里香叶片低垂覆地，在干燥、排水良好的“轻”质土壤中长得尤为浓密。百里香生命力极其旺盛，即使坐卧踩踏，也不会造成太大伤害。当然啦，为了养成良好的耕作习惯，我还是不推荐你这样做。

种植 百里香可于晚春播种，入土0.25英寸（0.5厘米），植株间距2英尺（60厘米）。不过人们一般都在初夏进行扦插。侧根会在春天压条后长出。移植带根枝条或压条，植株间距1英尺（30厘米），每排行距2英尺（60厘米）。勤培土，充分灌溉，并清除杂草。

收获 头一年只能修剪一次。两年以

后才能修剪两次，第一次在初夏开花前，第二次在仲夏。切勿在植株基部剪茎。截枝长约6英寸（15厘米）。在花期后修剪枝条，以防它长得过长。如果要晒干叶片保存，最好在植株开花前剪掉嫩而健康的叶子。可与其他草本植物一样，把细小枝条捆在一起，倒挂在干燥通风的小屋内。为减缓精油蒸发而香气散去，所以不能紧压，也要避免任何粗鲁的操作。最后，你可以把干树叶捣碎，塞进密闭的果酱罐子中保存。

第9节 四季蔬菜

无论是在田地还是在菜园耕种，都要遵循同样的轮作规则。不过，在菜园中栽培作物时，有两方面需慎重考虑：芸薹属作物（甘蓝）的轮作间隔要尽可能长（至少3年），以防作物患上根瘤病；薯类作物的轮作间隔也尽量长一些，以防止线虫侵袭。此外，还应该注意，土豆不喜欢刚撒过石灰的土地，这会使它们结痂，这点与大豆和豌豆恰恰相反。芸薹属作物喜欢撒了石灰的土地，但土地必须在撒完石灰后晾上几个月。根茎类作物不喜欢刚施过堆肥或粪肥的土壤。

如果你采取下文所述的4年轮作法，就能满足所有这些作物的需求。

给土地大量施肥，然后播种土豆。收获土豆后，在土地上撒大量石灰，来年种植豌豆和大豆。等豌豆和大豆收获后，马上将甘蓝从苗床移植到“托床”里（即一块清洁肥沃的土地，甘蓝幼苗可以在这里找到生长空间）。到来年春天之前，甘蓝已食用完毕，而此时正是种植混合作物的季节。这时我们将种植洋葱、番茄、生菜、萝卜、玉米和南瓜类作物（西葫芦、绿皮西葫芦、南瓜和黄瓜）。将这些作物收获之后，便可种植根茎作物，如胡萝卜、欧洲防风草、甜菜和芹菜。（混合作物和根茎作物的种植时间是可互换的。）如果胡萝卜或芜菁甘蓝患上了根瘤病，就不要将它们列入种植名单，必须改为轮作甘蓝（如果你有一大块土

	1月	2月	3月	4月	5月	6月
洋蓟			种植茎条（带一点根部）			
			用土壤覆盖			
洋姜						
芦笋				种下待来年收获		本月21日
				在苗床中播种		
蚕豆		春季播种				
四季豆				用土壤覆盖		
	一年大部分时间均可播种和收获					
豌豆						
红花菜豆						
				用土壤覆盖		
甜菜						

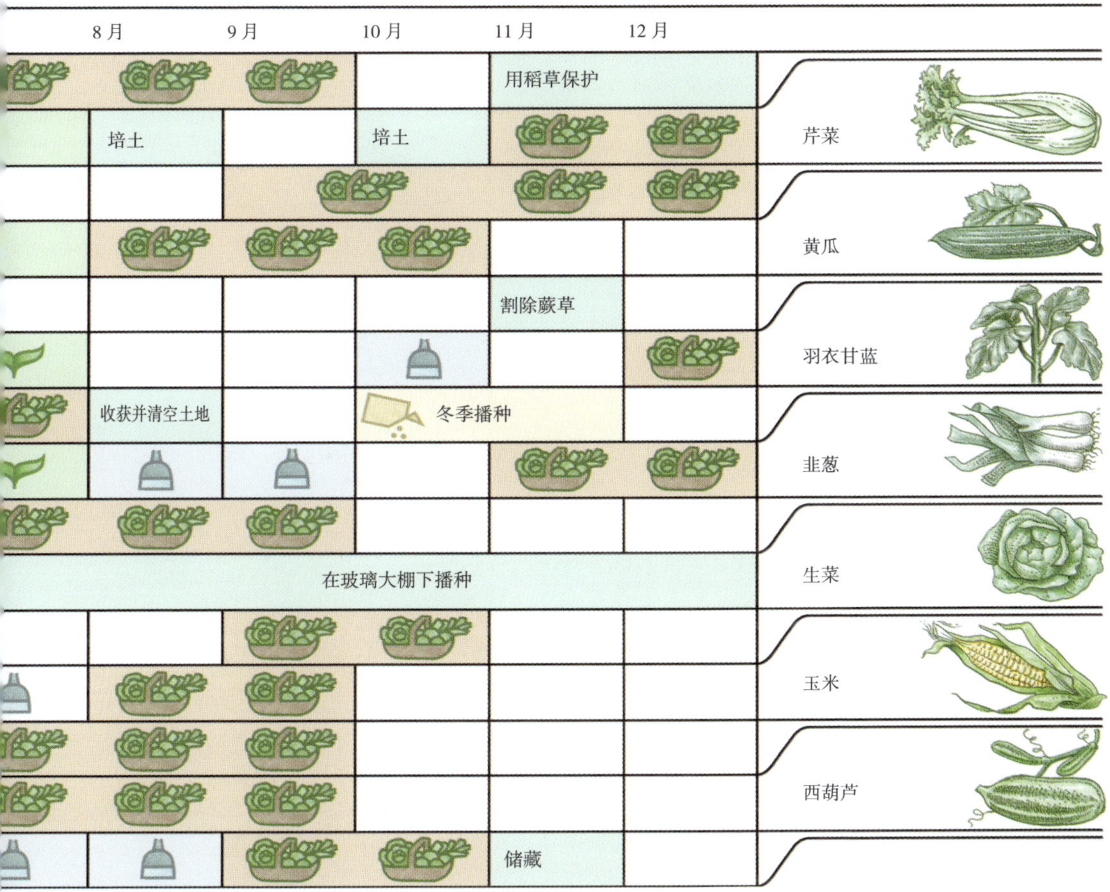

地，而且还没有大规模种植甘蓝，那种它们再合适不过了）。然后，开始下一个轮回，从头种植土豆。

如果你的菜园位于温带，冬季不那么寒冷，这几页概括的园艺轮作方法同样有效。（在冬季，只要积雪足够厚，就不会对菜园有损害，而寒霜却会妨碍你在户外的种植。）

蔬菜日历

这一页和下一页的图表所展示的，是在温带气候条件下，播种、移植户外、锄地和收获的时间表。

可能没有人会完全遵从我的4年轮作建议。我承认这里头有我个人的偏好，但它确实有效。比如，我会在豌豆和大豆收获之后的空白期里种上甘蓝，随后在下一个春天到来的时候，清理曾经种植甘蓝的土地。这样操作会使土地显得拥挤，但能在1年内产出两种主要的农作物。为了做到这一点（我个人觉得非常值得这样去做），你必须把甘蓝种子播在苗床上，最好不要选在4种主要作物的苗床，而是选择另外一种作物（最好是多年生植物）的苗床。然后你必须将幼苗从用地紧张的苗床上移植到一块托床上。应在收获豌豆和大豆后，于晚夏开始种植甘蓝。但如果将它们留在原来的苗床上一直到那个时候，对甘蓝的生长来说将是致命的。因此，为了在4年的时间里种植5种主要的作物，你除了苗床之外，还需要一个托床。我们可以把像生菜、水萝卜和早季豌豆（这些实际上都适宜晚种）这类快速生长的植物当作填闲作物，只要有备用的土地就可以种进去。也许你会认为，水萝卜属于芸薹属植物，因此只能够与甘蓝间种。唔，我建议趁着水萝卜幼嫩，还来不及患上根瘤病的时候拔来食用，而不要等到它们太老，已经结籽的时候再采摘，否则它们会染上难以医治的疾病。如果你在3年内将芸薹属作物分开种植，那么结果不会太糟。气温是最重要的，在下页的季节性计划中，我以温带气候为标准，在这种气温环境下，甘蓝能够在户外支撑过整个冬天，但在亚热带和地中海气候中就不行。如

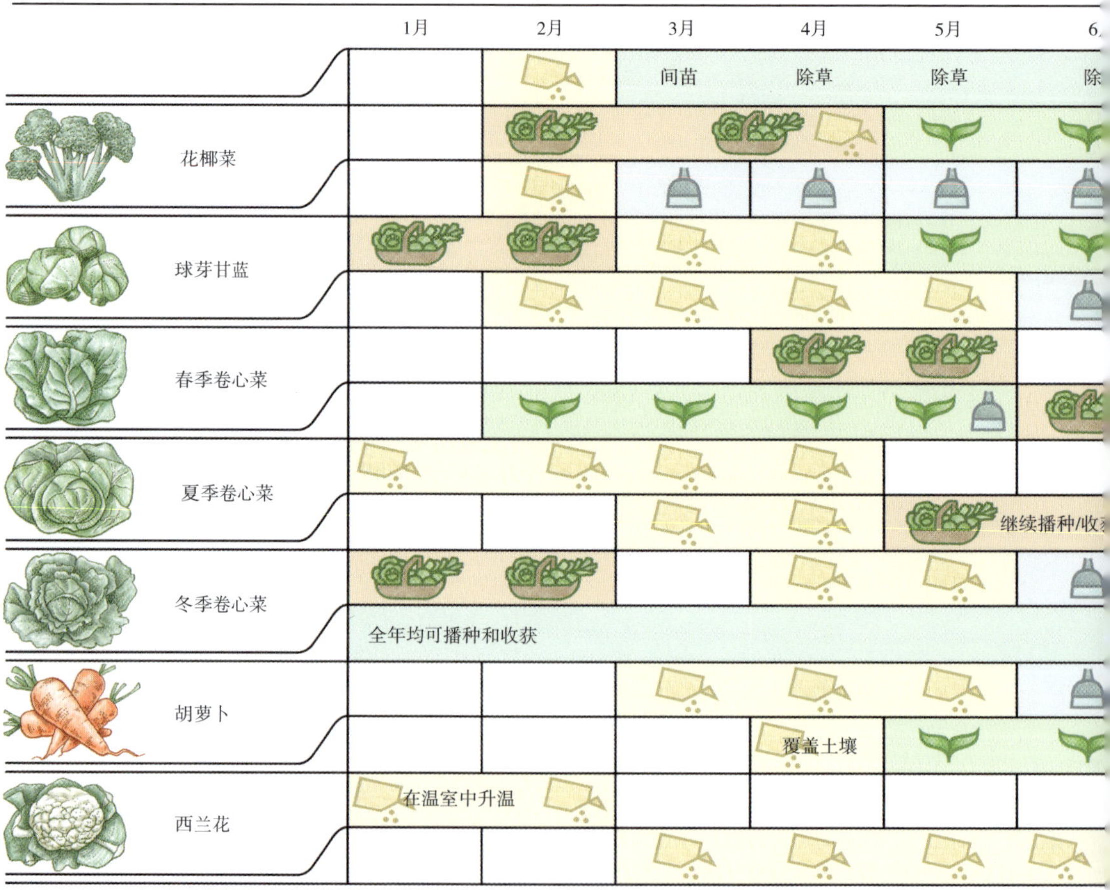

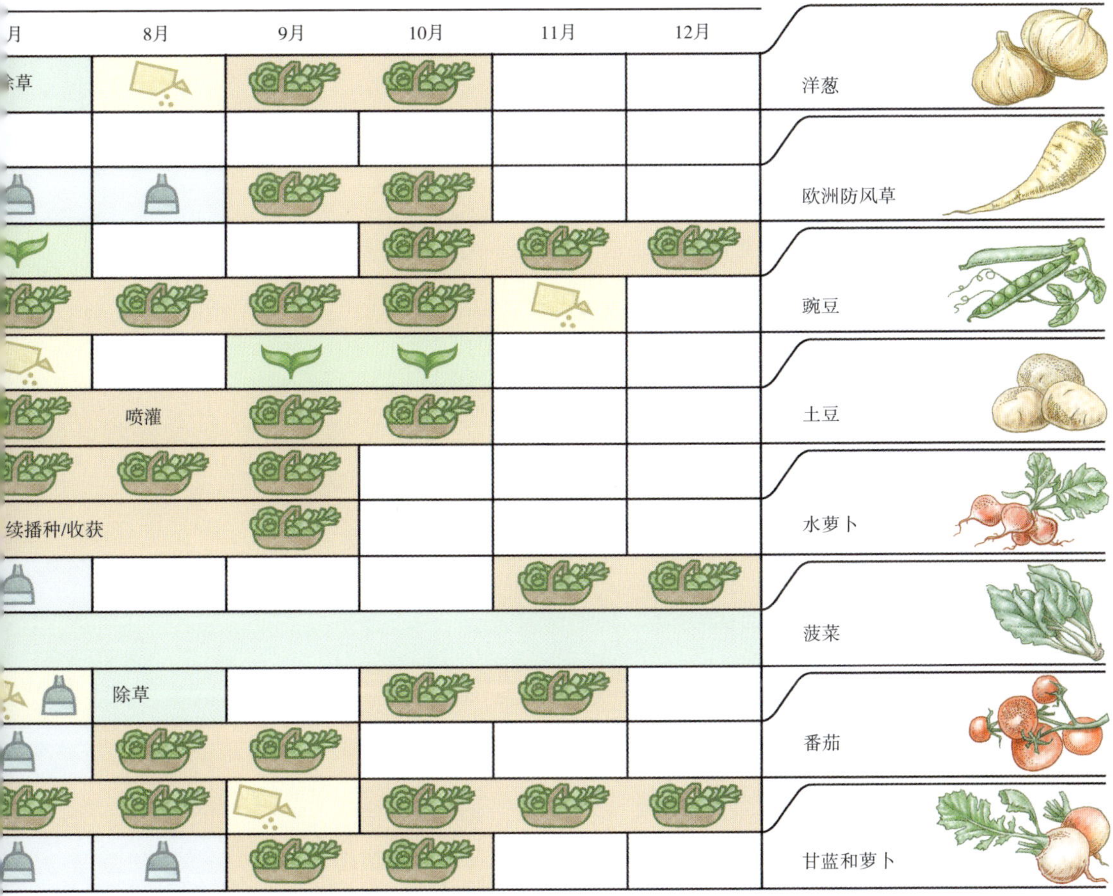

果有充足的雨露和灌溉，且没有冻霜，我们就可以在一年内收获3~4次作物。在过于寒冷的气候里，冬季难以在室外种植绿色植物，因此我们必须在夏季用一块地来种收甘蓝，以便储存过冬。

蔬菜日历

这一页和下一页的图表标注出，在温带气候条件下，何时应当进行播种、移植户外、锄地和收获。

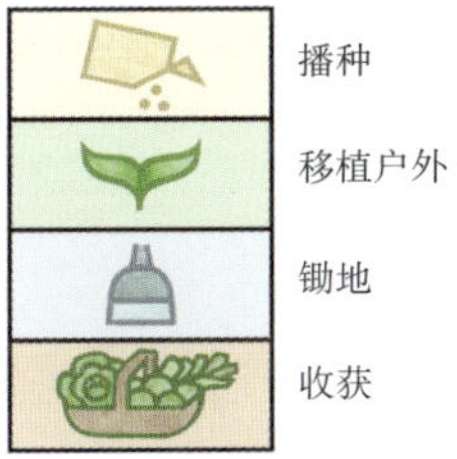

第10节 冬季耕作

冬天是建造和修葺的时节，也是伐木并加工木材的时节。人们搭造树篱、挖排水沟、建栅栏和石墙。如果菜园里的土壤是重黏土，尽量别去挖土，因为在冬天挖掘和耕种这类土壤，会带来麻烦。而较“轻”一点的土壤就不存在这种问题。在寒冷的气候下，所有的土地都被厚厚的积雪覆盖着，将已经收获的庄稼安全地埋藏在室外，或储存在地窖里，也可以将它们储存在罐子、瓶子、瓦罐或桶里。大量的食物储备会助你熬过那难挨的几个月。

温室与多年生植物

在温室里，冬天是收获冬季生菜和清理土壤的时间。头一年这片土壤曾在耙松之后加入堆肥，然后种植过番茄，因此非常肥沃。番茄和黄瓜的种子在温室的暖气中播种。阳畦中可建造温床。将熟堆肥施在番茄地里，余下的放在一个容器里，以使其与空气接触，产生新的肥堆。寒冷的冬天里，多年生植物在稻草和海藻的保护下休眠，等待着春天破土而出。

地块 A

去年秋天收获番茄之后，你可以在这块地里大量施肥。如果冬天够暖和的话，地里的一小部分可种上冬播蚕豆，剩下的部分则种上冬黑麦或其他冬季青饲料作物。这样做会减少氮的流失，使土壤在春天足够干，保证可以尽早翻土播种。这块地应在土豆收获之后撒上石灰粉，这会有益于之后豌豆和大豆，以及再之后甘蓝的生长。一小部分土地去年秋天已种上春季卷心菜，之后种了韭葱，现在可以收获了。

地块 B

这块地应该全部种上较大的芸薹属植物，如球芽甘蓝、团心西兰花、较大且菜心较硬的冬季卷心菜，以及类似的植物。这块地上也会有几排还未来得及收割和埋藏的芜菁甘蓝。此时萝卜必定已经收获，埋藏在室外或储存在地窖里了，因为它们并不像瑞典甘蓝那样耐寒。在地块 A 中韭葱的帮助下，这块地会在冬天提供大多数的绿色植物。到下一个间种期时，这块地将种植各种各样的填闲作物，此时可以将青葱移植进去。

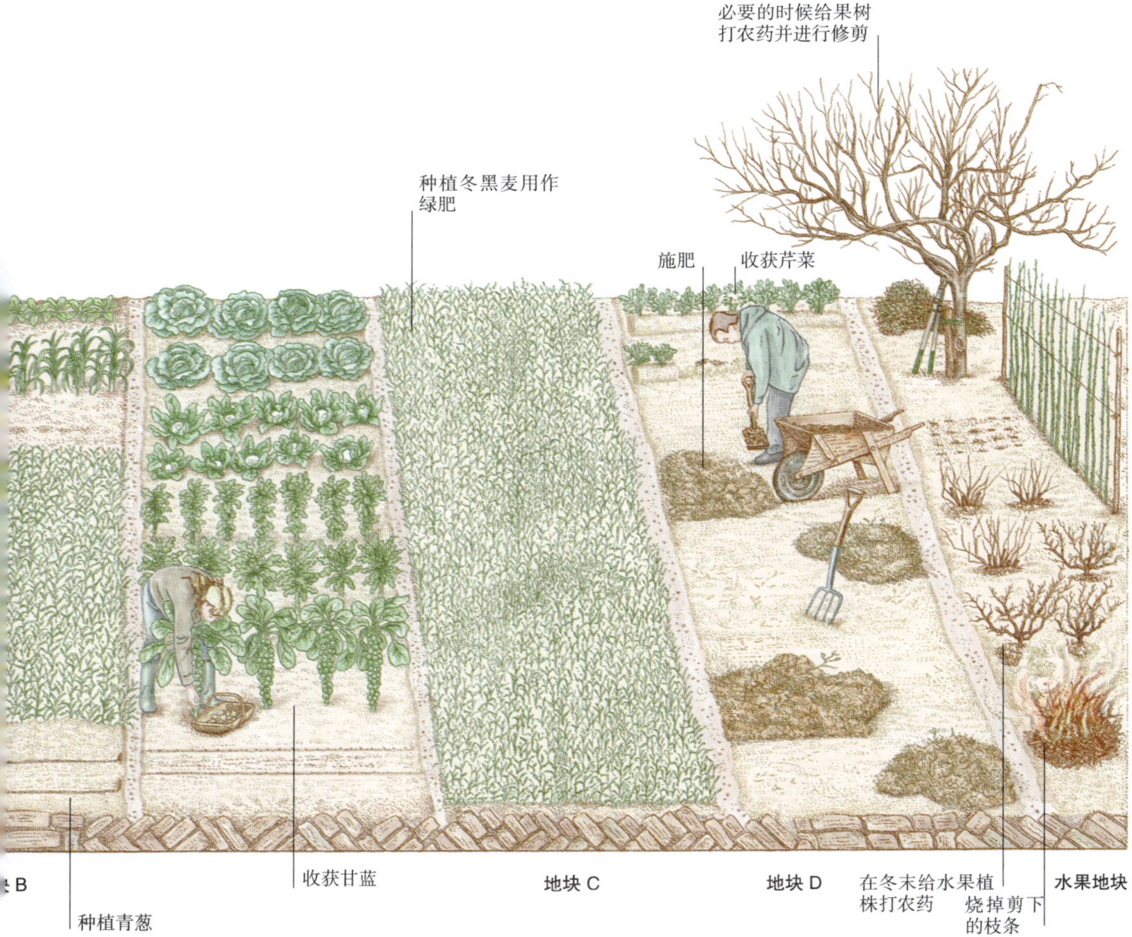

地块 C

这块地覆盖着绿肥（如黑麦或其他冬季作物）。

头一年冬天，这块地曾混合种植各种短期作物。一旦这块地干燥到足以进行耕作时，就马上耙入绿肥，使绿肥开始腐烂。今年这块地是根苗移植地，而多数根苗不用很早就移植，所以不必急着处理这块地。

地块 D

这块地此时要么处于休耕状态，要么覆盖着绿肥（如果去年这块地较晚才收获根茎类作物，此时会没有时间播种）。这时可以用推车运出堆肥或粪肥，准备之后种植土豆时使用。在浓霜天气中，使用手推车不仅更轻松，还可以减少对田地的破坏。此时地里可能仍有一些芹菜没有收获，可以利用冬天来收获它们。

水果地块

只有在害虫损害苹果树很严重的情况下，才在冬季给果树打一次农药。农药的配方如下：将氢氧化钠（碱液）2.5 磅（1.1 公斤）溶入 10 加仑（45 千克）的水中。这是老式的农药。但是现在很多人都购买商用碱洗液。2 月中旬开始修剪作物。整个秋天都可以修剪黑加仑。粪肥或堆肥应在耙松土之后，撒在树或灌木周围，此外，莓类水果也需少量施肥。

第11节 春季耕作

春天农活繁多，总会让你手忙脚乱。首先应种植绿肥作物（此时旋耕机可以派上很大用场），并做好苗床的准备工作，然后再播种。不要急于播种，因为种子不能在半冰冻的土地上生长，而刚解冻的地面潮湿冰冷，也不利于种子生长。最好在大约 1 周之后，将种子播种在干燥、温暖的土壤中。一些植物需要很长的生长期，因此可以较早播种，欧洲防风草就是如此。3 月份的时候，用一张透明的大塑料薄膜覆盖在 2 月份种植的早季土豆上。触摸薄膜下面的土壤时，手会感到很暖和，而薄膜外面的土壤则是冰冷的。

温室与多年生植物

有些植物最好趁早播种，而玻璃罩能使土壤保持温暖，因此有利于早期播种。在暖和的温室中，应将玉米播种在装有泥炭土的盆中，青椒则播种在种子箱内。当番茄和黄瓜的植株长得足够茁壮时，就可以将它们移植到花盆里或温室土壤中。黄瓜则可选择温床播种。待幼苗长到一定程度，就要将其拔起，进行分株栽培，而且如果有必要的话，也可以在原地补种多年生植物，比如薄荷和百里香。芦笋床上覆盖的海藻此时应移去，扔到堆肥里。大黄必须在阴暗的避光处栽培。同时，球形的洋蓟也在茁壮生长着。稍后将移植到户外的作物种子，此时已种在苗床上，包括洋葱、西兰花、卷心菜、花椰菜、球芽甘蓝和韭葱。如果主菜园里的苗床上有足够的空间，也可以在上面播种生菜。过段时间，当主菜园里有空地时，就可以将生菜幼苗移植过去。

地块 A

春意渐浓时，韭葱便可以采摘食用了。此时冬季播种的蚕豆也已长得很茂盛。但如果冬播豆类不足，那就要趁早栽培春播豆类了，早季豌豆就是个不错的选择。此后可持续播种豌豆。尽管已经种植了很多作物，但还远远不够。早季萝卜、大豆和芜菁甘蓝也应该播种在这个地块中。到明年冬天，这里还要种上甘蓝。到仲春时节，春季卷心菜会成为餐桌上的时令蔬菜。

地块 B

与冬天相比，春季更是一个青黄不接的时期，但是耐寒性强的晚熟甘蓝和韭葱可以帮助人们渡过这个难关。芸薹属作物此时所剩无几，但是还有一些球芽甘蓝和西兰花可以食用。当这些作物的可食部分全部收获后，就将其残株连根拔起，并捣烂茎秆，一并加入堆肥中。

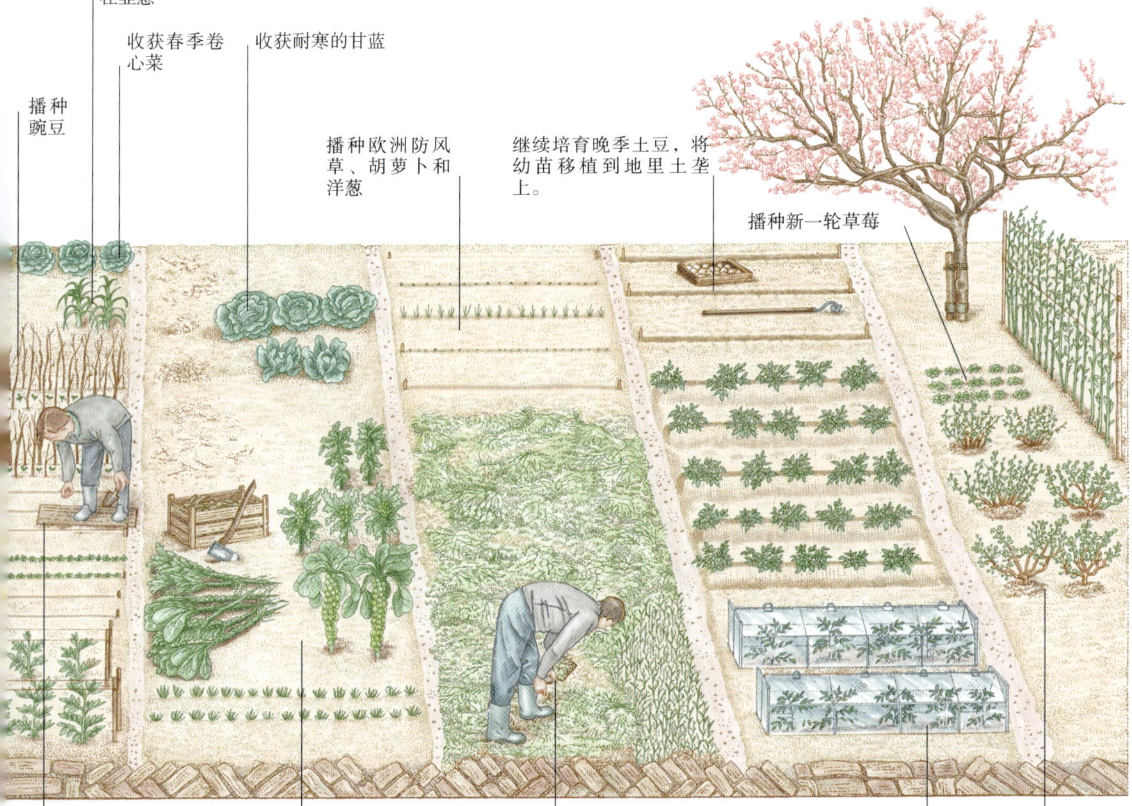

地块 C

现在，应该挖掉去年作为绿肥作物种植的冬季黑麦，为那些将在今年晚些时候播种的根苗腾出空间。早春播种的根茎作物只有欧洲防风草一种；到仲春时分，则可将洋葱种子和胡萝卜播种在苗床中。此时还应将密种的洋葱和秋播洋葱移植到户外。如果香草园中没有大蒜，那一定是在早春时节就已经被移植到这个地块里了。随着晚春结束，进入初夏，越来越多的农作物要播种在这块地里的苗床中。

地块 D

早季土豆可以在玻璃罩下或塑料大棚内生长，如果冬季过于严寒，可等到 3 月份再进行移植。而作为主力作物的普通土豆，则要等到 4 月中旬才可以种植。早季土豆要浅种，而普通土豆要深种，二者都需要充足的肥料。随着土豆苗不断生长，它们的根会顶起一道道土垄。

水果地块

在初春修剪鹅莓的枝叶。有些人在 3 月或 4 月就开始种植草莓。种有黑加仑和覆盆莓等莓类水果的这块地，应经常除草、培土，以防止杂草生长。还要警惕害虫侵袭。可以在果树周围放置捕虫圈来捕捉往上攀爬的虫子。记得不要给正在开花的树喷杀虫剂，因为这样会杀死益虫——蜜蜂。

第12节 早夏耕作

接下来，从4~6月，我们继续经营菜园。要分多次种植，每次种植少量豌豆、生菜、水萝卜和四季豆等短期作物，可持续获得新鲜蔬菜供给。整个夏季都可食用新鲜幼嫩的萝卜。在初夏，要勤除草，因为在这个时节，野草正在急于扩充地盘，如果它们得逞，地里的作物就遭殃了。洋葱和胡萝卜必须很细致地手工除草。水萝卜和欧洲防风草一起播种，水萝卜会先于欧洲防风草长成，它很容易辨别，这样你就可以放心地锄掉边缘的杂草。

温室和多年生植物

要到6月底，芦笋才可以收割和食用，届时不用再悉心照料它，放任它生长好了。只有经过频繁的采摘，各类香草才会茁壮生长。此时洋蓟生长迅速。要不断为苗床除草。如果甘蓝幼苗上出现了跳甲，就喷些杀虫剂。在白天，温室内保持良好的通风是非常重要的，然而到了晚上，就必须阻止冷空气进入。要给地板和植物喷水以保持温室内空气湿润。温室顶端的玻璃必须刷上石灰，以避免阳光直晒作物。要给番茄浇灌掺了适度肥料的水，甘蓝苗要移植到托床上，黄瓜架上面的盖子应适度敞开。还要继续催熟大黄。

地块A

豌豆要持续播种，还要搭建一些方便豌豆藤缠绕的架子。可以多种些萝卜和大头菜。5月或6月下旬是播种四季豆和红花菜豆的最好时节，不过要在事先撒了堆肥的苗床上播种。你还要经常除草和灌溉，特别是在干燥的季节。一旦完成豌豆收割（如果此前看到任何蚜虫的迹象，就必须立刻把豌豆顶端掐掉烹饪食用。），就将残株砍掉，然后在同一块地种上四季豆。

地块B

现在，收割完最后一茬冬季甘蓝之后，就将这块地用做新的混种苗床，在这里播种室外番茄、绿皮西葫芦、甜瓜、西葫芦、水萝卜、生菜、长黄瓜、菠菜和玉米。当一切都准备好了，并且天气变暖的时候，就开始种植这些作物（有些要在温室或阳畦里培育）。此外，必须适度灌溉，悉心照料它们。充分腐烂的粪肥或堆肥能有效促进种子的萌芽和幼苗的生长，还可使土壤恢复肥力。

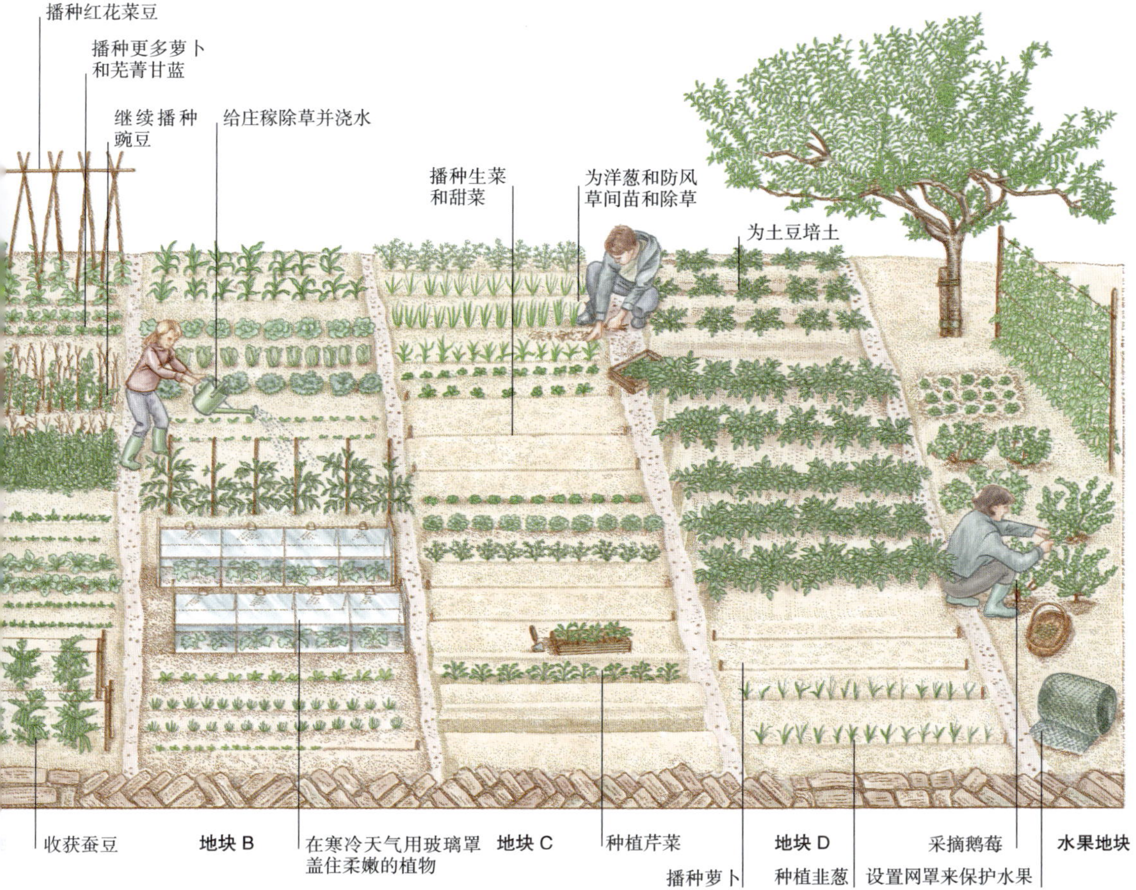

地块 C

根苗预留地里的洋葱此时应当长势良好，需要进行除草和间苗了。如果想要用于冬季储存而非夏季食用的话，就要为胡萝卜间苗。一定要谨防狡猾的胡萝卜螟。胡萝卜只有在下雨时才适合间苗，另外，还要在每排植株之上盖上薄膜，保护植株顶部。欧洲防风草也需要间苗和除草。此外，还要播种生菜和甜菜。芹菜应该在 5 月末的时候移植到事先挖好的沟渠中，而且必须保持水分充足。

地块 D

此时应为已经种好的土豆培土，要在晚上或大清早进行，那时叶片不会在阳光直射下低垂蔓生。早季土豆收获之后，就可以将萝卜播种在甘蓝的间隙中。如果种的土豆仔是早季土豆品种，那么只能收获它们后，才能种下韭葱。到 6 月份，土豆仔食用完毕，将地垄清理干净，将韭葱移植到这儿。

水果地块

草莓四周要设置鸟网，并在地面铺上秸秆。此时已经可以采摘莓类水果。必须预防昆虫和各种疫病。莓类水果植株间，土地要进行除草和施肥，这对贫瘠的土地来说至关重要。

第13节 晚夏耕作

此前的辛勤劳作如今到了开花结果的时候，现在应该考虑一下是将作物收成分送亲友，还是用来换取其他物品。剩余的四季豆或红花菜豆可以用盐腌制存储，但意大利白豆和豌豆要风干贮藏。地里满是成熟的甘蓝，要尽快将它们收割并清理出空地。清理了豌豆和豆类作物之后，可将主要的甘蓝作物当作填闲作物进行栽种，因为托床这时已经能够派上用场了。必须不间断地手工除草，尽早将那些难以锄掉的杂草连根拔起，以避免其种子落地生根，正如俗话所说："一载疏忽草生根，七年除草忙不停。"

温室和多年生植物

在这个季节，要取掉阳畦上的罩子，让黄瓜藤四处蔓生。番茄、黄瓜和辣椒会开始结果，所以需要为这些作物灌溉施肥，还要使它们通风。现在可以在苗床内播种早熟的春季卷心菜了。应经常为种植香草和芦笋的苗床除草，并定期采摘大黄。洋蓟艳丽的蓝色花朵很快就可以食用，记得必须经常采摘，因为未经采摘的植物将不会再生长。然而，也要记得留下一些花朵。

地块 A

必要时，使豌豆和其他豆类作物得到适当灌溉，每晚给红花菜豆的花浇适量的水，以促进花朵成熟。此时，饱满的豌豆、四季豆和红花菜豆已经可以收获了，成熟的萝卜亦然。由于每排作物都已经过了它们的巅峰时期，所以要彻底将它们收割清除，然后在空地里种上从托床中取出的长势较好的甘蓝作物。开始收获红花菜豆的时候，必须不断地进行采摘，以防止它们变老或变硬。要预先腌制并储存大量的红花菜豆，以便在冬季青黄不接的时候食用。

地块 B

一定要修剪甜瓜、南瓜和西葫芦那些四处蔓生的藤蔓。必须将番茄植株系在木桩上，剔除侧枝；当其长出 4 个伞状花冠时，就要修剪枝条。气候干燥时，要给它们多浇水。在 8 月末气候潮湿时种植番茄，并盖上玻璃罩，以促使它们结出更多的果实。户外种植的黄瓜应在还没长得过大而产生苦味前进行采摘。必须摘掉所有雄花。继续种植生菜和水萝卜。不要让生菜长到谢花结子的程度。甜玉米此时在地里长得很高，风媒传粉正当时。青葱也可以收获了。

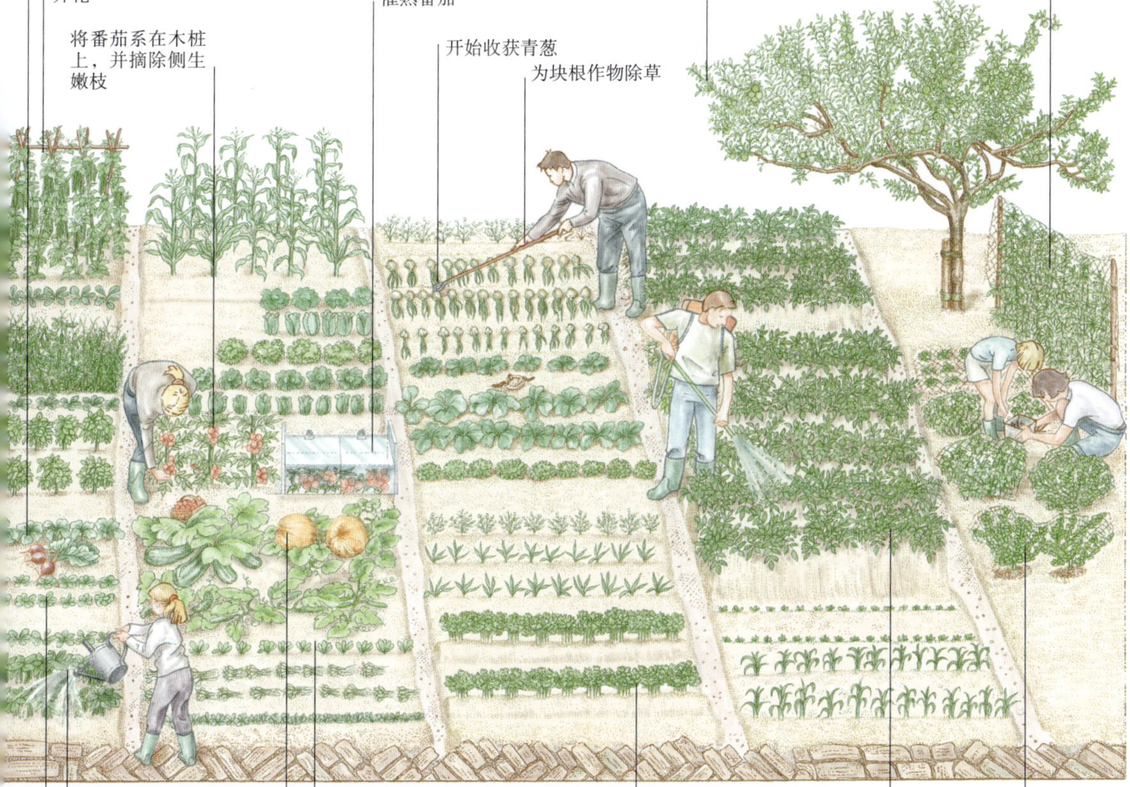

地块 C

给所有的块根作物除草，确保地里没有杂草。还要防止任何潜伏的蛞蝓破坏作物。目前为止这是一年里为菜园除草的最佳时节。给芹菜培土并喷洒波尔多液，以防止叶斑病发生。现在可以收获洋葱了。

地块 D

渐渐的，早季土豆也可以食用了，而下一轮作物（如果有的话）也可以开始种植了。但是晚季土豆还不能收获。如果担心土豆得枯萎病，可以喷洒两次波尔多液。温暖潮湿的天气对作物非常不利。必须细心地为晚季土豆培土。当植株的藤蔓顶端蔓延到沟里时（种植土豆的地要被修整成沟垄相间，而土豆种在垄上），就没必要再除草了，但是那些旺盛的一年生杂草仍然要除掉。萝卜和韭葱应该也快成熟了。

水果地块

在覆盆莓植株靠近根部的地方，将根出条剪掉。苹果树上生长过于密集的青苹果也要摘掉一些（俗话说“六月落果”，青苹果可能会自然变得稀疏，那就不用刻意摘了）。别忘记为需要在夏季修剪的果树剪枝。当鸟儿开始吃樱桃时，我们就可以食用李子和莓类水果了。8 月是重新布置草莓苗床的时候，所以此时应在较小的凹陷的花盆中提前培育草莓藤。在莓类水果的间隔处除草，确保地里没有杂草，而那些蠕动的虫子就交给鸟儿解决吧。

第14节 秋季耕作

济慈笔下的秋天是薄雾弥漫，硕果累累的季节。这是真正的收获时刻，所有的主要农作物都必须收获、贮存以备冬季食用。节俭的好园丁会尝试在空闲的苗床上播下绿肥作物的种子，即使是难耕种的土壤；传统的园丁喜欢在松土之后将土壤再翻过来，以使冻霜结在土壤表面。如果你喜欢，可以将一年生的杂草用做绿肥。在芹菜和欧洲防风草经历过初次霜冻之后，就是食用它们的时候了，还可用欧洲防风草酿制美酒，留待圣诞节饮用（纯粹主义者则会坚持等到后年圣诞节，再来饮用更加醇厚的陈酒）。

温室和多年生植物

冬季生菜、春季卷心菜和夏季花椰菜可以播种在御寒玻璃罩下和温室里。春季卷心菜和夏季花椰菜可在明年春天移植到户外。砍伐芦笋植株，用其做堆肥，这样就可以抵御天门冬甲。土豆最好埋藏在房子附近，或储存在地窖中（或是其他任何防冻的阴冷之地）。如果地里还剩有洋蓟，一律将其收割。现在地里剩下的作物都可弃置不管了，如果你实在不想这样，就用稻草覆盖它们，保护它们不受霜冻。现在若用海藻或粪肥，或两者兼用来覆盖芦笋苗床，不失为一个好主意。所有多年生作物都需要大量施加粪肥。

地块 A

现在是时候收获所有的豌豆和蚕豆了，还有意大利白豆、大豆，以及任何需要烘干以备冬天食用的豆类，此时都应收获完毕。现在想在这块地上种植冬季和春季芸薹属植物，已经为时过晚，但是情况并没有那么糟糕，因为它们已经愉快地生长在托床上了。种植豌豆和蚕豆后残留的石灰，以及种植土豆后残留的肥料，都有助于甘蓝的生长。清除所有的杂草后，用堆肥来覆盖芸薹属植物是一个不错的主意，这样做也能遏制蛞蝓的危害。

地块 B

这块地上的所有作物（生长期都比较短）将迎来收获。这块地清理之后，要轻耙一遍，然后种上用做绿肥的冬季黑麦。不幸的是，此时尝试种植苜蓿已不是一个好主意，因为已经太晚了，只能种植冬季生长的作物，比如冬季黑麦了。

地块 C

只要进行培土，欧洲防风草和芹菜也能熬过大半个冬天。到9月份，将其余的根苗拔出收获，并妥善存放。如果拔的时候过于草率，红甜菜会受伤，流出血色的浆液。到9月底，土地清理干净后，就可以种黑麦了。明年这里将种上土豆，所以现在就应该开始施肥。

地块 D

赶在预计的第一次霜冻到来之前，将主产土豆的植株拔除。这样做后，地下的块根会变硬并能够保持得更好，同时，如果植株患有枯萎病，霜冻也能杀灭残留在地表的孢子菌，避免将来将土豆块根拔出地面时，块根遭到感染。收获土豆仔，将其置于地表，花一天左右时间晾干，使其表皮凝结变紧绷，然后将它们埋藏或储存起来。为韭葱培土，使之成为迎接冬季的最佳作物。明年豌豆和蚕豆将会在这块地上抽出新芽，所以如果冬季非常严寒的话，宜在10月或9月种植蚕豆。

水果地块

剪除草莓的藤蔓，清理地块并施上粪肥或堆肥。待所有水果成熟后收获；苹果和梨储存在阴凉（但不寒冷）的地方，不过不能放在一起。剪掉覆盆莓的老结果枝，留下新枝。在11月下旬修剪黑加仑。

第15节 温室栽培

一座简单的温室需要一个由砖头、混凝土或石头建造的 3 英尺高的地基，加上镶嵌着厚玻璃的木质框架，还有一扇门和 4 个排气扇（温室两头各装两个，上下各一个）。在温室内部你需要配备可移动的脚手架以放置种子箱，到夏季时，你就可以在里面种植番茄了。

无暖气温室

在温带，即使是无暖气的温室，也是非常有用的，因为一旦霜冻结束，它便可以为一些植物，如芹菜、玉米以及早熟的甘蓝，提供一个良好的生长起点。在夏季，你可以种植一种极其重要的植物——番茄。对于过着自给自足生活的人来说，这是一种很理想的作物。

去购买番茄的话会很贵，但亲手种植它，却简单易行，且产量可观。无论是只有一些乏味食物的冬天，还是物产丰美的丰收季节，一些番茄都会给你的生活带来很大不同。你也可以种植一些奢侈作物，例如甜瓜、茄子、青椒（如果放置的时间够长，它们会变红）和黄瓜。比起那些生长在室外架子上或田垄上的黄瓜，生长在温室里的黄瓜味道要好得多。生菜亦是如此。但在冬天，除了有利于一些早期甘蓝和冬季生菜的生长，一个无暖气的温室几乎不会对你有任何帮助。因为在没有冬日阳光的情况下，温室里的温度可能会在冰点以下。

> “你能够在温室中种植任何能在地球上生长的植物。

单坡温室
使用方便（倚你住房的一面砖墙而建），但采光稍差。

暖气温室

你可以千方百计地利用燃油、电力、木材或者煤炭来加热，使温室的温度在整个冬天都保持在冰点以上（并且你的温室足够大），这样的话，无论气候如何，你每年都可以收获很多地中海水果。

过着自给自足生活的人更愿意不买燃料就能加热温室。这种方法可以通过安装通用火炉，或者用水力或电力发电来实现。在一年中比较温暖的几个月里，利用太阳能给温室供暖是可行的。

把温室内的石墙涂成黑色是一个非常有用的小妙招，这样一来，墙体可以在白天吸收热量，然后在夜晚释放热量以缓和霜冻。

温室气温

在冬季，夜晚气温为 4℃左右，而有太阳时，气温会上升到10℃左右。白天温室里气温不可以太高，但也不能轻易允许冷空气进入，否则很多脆弱的植物会因此而死。因此，你需要熄灭火炉来冷却空气，但是在下午又要再次点燃火炉。夜里也可以通过这种方法来保持气温稳定。在白天，应保持下风向（背风的一面）的上通风扇始终打开。之后，当春天来临时，将两个上通风扇都稍微打开一点。最后，打开一个下通风扇。

在春夏，时不时地给地面浇点水以保持空气湿润。确保利用合适的流水槽将雨水从屋顶导流到水桶里。

温室土壤

如果你将好的堆肥、表层土和纯砂等量混合，然后加入少量磷酸岩粉和一点石灰，你会得到一份非常好的温室土壤。你可以将这些土壤放入高位苗床，或者将它们加入温室中现有的土壤。温室里的轮作植物类型越多越好。但是如果你年年都想种植相同的作物，你需要移掉旧的肥力不足的土壤换上新土。如果连续几年一直在同一块土地上种植番茄，它就会特别容易得病。

温室作物

即便一个寒冷的温室也比室外更可靠，你可以在里面种植种类更多的植物。你能够在温室中种植任何能在地球上生长的植物。对我来说，温室主要种植冬季生菜和其他绿色蔬菜。早春，可以在平地或者种子箱里播种芹菜、番茄、辣椒、甜瓜、茄子、玉米和黄瓜。我的温室作物是番茄，持续整个夏天。我知道在温带气候下，你能够在室外种植番茄，但是难度较大。

不要让你的温室过于拥挤。种植一些真正有用的作物比让异国水果之类的新奇作物填满你的温室更好，例如夏天种番茄，冬天种生菜。充分利用阳畦下面的温床、玻璃罩、塑胶广口瓶和室外的透明塑料膜等设施。

第16节 莓类水果

对于经验不足的园丁来说，莓类水果是高产作物之一，并且你无须担心它的生长。就算在新开垦的耕地上，它们也能很好地应对野草的侵袭；你还能用塑料膜盖住它们，以提高产量。它们应当成为你在新菜园中种植的第一批作物。它们能很快结果，夏天种植的草莓在下一年会有很高的产量，其他莓类作物的生长周期也不比这更长。莓类水果除了能带给你味觉享受外，还可以为你提供能存储的维生素。依我看，目前最适合种植的作物是黑加仑。它们耐寒，产量高，富含营养（大概是你能够种植的维生素 C 含量最高的作物），且容易储存。你要确保有大量的美味水果，以度过冬季的饥荒期。瓶装黑加仑的味道与鲜果一样新鲜。它也很少会歉收。覆盆莓耐寒，能够在潮湿和寒冷的纬度带茁壮成长且比草莓更易种植，还可以制成果酱。它们可供采摘的周期很长，孩子们可以随时采来当作零食吃。许多人迷恋蓝莓一类水果的味道，因此种植它们。种植和采摘一点点蓝莓，需要付出大量劳动，因此它们可算是奢侈品。但它们在寒冷的气候下是非常有益的。

黑莓

用途 我住在农村，在这里，野生的黑莓灌木丛是令人厌恶的东西，当我们从上面采摘大量的野果时，从未想到有一天自己会种植黑莓。但人工种植的黑莓确实能比野生黑莓结出更多、更大、更香甜的果实。而且这些水果非常耐寒。它们的枝条还能做成多刺的树篱。

种植 如果你想要一个由人工栽培的黑莓做成的树篱，你要确保地面已经完全清除了多年生杂草，比如茅草。施上粪肥或磷肥，或两者兼而有之。然后种植矮小的黑莓植株，间隔为6英尺（1.8米）。每株植物必须保留一点茎和一点根，分别裁剪到它们自身长度的一半。为它们准备铁丝栅栏，黑莓将沿着它攀爬上去。事实上，它们会以相当惊人的速度蔓延，所以要密切关注它们生长的方向。

修剪 如果你得到野生黑莓种子，并且你希望改善其结出的果实，你就得在地里清理出几条小路，用它们将大块土地分割成小块。如果你真的很想食用黑莓，就从它的灌木丛中剪下枯枝，剪掉长而不规则弯曲的分枝，然后再施一些磷肥。

后续照料 保持小路的清洁，这样做不仅会大大提高黑莓区的产量，同时也便于采摘水果。记得留意清除附近生长的野草。

黑加仑

用途 黑加仑是你目前可以种植的最好的莓类水果，且可以酿成顶级美酒。

土壤 黑加仑喜欢凉爽，质地很“重”的土壤，特别是重黏土。如果土地的

PH值低于6，应该在头一年的秋天提前用石灰中和酸碱度。

种植 在深秋的日常修剪中，从现有灌木上剪下插条；用锋利的刀削去插条的顶部和底部。插条长度应为10英寸（25厘米）左右。下部切口应略低于枝干的节点。用铁铲在土壤里挖一个槽，并在底部放一点沙子，如果你是一个完美主义者，你可以把这些插枝插进去，间距约1英尺（30厘米）。在第一个冬天盖上树叶或堆肥，以防土壤在第一个冬天就被霜冻胀。在寒冷的气温条件下，园丁在11月，从修剪工作中取得插条，并把它们捆成捆，直到3月份才进行埋植。然后，开始种植它们。到来年11月，小心翼翼地移出幼根期的植物，并以1英尺（30厘米）的间距和18英寸（45厘米）的行距来种植。到来年年底，移出它们，栽到它们长期生长的地里，间距为6英尺（1.8米）。

修剪 黑加仑是在新枝上结果，这点与红加仑或白加仑不同。所以，如果可以的话，剪掉所有去年结过果实的枝条。但你经常会发现，你面对的是一个末端生出新枝的长长的老枝，所以你最终会保留一些旧枝。遇到这种情况不必担心。

病虫害 “大芽病”是最糟糕的疾病。它是由螨虫引起的，会导致芽叶肿胀。摘下所有这些芽并丢掉。另一种会染上的疾病是“返祖病”，患病时，叶子会变成奇怪的形状，就像荨麻叶。立刻拔掉并烧掉这些灌木。

收获 某些懒家伙会把果枝整个剪下来，拿到室内再摘下浆果！好吧，我承认你这样是一举两得，你可以干脆躺在摘完果子的枝条上，以“卧薪尝果”的姿态度过整个冬天啦。

蓝莓

用途 蓝莓在温暖气候条件下并不能生长得很好，但北部寒冷地区的人们该考虑种植它们，因为它们是主要的山地水果。

种植 蓝莓喜欢酸性土壤，所以不要给它们撒石灰。它们能够抗住严寒的气候，喜欢在浅浅的水边生长，使根部能靠近水源。它们无法在沼泽地生长，除非是在沼泽地中的小丘上。它们在山上的泥炭地能够生长良好，且更适合在PH值为4.5左右的酸性土壤中生长——这酸度算是很高了。可通过扦插进行繁殖，或者你可以买一些生长了3年的植株，以6英尺（1.8米）的间距栽种。

修剪 对于4岁（已经种植了3年后的第一个年头）的植物，应剪下其大部分花簇和根出条，根出条即是从根部生出的嫩枝。这种做法应持续2年。把每丛灌木的根出条限制在两三根以内。然后开始不时剪掉枯老的枝。在蓝莓成熟，较易脱离枝条之前不要采摘，否则味道很淡。

修剪前

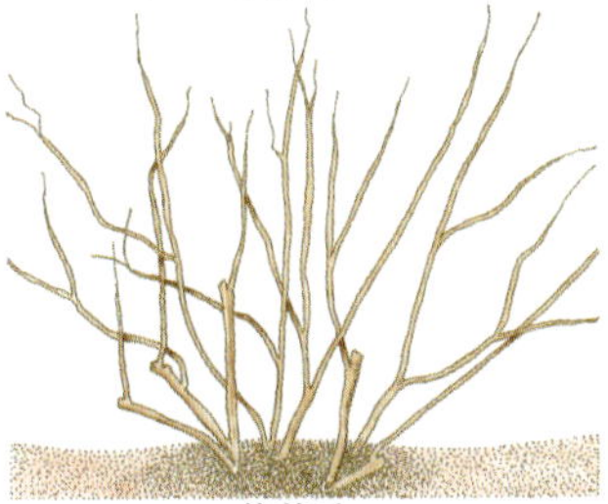

修剪后

蔓越莓

用途 蔓越莓普遍用于制蔓越莓酱，按传统方法搭配火鸡和猎获的野味，吃起来风味极佳。它们的生长条件极为苛刻，因此很少被种在园子里。

土壤 蔓越莓生长于强酸性土壤中。必须有良好的排水条件，夏季必须充分灌溉，冬季则要更加大量地灌溉。

种植 春季可将枝条扦插于3英寸（8厘米）厚的沙土层中，沙土层底下是泥炭土。

收获 经过3年的除草、灌溉和护理之后，蔓越莓就可能开始结果。果实需要用手采摘。

鹅莓

用途 在冬季，鹅莓是维生素的有效来源，制成罐头或者煮来吃都很不错。种再多也没关系，在我看来，鹅莓、黑加仑和覆盆莓是仅有的几类值得费心种植的灌木类水果。

土壤 鹅莓喜欢肥沃、深厚的壤土，不过你也可以将沙土加入黏土里，或者将黏土加入沙土里，来将其改善成鹅莓喜欢的土质。当然，你可以通过大量施肥来改善所有类型的土壤。

繁殖 同繁殖黑加仑的方法大致相同，区别在于，你要用手指剥除插枝低处所有的芽，只在顶部留4个芽。插条能够很好地生根繁殖——把一根低枝固定在地表，它就会生根。剪下插条，然后种到地里即可。

修剪 头一两年里，要仔细修剪鹅莓的枝叶，以便让植株长成杯状灌木丛（中空且无垂状分枝）。然后，每逢冬季就把茎梗剪短至3~4英寸（8~10厘米），剪去所有不再结果的老枝。始终保持灌木丛中空，以便将手伸入其

中采摘果实。但是要记住，绝不能在霜冻时修剪鹅莓。

后续照料 每年都要以适量粪肥或堆肥覆盖。在冬季，红腹灰雀一逮着机会，就会习惯性地啄食鹅莓嫩芽，所以有条件的话，最好搭建一个用来保护果树的笼子。在夏天，保持笼子敞开，以便让益鸟进来吃掉害虫；当果树开始结果时，再封闭笼子。但在冬天，要一直保持笼子关闭，以避免嫩芽被其他鸟啄食。猎场看守人员的失误造成红腹灰雀在英国和其他地方泛滥成灾，因为他们捕杀了所有红腹灰雀的天敌，如猫头鹰和老鹰，因此这种小鸟变成了祸害。

疾病 可恶的蚜虫有时会生活在鹅莓叶片里面，并将叶子弄卷，所以你要摘下卷曲的叶子，然后烧掉。对付美国鹅莓白粉病，可以将2盎司（55克）的钾硫化物溶解到5加仑（23升）的水中，然后喷洒。你可以通过树叶和水果上的白色斑纹识别这种病。

收获 只要鹅莓成熟了就可以采摘。你会发现它们适于装瓶储存或酿酒。

葡萄

用途 只要夏天光照充足，足够温暖，葡萄就能很好地生长，冬天再寒冷也无妨。葡萄可以在遥远的北方地区存活，如英格兰北部的萨福克郡。我曾在那里的户外种出了大概90根葡萄藤，并且结出很多葡萄。野鸡把我种的所有葡萄全吃光了，不过我也把那些野鸡全吃光了，所以没关系啦。

土壤 葡萄需要温暖、排水非常良好，并且富含腐殖质的土壤。此外，它还需要充足的阳光和空气。朝南的山坡上是种植的好地方。土壤PH值最好是6，如果土壤酸性太强，你就撒些石灰来中和酸碱度。葡萄也能在温室中茁壮成长，并到处攀爬。

繁殖 葡萄可通过扦插繁殖。在寒冷的天气，应以6英尺（1.8米）的间隔种植带根的插条，但如果是温暖天气，距离还要加大才行。在寒冷的气

候条件下，如果保持藤蔓细小并贴近地面，那么葡萄树就能结出更丰硕的果实。

修剪 拉起两根平行的金属丝，一根距地面1英尺（30厘米），另一根距地面30英寸（75厘米）。葡萄藤蔓会在新枝条上结果，所以可以剪掉去年的老枝条，但要保留一些嫩芽，以便今年繁殖出新枝条来。另外，遇到潮湿的气候，就别期望太高；留三根枝条生长，其中一根是备用的，以防其他两根有任何一根发生意外——如果有根枝条出了问题，你把它剪掉了，也还有两根是好的。把留下的那两根枝条绑在两根金属丝上，以保证它们沿着同样的方向生长。在更加温暖的气候里，可以留5根枝条，让其中4根枝条沿着金属丝生长，每两根保持一个方向，并留一根枝条备用。在冬末修剪枝条。枝条抽出大约6个芽时，就剪掉枝头。

后续照料 每年都要给葡萄植株的根部施堆肥。在6月份，要喷洒波尔多混合液，并除掉杂草。

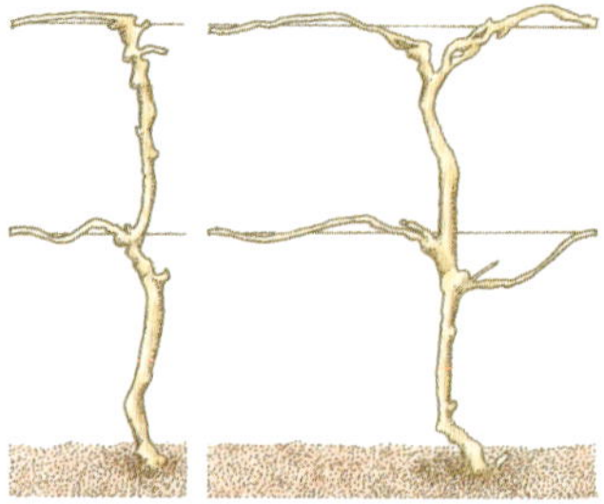

收获 使用修枝剪，剪下大串大串的葡萄，不可用力将葡萄撕下来。

覆盆莓和罗甘莓

用途 这两种莓类蘸上鲜奶油食用，或存储起来做果酱都很美味。

土壤 这些莓类水果喜欢“重”质、潮湿的土壤，在北方寒冷地区，比其他大多数莓类水果长得更为茂盛。它们可以忍受阴凉和朝北的生长环境。除掉所有的多年生杂草，大量施肥，它们就会茁壮成长。

繁殖 从苗圃买来这些小浆果植物，然后用压条法种植，或者挖出幼苗，移种在现有的覆盆莓旁边的土壤里。
种植 要种植得很浅，植株之间的间距为 2 英尺（60 厘米），每行之间的行距为 5 英尺（1.5 米）。搭建栅栏将它们围起来，让植株顺着栅栏爬上去。我拉上 3 对平行的金属丝，供作物攀爬，并确保藤条在金属丝之间生长。也有些人把藤条绑在金属丝上，以给予藤条额外的支撑，还能让藤条靠得更近。
修剪 让枝条顺利成长，但要避免第一批枝条开花——在开花前将嫩芽剪掉。第二批藤条将会开花结果。藤条结果后就将它们剪掉，只需要保留 3 根新的藤条，用做下一年种植。剪掉

所有脆弱的藤条。随着岁月的流逝，留下更多的藤条，也许多达 12 根。剪掉植株长出来的根出条，或者干脆把根出条截下来，移植到其他地方。将植株不同高度上的枝条尖端都剪掉，以便这些地方都能结出累累硕果。

红加仑和白加仑

用途 红加仑和白加仑不像黑加仑那么实用，但是可以用来制作果冻。
种植 与黑加仑的种植方法一样。
修剪 它们不像黑加仑在主干上结果，而是像苹果一样在支干上结果。所以在第一个冬季要削剪第一批主干，或

摘除嫩芽，来缩减植株长度。然后把所有主干砍掉一部分，仅保留一半的长度，削剪所有支干，保留其长度在 0.5 英寸（1 厘米）以内，以促使它们在春天生长。这些切口上会长出结果的细枝。事实上，在切除大量新生枝干时，要保留尽可能多的老枝干。
后续照料 就像照料黑加仑一样细心照料它们，否则它们会患上“大芽病”

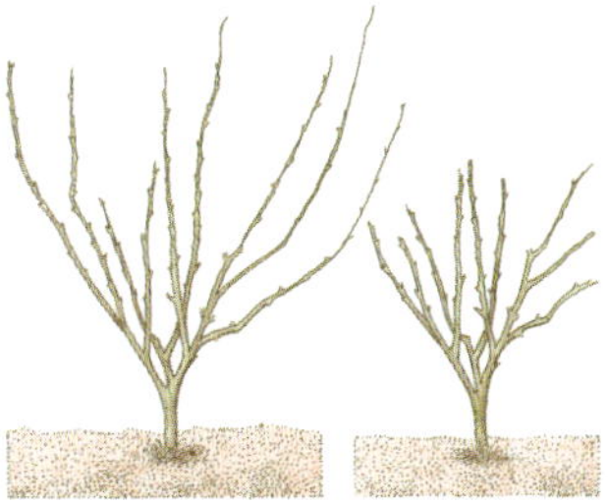

和“返祖病”。

草莓

用途 这种水果富含维生素 C，深得小朋友喜欢（虽然吃多了会长疹子），而且能给自耕农带来不匪的收益。草莓是需要花大量工夫培育的，但每种上一公顷，比你种的任何作物，都能

带来更高的收入。如果种上不同种类的草莓，那么整个夏天都可以收获。
土壤 草莓属于林地植物，所以需要大量堆肥和微酸性土壤——不能撒石灰。
繁殖 草莓会长出能生根的匍茎，你可以将匍茎从地下挖出，或者让它们在施过堆肥的小花盆里生根，一旦生根，剪掉一部分根茎，并将植株从花盆里移植到土地里。
种植 8 月份种植草莓幼苗，之后再移植它们。植株之间的间隔为 1 英尺（30 厘米），每列的行距为 18 英寸（45

厘米）。不要栽太深，让植株的根在浅土处平行扩散开。
后续照料 坚持锄土和除草，否则苗床就会变得一团糟。还要以大量泥炭土或堆肥护根。留意蛞蝓。如果没有泥炭土，就把稻草铺在植株底部来保持浆果清洁。如果植株患上灰霉病，就撒上一些硫黄粉来治疗。
收获 最好让草莓植株只结 3 年的果实，之后便拔掉植株。每年都要种上新的植株，以获得持续的供应。

第17节 果树

对农场主来说，快乐就是承继一块已经培育好果树的田地。但这并不常见，通常新人必须从头开始种植，等待，再等待。如果空间允许，就混种几种标准型或半标准型的硬木果树。也可间种攀架果树，或间种可用做栅栏的硬木果树。或者间种矮乔木，它一般要比正常尺寸的树木收获更快，产量更高；或间种一些莓类水果，后者在 3 年内就可结果，如果你种下的莓类灌木已经有 2 年历史，那么结果时间就会更短。大型果树或半标准果树，最终每年可以产出大量水果，也可提供足够的苹果用来制作苹果酒。但是，如果你的菜园很小，最好不要种植太多的乔木果树（也就是生长水果的大型树木），因为果树会占用大量的空间，并且会从土壤中汲取大量水分和营养物质，使得下面的土壤失去肥力，又遮蔽阳光使得草木难生。在果园选址时，要考虑水分和空气对流：任何果树都无法在水中茁壮成长，而霜会沿着山坡向下运动，使盆地变成“霜袋地”。因此，不能在位于半山坡的果园下面建一道树篱，因为树篱将阻碍冷空气沿下坡流动，造成霜冻，从而损害土壤的质量。

苹果

用途 众所周知的事实是，在凉温带气候地区，苹果是最实用的水果。通过培育早季和晚季品种，以及可长时间保存的品种，除了夏季的一小段时间以外，你几乎全年都可以享用苹果。而在夏季的这段空白期里，你也还有许多莓类水果可以选择。每天生吃一个苹果，是你食谱中最有价值的一个项目。

土壤 苹果需要肥沃的深层壤土，但只要加上堆肥，它们可在大多数土壤中生长。它们不太适应酸性土壤，所以需要你撒石灰进行中和。土地的排水必须要通畅，不能位于霜袋地。

准备工作 认真培育，除掉所有的多年生杂草。将树坑挖得略微大过树苗根部，如果可以的话，在树坑底部放上一些石灰块。

种植 如果从苗圃中采购，应选择3年大的树苗；但如果你愿意花费大量精力在种植上面，你就可以直接选择一个由7年大的树木构成的林园。

品种 苹果至少有1000个品种，所以在选择种植品种之前，应该询问一下当地人的意见，要确保那些需要其他品种配对授粉的果树，与之配对的品种就在周围，否则就没法结果。

修枝 如果你想收获硕果，那么修枝就是至关重要的。但要等到2月中旬才能开始修剪（防止胚种腐烂）。如果

你的苹果是在枝条尖端结果——当然，你得先去苗圃询问清楚——你唯一要修剪的就是一些主枝干，也就是剪掉那些零散的，停止生长的枝干，为的是使树木稀疏，不致太过紧密。但其他大多数苹果树，你必须更加系统地进行修剪，将所有主干（所有你希望能长出新枝的主干）剪到1/3处，并剪掉超出朝外生长的嫩芽0.5英寸（1厘米）的部分。这是因为，最后长出的嫩芽会在第二年长成枝干，当然你也会希望枝干能以树为中心向外生长。你的目标是种出一棵杯状的树，有4~5根形状较好的主枝从树干以45°角向外长出，并从中间分开。不要有太多的小枝条。所以第一年或者第二年，你要剪掉所有最终不会成为主干的嫩枝。在它们从树干长出的地方剪掉0.5英寸（1厘米）。这样做的目的就是要保护能结果的短枝，防止出现过多不会结果的枝条。如果你把嫩枝的主体剪掉0.5英寸（1厘米）以内，一个能结果的短枝可能就会从那儿长出来。所以，在每一个小分枝上，剪掉中间或者剪掉主要部分，保留一半的长度；同时剪掉所有分枝主干到0.5英寸（1厘米）的长度，这样它们就会长出额外的能结果的短枝。

在仲夏时将这些嫩芽小心修剪。不要把主干给剪了，只将这年新发的嫩芽剪至4英寸（10厘米）以内。几年后也许会结出许多嫩芽，这种情况下我们必须剪掉其中的一部分。如果一棵树在头一年结出了许多小的果实，而第二年却没有，那你就需要将它的花剪掉一部分。在收成好的年份里，如果你的树结出了大量的果实，那就去除

那些个头较小的苹果，确保剩下的果实长到个头足够大。

后续照料 确保你的果树周围的那块土地不长杂草。每年用你所有废弃的植物覆盖在树根部，再加上堆肥，这样，除了增加肥力，还可阻止杂草生长。但是不要覆盖太多氮含量高的肥料在上面。可以在果树下养几只母鸡，因为它们可以吃掉不少害虫，但是鸡的粪便对苹果的生长会造成不利影响。

脂膏绷带（如下图所示）是一个经典的防虫害方法。只要把含油脂的绷带绑在树干上，臭虫在顺着树向上爬的过程中就会被它粘住。

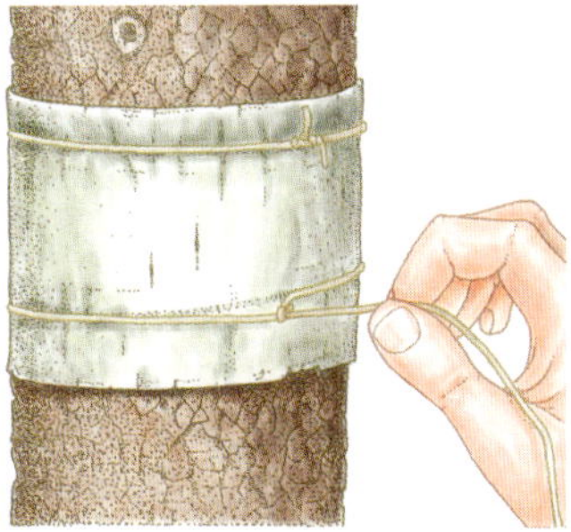

柑橘类水果

用途 如果让我只能选择一种柑橘类的水果，或者说如果温室里只能再种下一棵果树的话，我一定会选择柠檬树，因为你再也找不出更能比它结果的树了。一棵柠檬树结的果就足以供

全家所需，而巧妇难为无柠檬之炊哪。当然，我们也可以将其种在盆中，冬天的时候置于室内，夏天阳光充足的时候置于室外，但这样你的收成会大大减少。

土壤和气候 柑橘类水果非常适宜在亚热带气候下的室外生长。柠檬比橙子更易受霜冻影响：30° F（–1℃）就能冻死柠檬幼果，26° F（–3℃）就能冻死整棵柠檬树。橙子则能在低于此1~2度的环境下存活。最好的土壤是沙质壤土，PH值在5.5~6.2之间，更重要的是，具有良好的排水性。

种植 种植方法与其他任何果树相同。

后续照料 使土地在播种后的几周内都保持潮湿。第二年以后，如果进行灌溉，那么每个月应该保证至少20加仑（90升）的灌溉量。除非发现了一些吸根，或者是害病的枝条，否则不需要经常修剪。它需要大量的堆肥，但是不要将肥料盖在根部，否则根部

会腐烂。

收获 果实在冬天成熟，并且可以在树枝上保存几个月之久。所以只要它们还新鲜，就可以等你需要的时候再摘取。

樱桃

用途 有两种特别值得推荐的樱桃，一种是欧洲甜樱桃（Prunus avium），另外一种是欧洲酸樱桃（Prunus

cerasus），前者更甜一点，后者更酸一点，二者的杂交品种更受欢迎。

土壤 成功的种植主要依赖于适宜的气候。一次意想不到的晚霜就可能把植株全部冻死。适量的降水和通风排水系统是非常重要的。排水顺畅的土壤可以使果树顺利地将它们的根伸入地底6英尺（1.8米），这个深度可以保证它们能一直汲取水分而不会枯萎。甜樱桃喜欢更加干燥松散一点的土壤，而酸樱桃喜欢更加潮湿一点的黏土。

种植 在秋天的时候进行播种，第二年早春时分便会初次发芽。此时需要大量施肥，以保证其产出。

后续照料 樱桃树结果时间很早。善加施肥。春雨和冬雨都将给它提供足够的水分。

收获 将樱桃连着蒂一起采摘是很不容易的，因为这样很容易破坏它正在结果的嫩枝。只种一棵樱桃树的小农场主，有时间慢慢把樱桃从蒂上摘下来，这样就容易多了。但这样一来，樱桃采摘下来以后要立即食用，防止果皮的破口处进入细菌。

无花果

用途 温暖阳光下生长的新鲜无花果是地中海区域特有的作物，但是我们也可以将它种植在气候更寒冷地区的室外。我们只需要排水效果好、湿度适宜的土壤，以及一面朝南的墙来反射阳光即可。

气候与土壤 在美国北部生长着棕色土耳其无花果。这种无花果最适合紧靠着朝南的墙生长，但是在多雨和土壤肥沃的环境下，应适当限制其根系的生长。一立方码大小的盒子是最理想的生长环境。混凝土墙壁以及铺上碎石子的地面是最合适的。

无花果所需的土壤 使用保护墙，并将碎石块掺进土壤里，这是因为无花

果在潮湿和肥沃的土壤里会长出过多的叶子和枝条，而不结多少果实。我认识一位古怪的牧师朋友，他用已故者的墓碑限制他的无花果树的根系。无花果能够在大多数土壤中茁壮成长，不过在“轻”质壤土或者沙质壤土中可以生长得更好。实话说，无花果确实可以生长在贫瘠的土壤中。

种植 无花果使用扦插法可以生长得

更好。在冬季选用生长了2~3年的，并且直径小于1英寸（2.5厘米）的枝条，将其削减至10英寸（25厘米），将削好的植株几乎完全埋入土中，保持土壤湿润。在适宜无花果生长的地方，一棵无花果树可以占据约20英尺（6米）的空间。在寒冷的气候下，需要引导无花果靠墙扇形生长。

后续照料 无花果除了扇形生长时需要修剪之外，其他时候基本上不需要修剪。如果它们的根没有完全被土壤包裹住，或者它们不结果，那就需要认真修剪一下它们的根部了。某些无花果，特别是士麦那无花果，有一种很有趣的特性，即它们只能由一种特殊的细腰蜂（即无花果小黄蜂，拉丁学名为Blastophaga psenes）爬到无花果的颈部来授粉。无花果不是水果，而是一段空心的茎秆，果实的雌雄部分都包裹在里面。当士麦那无花果被带到美国时，它一直不能结果，美国人百思不得其解，直到授粉所需的无花果小黄蜂随着另一个名为“野无花果”的品种被运入美国，人们才明白其中关键所在。棕色土耳其无花果则是一种适合生长在北方气候下的无花果，它不需要无花果小黄蜂代为授粉。无花果可以脱水，做成有营养且容易储存的过冬食物。

橄榄

用途 在所有适合橄榄树生长的地方，它一定是最有价值的树，因为它可以生产最好的食用油，除此之外还是最美味最富营养的水果。事实上，对许多人来说，生活只需要上好的面包、橄榄和红酒就够了。

土壤和气候 橄榄在18° F（-8℃）时会受到损害，在10° F（-12℃）时会受到严重的损害，因此橄榄不适合生长在寒冷的气候条件下，但是晚霜不会对它们造成什么影响，因为橄榄在晚春或者初夏时节才会开花，而此时

一般不会出现晚霜。它们不会在海拔超过2600英尺（800米）的地方生长，除非这个地方非常靠近大海，但是在靠近大海的地方，它们会罹患烟霉病。如果你能提供理想的环境条件，请将它们种植在一块坡地上，因为它们的根部不能在积水中生长。此外，它们几乎可以在任何土壤中生长。如果将它们种植在半沙漠气候的沙质土壤中，它们也可以在年降水量不足8英寸（20厘米）的地方生存下来。在偏北地区的黏土中，它们则需要20英寸（50厘米）或以上的降水量。

对于橄榄来说，最适宜的土壤是杂有黏土层的沙质土壤。它们在夏季需水，如果夏季降水不多，你就必须定期灌溉。

种植 你可以在夏末剪枝扦插，再喷洒营养液来培育橄榄树。共有3种培育方法：可以培养直径0.75~1.5英寸（2~4厘米）、长10~12英寸（25~30厘米）的小剪枝，垂直插入土壤；你也可以将大一点的1.5 × 10英寸（4 × 25厘米）的剪枝，埋在平整的土地里种植；也可以用根部的剪枝（当然要用树自己的根部，嫁接在野生橄榄树上的肯定不行）来扦插。扦插地点既可以在苗床上，也可以在你希望的任何地方。专业人员则从播种开始培育，然后嫁接到野生的橄榄树上，但是这一过程确实非常棘手。

如果你想要随意种植，又恰好有座大农场，每亩可种上250株。可以在晚秋和早春之间的任何时间种植。植株5~6年开始结果，10~15年进入硕果期，并可延续百年之久。成熟的植株能产出90~150磅（40~70公斤）的橄榄，和大约18品脱（10升）的橄榄油。

后续照料 橄榄树需要大量的修剪，这是个复杂的工作，需要向经验丰富的人请教。

收获 从11月末开始，整个冬天你都可以收获果子。如果你想要自己食用，一定要小心翼翼地亲手摘取。如果要榨橄榄油，直接摇下来用布片接住就好。

桃子和杏子

用途 大概生活在温带气候中的人们最喜欢吃桃子和杏子了，但它们却不易在那里生长。人们越来越多地将它们趁鲜摘取后冷藏或罐装储存。

土壤和气候 这两种果树喜欢“轻”质土壤，如沙质壤土和砾质壤土。很矛盾的是，桃子和杏子既需要寒冷气候，也需要炎热气候。如果冬天不冷，气温未降到40° F（4℃）以下，它们就不会冬眠，从而会消耗掉自身的全部活力。另一方面，开花后只要

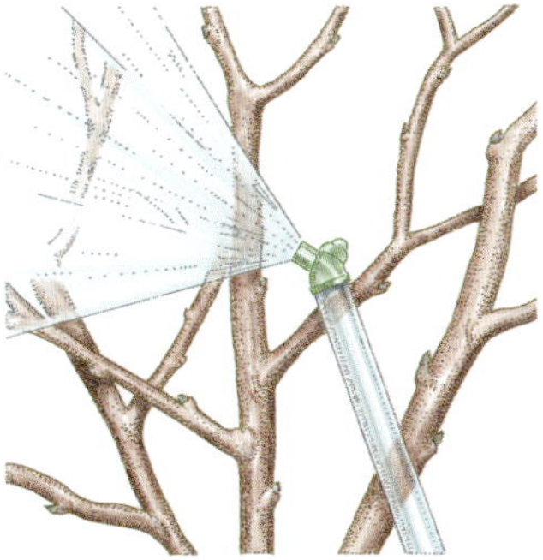

来一场霜降，植株就会冻死；而在夏季，它们需要阳光和高温。第二次世界大战后，英国很多试图在户外种植桃子的人都放弃了。

种植 最好的种植时机是在春天，或者是温度十分适宜的冬天。

后续照料 果树移植后要马上修枝。要趁早修剪果树，塑好生长的形状。如果结果太多，要掐掉一半的果子。如果果树得了卷叶病，在早春萌芽前喷洒勃艮第液。

收获 果皮由绿变黄的时候，桃子和杏子就成熟了。摘的时候小心不要擦伤果子，否则会迅速变质。摘下的果子可以存放2周。

梨子

与苹果相比，梨子更喜欢有荫蔽的环境，但不那么耐寒。不过种植梨子的方法和苹果相同。可连续栽种多个品种的梨树。施肥要足量，但不要施到树干上去，否则根须就会从接穗的地方，而不是从树干上冒出来。顺便说一下，如果你在野生的山楂树上嫁接梨树枝，树枝可以存活生长，直接结出梨子！此外要记住，梨子的保鲜期

没有苹果那么久。

李子

用途 李子分为很多不同的种类，从用来做甜点的梅子，到馅饼中常见的，专用来做果酱的西洋李。西梅也

属于李子的范畴，这种李子在风干之后，果实内仍保存大量不会发酵的天然糖分。

品种 并不是所有的李子都是无性繁殖，一定要确保你栽种的品种可以授粉，不然你就不会收获果实。如果你只想种一棵树，那就去找你的邻居咨询一番，看他们种了哪种李子，然后选择一个能够与之互相授粉的品种。

修枝 种上李子树的前3年不要修剪，到初夏或者树感染了疾病时再修剪。然后，剪掉多余的枝丫，如果树疯长，就将主干剪至1英尺（30厘米），其他枝条剪至6英寸（15厘米）。这样会放慢生长速度，有利于坐果。初夏的时候，请一定要经常修剪那些枯枝（从尖儿上开始枯萎的树枝），绝对不要在冬天修剪枝丫。

后续照料 银叶病对李子树来说是很严重的病害。如果得了银叶病，叶子就会变成银色，树枝的末梢则呈褐色。为了治疗，必须把末梢剪去，直到露出健康的木质。还有个老办法，就是用刀子在你留下伤口的地方彻底去掉那块树皮。当然还必须烧毁所有被感染的枝丫，以防病菌扩散。

收获 如果要收获李子用于储存，等树上一开花，就要马上采摘。但如果想趁鲜食用，就要等它们多在树上挂

一段时间，熟透后再摘。当李子的果实捏起来软塌塌的时候，果肉风味最佳。

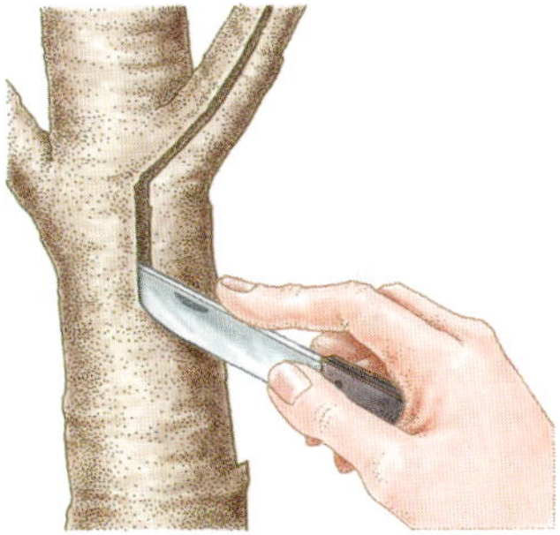

第18节 照料果树

种植

所有果树的种植方法都一样。气候允许的条件下，最好是在冬季，树液还没有在枝干内循环流动的时候种植。通常你要从苗圃中采购 3 年树龄的树进行种植，但从苗圃中移出来之前，要先修枝。如果你愿意花费大量精力在种植方面，你甚至可以种植 7 年树龄的树木，这样几乎可以立即拥有一个果园。但这些树会昂贵一些，并且你需要清楚地知道自己每一步应该要做什么。你需要用一个袋子来包住根球外的土壤，绕着根将其挖出，不可伤根，小心移栽，并在 1 个月内坚持浇水。因此，任何没有经验的人都会坚持选用 3 年树龄的树。

嫁接

你从苗圃买来的树苗，很有可能已经进行过嫁接了，换句话说，也就是你认为你买来的是原生树苗，其实很有可能是嫁接在另一种果树上长出来的。这另一种果树可能是耐寒、接近野生的品种。举个例子，你买的苹果树枝，可能是嫁接在酸苹果树上长出来的。这样一来，你就能得到兼有两者优点的果树了，一方面根系发达、枝干健壮，另一方面生长快速而高产。很少有爱好园艺的人经常为果树嫁接，但是嫁接是如此的简单，真不明白他们为什么不去做。好的嫁接不会选用病老的树木，那些看起来要得溃疡，或者得过溃疡的树（树皮或者木质腐烂过的）是不会被选做砧木的。已种植的老果树中品种稀缺的，未被好好照料的，修枝不好的，或者需要返青的果树，为其进行高枝嫁接是非常有效果的。在正生长的树上进行嫁接，叫芽接；在树的顶端进行嫁接，叫枝接。枝接的接穗可以是在冬季剪下的插条。选择你需要的果树品种，剪下枝条后，在凉爽的地方进行正常埋植。到了春天，剪掉你想要返青的老树的所有枝干——从分枝在树干上的交汇点以上 1 英尺（30 厘米）处下剪，再进行高枝嫁接。用极其锋利的小刀修理锯痕的边缘，接着再在每个分枝上嫁接接穗。

有好几种嫁接的方法，因要嫁接的枝条不同而异，但原则都一样，即要让芽接的嫩芽和枝接的枝条（在树皮下的）形成层紧贴着树干。这样，嫁接的枝条和树的结合生长就开始了。

后续照料

如果你不想在树之间的空地间作其他植物，就让它长草。但整个夏天都要时刻割草，并且不要移除割下的草，任它留在原地腐烂，被蠕虫拖到地下去。别喷农药，要是全照着书里写的那样去做，果树就要被致命的毒素拖入深渊了（一些种植者每月喷洒一次农药，这让果树、果实，还有土壤长期处在毒素的侵蚀之中）。而且你用农药杀死害虫的同时，也一样会杀死所有益虫及蛛类等害虫的天敌。据说在果树附近种植荞麦很不错，因为荞麦会吸引有益的食蚜蝇。

种树

种一棵树或是灌木丛时，要为它们设身处地地思考。因为树的根部是很脆弱的，而在种植时根部又比较容易受到冲击，因此要特别小心处理。必须挖一个比树根大很多的坑，这样它才有足够的空间生长。

在你把树移植进坑里之前，先要在底部打一个桩子，用来给树塑形。然后你可以把树移植进坑里，并且修剪掉所有受伤或是过长的根。

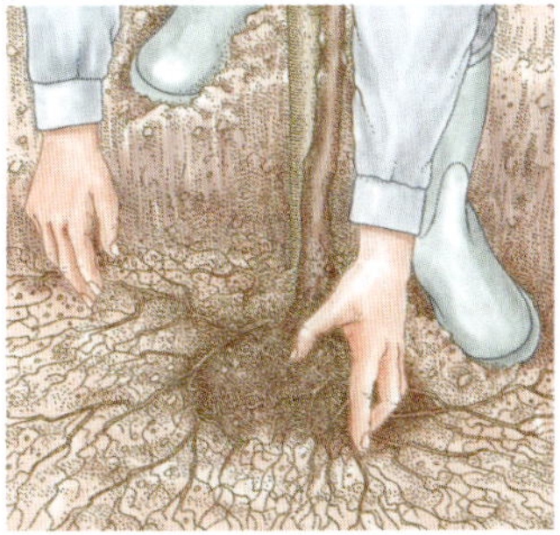

你只能在冬季，树木休眠的时候移植它，只有这样你才能使根受到的伤害最小化。把一堆肥沃的壤土填进坑的中间，让树根在壤土下伸展开来。确保你种下的树的深度与它之前一样。在树根处多撒一些壤土，轻轻将它们掺入土壤里。把坑填满，直到土壤将树根完全包裹住为止。

随着树的生长，后续所需的营养也越来越多。所以根部的土壤必须很坚实，一旦根部以下的土壤流失，或是留下凹洞，树就会死。你应该在种植的时候对土壤进行层层加固，确保将它夯实。当你将树种好，达到你满意（树也满意）的程度，就在上面再撒一些土，轻轻用脚将它们踩实。

一开始不要用力踩踏，否则会伤害到脆弱的根部。当坑被完全填满时，土壤会有一小部分堆积起来，这时你才可以用力踩踏。打下的桩子会确保它不会移动。桩子也会确保树开始生长时，根系不会受到外部活动的影响。

当树移植后又一次开始生长时，必须保证水分是充足的，所以要好好浇水。然后再用有机物质做成上好的护根物，将其置于树根周围的土壤中，用来储存树所需要的水分。

用塑料绳和带扣将树捆绑在桩子上，不要捆绑得太紧。经常检查塑料绳，在树干开始生长并变粗时，要适当松一松。

最后，在离地面不高的树干绑上含油脂的绑带。脂膏绑带是一种很古老的防虫害办法，但是却可以阻止很多害虫爬上树干。

枝接法

这是通常在树干和接穗大小相差不多时，用来进行嫁接的方式。这里的树干是指你要将接穗嫁接上去的树的枝干；接穗则是指你在冬天剪下的某根枝条，你先将其植入凉爽的地方，直到可以嫁接。提前做好准备，在接穗较低一端的蓓蕾下面切一道口子，这样接穗中的营养物质就不会流失到树干基部。剪枝长度应在2英寸（5厘米）左右。

在这个切口的上部再做一个切口，不要切掉一丁点木质，然后，一个小的舌形口子就形成了。将接穗的嫩枝尖儿切掉，只留下3~5个蓓蕾。现在你可以在树干上做一个和接穗相契合的切口。

将接穗嫁接到树干上去，将舌形口子两两对齐，两个形成层也应彼此接触。

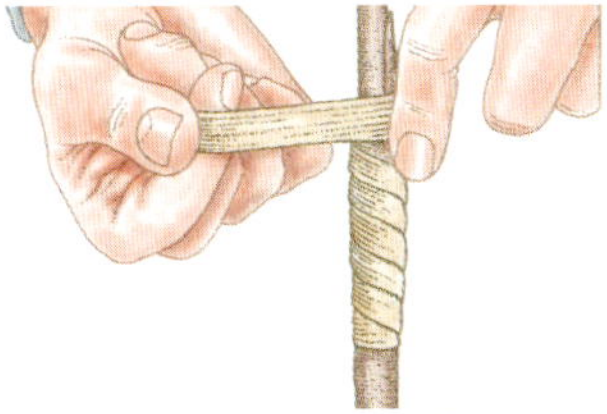

将两部分用纤维（棉布亦可）绑在一起，并用嫁接专用的蜡把整个接口裹起来。

树形

可将幼年果树（单茎，树龄1年左右）修剪成各种观赏造型。这样不仅能够节约空间，还能在一些情况下增加你的产量。

固定幼树
将你的幼年果树以大概45° 的角度用栅栏固定，让它始终只有一根主干，且没有太长的侧枝。

扇形树枝
将一棵幼年果树靠着墙或篱笆种植，利用藤条将树枝分开6英寸（15厘米；如上图所示）。修剪枝干，使它们朝着与主干相反的两个方向长。

攀架果树
每棵树之间拉上与地面平行的丝线，各丝线间距为1英尺（30厘米）。让果树主干与墙或栅栏保持垂直，并让侧枝发出与自身呈90° 角的嫩枝，将它们系在用丝线固定的藤条上。让侧枝的伸展长度保持在5~8英尺（1.5~2.5米）之间。

金字塔形矮冠果树
选择矮冠果树是因为它们比一般的果树占据更少的空间，结出的果实却与普通果树分量相同。金字塔形矮冠果树在外形上也让人眼前一亮，树如其名，它就像一个金字塔（下部的枝条长，上部的枝条短）。将幼树的生长限制在7英尺（2米）以内，不要让侧生的枝条长得过长。矮冠果树结果较早，但是存活期比普通果树短。这对种植苹果、梨，还有李子都很有利的。

芽接

这种嫁接法通常用来种植玫瑰，不过用在种植果树上，也能发挥同样的效果。夏季时选择一条约1英尺（30厘米）长的插条或者嫩枝，用来进行嫁接。将其放入水中。

1.在树干背部划一个T形切口。
2.将切口两边的树皮剥开。
3.将幼枝从水中取出，切下一块叶腋里包含着嫩芽的盾形树皮。
4.将盾形树皮嵌入T形切口中。移除任何覆盖在切口上的遮盖物；将两边的树皮拨回原处。嵌入之后用酒椰叶或胶布将切口裹住。为了使嫁接的萌芽更好地生长，你可以将它上方发出的新芽全部剪掉。

第19节 开荒

除非你拥有广袤的土地，不在意拿一块地出来“摸着石头过河”式地瞎种一气，否则你应该首先确定，能否通过清理杂乱的树木和灌木丛，获得额外的可用土地。只要不是夸张的陡坡、无用的沼泽、遍布砾石和岩石的土地，都绝对值得清理。尽管开荒颇为耗时耗力，但回报却着实丰厚。

在自给自足生活中，猪是开荒的急先锋。把猪圈在灌木丛里，几乎什么都不用做，它就能把所有的灌木啃个精光。当然，猪是啃不动大树的，不过荆棘、荆豆和小草就只能拜倒在猪鼻子之下，同时猪还能排粪，给土地施肥。如果有难以处理的灌木丛，只要撒些玉米在里面，猪就会把它们连根拔起。山羊会吃掉小树苗儿，如果山羊扎堆儿的话，大树也难以幸免。有羊在，树就再也长不出来了。当然，它们不能像猪那样把树连根拔起。你只能动手处理了。

开垦林地

这项工作肯定会用到油锯（当然，你也可以租一台挖掘机，这样相当于花钱买时间，但也会让你累断腰，同时会把仍然翠绿、有用的树木一并挖掉）。油锯的链条是个恐怖的怪物，用的时候一定要万分小心（关于链条装置的安全使用守则，应该是有开设课程的，可以咨询一下供应商）。

首先，把不能用来烧火的小树枝砍下来。接下来，从木材上砍下可以用来烧火的圆木（包括被拔出来的树桩上面的树根）。之后，把这些都拉到木棚里码整齐，稍后再将它们劈开。你或许能找到些帮手——小孩子最喜欢干这个——帮你把这些小树枝拿去点篝火。把它们堆到火势不会蔓延到的偏僻地方，放上几个月，等到了干冷的冬天，就可以开办篝火晚会了。

如果留在地上的树桩高度较为合适，约为 2~3 英尺（50 厘米 ~1 米），就很容易拔出来。优秀的挖掘机操控手，在合理的成本投入之下，一天就能清理很大一块地。等几个月，拔出来的树桩干燥了以后，就可以放到偏僻的角落烧掉。若用千斤顶和绞盘把树桩拉出来，会更加便宜。这些装备可以租来或者借到。不然，就只能出些苦力，用铲子和鹤嘴锄挖出来。

另一种更好的方式就是用氯酸钠，一种常见的除草剂，但是它更多的是被恐怖分子用来制造一些可怕的武器。在树桩里打个洞，把氯酸钠灌进去，封起来避免雨水灌入，小等 1 个月，树桩就高度易燃了。一点火星就能把它烧个精光。更加简单的方法就是在树洞里填进糖、脱脂乳或奶粉，来使它加快腐烂。

荆豆、金雀花和荆棘

可以有效地利用弓锯和长柄镰刀，将长满荆豆、金雀花和荆棘的地方清理干净。确保你有一双好的皮手套，你可以戴上它们，用一把小弓锯轻松将荆豆清除。电锯噪音非常大，而且在清除荆豆根部（这正是你想要做的）时很容易变钝。只要你的长柄镰刀足够锋利，并且你经常清除根茎，那你就能轻松地用它斩断荆棘。用镰刀切割多刺的荆棘时，保持一定距离，会非常有效率。然后用干草叉将割下的荆棘堆在一起，以便烧掉。一旦清理出一块区域，你需要每年再带着你的镰刀清理它一两次，因为一段时间以后，这些多刺的荆棘就会再次长出来，而你需要将那些新长出来的清理掉。

移除石块

石块是非常麻烦的障碍物，尤其是有雪融过后留下的各种形状的泥泞和冰碛的话。如果石块不是太大，还是老办法，一台机械挖掘机就可以解决掉它们，把它们挖出来移到田地的边缘地带。你

手工工具

如果你没有养猪，也没有农用机械来帮你清理土地，你也可以靠双手来完成这项工作。不过，那需要称手的手工工具，尤其是一把好的电锯。

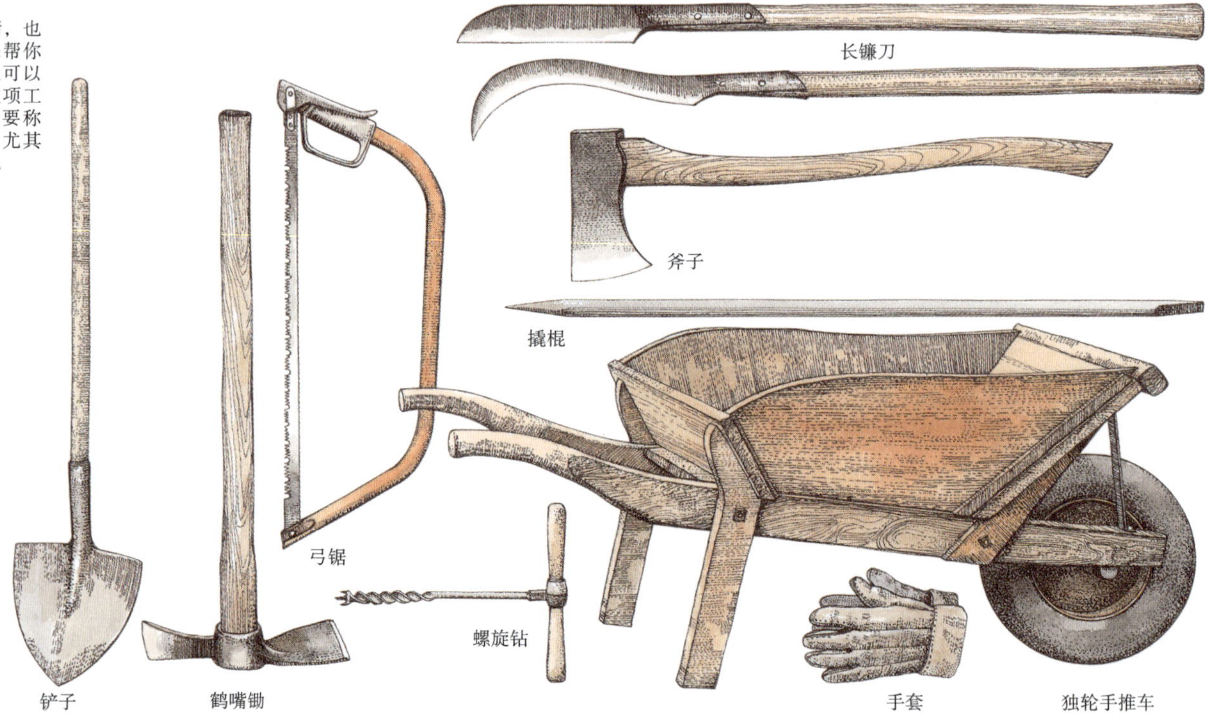

也可以用杠杆撬起几吨重的大石块。绕着石块周围挖一圈，在一边搭建一个稳固的支点——一根枕木就很好，或者一块石头也行，嵌入一根长的木梁或者钢梁（铁轨枕木的长度是最理想的），并将石块的这一边抬升几英寸。然后将一些小石头填在大石块下面，让小石头垫在石块下部，然后再把你的杠杆移到另外一边，重复上述过程。不断重复这个过程，反复用杠杆一点一点地撬起石块，并且在每次撬起几英尺时，都在下面垫上小石头。最终你将成功地把大石块从地上撬起来。当你把大石块弄上来以后，你得依靠杠杆把它滚到田地的边缘去。如果石块实在是太大，你可以试着在它下面生上火，把它烤烫，然后在它表面泼上冷水，这样就可以让它迸裂。

别忘了，清理掉它们并不是唯一的选择。如果能够正确进行伐木和复林，那么就完全有可能使得旧林子重获生机。你可以将树桩留在原地让它们自行腐烂。完全腐烂以后的木材可以给家禽和猪提供一个理想的生活场所。或者，可以考虑将其移栽成一片新的树林，并将它们培育成森林。

链锯张力

用手指拨弄链锯，检查其是否有足够张力，确保链锯表面足够润滑，能正常工作。

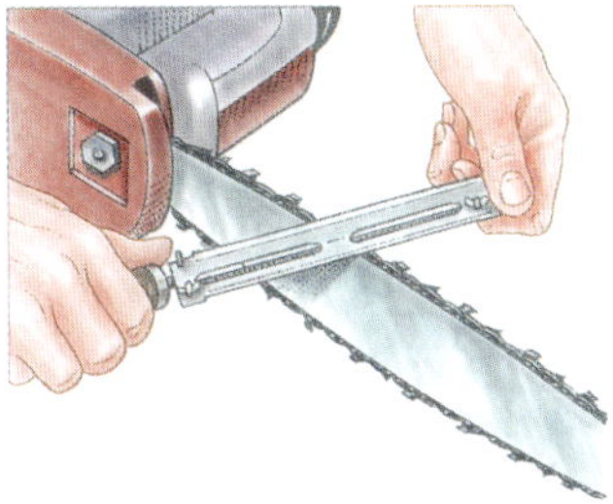

打磨链锯

戴上防护手套将链条固定，然后用锉刀打磨。一定记得，要从内向外进行打磨，锉刀要水平放置。

如何抬起大卵石

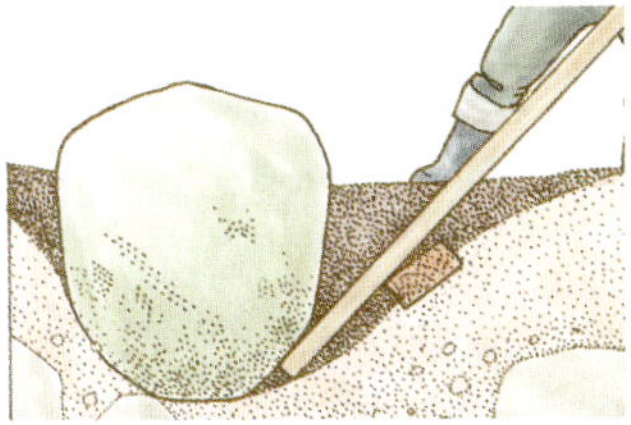

1 用一块石头或者木块作为支点。把杠杆放到卵石的底部。

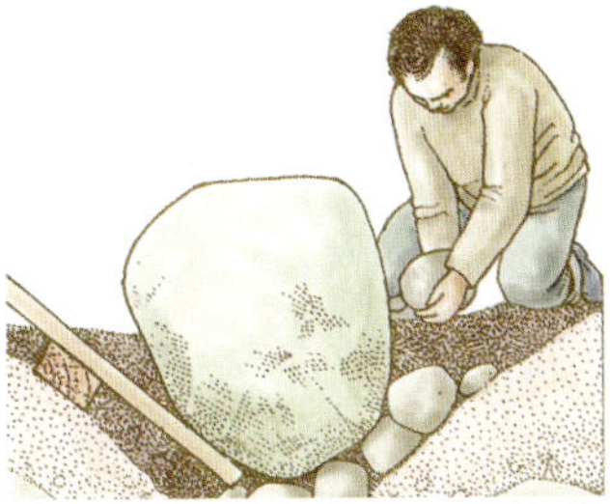

2 用杠杆把卵石尽量撬起。把小石块填在下面。然后把支点和杠杆放到另一边。

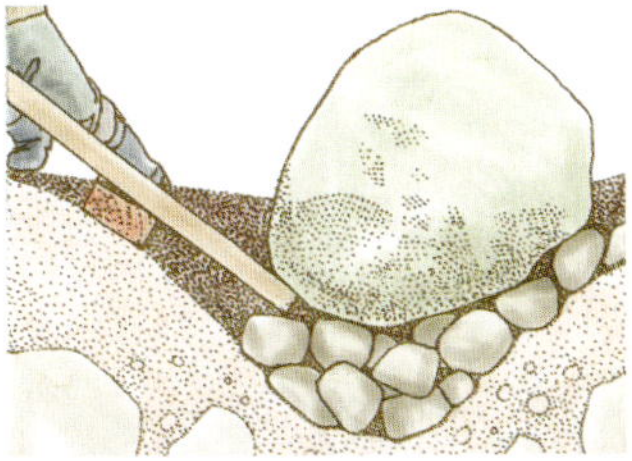

3 不断重复上两步的过程，每次抬升几英尺。一旦把卵石弄出来，就把它滚到农田的边缘。

第20节 树木的实用价值

在自给自足生活中，最有用处的树是（按重要性排序）：甜栗树（世界上最好的木材原木）、橡树、白蜡树，以及落叶松。如果你生活在北美，这份清单里还可以加上山核桃树、糖枫树和黑樱桃树。如果你的锯床能够锯断树木，那么无论软木材树或硬木材树，都能发挥用处。

硬木材树和软木材树

当考虑将木材用做燃料以外的其他用途时，你应该留意这些品质：极快的生长速度、硬度、对腐烂的抵抗力，以及我喜欢称为“可劈开性”或者“可开裂性”的品性。通常把树木砍断比锯断（也即是顺着木纹锯断）要好。砍更快捷，成本较低，得到的木材更结实，保存的时间更久。原因是什么呢？因为锯树时，难免会破坏部分木纹或者木质纤维。而在砍树时，破口总会在木纹之间，这样就避免了木材纹理错乱，能够留下完整的纹理，使得木材不易在天气的影响下变形。甜栗树被劈开以后的纹理很漂亮，笔直、坚硬、粗壮。甜栗树生长快，同时它的抗腐蚀性比任何树木都要好。橡树的纹理也很好，但并不如甜栗树。

护林人的主要工具

斧头和锯子可用来砍伐树木。铁锤、楔子、棍棒和劈板斧用于劈开木材。扁斧和拉刀用于剥皮和修整外形。

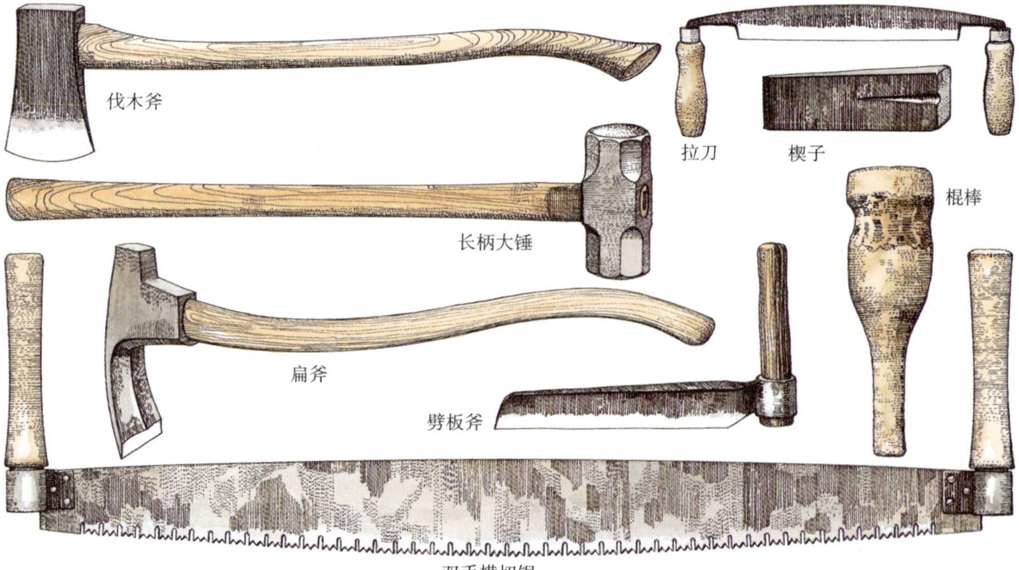

橡树生长极其缓慢，而且需要肥沃的土壤。橡树的心材是最硬的，同时也能保存最久。然而，如果橡树长得还不够大，那么树干外围白色的边材可能占了绝大部分的比例，它没什么用处。白蜡树的生命力则十分顽强，但是种在地里不管它，它还是很容易腐烂的。它的树干很挺拔，生长速度很快，而且根系发达。在地面以上的树干部分经受风吹雨淋，只有时不时喷洒防腐剂，才能存活较长时间。白蜡树的木材很适合做门或者栅栏。

落叶松很不寻常，因为一般的针叶松都是常绿的，它却不是。只要加些木材防腐剂，这种树就成了长得极快的树，成了生长在土地里的最长寿的针叶松。其他的针叶松或者软木材树埋在土里，如果没有防腐措施，就无可救药了，即使有，它们也挺不了几年。

樱桃树和别的果树都是硬木，是很好的薪柴。这些木材可以是做水磨房齿轮的极佳选择。山核桃木十分适合做扳手，但是在欧洲却无法生长（具体为什么，我也不知道），所以只能进口，或者用白蜡树代替。白蜡树真是很好的替代品。榆树几乎可以用于所有你能想到的，需要使用不易开裂的木材的地方，比如说轮圈、砧板、屠宰案板。它在水中也不易腐烂。只是可惜啊！因为丹麦榆树病的流行，它们几乎灭绝了。枫树和美国梧桐很适合做车床的车削，或者木质器具（用于雕刻）。胡桃木堪称细纹木中的王者，树龄 150 岁时为最佳砍伐时机，350 岁时更好，只要你等得起！

树木无疑是最合适的薪柴来源，它也是你最容易找到的固体燃料。如果你很幸运，拥有哪怕只是一两英亩的林地，你会发现，只要管理恰当，树的生长速度远快过你采伐薪柴的速度。在我看来，树林无疑是世界上最有效率的转化太阳能的场所。

> 树林无疑是世界上最有效率的转化太阳能的场所。

白蜡树是最好的柴火，“干湿不打紧，皇家好贡品！”砍下来的白蜡树枝非常有用，无论新砍下来的绿树枝，还是放了一段时间的干树枝，都同样适合燃烧。经过干燥处理的橡树是很耐燃烧的木材，但是如果拿来做薪柴的话，它的生长速度就嫌慢了。欧洲桦用做薪柴很好，但除此外它没别的用处。它经过干燥处理之后燃烧得很旺，而且它长得也很快。针叶松并不适合做薪柴，因为它烧得太快，而且火星四溅，但是在极北之地人们也没别的可用，便只好用它了。与之相比，桦树是不错的薪柴，生长的地理位置也比其他的树靠北。像桤木和水杨柳这些杂木，湿的时候不怎么容易燃烧，但是风干以后却非常易燃，尽管烧得并不旺，也不能持久提供热量。但是除此之外，这些木材还能做什么用呢？任何木头都可以燃烧，但如果你要专门种薪柴，那就种白蜡树，并且把它打理成小灌木林。

矮林平茬和栽培

矮林平茬是说当树长到直径 9 英尺（23 厘米）的时候，将长出来的部分都砍掉，让它重新生长。这样，每根枝干上都会发几根嫩枝，从而达到矮林平茬的目的。大概 12 年之后再砍下来，让它们再长。这种 12 年一轮的方式可以一直持续下去，以利在这片林地上收获高质量的薪柴。

把树紧密地种在一起，它们会长得挺拔而高大，努力向阳，以 5×5 英尺（1.6×1.6 米）为最适宜。当它们过于稠密时，就适当砍掉一些，这样，就算是小小地获得了初步的丰收。冬季，至少要种植 3 年树龄的树苗。你可以从苗圃或林业服务处购买，或者你也可以自己从种子种起。前三四年要注意除草松土，这样就不会抑制树木的生长。把树干上面低矮的枝杈锯掉，这样就可以得到无痕无结的木材。需要的话，施用磷、钾和石灰施肥。镰刀是打理幼树的理想工具。

在现有的林地上，铲除杂草杂树（桤木、水杨柳、荆棘），给其他树提供更好的生长机会。湿地会助长杂草，因此你要

适合种植的树木

在你的林地里，以下几种树木最值得种植：**1.** 白蜡树 **2.** 落叶松 **3.** 欧洲桦 **4.** 榆树 **5.** 胡桃树 **6.** 甜栗树 **7.** 山核桃树 **8.** 橡树

尽可能地排水。不要让绵羊、牛和山羊靠近，让小树苗有机会生长。一有时间，就根除那些灌木。

伐木后将木板堆叠起来，将坯料放在木板之间，以保持空气流通。窖干是一种快捷的干燥方式，但任其自然风干是更好的选择。一些木材，例如白蜡木，可以放置在溪流中数周，待树液随溪水流尽，再来干燥，就可以加快速度。然而某些树得花上数年才能变干。举个例子，如果你想利用木材制作家具，一定不能在风干之外再增加其他工序。但对于粗工物品，如大门，或是建筑使用的毛坯，风干就没有那么重要了。切记，把树当作一种作物即可，当它成熟的时候毫不犹豫地收割。但是也要谨记，多种少砍。

伐木

用斧子砍伐根部，在树的侧面砍出一个侧切面。

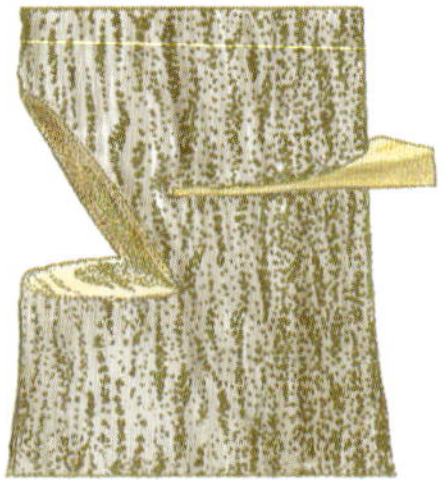

“侧切面”是护林人的术语，指伐树时你在树的一侧砍出的较深的 V 形切面。然后从另一边开始锯树，在你刚刚砍出的切面最深处以上几英寸开始锯。当你的锯刃已经不能再动时，用你的大锤从锯子后方钉入一个楔子。继续锯它，直到接近那个平面。
感觉树快要倒的时候，抽出锯子，把楔子重重钉入更深处，直到树最终倒下。用斧子将木桩上端残留的参差不齐的木头削掉，就像是打理一个不修边幅的人一样。

用楔子和大锤劈开木材

要劈开大型圆木，楔子和大锤是最好的工具。用大锤将楔子钉入圆木的尾

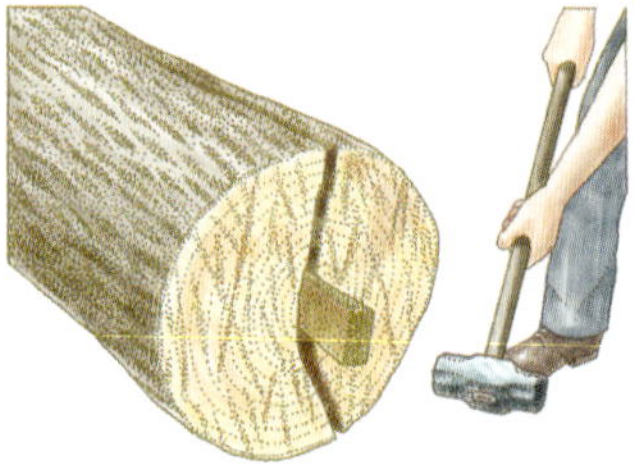

端，钉上一个又一个，直到圆木彻底裂开。永远不要把斧子当楔子用，否则把手会坏掉。

用劈板斧和棍棒劈木材

劈板斧是用来劈小一些的木材的理想工具。用棍棒重击斧刃，将其揳入木材的尾端。

或是用木槌代替棍棒也行。现在用劈板斧的手柄撬起木材的侧边，劈开木材。

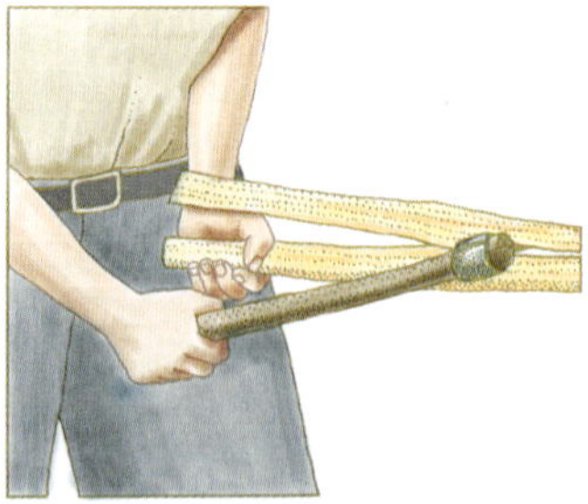

不用将斧刃揳入很深，木材就会被完全劈开。这比用楔子快多了。

锯板材

双人竖拉的大锯一直都是将圆木锯成木板的好工具。一人站在圆木上面，另一个人则站在下面，但是要注意避开掉落的木屑。带锯和圆锯更便捷，但是要昂贵些。

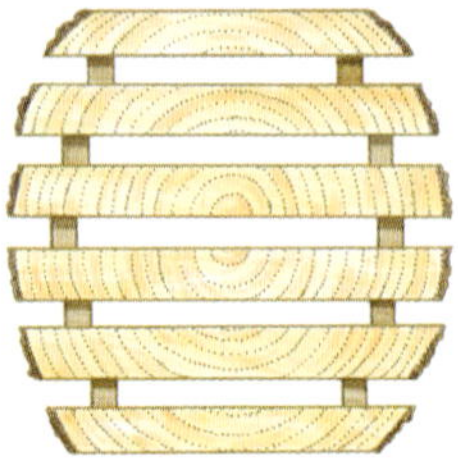

板材的干燥

将圆木锯成板材后，保持原状不动，就这样堆叠起来，中间垫上垫片以使空气流通。至少晾它们 18 个月。

第21节 篱笆和护栏

篱笆和护栏能帮助你，把自给自足生活的不同区域，如育苗区、果树区和乡间菜园分隔开来，同时也能为你提供更多的遮蔽与隐私。护栏能帮助过着自给自足生活的人们从放养动物的劳动中解脱出来，同时也是一种管理土地的好方法。没有护栏的话，我们很难把猪集中起来进行管理，也难以把鸡和羊挡在菜园外面。

山楂树篱

你所能建造的最便宜、最自然的篱笆就是山楂树篱。英国山楂拥有强大的生命力，你种上满布荆棘的山楂灌木丛，就等于建造了一个篱笆。一般而言，山楂树长成一排的时候就足够稠密了。可找些 6 英寸（15 厘米）高的山楂树幼苗，交错种上两排，排间相隔 9 英寸（23 厘米），每棵树相隔 18 英寸（45 厘米）。你可以从苗圃购买，当然也可以在自己院子里从播种开始培育。但是至少在前 4 年中，要使树篱免受牲畜的骚扰，这也是山楂树篱颇难培育的原因。一些动物，尤其是山羊，会把山楂树篱给吃掉。因此，要在山楂树篱两边都装上带有倒钩的铁丝防护网，这是一笔不小的开支。

镀锌钢丝的发明实现了篱笆匠的梦想。

设置树篱

一旦山楂树篱笆种好，如果你悉心照料的话，能用上几个世纪。你可以将它们有次序地铺设好。也就是说，每隔大概 5 年，你要把大部分的树干从上面拦腰砍掉。所有的树干都朝着向上的方向，在上部互相叠加，或者尽可能将它们绕到一起，或者用枯萎的树枝将它们固定到正确的角度。有时候可用榛树或柳树枝，将上面的部分像篮筐一样编织在一起。过不了多久，缠绕在一起的部分和枯萎的树枝就会腐烂并且消失不见，但是篱笆会再次发芽、生长，挡住各种家畜。

山楂树篱是极耗劳力的护栏，但是需要付出的也不过是劳力，并且它还可以无限用下去。它不但看起来颇为美观，也是动物尤其是鸟类的天堂，还能当作防风墙（在风大的地区极为重要）。在过去，不用额外打理，它就可以给面包烤炉或其他地方提供柴火，更不用说还能结出山楂来。当山楂树篱老旧时，你可以有选择性地种一些零散的灌木丛，来填补中间的缝隙，从而建造出新的树篱。

无浆石墙

如果在你的地盘有毛石（就是采石场的石板中，连白鼬也能够轻松地劈开的那种），那你很可能会建起无浆石墙。所谓无浆，这里是指不用水泥填塞石头之间的缝隙。如果你有无浆石墙，你需要维护它们；如果没有，但在你地盘上有石头，你可以造一堵。虽然费些体力，却不用花什么钱。筑这种墙需要成吨的石头，比你想象得要多得多，同时，还需要一双能干的手和一双敏锐的眼。挖一个水平的基坑，仔细放进石块，去掉所有突出的部分，让石块边缘保持垂直，尽你所能把石块紧密地垒在一起。无浆石墙可以有效地挡住牲畜，不

石头的利用

一堵维护良好的无浆石墙甚至要比树篱更能抵挡牲畜。你需要用到较平的板坯。向下挖大约9英寸（23厘米），做成水平的基坑。整齐地把石块放到基坑里面，安置在一起。确保石块码齐整，没有突出的部分。如有较大较圆的石头，便可以做成石篱笆。修建两堵相向倾斜大约1英尺（30厘米）的石墙。用泥土填满石墙之间的空隙，用草皮填满石块间的缺口，再在顶上搭建树篱。要真正起到防牲畜的作用，就要用铁丝网将其加固，确保至少在篱笆长牢固之前，羊群不会越过去。

搭建树篱

砍削修整你的树篱，以便让灌木丛茂盛生长。灌木丛之间的间隔约为12英寸（30厘米）。戴上皮制防护手套，弯下树干，在贴近树根处将其拦腰斩断。强弯下被砍掉一半的树干让它与地面平齐，尽量让末端处在相邻的树下面，把它固定住。千万别把它弄断了。

过建造它需要花费大量劳力，并且偶尔还需要进行修缮。

石篱笆

也可以建造墙和树篱的混合物。当你所在的区域没有石灰岩地带那种棱角分明的板石，天然的石头呈圆形或卵形时，你可以建造这种石篱笆。修建两堵倾斜的墙，也即是两堵相向倾斜的墙。用草皮填满石头之间的缝隙，用泥土填满墙之间的空隙。最后，在上面种上英国山楂树来作为树篱。

一两年之后，你会发现杂草和灌木丛开始从泥土和草皮中长出。墙上长满了植物，坦白地说，对于防牲畜已经没什么作用了。如果你看过100道这样的石篱笆，我保证你会发现其中90道上面都有一段或两段有倒钩的铁丝，有的甚至有保护羊群的轻质防护网。事实上，除非你能用铁丝网将石墙加固，否则这些石篱笆并不会起到太大的作用。

篱笆墙

如果你能从自己的树上弄点木桩下来，你就可以建起一道篱笆墙，只出劳力，其余免费。它很快就能建好，不过使用寿命不会太长。把尖锐的木桩每隔9英寸（23厘米）钉进地里，再用柔韧的柳条、榛树枝条、冬青树条、常春藤、黑莓枝条，

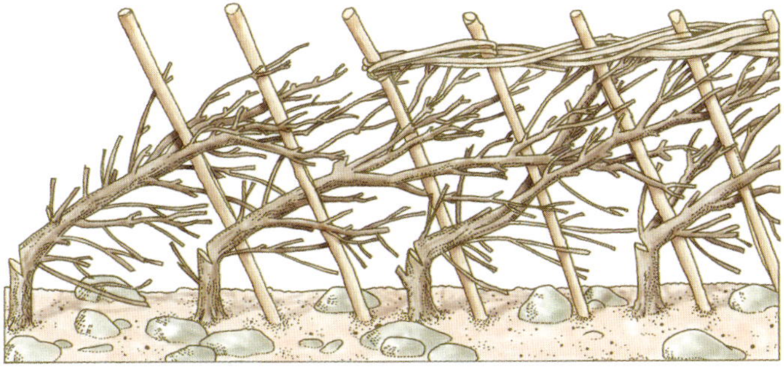

把你刚砍下来的木桩，按上图所示的角度，大致以直角钉入树干，并将其绑牢在树干上。把树桩顶部用柔韧的藤条（例如榛树或柳树的藤条）绑在一起。虽然木桩会腐烂，但是树篱将继续存活，且坚不可摧。

修剪过度疯长的树篱

用砍柴刀修理过度疯长的树篱（如左图所示）。用一把钩状镰刀（如上图所示）清理灌木，另一只手不要空着，拿一根木棒拨草——不然你可能切掉自己的手指。

或者其他匍匐植物的枝条，将木桩编织在一起，这就打造一道坚固的篱笆墙。一旦这些枝条干枯、开裂或者腐烂，你就得加更多枝条进去。除非是取自甜栗树、橡树心或者其他抗腐蚀性高的树，木桩总会在几年之内开裂。使用上述木材，不论制作木桩还是柱子，都很昂贵，用于搭建篱笆，实在是太过奢侈。

桩轨式篱笆

桩轨式篱笆更耐用，如果你自己没有种树的话，这是更加经济的制作围栏的方式。它需要用坚硬的木材来打桩，有弹性的硬木或经过防腐剂处理的软木都可以。将木桩牢固地钉入地里，然后将圆木劈开做成的栏杆钉在木桩上面。有人说，亚伯拉罕·林肯的人生就是从劈木头做围栏的职业开始的。他劈的大部分木头都被拿去做成了桩轨式篱笆，因为在他那个年代，铁丝这种神奇的发明还没有在世界上得以推广，并且，那时美国北部正在向西部移民，人们不得不大规模搭建栅栏。如今有了操作简单且高效率的打桩机，让我们的生活受益良多。这种工具需要两个人来操作。但是在自给自足生活中，一个人也能完成看似不可能的工作。把木桩打进地里，方法见前几段。

钢丝

镀锌钢丝的发明实现了篱笆匠的梦想。它们可以是光面钢丝（通常是高强度的材质），也可以是带刺的钢丝，或者是钢丝网。光面钢丝只有当拉伸开时才能发挥效用。带刺的钢丝网也是拉伸开了才会更加有用。但通常情况下，用来分隔经济作物和牲畜的老篱笆上，只会加一两根带刺的钢丝。

钢丝网是非常好的选择，但就是太贵了。方形网眼的钢丝网用做固定场地的篱笆是最坚固的，但是如果要经常移动的话，就不合适了。菱形网眼的钢丝网坚固性稍差，但是它可以反复卷起、张开，便于移动，因此是把羊圈住的理想选择。

拉线

如果你买了一台拉线机，你可以轻松地学会使用，这就还有一些很有用的方法，让你可以临时凑合一下。

在非洲，常用的拉紧装置通常是一根 2 英尺（60 厘米）长带分叉的棍子，用一根 6 英寸（15 厘米）长的长钉从分叉

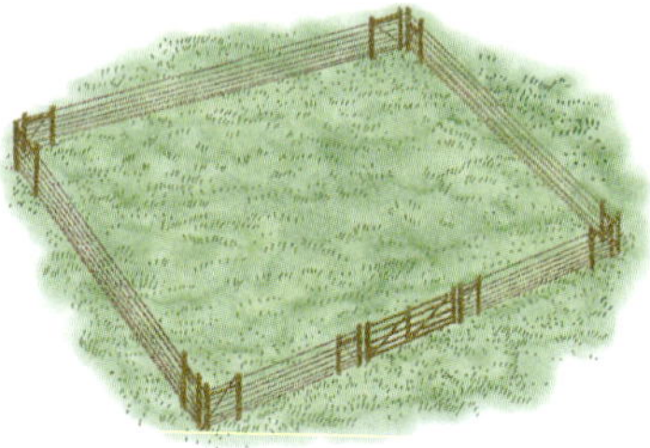

一块农场需要 10 个木桩

每一圈钢丝都需要一个木桩，而一个木桩只能承受来自一个方向的拉力。在你的牧场里，每个拐角处都需要两个木桩，门的每一侧也各需要一个木桩，共计 10 个。

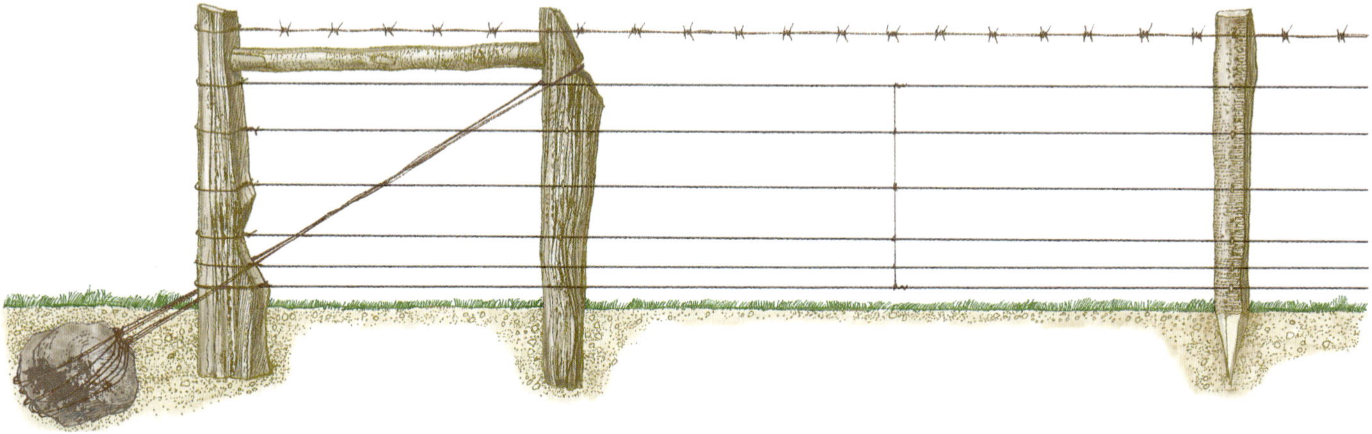

方形钢丝网

钢丝网拉紧之后，足可承受相当于 2 吨的推力，这时篱笆就很牢固了。如果支柱不够紧，半打绷紧的钢丝可能直接将角柱弹飞。方形钢丝网是最好的选择。将大量的软线（通常规格是 8 号的）缠在埋进地里的石头上，然后将它们从那里拉到第二根木桩上缠紧。将横木呈直角榫接在木桩上，支撑起绑着钢丝的那两根角柱。

下部纵向钉进棍子里，并用小钉子固定住。把要拉伸的丝线嵌入钉子下面，在它周围多缠几圈固定好。你可以通过拧棍子来加固松的地方，把叉子当把手用。最后一次加固，就是将棍子分叉处绕着角柱装好，把棍子当作杠杆使用。你可以用这种方式将较短的钢丝绑紧。但如果你要一次将钢丝拉得很长，你手上得有台牵引机，用它把线拉紧。否则，你还是需要买台拉线机。

拉线小贴士

如果你是在寒冷的冬天在支柱上拉线，你可能要在来年夏天天气变热后再把线紧一遍。因为热量会使得金属伸展。通常情况下，你可以将线缠在篱笆旁边一棵合适的树上，以此来加固你的篱笆。很多农场主不赞同这种办法，但它确实一样有用，尤其是当你想要在倾盆大雨的时节，在丛林深处建一个防牲畜的护栏时。

如果你没有拉线机，你也可以把木桩当作杠杆，或者滑轮组，甚至使用马匹或者拖拉机，它们都可以提供拉力。很多农民都会选择用牵引机。不能把线绷得太紧。因为这样会破坏钢丝的电镀表层，降低其强度。记住这些常识。拉伸式护栏的质量取决于木桩。像那种你能买到，或者可以轻而易举从邻居那里借到的拉线机，能提供 2 吨的拉力。这股拉力会随着你护栏上线数量的增多而增大，如果固定得不够牢，可能将任何角柱扯出地面。

你可以用斜桩来加固护栏，这是斜对着角柱的一种支柱，它可以承受住这股拉力。斜桩自身由地上的石头或者短桩进行固定。或者，也可以把钢丝缠在埋在地里的石头上，以此来承受这股拉力。方形钢丝网是最具有效力的改良方法（见上页）。记住，如果你把线固定在没长大的树上，树就会慢慢向一面倾倒，护栏就松动了。总之，把钢丝绑到树上是很糟糕的做法，因为随着树的生长，钢丝会慢慢缠进树干深处，最后当某些可怜虫锯树时，会把锯条给崩断。这种情况只能说是自作自受。

电网

电网在保护树木和土地方面有着难以估量的作用，它使得农耕效率的提高变为可能。你可以弄到电网专用的电池，它是 6 伏的干电池，或者 12 伏的蓄电池。或者你也可以将电网连接上主电源，这样可以给 20 英里（32 公里）长的篱笆供电！一圈等腰高的带电电线可以把牛圈起来，而一根距地面 1 英尺（30 厘米）高的电线可以把猪圈起来，如果猪习惯了电线的存在的话。在猪还没习惯之前，要用两根电线。电线不用太结实，也不用拉直，只要将它们缠在带有绝缘体的轻型木桩上，几分钟就大功告成。

栅栏

除了电网这种既昂贵又难以获得的栅栏以外，羊不会害怕其他任何通电的围栏。所以要想把羊群圈养在一定区域，就得用到栅栏。这比购置钢丝网便宜多了。一些易于裂开的木材此时就派上用场了，白蜡树和甜栗树的木材就不错。如果选用白蜡木，则需要添加防腐剂。在安装栅栏时，将一根木桩插入两排栅栏交汇的地方，然后用绳子将栅栏和木桩紧紧缠在一起。搬运栅栏时，尽可能将它们叠在一起，在它们中间插一根木棒，用肩膀扛着木棒就可以了。尖头棒是制作栅栏最传统的工具，没有它你很难完成这项工作。

你可以用柳条或者其他韧性很强的木材来编织篱笆。这样的篱笆十分轻便，但不是特别牢靠，也用不了多久，但是，在母羊产羊羔时用做挡风墙还是不错的。安置这样的篱笆你需要在地上钻孔，然后打木桩进去，将木桩上部同柳条编在一起，编成篮子状。

柱锤的使用

金属柱锤在英国自耕农中非常受欢迎，因为这是把柱子钉进土地里最简单的工具。

首先你得把木桩笔直嵌入地面，这你得需要帮手。用木棒将支柱尾端完全敲入地面。一定要看准了，不然可能会把木桩敲裂。只要固定好了木桩，就用柱锤把木桩敲进去。你要将这个很重的柱锤高高举过头顶，再砸下去，这样这个空心圆柱体才能帮你把木桩钉入地面。这需要速度和力量！

举过头顶再砸下去，动能可以将木桩钉进去。

与地面平行的木杆接头是锥形的，保证对齐和插牢。

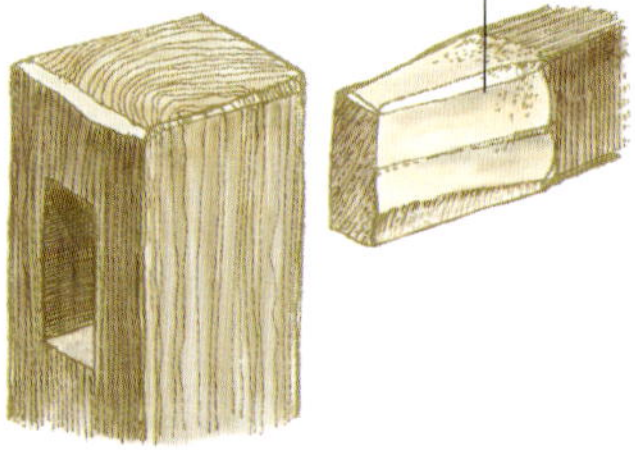

篱笆墙

可将榛树或柳树的细枝劈开，在支架上编织起来，造成篱笆墙。当你编织时，在一根大圆木上钻出大小适合的孔洞，插在地上帮助撑起支架。

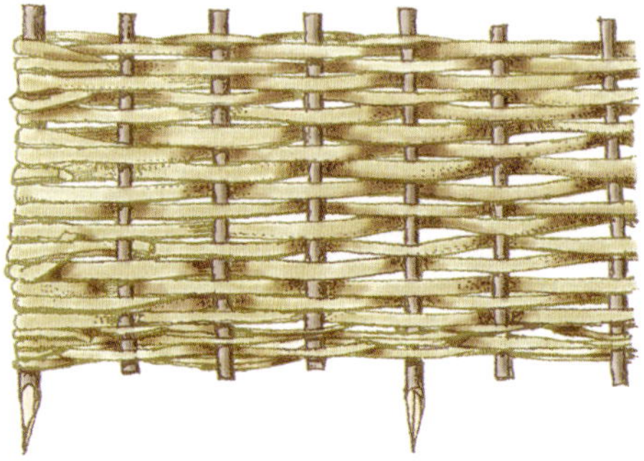

栅栏

栅栏就是可移动的篱笆，你自己就能用劈开的木头做一个。在竖立的木桩上钻好孔洞，以榫卯将水平的木杆和竖立的木桩连接起来。要确保水平的杆头是锥形的，这样才能上下用力而不会跑偏，否则木桩很容易裂开。也可以用一根粗钉子将其加固，或者木销钉也可以。将横拉条钉起来。用钻子为钉子钻孔，不然木材会裂开。安装篱笆时，将木桩插进地里，然后用细绳将篱笆绑起来。

农场大门

牧场或者农场中用来挡住牲畜的门，最好用劈开的白蜡木或者甜栗木来建造。用螺丝将4块木板钉在一起，构成主框架，在上面装上一些铰链。用6英寸（15厘米）长的钉子将其他连接处钉牢。为钉子和螺丝打孔，并在每个孔里倒入木馏油。如果你有开叉的木材，就用这块木材的开叉处来做门下部的铰链，但是你需要在它最窄的地方钻入螺丝，以防它裂开。斜的那些木板起到稳固木框的作用。

柱栏式篱笆

将坚固的支柱夯进地面。将所有钉子钉紧。

钢丝网

钢丝网使用方便，但是价格高昂。方眼的钢丝网是永固的围墙，再加上带有倒刺的钢丝网，它就可以完全抵挡住牲畜的进攻。菱形网眼的钢丝网较脆弱，但是可以卷起来，直到你需要用时再拿出来。你只要有一只有尖头的木桩，还有一个能将木桩钉进地里的木槌或者撞槌，用镀锌钉（见第6章第4节）将钢丝网固定在木桩上，这样就建好了一个养鸡场。这种钢丝网同样也适用于养羊。

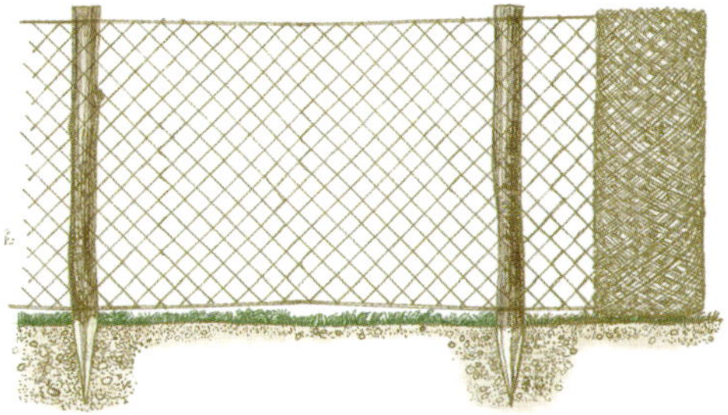

第22节 镰刀的使用

传统的镰刀是把锋利的弹簧钢片，用粗制的环形物和楔子固定在白蜡木柄上，挥舞起来很顺手。磨镰刀更是一件富有艺术性的事情。没什么能比镰刀割草时那美妙的、令人陶醉的嘎吱声更动听的了。割完草，你再用镰刀把割下的杂草堆成各式各样的干草堆。镰刀的使用包含了3种极其独特的技巧：校正与打磨，完成一次平稳的切割动作，以及做好计划。

在传统上，校正镰刀就是找当地的铁匠，对定位销加热，把镰刀调整到适合使用者的尺寸。这样做的目的，是要让镰刀整体保持水平，并可以在割口上自由滑动。一定要确定刀片被楔子和钢圈牢牢地固定在手柄上。你要把手柄搁在地上，翻过镰刀把楔子敲紧。这可以让用单螺旋固定的锯框在短时间内变得很结实。

好镰刀的锋刃差不多就和刮胡刀一样锋利，可以不费吹灰之力地割破纸张。只有在感觉它有毛刺时，你才需要用手去摸着找一下位置，然后用石头打磨一下去除毛刺。你会看到，被你打磨过的区域就像抛过光的金属那样明亮。但只是这样做，它还不能恢复从前的锋利，除非你把锋刃处也打磨得同样锃亮。割较硬的草时，每割20或30刀，你就得打磨一下刃口。不过磨刀不误砍柴工，宁可经常磨刀，也不要等到刀刃变得钝滞不堪才去磨，那样的话，磨利它就不容易了。用

打磨镰刀

1 全面检查你的镰刀；左手紧紧抓住刀背，使锋利的那面朝着你的右手。紧紧摁住磨刀石进行打磨。

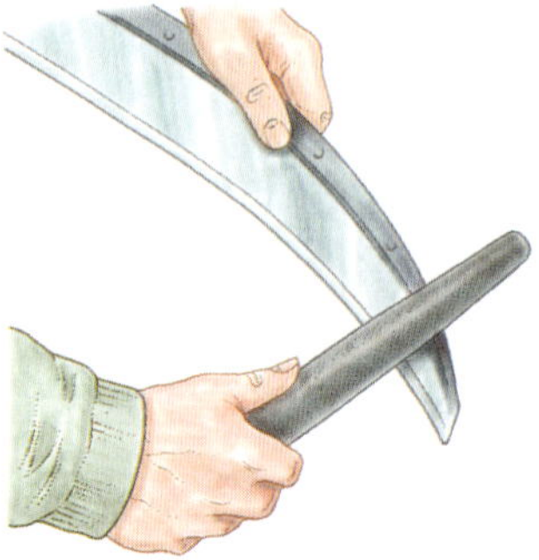

2 尽可能以最小的角度进行打磨，以确保打磨石只是接触刀片的外围。用打磨石以打小圆圈的方式，在刀片从尖端向手柄的方向移动。

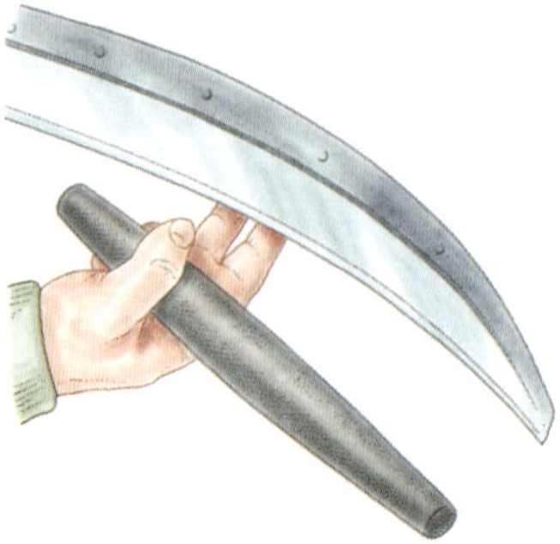

3 上述步骤后，你能将毛刺或小裂片打磨到刀片的边缘。然后，小心地用手指在刀片的背面以正确的角度滑动，感受毛刺或小裂片。

4 沿着刃口的边缘，前后用力，迅速打磨掉毛刺。一块打磨石断裂后，必须换一块新的再打。

新刀割草之前，至少先花 20 分钟把刀刃磨利。磨刀是个技术活，很累，但却能让割草事半功倍。

割草

固定好镰刀，这样当你握住手柄的时候，就能自然地让刀刃与地面保持平行。要善于利用草丛被风雨吹刮成的形状，顺势下刀。每一片区域都从左向右割。一开始的时候，你最好短促而平稳地前后轻轻移动镰刀。感受锋利的刀刃轻抚过草地，那是一种美妙的体验。然后慢慢地加大幅度，切记刀背与地面要始终贴紧。你可以沿着地面去割，第一次 18 英寸（45 厘米），以后每次增加 1~2 英寸（3~4 厘米）。你要双手稳稳地握住手柄，以避免用力过猛导致失手。

镰刀使用方法

1 将刀放在地上试试刃口，看它是否足够锋利。轻轻将镰刀往下压，前后移动，刀应能轻易割断所有的草，即便是最短的草。

2 小弧度拖动镰刀，让刀刃紧贴地面。别把镰刀当切碎机使，切记切割动作不要过快。

3 整个过程中，你必须保持镰刀尖端倾斜向上，右手稳稳压住镰刀尾部。你的动作应该轻柔、缓慢。

4 刀刃外部比较钝，所以要用镰刀尖端在植被和小树间来回划动，然后向前移动刀刃。绕着小树继续清理，直到修剪出完整的一圈。

第3章

牲畜养殖与野生食材

“……无论淡水或海水，田野或森林，抑或天空，从中寻获野生食材都需要花费时间；而且我们不能随心所欲地采集。不过呢，这也是我们生活中的一种快乐。如果我们到乡下远足的话，我们一定要睁大自己的眼睛，去找找那些菌类。如果我们能够积极地去寻找蘑菇的话，我们会在秋天寻获它们……说到蘑菇，我们当然要吃新鲜的。但我们也把大量的蘑菇放在加热柜中脱水，以保证它们能够储存过冬。我们曾经有一辆货车，常常在货车的后备箱里放一两个麻袋，以便存放那些看起来可以吃的野生的东西，比如说栗子或酸苹果。钓上一整天或者一整晚的鱼，都是一种放松——人总要花点时间离开耕地，休息一下。当然，如果你的爱好可以给你带来上好的食物的话，那会是多么有用的爱好啊。”

约翰·西摩：《沃土》，1976年

第1节 猪

在自给自足生活中，养猪是再合适不过的了，我觉得猪这种动物简直就是为此而生的。它应该是这世上最不挑食的动物，吃啥都长膘。猪吃的甚至比人还要杂，毕竟猪能吃草并消化它们，人却不行。如果仅以草为食，猪是长不好的，不过草能满足它最基本的食物需求。它吃掉的是你在地里耕种的作物，长出来的却是上等鲜肉。

我们在基洛文小农场里并不繁殖猪，理由很简单，没有足够大的地方容纳一公一母两头成年猪，而且仔猪（也叫作断奶幼猪或乳猪）在这年头没有什么市场，我们自己也肯定吃不完所有生下的小猪。我们的日常工作很简单：4月或5月时，从邻居那里买一对仔猪。让它们住在水泥猪舍里，偶尔换换新鲜的草皮，围上简单的电网。它们绝对是你身边最讨人喜欢最让人开心的动物——不过猪舍最好建在你居所的下风处，否则你懂的。小猪们见到你时总是兴高采烈，它们从不抑郁，也从不生病。小猪们跟菜园里的一草一木共同成长，当第一场寒霜降临，当所有的绿头苍蝇都一命呜呼的时候，它们就已经长大成材，随时准备化身为美味的培根了。

猪舍

猪舍的大小，在一定程度上取决于你所养的猪的品种。旧式的传统猪种要比现代化的商业猪种健壮得多，同时在低强度的饲喂方式下长得更好。但另一方面，当你尝试快速饲养传统猪种时，它们会长出大量的脂肪，到屠宰的时候你就会发现，无用的脂肪不过是对食材的严重浪费，并且这些脂肪还

猪的种类

杜洛克猪（Duroc）
此猪种起源于美国东部以及中西部玉米种植地带。小巧、颜色夺目、易长膘。

格罗斯特古老斑点猪（Gloucester Old Spot）
健康、肥美的英国品种。生长于苹果园以及林地，是一种健壮、多育的肉猪。

威赛克斯白肩猪（Wessex Saddleback）
也被叫作英国白肩猪，是健壮的户外品种，其杂交品种非常受欢迎。

威尔士猪（Welsh）
因其色白、身长、肉质精瘦，而成为大受欢迎的商业品种。适合放养。

很难处理。所以，虽然传统猪种具有一定的吸引力，但我们还是得去选择更加适合现代商业化养殖的猪，这样才能获取更多、更好的鲜猪肉及培根。

猪需要一个安全的，还能够遮风挡雨的猪舍。猪舍要能够防水，如果可能的话，地板和房顶都应具有保暖性。猪这种生物非常好动，它们总是用鼻子拱来拱去。如果它们够得到的话，它们能够轻而易举地将门枢给顶起来，甚至还能够解开一旁的门闩。算上那四分之一有房顶遮盖的部分，一个结实的猪舍应占地 20 平方英尺（6 平方米）左右。为了易于清洁，地板应向前方的排水沟延伸，并呈倾斜状。同时，在后方留出一小块地用于处理猪的排泄物。为了便于饲喂，我们在前方角落里的墙上安了一个可自由开关的水槽，水槽前方有一个用于饲养的出水孔。我们的猪每年都能够将水泥地板给拱穿，真是太厉害了！可以将它们拴起来，不让它们拱地板，但那样于心何忍？我们只要有空就会割些草，收集些树叶，经过筛选后喂给它们，这就是它们所喜爱的美食。

栅栏

当我们把猪放养到一块新的场地里时，我们应该建造一道简单的通电栅栏，这是约束它们最好的方法。在地上安装一条长约 9 英寸（23 厘米）的导线，在高处安装另一条约 18 英寸（46 厘米）的导线。但要小心——猪会一路拱开泥土，撞上栅栏。在通往自由与菜园里某个土豆之路上，它可能会就把高压电搞短路了。如果让它们逃掉，它们就会四处大搞破坏，再想抓住它们非常困难，因为猪身手敏捷，而且浑身滑溜，无从下手！最好的办法通常是用一桶美味的食物来引诱它们，使它们乖乖就范。

喂养

如果你只有一小块土地，还想自家生产全部猪食的话，那就太不现实了。我们拥有一块七亩半的肥沃菜园，但我们还得去买些压缩麦粉和奶粉作为猪的主要食物补给，当然了，还有那些菜园里不合格的或者坏掉的蔬菜水果。向压缩麦粉和奶粉的混合物中加入沸水，搅拌，然后让它冷却一日一夜，你就轻轻松松地制作了一份上好的猪饲料。我们采用以奶粉和麦粉 1 : 5 的比例来制作饲料，然后你会看到猪有多么爱吃这种东西。根据经验，应该给它们十分钟时间进食。如果时间太短的话，它们很可能会吃不饱；但是如果让它们吃的时间过长的话，在季末屠宰的时候你就会发现你的猪已经全是一堆肥肉了。

若想要你的猪长出质量上乘的肉，你得在它们的饮食中增加些蛋白质。你可以很方便地从农商处买到奶粉，当然还有鱼粉、大豆粉或是其他高蛋白补充物。我们喜欢给动物们买一些农商称为“单一成分”的食物——是否选择去购买那些现成的复合饲料，这个问题一直都在困扰着我们（也许是自寻烦恼），因为我们从来就不敢确定它里面到底会有些什么成分。

猪饲料

现在我必须要谈一谈有关猪饲料的美妙艺术了。就像我之前说的一样，在小农场里，任何东西都不会白白浪费，我们从来不需要清洁工人来收垃圾。

我们可以在厨房为所有非肉类的剩菜准备一个猪食桶（肉类剩菜可以喂给狗或者切碎喂给鸡）。用煮开的剩菜叶和烹饪过程中遗留下来的边角余料，你可以为你饲养的猪提供一顿不错的餐食。记得在清洗碗碟之前，把里面剩余的饭菜都倒在猪食桶里，里面的油脂和各种富含营养的食材对你的猪来说都是一顿不错的食物。我们用不同的桶来盛放肥料和鸡食，记得把它们放在橱柜最底层，以免招来苍蝇。一天下来，猪会将桶里的东西清扫一空，因此清洁卫生从来就不是问题。

屠宰场和屠宰加工

现代屠宰场是一个庞大的工厂，厂里的机器每天都会屠宰加工数以千计的动物。一台台大卡车来来往往，从工厂一边运进活的动物，然后从另一边运出袋装好的鲜肉，送往超市。老旧的地方屠宰场因过度管制以及专业化不达标，而被挤出了市场。大多数国家有法律要求家养牲畜需在政府允许的商业屠宰场宰杀。在那里，兽医可以检查牲畜肉质是否合格，而且它们可以以“人道主义”的方式（我们但愿如此）被宰掉。在一些国家，屠宰需要大量其他形式的登记，你需要先了解这些手续。在送别你的牲畜之前，你可能还需要告知地方当局。你需要提前和屠宰场联系好，以便预约一个日子，将你的猪送到那里。有时候屠宰场会特别留出一段时间，来处理过大的猪或那些“家养猪”，你的猪可能就被称作“家养猪”。同时你必须明白，他们可能无法为你进行1个月后或是更长

猪的可食部分

在参观完屠宰场之后，你也许会尝试自己动手杀猪。因为这样的话，你可以自己选择任意部分的肉进行切割，而且还能避免一种危险：原本新鲜、有益健康的猪肉被泡在一大缸化学物质里腌制，变成那种你在超市里可以买到的，软塌塌的培根肉。真正的培根是用盐腌好后风干的，完全和那两码事。

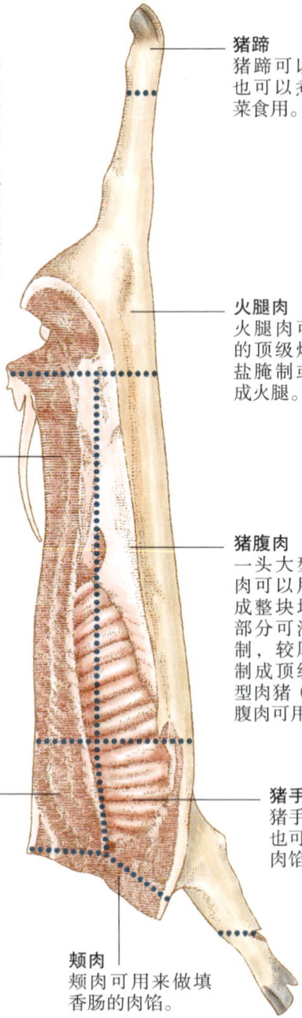

时间后的预约，所以你要在恰当的时机去确认一遍。

在冬天，菜园子帮不上忙，再加上寒冷的天气会增长那些猪的胃口，你的养猪成本会变得很高。屠宰场想要了解你的猪到底有多大，最理想的了解方式是称重，同时对于这个问题，你也可以简单地告知他们猪的年龄，这样他们就知道大概答案了。

尽管从多方面考虑，在一个小农场将你的猪屠宰、放血和切块比较理想（这样就可以避免运输和工厂的压力），但是将动物运送到屠宰场屠宰也有一些好处，其最大的好处就在于他们的机器可以迅速而又经济地对你的猪进行屠宰、刮毛以及分离。当然，如果你采纳了我的任何一个建议，你都要确保他们只是将你的猪从中间剖开，而不是将它肢解成块或者是做成培根（详见前页图）。

对猪进行肢解

你将你的猪从屠宰场运回来时，它们是被剖开成两半的。讲到这里顺便说一句，我的建议就是，永远不要同时将两头以上的猪送去屠宰场进行屠宰。因为处理一头猪需要至少4个小时，所以每天8小时的定量工作会使你精疲力尽，况且你也不希望去把一头屠宰过的猪弄到一个无冷藏环境的屋里长时间挂着吧！你还需要一个非常结实的，长6英尺（1.8米）的工作台来放置半个猪身子，以便肢解。你可能要在别人的帮助下才能将猪移到工作台上，因为死猪太沉了，太难搬了！然后，到建材商那里买一把木锯，如果你能够找得到的话，再买一把锋利点的切肉刀，同时确保你手里有一把大一点的砍刀和一把小一些的尖刀。你用的刀必须要非常快，我经常在我的工作台上方的架子上放一根钢棍和一块磨刀石，这样我就可以定期磨刀使其保持锋利。请确保你的手边一定要有足够的结实的保鲜袋，如果你要将猪肉腌成培根的话，一定要为培根的制作准备一些干净的木箱子和食盐。同时，你还需要一块大的木制砧板，这样就能在不损坏工作台的情况下将猪肉砍开。

一般我会首先用锯子和一把锋利的刀将火腿分离出来。一个要求你判断力和实践经验的问题就是该往何处下刀，我的意见是不要试图将火腿部分弄得太大。记住一点，就是你需要有一个很直很平的，没有任何乱七八糟碎片的工作台，这是保证火腿能够很好地得到加工的基础。接下来你需要决定，是否要将猪肉做成像是排骨那样的骨肉相连，或是简单地将那些太小的部分做成培根。一般情况下，我在切完火腿之后会尽快将猪肉的一边切开分成两半，这能使得工作更易操作。至于分离那些环绕在肋骨顶部的肋排来说，前部的骨头足够大，而背部的却又太小，简单地剔除骨头也有一些好处，这样你就不用花费太多的空间去进行深度冷藏。

你会发现，除非你用锯子将臀部和肩部关节处分成尺寸合理的大块肉，否则的话，它们的进一步分解是很复杂的。但只要煮熟了之后，骨头和肉就能够很轻松地脱分开来，这是一个处理骨头关节时最为简单的方法。

第2节 家禽

鸡

除非位于寒带地区或时值冬季，所有的母鸡都应该在户外放养。这不仅仅是因为将小鸡们一直放在室内养殖是不人道的，而且商业化养殖模式会导致成群的家禽遭受到许多病害。一些家禽养殖主们还非常残忍地将母鸡们一生都关在狭小的铁丝笼里。

和我们一样，对于家禽来说，阳光是维生素 D 最好的来源。母鸡们为了生存而进化出了能啄开泥土的喙，如果将它们的这个权利都剥夺掉，是很残忍的。它们能从新鲜的嫩草中得到它们所需要的四分之一的食物和所有的蛋白质，在森林和野外奔跑对它们也大有裨益。它们十分渴望并急需一个“泥尘澡”来抖松羽毛和清除身上的螨虫。在超过 20 年的养殖经验中，我都在室外放养家禽，除了火鸡得过黑头病外，还没发现它们生过什么病。所以，我家的老母鸡们会年复一年地健康生活、产卵，直到我看它们实在看烦了，将它们炖进锅里。

饲养

在夏天，母鸡们会在室外的草地上自由的奔跑，这对它们非常有好处，你只要扔给它们一些谷粒即可。冬天时，鸡需要补充蛋白质，你可以从玉米商人那里买到饲料，或者你也可以喂它们鱼粉、肉粉、大豆粉，其他豆类磨成的粉末，或者鱼内脏等。在这些饲料当中，我极力推荐大豆粉，因为大豆含有所有蔬菜中最平衡的蛋白质。所以，如果你住的地区能够成功种植大豆，补充蛋白质的问题就能够轻易解决了。但是大豆一定要炒熟，因为没炒熟之前，它包含一种有毒的物质。向日葵种子也是非常好的食物，尤其是把种子去皮磨碎之后喂养给母鸡更好，但直接喂也没问题。你也可以喂羽扇豆的种子（成粒的原豆或磨成粉均可）、油菜籽（不要太多）、亚麻籽、落花生、棉籽（但是这个一定要先炒熟）、磨碎的豌豆或蚕豆、苜蓿或紫花苜蓿（苜蓿粉亦可），这些饲料都包含蛋白质。

> “在超过 20 年的养殖经验中，我都在室外放养家禽，还没发现它们生过什么病。

从小鸡 10 天大的时候开始，就要给它们喂些新鲜的蔬菜了，这也是我们可以自己种植的东西。所以不管它们有没有在草地上奔跑，你都要喂给它们足够的蔬菜。我的饲养方法就是让母鸡们在室外奔跑，在早晨，给它们每只喂上一定量的，富含高蛋白的谷粉或谷粒；在晚上，撒一把粮食喂它们。小麦是最好的，磨碎的玉米也不错。大麦也挺好，但是要无麦芒的——你得不断锤击，直到麦芒脱落为止。一个同样好的方法，就是在食槽里装上谷物，让它们自行啄食，获取蛋白质。这些东西都要放在远离老鼠的地方。

如果你让母鸡们在室外奔跑，或者喂给它们多种多样的优质食物，它们会抓啄出超过它们食量的食物，从而自行平衡配量，吃掉的不会超过自身所需。但如果母鸡们被关在室内，你就要用一些方法去平衡它们的饲料配比，例如使用以下配方的自制饲料：

蛋用鸡饲料配方

1 英担（50 千克）小麦粉
1 英担（50 千克）玉米粉（最好是黄玉米）
1 英担（50 千克）其他谷物粉（燕麦、大麦或黑麦）
1 英担（50 千克）鱼粉
30 磅（13.5 千克）奶粉
20 磅（9 千克）贝壳粉
5 磅（2.3 千克）盐

可以自由地给它们搭配一些，然后在远离稻草和垃圾的地方给它们撒一把谷子。

肉用公鸡或阉鸡饲料配方

3 英担（150 千克）大麦
1 英担（50 千克）小麦粉
0.5 英担（25 千克）鱼粉或肉粉
30 磅（13 千克）奶粉；有时还要加上一些贝壳粉和盐

大麦是育肥任何家禽最好的饲料，但也可以用煮土豆来代替。脱脂牛奶也是理想之选。

小鸡饲料配方

30 磅（13 千克）混合谷粉（小麦粉、玉米粉和燕麦粉之混合物为最优）
12 磅（5 千克）鱼粉或肉粉
12 磅（5 千克）苜蓿（或紫花苜蓿）粉
2 磅（0.9 千克）贝壳粉
1 磅（0.5 千克）鱼肝油
1 磅（0.5 千克）盐
再加上一把熟透的谷物。

如果你给你的鸡喂大量的牛奶（最好是全脂的，但脱脂的也几乎一样好），你可以忘记其他的配料，但要记得配上一点点鱼肝油、苜蓿粉，和一半量的（如果不是全量的话）鱼粉或肉粉。

就我而言，如果你可以免费获得这些食物，或者其他一些副产品，你最好给你的鸡喂一些必须喂的东西（就算书上说这些东西不是特别好）。就像在自给自足生活的其他领域一样，我一向信奉就地取材，物尽其用。

布谷马兰鸡　罗得岛红鸡　瘦型苏塞克斯鸡　普利茅斯洛克种条纹鸡　哥伦比亚怀安多特鸡

鸡的品种

商业养鸡人喂养的杂交品种除了产蛋量高以外一无是处，所以你不得不去寻找那些可以在户外生活的优良老式品种，它们多产而且可以自己孵蛋，养育小鸡，最终还能成为餐桌上的美食。这些品种例如：罗得岛红鸡（Rhode Island Red），优良的两用鸡，不仅是产蛋能手而且是上好的盘中餐；瘦型苏塞克斯鸡（Light Sussex）是古老的英国品种，同样也是良好的两用鸡；或者布谷马兰鸡（Cuckoo Maran），非常健壮，体型巨大，深褐色，生产高质量蛋，但却不多产。美国的一些品种，如分支繁多的普利茅斯洛克种鸡（Plymouth Rock）和怀安多特鸡（Wyandotte）可产出优良的鸡蛋，也是上好的食物。

鸡笼

传统鸡笼

这种鸡笼是用锯木和挡雨板做成的，用木馏油处理过。里面有禽鸟专用的栖木，好让它们过夜，外部的门边有一排可供进入的巢箱，还有过道。传统鸡笼非常结实，但是两端容易晃动。

孵卵笼

正在孵卵的母鸡需要一个单独的孵卵笼。孵卵笼必须要防鼠，并且在前面用木条封住来限制母鸡的行动。笼子尺寸应在必要时容纳孵出来的小鸡。

自制鸡笼

农场主应该努力制造一些无成本的装置，用过的肥料袋就是免费的好材料。我们几乎不用花一个子儿，就可以做成这种鸡笼。茅草屋顶不但用起来很棒，看起来也不错。

饲料斗

你可以买一个电镀的饲料斗，但也可以自己做一个，这可是免费的。你只要把一个旧的油桶挂起来，在底部敲出一圈洞，这些洞可以让鸡从桶里啄食。同时在这个油桶的下面放一个裁剪过的大油桶的底部，这样子鸡食就不会撒到地上了。记得要吊在老鼠够不到的地方。

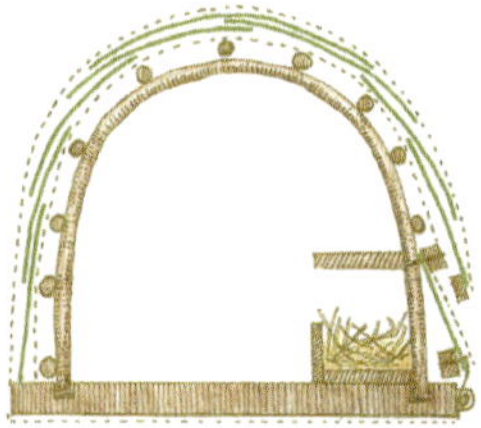

“肥料袋式”笼子

在重叠放置的袋子上盖一层铁丝网，防止笼子摇动。可以将榛树木棍或柳树木棍密集地水平放置在袋子底部作为支撑。可以将肥料袋子挂起来，再用一根较重的板条穿过袋子底部，做成笼子的进出口。

自由放牧场

把母鸡关起来，直到正午才去放出去活动，比起全天自由放养要好很多。因为它们通常在正午之前下蛋，所以在让它们出去之前你可以在鸡笼中收获鸡蛋，否则母鸡会把鸡蛋下在灌木丛中，被老鼠吃掉。母鸡会刨土、排粪，因此对牧场是有利的，只要别刨得太过头。可将它们的笼子或鸡窝不时移动，来避免后一种情况。

我们常常会忘记鸡是一种林地鸟类，母鸡群也通常会在林地中成长壮大（在没有狐狸骚扰的情况下）。让母鸡在残株（刚收割过谷物的土地）中奔跑对它们的成长也非常有利。尽量让它们远离菜园，尽管那画面看起来很别致，但相信我，你会后悔一整天。

草地的规划

如果你有一片青翠的草地，把它一分为二将是大有裨益的（比如以鸡舍为中心分割成两边）。让母鸡们轮流在两边草地上奔跑，如果它们快把一片草地上的草吃完了，就把它们赶到另一片草地上去。夏天，草长得非常快，母鸡们根本不会造成上述问题，所以可以长时间地让它们在一片草地上奔跑，这样好让你有时间将另一片草地上的草收割晒干。或者将母鸡和鹅交替放养（或者是绵羊或者是山羊，如果你有的话）。简单说来，只要随时把草割短，那么不管是哪一种草，家禽都会吃，但是上好的草应该是一些类似于梯牧草和牧场青草的较软的品种。草里面可以间种些苜蓿，增加氮成分，尽管母鸡的粪便中已经能提供大量的氮。

> 我一向信奉就地取材，物尽其用。

贝尔福法

这个方法适用于“后院家禽饲养员”或者是那些只有一小片菜园的人。你在你的鸡舍外面建一圈围栏，将大量的稻草、欧洲蕨或其他任何你能提供的植物倾倒在里面，除此之外，你还要有两个围栏（或者三个，如果你有足够的空间），将草铺在在围栏里，而且母鸡可以从草场里到达这些围栏边上。这样，母鸡们就可以四散在草场里，心满意足地去啄食虫子，踢踏草地了。

让母鸡们进入一片草栏里奔跑，2~3 周之后将鸡群赶到另一片草栏。它们在第二片草场里吃草时，第一个草圈里的草就能够得到休养，有机会重新生长。每只鸡每年能给草场提供半吨好的肥料。至于老式“后院家禽牧场”，它那大片被鸡刨过的荒地，大丛刺人的荨麻，遍地的老鼠洞和旧锡罐，对于母鸡和其他任何动物来说，都不是一个放养的好地方。当院子变得潮湿并逐渐成为沼泽时，就忘记它吧。

鸡舍

普通的商业化鸡舍，只要是可移动的，都会很实用。而如果运用之前描述的贝尔福法，或者草地划分的方法，它便不需要挪动，除非你有意将它不时移去另一个牧场。对于鸡舍来说，做到简约即可。母鸡们需要一个屋子来栖息，躲避风雨，以及在寒冷的天气保暖。保证鸡舍中的栖木不要正对屋顶，位置要有利于鸡粪直接落在地上。

产卵箱的光线应昏暗，防止母鸡平时在其中栖息；它还应该有顶，以免鸡粪掉进去。同时入口式样要便于你取到鸡蛋。现在还有特别设计的巢箱，能够让鸡蛋滚落到另一隔间中去。我觉得这种设计非常科学，能保证鸡蛋不被弄脏。如果你在深冬也想要蛋的话，不妨在窝里养些禽类，同时给它们装上电灯，为它们提供 12 小时不间断的光照，那样它们便会认为此时仍是盛夏，产蛋量就会大大增加；否则一到黄昏它们就会停止产蛋了。

我家的鸡舍里有附带的鸡卧室和铁丝网围成的开放空间，共能容纳 25 只鸡。建鸡舍没花什么钱，只用了几根钉子，一些旧裂的铁丝网，和几个免费的塑料肥料袋。移动鸡舍可能会费点力气，不过我见过有轮子的鸡舍，很不错，移动起来也不会造成损坏。

饲养小鸡

在母鸡群中养一只公鸡是大有裨益的，作用可不仅仅是在清晨唤醒你而已。虽然没有公鸡同住，母鸡也会产同样多的蛋，但这些蛋却没那么容易孵化了。如果每一批母鸡都有一只小公鸡编列其中，它能让母鸡们保持在户外活动，母鸡会生长得更好，也能减少互相伤害的几率。

如果你让个别母鸡在户外独处，而且没有被狐狸抓去的话，它会游走到灌木丛中，几个星期之后回来，身后跟着一群叽叽喳喳的小鸡。这些小鸡就完全是天然饲养的了，它们会是你见过的最健康的小鸡。或者你也可以在母鸡孵蛋时守护在一旁。

鸡的宰杀与处理

左手抓住鸡的双腿，右手抓住脖子，让鸡头从你中间两个手指间穿过，并用手掌托住。接着右手向下推，转动方向，鸡头会向后扭转。当你感觉到骨头开始断裂时就可以停手了，不然你会把整个鸡头扯下来。

去毛

鸡断气之后，要趁着它的身体还温热，立即开始拔毛；一旦身体开始冷却，鸡毛就很难除掉了。注意不要撕坏鸡皮。

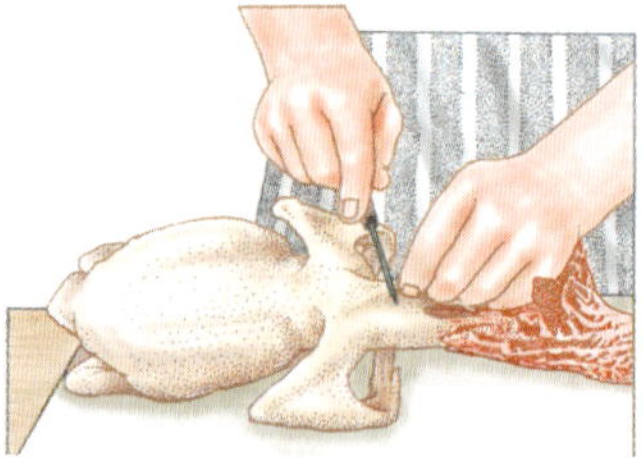

取内脏

1 用刀子划开脖子根部的皮，切下鸡头。

2 用大剪刀或锋利的刀切断脖子根部的骨头。

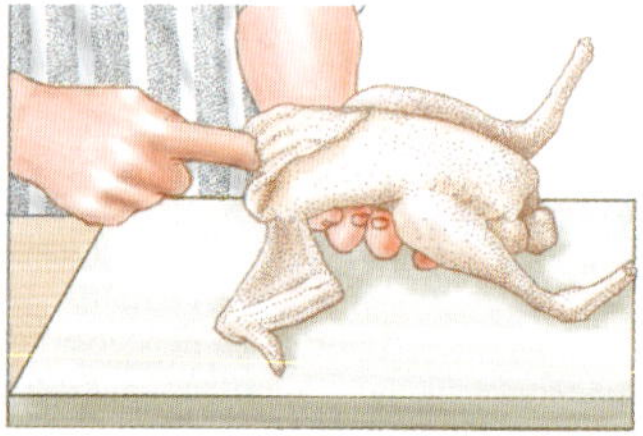

3 取掉颈骨。把你的右手食指伸进鸡的身体内部，慢慢移动并分离开所有的内脏。

4 在鸡屁股与尾巴之间切一刀，注意不要切到直肠。

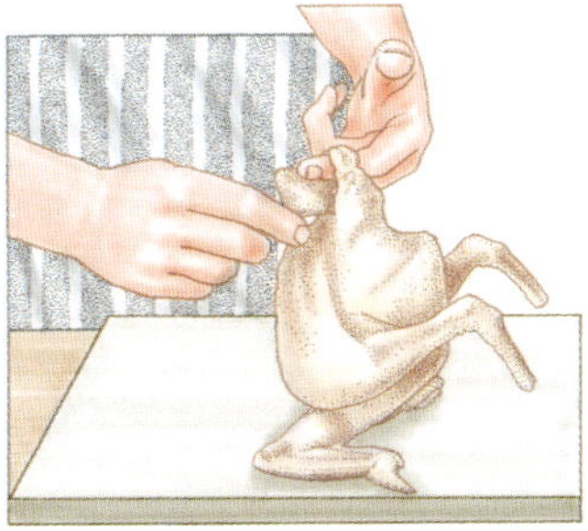

5从鸡屁股处切开，以便你能将鸡的身体分开。

6从切口处小心地拉开，再将肠子从屁股后面拉出来。

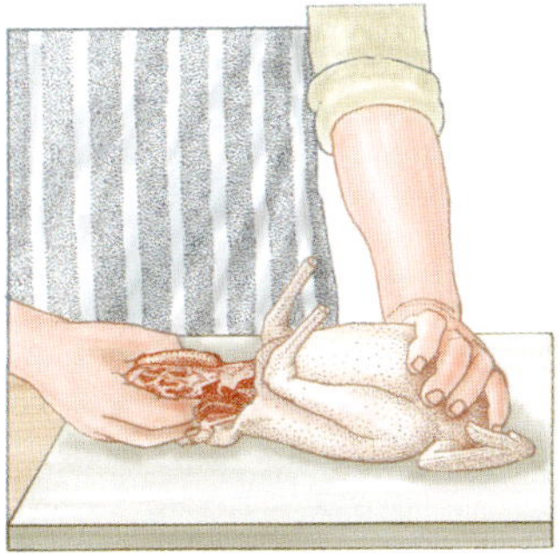

7此时鸡的砂囊、肺和心脏会随着肠子一并扯出来。

8再将嗉囊（食袋）从鸡脖子的末端取出。

捆扎

如果你把鸡放在烤箱里烤熟，直接烤出来的味道跟捆扎后再烤的味道是一样的。但是为了做得更整洁、更专业，我们还是需要进行适当的捆扎。

1用粗线穿一根大针，把鸡腿往前压，将针扎进去并让线从鸡身体的下方穿过。

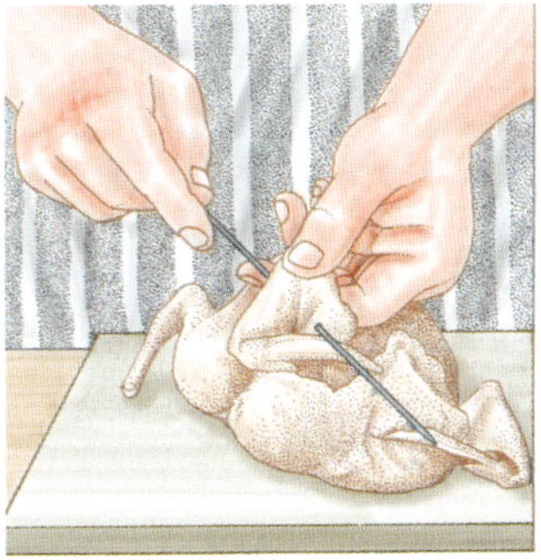

2让针穿过鸡翅膀以及鸡脖子上的皮。

3接下来用针穿过另一边的翅膀，再将线的两端系起来。

4再把一根针从鸡的一条腿穿过去，然后穿过胸骨末端下的部分，并绕到另一条腿上。

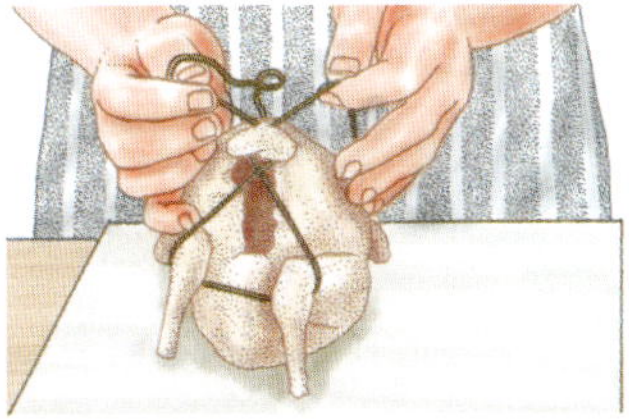

5在鸡的跗关节后把线交叉，并在鸡屁股处打结。

当你看到一只母鸡紧紧地蹲在鸡蛋上，并在你试图抓它起来时发出特有的咯咯声，你就知道它进入孵卵期了。这时将它关进孵卵笼（一种小鸡能够进出，而母鸡不能进出的，前面有板条的小房子）以帮助其孵化鸡蛋。用舒适柔软的干草来为它筑一个窝，然后把一打发育正常的鸡蛋塞到母鸡身下（也可以放其他任何家禽的蛋，随你喜欢）。你会看到它身边随时都有剩下的水和食物，因为它吃得很少。每天将母鸡放出来，让它在外面活动一次，但是时间不能超过半个小时，否则的话蛋就凉了。从开始孵化之日起，21 天之后，小鸡就会破壳而出。在小鸡几天大的时候，你可以将母鸡放出来，它会带着小鸡四处转悠，并教会它们寻找食物。这是目前繁育家禽的最佳方式，优于任何孵化器。

如果你只是从母鸡开始养起，你可以选择一些“日成鸡”或者是“抱窝鸡”，它们都是处于产卵期的年轻母鸡。将这些小母鸡按需补充进你的鸡群，同时还要将那些用来食用的公鸡养肥。小母鸡们需要一个富含蛋白质的食谱，包括谷物磨成的精粉。刚开始的几天，可以给它们定量添加碾碎的煮鸡蛋和一些乳制副产品，小麦粉拌牛奶也是一种极好的食物。你要确保小母鸡摄入足够的石灰质，可以喂食磨碎的贝壳粉，以及那些如压碎的燧石之类无法溶解的沙砾，以保证产出来的蛋壳足够健康。

8~12 周龄的，被称作是“炙烤用鸡”的小公鸡，体重应该在 2~3 磅（1~1.5 千克）之间；12 周或是 14 周龄的肉仔鸡应该更重——3~4 磅（1.4~1.8 千克），这在美国被称作是“煎炸用鸡”。再过一段时间，你可以把它们称作“烤炉用鸡”，而 6 ~ 9 月龄时,它们便成了“煮汤用鸡”。不再产蛋的老母鸡也是用来煮汤。老母鸡还蛮好吃的。

产蛋能力优良的母鸡一般有着明亮的眼睛、大而鲜红，看起来很健康的鸡冠和肉垂、宽大的骨盆（需要够松弛，这样才容易下蛋）以及白而潮湿的大屁股。如果它们的特征与此相反，那还是拧断脖子吃了吧。反正也下不了多少蛋，养之何用？而一旦母鸡开始孵蛋，就别去打扰它。

最后，新鲜的鸡蛋更好吃，这不言而喻，而且让你的母鸡在一年里的大部分时候都能下蛋，这也是可以做到的。你还要记住这个检查鸡蛋是否新鲜的方法：将一个鸡蛋轻轻地放进一个装了水的碗里，如果它确实是新鲜鸡蛋的话，就会横着沉在碗底。如果它立在碗底的话，那说明它有一些日子了，但吃的话还是没有问题的。但是如果它漂在水面上，那我劝你还是赶紧把它扔了吧。

鹅

在自给自足生活中，鹅是最优秀的禽类之一。它们是吃苦耐劳、坚忍不拔、自力更生的食草动物，同时又是产蛋的好手。饲养鹅的最好办法是：从别人那里买来蛋，然后把蛋放在一个正在孵蛋的母鸡身下。母鸡可以坐在 5~6 个鹅蛋之上孵化它们，但是你要保证，当你把鹅蛋放在母鸡身下时，母鸡还未坐得很久，因为鹅蛋和鸡蛋相比，孵化时间要更长（30 天甚至更多）。在孵化的最后一个星期中，每天要把鹅蛋从母鸡身下拿出来，同时用温水将鹅蛋淋湿（母鹅有这个功能，但是母鸡没有）。当小鹅们破壳而出前，要充分地淋湿鹅蛋。有些人会在第一只小鹅被孵化出来后就马上把小鹅拿走，导致母鸡觉得她还没有完成自己的工作，然后不停地替换小鹅移走，直到最后一个鹅蛋被孵化出来。我从来没有这么干过，孵化结果倒也总是不错。
在头 2~3 个星期内，要喂给小鹅们完全浸泡过全脂或脱脂牛奶的面包。如果它们所在的地方相当的安全，让母鸡和它们在一起跑吧。如果你担心它们会丢失，那就将母鸡关在孵卵笼里。我更愿意让母鸡们自在地跑跑。当年轻的鹅不再需要“养母”时，母鸡就会离开它们，重新去产蛋。
尽管鹅凶猛强壮，但面对两类敌人：老鼠和狐狸时，它们也容易受到伤害。老鼠们会将鹅蛋从母鸡和鹅的身下偷出来，如果逮到机会，它们还会杀掉刚出生的小鹅。所以要不惜任何代价除掉它们。在你的土地上，这些“歹徒”就是一切健康生命的敌人。至于狐狸，它们仅仅是鹅的敌人。不管什么时候，只要有机会，它们就会把正在孵蛋的鹅偷走。狐狸与过着自给自足生活的人是不共戴天的。如果你有持枪证，在晚上时，你就可以射杀它们。如果你养鹅的地方有狐狸，你必须要保证你的母鹅待在一个可以防止狐狸侵袭的地方。
在 3 周之后，如果你开始减少喂养小鹅的食物，它们将以草为食。成年的鹅除了草之外不需要其他任何食物。如果你想给鹅吃好一点，好让它们产出更好的蛋，那么在 1 月份和 2 月份时，可以给它们喂一些谷物。在你打算宰杀它之前 3 周（一般是圣诞节期间），你需要圈养它们，给它们喂充足的大麦粉、玉米粉和牛奶。这样的话，你能很好地将鹅养肥。
鹅是结伴生活的禽类。尽管许多人将一只雄鹅和两三只雌鹅配对，我更乐意将一只雄鹅和一只雌鹅结对繁殖。它们早在 2、3 月份就开始产蛋。如果你让它们独处，它们会坐在一打或更多的鹅蛋上孵化它们，这个没有问题；但是如果你比较贪心，你可以将鹅蛋偷出来，将鹅蛋放在孵蛋的母鸡身下。但是母鸡们在年初并不总是孵蛋的。
当要杀一只鹅的时候，双手抓住它的腿。别让它的后部冲着你。将它的头摁在地上，然后让别人用一根扫帚柄横着搁在它脖子上，紧挨着头下面的位置。然后紧紧踩着扫帚的两端，将它的腿往上提，直到你感觉它的脖子已经断了。在鹅断气前不但要抓紧它的腿，还得抓紧两只翅膀，免得它拍打翅膀。

鸭子

有人说养鸭子可以不需要水，那是扯淡。鸭子需要水，而且无水不欢。动物们在物种进化过程中逐步适应了某种生活环境，有人却要把它们置于完全不同的环境里，实在是毫无人性。我们在饲养过程中应该让鸭子接触到水，不过不要让一两周大的幼鸭碰水，直到它们的尾脂腺可以分泌出油脂，使得羽毛可以防水再说（但当然必须提供饮用水）。如果可以让鸭子在活水中游泳则更好。许多鸭子会在水中或岸边产蛋，如果人类吃了产在死水中的鸭蛋（蛋壳上有许多透气孔），对身体有很大的害处。所以千万不要吃产在脏水中的鸭蛋，那种蛋无论你怎么清洗都没用。
如果你住的地方没有天然水，那么我建议你还是不要养鸭子了。当然，你可以造一个人工池塘，用混凝土或夯实的黏土制成，也可以用塑料薄膜埋在地下做成防水层，但必须确保塘中是活水而非死水。
一只公鸭可以照看半打小鸭，并且乐在其中，母鸭却不是当妈妈的料。

如果让鸭子自己孵卵，需确保它们在孵蛋笼中完成，不然鸭子妈妈会拖着幼鸭四处移动，容易导致幼鸭夭折。相比母鸭，母鸡则是很尽责的妈妈。鸭蛋孵化 28 天后破壳，幼鸭需要非常精心的照料。等它们长到 10 周大，喂食大麦或其他食物，它们能吃多少就喂多少。条件允许的话加一点牛奶。在不是刻意要去喂肥它们的时候，给鸭子喂食和鸡一样的饲料。鸭子不像鹅，鹅是食草禽类，而鸭子不是。鸭子在水中漫游或在泥土中散步的时候，可以吃到很多东西，如蛞蝓、蜗牛、青蛙、蠕虫和各类昆虫。不要让用于繁殖的鸭子吃得太胖，不然会产下不育的蛋。它们喜欢在早晨吃由煮熟的蔬菜、玉米片、豌豆或菜豆、面粉和少量大麦搅拌而成的糊状饲料。给每只鸭子舀一小份作为早餐，晚餐则是一小份谷物。有些鸭子的肉少，但下蛋量大（如印度跑鸭）；另一些鸭子则是食用鸭（如埃尔兹伯里鸭），它们肉多但下蛋量少。

火鸡

相比其他家禽，火鸡是一种非常脆弱的禽类。如果你让火鸡和其他鸡类接触，它们会得一种叫黑头病的疾病，这种疾病是致命的，不过你可以在它们的饮水或食物中加入药物来治疗。所以如果你想食用没有用过药的火鸡，你一定要让它们远离其他鸡类。在我看来，火鸡似乎并不适合出现在自给自足生活中，除非用来进行交易。

埃尔兹伯里鸭（Aylesbury Drake）
英国最好的食用鸭种。它大且重，同时非常强壮，幼鸭长得也异常迅速。

埃姆登鹅（Embden Gander）
埃姆登鹅是很好的食用鹅种。它们的羽毛和绒毛都是纯白色的，是理想的靠垫及鹅绒被填充物。

白火鸡（White Turkey）
这种火鸡能长到 38 磅（17 公斤）。有一类小型且成长迅速的白火鸡，名为贝尔茨维尔小种白火鸡。

第3节 兔子

对于过着自给自足生活的家庭来说，兔子是一种非常适合饲养的动物。它们以杂草为主食，而杂草也没啥其他用场。草对于它们来说是非常好的食物。新西兰的白种兔是一个很好的品种，因为它们肉质鲜嫩，表皮熏制后也很美观。加利福尼亚的品种也非常好，养这一类中等大小的兔子往往比巨型兔（如巨型花明兔）更合算，后者食量惊人，但却不能提供更多的肉。如果你养上两只雌兔和一只雄兔，繁殖开来后，每年约能为你提供超过 200 磅（90 公斤）的肉。

住所

在夏天，不管你把兔子放到草地上的遮雨窝里，还是让它们在足够牢靠的草场上奔跑，它们都能自己吃草为生。围场的铁丝网应该深入到地下 6 英寸（15 厘米），以防止它们挖洞逃出。你可以一年到头都把兔子养在窝里。它们能忍受寒冷但不能忍受潮湿，而且它们也不喜欢太热，并需要一个舒适的巢箱。

养殖

鉴别兔子的公母是非常容易的。把兔子倒握在手中，使兔头朝手腕方向：用手指轻轻按下兔子的生殖器官周围的地方，生殖器官就会显现出来。若阴部呈孔状，则为母兔；若是有圆形的突出物，则为公兔。

如果你打算繁殖兔子，那么注意，一定要让母兔去接近公兔，而不能让公兔去接近母兔，否则它们会打架的。当母兔要生幼崽时，要把它单独放在待产区。一只母兔一般一次可以产下 7~9 只幼兔，如果有母兔一次生出 12 只以上的幼兔，那么最好把一些幼兔送到另一只产出较少的母兔那儿喂养。在你送过去之前，要先把幼兔身上的粪便擦掉，来迷惑母兔的嗅觉。随后你可以把它们卖了，或者是送出去。

喂养

兔子会吃任何绿色植物或者可食用的块根。它们需要充足的食物，任何地上的绿色植物都行。但是，一只怀孕的母兔一天不应该吃超过 4 盎司（115 克）的食物，否则会长得太胖。如果兔子不养在草地上，不能直接吃到大量绿色植物，那么以出生超过 8 周的兔子为例,你每天大约需要提供 3 盎司(85 克）的饲料，偶尔再加点干草就好了。

宰杀

宰杀兔子时，先用左手握住兔子的两只后肢，再用右手抓住兔子的头，把兔子的身体尽量拉直，然后突然用力一拉，同时迅速将兔头向下扭动，使兔头与颈关节脱节，这样兔子就死了。在兔子的尸体冷却之前，把它两条后腿的关节处各拉一个口子，然后用两个钩子给挂起来。在兔子每条后肢内侧的肘关节上面切一个小口并且顺着拉开到尾部（肛门处）。然后先从兔子后腿的皮剥起，再顺势把整张皮剥下来。接下来把兔子的肚子剖开，将里面所有除了肝、肾（这两样比较大块）以外的杂碎内脏取出来扔掉，注意把兔胆和兔肝分开。

第4节 蜜蜂与蜂蜜

蜜蜂可以为你提供所需的糖分，而作为一个过着自给自足生活的人，你不会需要太多糖的。一点点糖（最好是蜂蜜）可以提高啤酒的质量，而且如果你想制作“乡村果酒”（见本书第4章第15节），糖是必不可少的用料。但在其他食物方面，糖则是非常有害的。糖是一种非常容易作用于身体的能量来源，能很轻易地满足我们身体的能量需求，而粗粮里的能量精制浓缩度不像糖那么高，其他有益成分却更多。因此，食物中理想的精制糖分含量为：零。

在任何方面，蜂蜜都可以代替糖发挥更好的作用。不仅是因为它是一种健康食物，还因为对于养蜂人来说，它是免费的。蜂蜜比糖更甜，如果用于烹饪或红酒制作，只需加入糖的三分之二分量的蜂蜜就行了。养蜂真是件一本万利的事情，它是一种无需土地的农业活动，采蜜也可以去别人的土地上采。你可以在城市郊外养蜂，甚至在市中心也可以，它们会酿造大量可口的蜂蜜。

老式草编蜂箱

老式的养蜂方法是将蜜蜂养在稻草蜂箱中。将稻草或其他草根结成草绳，再将草绳扭至螺旋状，把每根草绳头尾相连捆绑加固，直到形成一个锥形的蜂箱。把蜂箱放入墙洞中，以免被风吹散或被雨水浸湿。秋天时，如果你想要得到蜂蜜，你可以放一块燃烧的硫黄在蜂箱底下，但这样也会杀死蜂箱中的蜜蜂；或者你也可以把蜂箱倒过来放置，并在上面叠放一个新的空蜂箱，这样就能留住你的小蜜蜂的性命了。倒置蜂箱中的蜜蜂会爬到上面的空蜂箱中。更明智的方法是，在蜜蜂待的蜂箱上面放一个空蜂箱，并在中间打一个洞连接两个蜂箱，蜜蜂自然会爬上去。当它们全部都爬上去后，你就可以拿走满是蜂蜜和蜂巢的老蜂箱了。从蜂巢里获得蜂蜜的方法是把蜂巢放在某种过滤物（细棉布即可）上并挤压它，这样就能溢出可口的蜂蜜了。

“养蜂真是件一本万利的事情。

如果蜂箱倒置法可以在不杀死蜜蜂的情况下发挥作用，这将是一种很好的饲养方法。除了些许稻草，一个防蜂面罩，一双手套和一个喷烟器之外，你无需任何其他设备。用草编蜂箱得到的蜂蜜比用现代蜂箱得到的少，但你可以拥有一打草编蜂箱且不花费任何实际费用，相比之下，一个最基本的现代蜂箱都相当昂贵。话说当年，乡村中有成百上千的人用草编蜂箱养蜂，每个农场都有半打以上的草编蜂箱，蜂群随处可见，与进入新千禧年后的现在截然不同。那年头，草编蜂箱到处都是，养蜂人可不必像现在一样为保护蜜蜂而发愁。

兰氏养蜂方法

1851年，一个名叫兰斯特罗斯的费城人发现了蜜蜂的大秘密，他称之为“蜜蜂空间”。那是存在于两个垂直平面之间的精密空间。蜜蜂在垂直的平面上筑巢，却保留中间的空白地带，留出爬行的通道。这个发现颠覆了整个养蜂界的惯有思维，让养蜂从采集活动变成了养殖活动。

兰斯特罗斯的想法是在合适的空间内，相隔小段距离，垂直悬挂蜡片。与随意修建巢穴相比，蜜蜂们更愿意在蜡片上筑巢。后来，封隔器问世，那是一种带着小洞的金属片，洞的大小刚好够工蜂出入，同时隔开蜂后。蜂后始终被控制在特别的小室（育幼室）中，这样它就不会在上面的巢室中产卵，我们就能得到没有幼虫的纯净蜂蜜啦！接着你就可以移动整个巢体，取出垂直蜡片和上面的蜂蜜，不要伤到蜜蜂或者幼虫。取完之后，把巢体放回去，蜜蜂们又会重新筑好它，填满美味的蜂蜜。

兰斯特罗斯的发现影响了现代蜂箱的结构。现代蜂箱设计了一个底座，以增加其高度，还设计了一块降落板，供蜜蜂降落并通过上面的窄缝进入箱内。底座的上方就是育幼室，供幼虫生长的框板垂直悬挂，位于蜂箱内层。

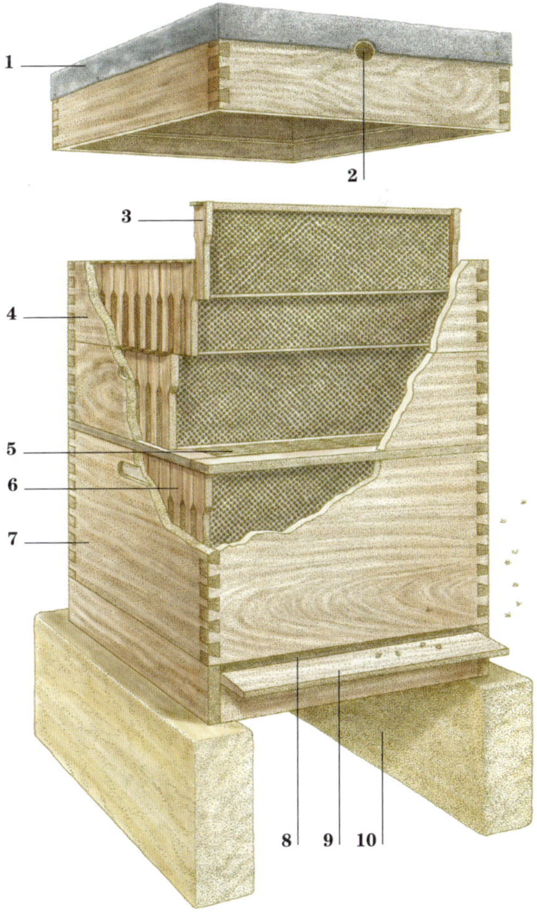

草编蜂箱

最初的蜂窝（草编蜂巢）是由稻草编成，或是将绳子和稻草混在一起，缝成锥形。如果你使用的是草编蜂箱，你的蜂蜜里就会满是幼虫和小蜜蜂，因为它不像现代蜂箱拥有封隔器，蜂后会在巢室中到处产卵。你可以把幼蜂过滤出来，但那样你会杀死很多蜜蜂。而且养蜂人也无法检查草编蜂箱中蜜蜂的健康状况。

现代蜂箱

1. 防水箱顶
2. 通风孔与蜜蜂出孔
3. 蜂蜜薄框板
4. 蜜脾
5. 蜂后封隔器
6. 内层育幼框板
7. 育幼室
8. 蜜蜂主出入口
9. 蜜蜂降落板
10. 底座垫块

采蜜

将蜜脾从蜂巢中取出来，然后拎起来晃几下，将蜜蜂都赶出来，对于那些顽固不化者就用蜂刷伺候！或者提前一天，将一块清洁板放到那些你要收蜜的蜜脾下面。那样当你去把蜜脾拿出来的时候，蜜蜂和它就是分开的。

盗蜜

通过一个特别的喷烟器将烟雾喷出来最好，这能让蜜蜂安静下来，并且让它们聚集在蜂蜜处，不易蜇人。再用一把螺丝刀将顶部的蜜脾取下。

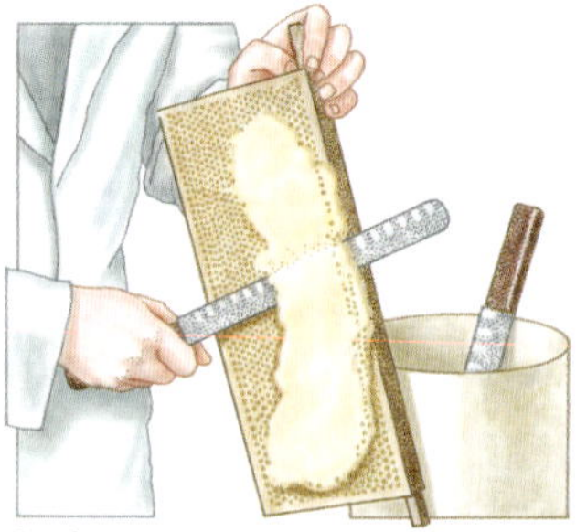

割蜜盖

用一把加热后的刀将蜂巢上的蜡盖割去，之后取出蜂蜜。记得用两把刀，在你用其中一把的时候将另一把加热。

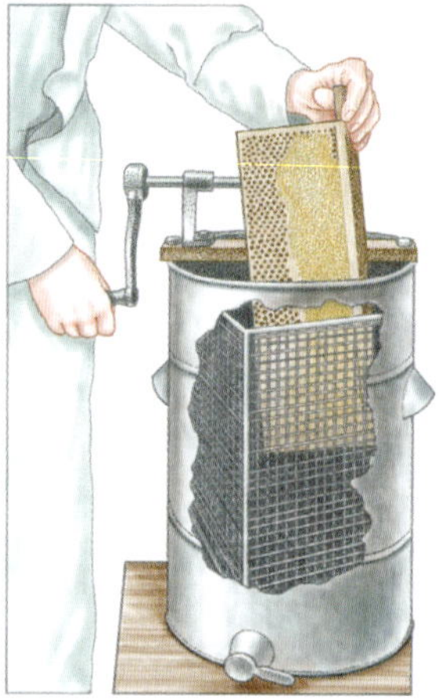

提取蜂蜜

将去除掉蜡盖的蜜脾放进摇蜜桶。快速旋转摇蜜桶，直到一边的蜂蜜全部分离出来，然后翻个面再摇一遍。

蜂蜜沉淀器

如果你养了一大批蜜蜂的话，这玩意儿就很有用了。将提取后的蜂蜜小心地通过过滤器倒进来，然后，在装入罐子或其他容器里面之前让其沉淀。

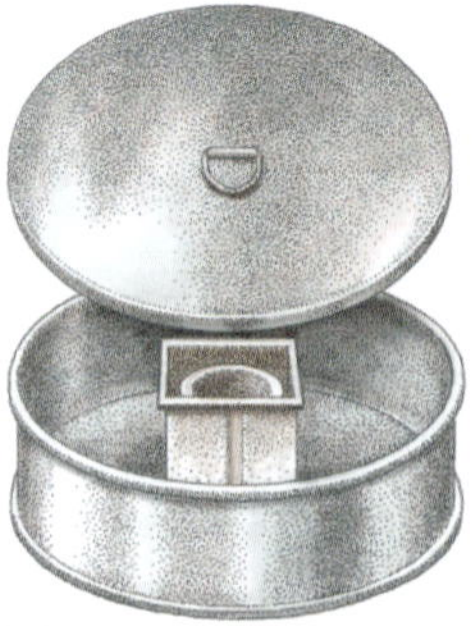

饲养蜜蜂

如果在深秋时节你将蜂巢里所有的蜂蜜都取掉的话，那你就必须给它们喂食白糖或糖浆了。蜜蜂饲喂器可以让蜜蜂吃到糖浆而不淹死在里面。

木质育幼框板的里面有基座，就像相框里的油画布。基座是由机器雕出的蜡片组成的，蜡片的形状与工蜂筑巢的图案一模一样。在育幼室之上是一个比较浅的蜜脾。蜂后封隔器将两个育幼室分开。你可能有两个或者三个蜜脾，它们和基座正好契合，一个叠在另一个上面。在最顶端是蜂箱的顶板。在箱顶上有一个蜜蜂出孔，蜜蜂从这里只能出不能进。这儿也有一个清洁器，在这个清洁器上有一个蜜蜂阀，这是蜜蜂们单向通过的唯一路径。然后，你应该有一个面网，一双手套，一个喷烟器，一个摇蜜桶，这些你都可以从别处借到。摇蜜桶就是离心器。你用蜂巢将你的桶填满，然后用极快的速度旋转，蜂蜜就能从蜂巢中被甩出来了，然后向下滴落，最终得到蜂蜜。

收集蜂蜜

建立育幼框板后，当里面充满了蜂蜜，同时育幼室下面都是蜂蜜幼虫时，你需要增加第一个蜜脾，之后便是增加第二个，这时，你就能采一些蜂蜜了。你要采蜜，就要移走一个蜜脾，安装一个清洁器来代替它。第二天，将充满蜂蜜但是没有蜜蜂的蜜脾移走。将育幼框板放入提取器然后将蜂蜜旋转出来。你首先必须用加热后的刀将蜂巢脱盖。从两边提取时，每一个育幼框板都要转动一次。然后将空的育幼框板放回蜜脾，好让蜜蜂们可以开始重新产蜜。当你与蜜蜂打交道的时候，一定要轻手轻脚，保持冷静。你应加入一个当地养蜂组织，或者与有着丰富经验的养蜂人做朋友，向他学习，除此之外别无他法。在冬天，你至少要在蜂巢里留下 35 磅（16 公斤）蜂蜜，好让蜜蜂们过冬。我只在 8 月初“掠夺”过我的蜜蜂们一次。在那之后，我便不再管它们，只留下一个蜜脾，让它们自己产出足够过冬的蜂蜜。我的一个蜂箱能提供给我 20~40 磅（9~18 公斤）的蜂蜜。上次我的蜂箱里酿的是石楠蜜，我用了各种办法都不能把它提取出来，因为提取器不能把它抽出来，它只能被压出来。那些从蜜蜂那里“掠夺”所有蜂蜜的人，在冬天，必须喂给蜜蜂们大量的糖浆或糖。实际上，如今一些用于商业用途的蜂蜜，仅仅是被蜜蜂们转换成蜂蜜的糖，而从小型养蜂基地买到的蜂蜜通常是用鲜花酿成，非常美味。

蜂蜡

你从蜂巢里割出来的蜡盖就是蜂蜡，这是一种非常珍贵的物质，可以用来制造磨光剂和世上最好的蜡烛，同时，对于给皮革制品打蜡和其他一些用途，蜂蜡也是个很好的选择。稍微加热让蜂蜡融化，然后它会顺着一个斜坡流下，以便你进行收集，在此过程中要去除多余的杂质，最后蜂蜡流入收纳器。这一过程可以利用太阳提供的热量，让阳光通过一块玻璃板照入倾斜的蜂箱里。据说，中世纪的修道士们之所以能够保持快乐，常常酩酊大醉，其原因就在于他们必须饲养大量蜜蜂来提供蜂蜡，制作教堂内使用的蜡烛。而大量盈余的蜂蜜，当然就用来酿蜜酒啦。

第5节 野菜、坚果与浆果

这些野生植物会大量生长在树林、田野以及灌木篱笆中，但是我的建议永远都是：辨别出当地人认可的食物，然后再去吃它们。对于菌类格外如此，你必须知道哪些是安全可食用的（参见本章第 6 节）。除了常见的蘑菇，还有一些菌类既美味又容易识别：鸡腿菇（可用牛奶略煮一下）、大马勃菌、伞菌、褐鳞环柄菇、田野伞菌、石簟（牛肝菇）、牛肝菌（包括好几个分支品种）、羊肚菌和鸡油菌。

有很多“野草”以及多种多样的种子能够食用，当然还有许多野生水果、浆果、坚果和真菌。大多“野草”都只是可食，却很难吃，但其中也有一些口味极佳，比如荨麻、白花藜和藜菜。食用这 3 种植物的方法与菠菜类似：在春天，趁它们新鲜娇嫩时摘下它们，盖上盖子然后蒸煮。一些野生植物能够替代绿色蔬菜，如荠菜、蓍草、宽叶羊角芹和兜藓。锦葵可以做成一道不错的浓汤；繁缕可以煮来吃，口味像菠菜，也能拌进沙拉里；蒜芥能够代替大蒜。在你所在的地方，你一定还会发现许多其他品种。另外别忘了蒲公英，它可以拌成美味的沙拉。

在可食用的坚果里，胡桃是温带气候中的坚果之王。采摘胡桃后放置几个星期，直到外皮能够轻易脱落，然后将其完全风干。你可以在趁榛子还青翠的时候摘下它们，此时最为美味，可惜不能保存；或者你可以选择它们成熟的时候再摘，并且将它们连壳一起腌在干燥的盐里。

> 有很多“野草”能够食用。

甜栗子非常棒。你可以在栗子秋天成熟时采摘，剥下它们多刺的壳，并存储在一个干燥的地方。当然最好的吃法还是在余火上烤栗子，但首先要刺破它们的外壳，避免栗子在火里炸开伤人。栗子生吃时是苦的，捣成浆后却美味非凡。火鸡里面若没有栗子充填做馅，那味道简直无法想象。

野果

在野果中，接骨木果恐怕是最全能的了吧。这种浆果能够被人们以多种方式烹饪，在与其他水果混合之后，其风味会得到提升；用调过味的醋煮过之后，如果你能够趁着温热将其装入罐中，就能够保存得更加完好。它的花能够与覆盆莓以及鹅莓酱一起做菜，增添菜品风味；果子则能用来酿成美酒。如果你找到野生的蓝莓或是覆盆莓，千万不要忽略它们，可以用它们来制作美味的馅饼。如果找到的是蔓越莓，你可以直接做果酱吃也可以将它们贮藏起来，但是贮藏后的味道无论如何也比不上新鲜的蔓越莓酱。桑葚和花楸浆果可以用来制作非常好的果酱。这里不可不提杜松子，它能够为所有可口的食物添加一种令人愉悦的味道。

很少人会意识到，随处可见的桦树也可以用来酿造最富农家风味的美酒。桦树酒由春天收集的桦树液酿造而成。只要选一棵直径至少 12 英寸（30 厘米）的高大的树，在树干上找一个方便挂桶的地方，然后用电钻或是手摇曲柄钻钻一个直径约 1 英寸（2.5 厘米）的小孔，桦树液就会流到你的桶里面了。

桦树液
Betula pendula

桦树能够用来酿造最美味的乡村美酒。在树干上找一个方便挂桶的地方，然后钻一个直径约 1 英寸（2.5 厘米）的小孔，桦树液就会流到你的桶里面了。

酸苹果
Malus sylvestris

酸苹果和黑刺李一直在相互较劲，看看到底谁是最酸的水果（因为它们都含有丰富的丹宁酸）。当然，酸苹果最大的用处是制成酸果酱。将它们用棉布包裹起来，然后煮沸、过筛，酸果酱即可制成。

接骨木花
Sambucus nigra

用接骨木花做成水果美酒的秘诀在于，不要放太多的花在一起陈酿。而且，要在一个阳光明媚的天气下，采摘那些香味和蜜汁达到一定浓度的接骨木花。

榛子
Corylus avellana

榛树是一个捉摸不定的树种，因为它们在一些地方能像杂草一样生长，在另一些地方则完全不能生长。榛子是冬季饮食里非常美味的一味配料。

甜栗
Castanea sativa

在品种正确以及季节合适的情况下，甜栗会对你有很大的好处。大家都应该种植甜栗，因为它的木材不易弯曲变形，是制造家具最好的木材之一。

黑莓
Rubus fruticosus

采集黑莓的活动是一个令人愉悦的信号，那标志着秋天快来了。有个好把手的拐杖能帮你将高处的黑莓拉低，以便采摘，甚至连最小的孩子也能加入到这一项有趣的活动中来。

接骨木果
Sambucus nigra

接骨木果在调过味的醋里煮过后，味道会非常好。接骨木酒是乡村果酒里的王牌之一。在瓶子里酿制 3~4 年，果酒即可酿熟，几乎可以与红葡萄酒一较长短。

金雀花
Ulex europaeus

当五彩斑斓的金雀花尽情绽放时，它的美丽几乎无可匹敌。收集这些花是为了酿出最诱人，最可口的农家美酒。这是一件有点棘手，但却很有意义的工作。

黑刺李
Prunus spinosa

要在第一次霜冻之后把黑刺李收集起来。取 0.5 磅（228 克）的黑刺李，用叉子或针把它们戳破，用它们装满半个瓶子，加糖，再用金酒注满瓶中，然后就等它成为佳酿吧！

胡桃
Juglans regia

如果想获得大丰收，你就不能用敲打胡桃树的方法把胡桃砸下来。在储藏之前，要剥掉胡桃绿色的果壳，并脱水弄干果实。胡桃油非常适合拌沙拉。

第6节 菌类

在印度，炎热夏末的一场急雨后去野外采蘑菇，是颇值得推荐的活动。多种可供食用的蘑菇生长在树林附近，其中许多都伴生在特定树种的根部。此外在秋天，野地草丛中也可能藏匿着大量蘑菇。遗憾的是，滥用化肥，定期翻耕土地，都造成野生菌类数量的锐减。在这样的环境下，有益的菌丝体与真菌孢子都没有足够时间成长起来。蘑菇的可食部分是子实体，它是由大团菌丝急速生长扩张所形成的。这些菌丝寄生在树根或腐烂的植物躯干上，从后者身上吸取养分。

蘑菇可切片贮存，也可风干或速冻。未加工的切片菌尝起来棒极了，可以做成美味的浓汤。可食用的菌类有很多种，我个人最喜欢的是高大环柄菇，它的味道比野蘑菇更加浓郁，我觉得更好吃一些。但也有很多不可食用的有毒菌种，比如以其满是红白斑纹的明艳菌盖而闻名于世的毒蝇伞菌（Fly agaric）。毒性最强的菌类，当属人称“死神之冕”的鬼笔鹅膏菌（Amanita phalloides）。它通常生长在林地里，橡树附近，与野蘑菇大小相近。它有各种各样的颜色，但都有同一个特征，即菌盖下侧有白色菌褶，茎秆底部有菌托。（凡是茎秆底部有菌托的蘑菇，最好都离它们远点儿。）也要避开“黄斑菌”（Yellow stainer），它们和野蘑菇很容易混淆。它被碰伤或被切开的部位，会变成鲜明的亮黄色，并散发出消毒剂的气味。

褐绒盖牛肝菌

Boletus badius

此类蘑菇常见于林中，通体呈浅褐色。下部有多个淡黄色小孔，受到损伤时转呈蓝色，这也是用来分辨此类蘑菇的典型特征。茎部无褶边，从根部到菌盖都很光滑。菇体被割伤时同样会略微泛蓝。

高大环柄菇

Macrolepiota procera

你可以试试将这种蘑菇切成小块，裹面粉后用油炸透。高大环柄菇常见于开阔的空地上，茎根部有一个明显的球状肿块，周围均匀分布着许多褐色的鳞状硬片。菌伞部分可宽达 10 英寸（25 厘米），菌褶呈白色。

鸡腿菇

Coprinus comatus

鸡腿菇一般生长在大型丛林中，这种蘑菇可以做出非常美味的汤。菌盖被美丽的白色鳞片覆盖，当菌盖呈钟形，底部呈深黑色时，菌柄不会出现菌膜。

树蘑菇

Agaricus silvicola

只有在丛林中能找到这种菌类，它与田野伞菇有一种微妙的亲缘关系。树蘑菇只有 4 英寸（10 厘米）高。菌盖随着生长时间会由乳黄色向黑褐色变化。新鲜菌盖被切割后不会变色，有着近似洋茴香的气味。

大马勃菌

Langermannia gigantea

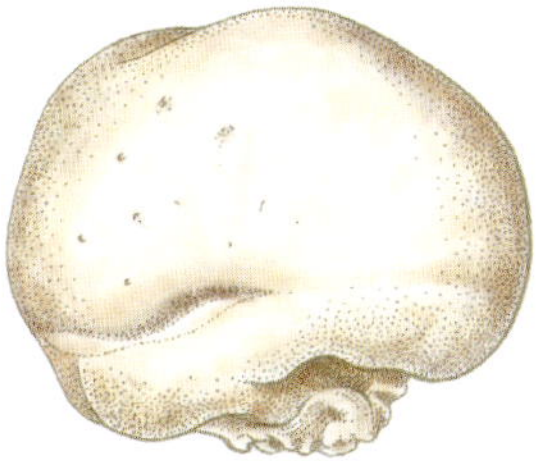

我曾见过这种蘑菇长得非常巨大，直径远远超过 18 英寸（45 厘米），这足以做出一顿大餐。这种蘑菇必须在刚刚成熟，孢子还没有时间进行繁殖，昆虫也还没有横插一嘴的时候便尽快采集食用。这种蘑菇是最易准备的食物，因为只需将它整齐地切成有韧性的薄片，然后同黄油和培根一起迅速过油一炸，就可以安享美味了。

田野伞菌

Agaricus arvensis

这种蘑菇生长在有些年头的牛或马的牧场里。它散发着轻微的洋茴香气味。与大部分野生蘑菇不同的是，它在烹制过程中不会变得皱缩。这种蘑菇的菌盖有时呈淡黄色，但别把它和吃了会生病的“黄染菌”（Yellow stainer）弄混了。

鸡油菌

Cantharellus cibarius

这是一种深受法国人喜爱的蘑菇，生长在林间空地中，菌盖最大直径可达 4 英寸（10 厘米）。它们呈黄色，略带杏子气味。随着鸡油菌逐渐成熟，菌褶会顺着茎秆向下生长，而菌盖会变得如同一只小小的，带有凹槽的喇叭。

橙皮菌

Aleuria aurantia

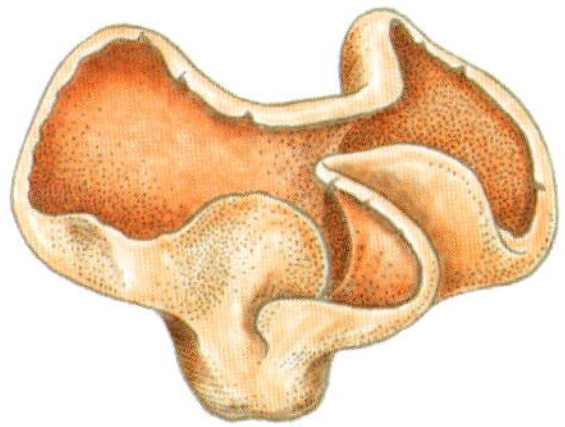

这是一种颜色鲜艳，非常醒目的菌类。从秋天到初冬时节，橙皮菌大片大片地生长在草地和荒地中。它的菌盖很快就会长成波浪形，线条粗放，直径最大可达 2 英寸（5 厘米）。其顶部呈明亮的橙色，天鹅绒般的底部则颜色较淡。

牛肝菇

Boletus eduli

牛肝菇又名“石蕈（cep）”，它有一种不寻常的坚果味道。采摘时，需要将菌盖（看起来就像新鲜出炉的面包）横切开来，检查是否生有蛆虫。蛆虫可能会经由茎秆，向上爬到菌盖。菌盖底部有黄色小孔，无菌褶。

王子菇

Agaricus augustus

这种蘑菇就像是矮胖版的高大环柄菇，它在林地中可长到 10 英寸（25 厘米）高。除了炖煮，其他烹调方式都休想把它做成美食。菌盖顶部点缀着褐色鳞片状物。菌褶刚长出来的时候是灰白色的，然后逐渐转为黑褐色。菌体结实，呈白色。

蜜环菌

Armillaria mellea

这种淡黄褐色的菌类是树木的杀手，却是人类的美餐。菌体呈白色，气味香甜。菌褶呈黄白色或褐色。茎秆很硬，菌盖下侧与茎秆连接处常生有一圈白色，近似棉花的环状物。

野蘑菇

Agaricus campestris

丝般柔滑的白色菌盖，直径可达 4~5 英寸（10~12 厘米），菌褶呈粉红色。环绕菌茎的环状物很脆弱，一碰就掉。需要检查茎上是否生有蛆虫。在雨后转晴的炎热天气进行采摘。我喜欢用急速冷冻或干燥的方式来储存它。

第4章

厨房里的故事

“我们的厨房并不仅仅是一个开着各种罐头，烹饪寻常菜肴的普通厨房。它是一个食物工厂。厨房中预备了大量的、种类繁多的食材，可供人们挑选、装瓶、酿酒或制作果酱。碗柜的一端有一大桶醋，另一端则放着瓶装的美酒。秋冬时节，保鲜瓶、果酱罐，以及塞得满满的罐头高高地堆在食品架上。我必须得说，在夏末时，看到每个架子上都放着装满了蔬菜、果酱以及其他食材的瓶瓶罐罐，是一件十分令人满足的事情。它能让人们感到一种希望——至少这个冬天能熬得过去了。但是——令人沮丧的高潮来了——在所有对于原始美好事物的浪漫憧憬之后，我们还得把食物装进爱佳公司生产的盘子里。”

约翰·西摩：《沃土》，1976年

第1节 储藏室

自给自足生活的根本要诀在于饲养、培育和酿造，同时高效便利的储藏也是基础。不幸的是，我们总是在惨痛的经历中才能学到这些，比如还来不及享用菜园里的好收成，它们就烂掉了，只能用来做饲料和肥料。你不可能在收获时就把所有的食物吃光，也不会希望这样做，因为自给自足生活的全部要点就在于一年四季都能自种自收。

朝北　刚刚逝去的年代里，房屋中总是建有食品储存室、牛奶棚和地窖——地窖用作储藏室。但如今，很多“白色产品”已经代替了它们，所以大多数过着自给自足生活的人不得不自行发挥创造力。我自己是用一个朝北的储藏室来解决了这个问题。如果你不能集合起所有的资源建造出这样一个空间，至少你可以建造一个更小、更简单的装置——食品橱。我更倾向于建造一个紧贴房子北面墙壁的储藏区（如果没有方便的北面墙壁，东面的墙壁也可以），以便为建起理想的储藏室提供必要的条件。必要条件如下：

温度　理想的储藏温度应该是凉爽的，但不能结霜，同时要注意恒温。这样对保存葡萄酒、啤酒、果酱、腌菜和所有种类的蔬菜都非常有效。朝北的储藏室或传统的食品储存室在天热时温度会有点高，但可以提供良好的通风，且能够防止苍蝇、老鼠的侵害。

湿度　如果储藏室湿度过大，就会滋生霉菌和真菌，也会造成纤维和棉布腐烂，纸张糟烂。另一方面，如果你的储藏室过于干燥，蔬菜很快就会枯萎。在温带地区，室内自然条件下的空气湿度已经很适合了。如果这里储存了大量的蔬菜，那么它们也会在自身进行蒸发时产生湿气。

防虫　老鼠通过一些极小的洞钻进储藏室，它们在寻找食物时，会无情地啃咬木材、水泥或塑料。我们要避免使用塑料及木料来做储藏室的门，制门的材料可以用铝片，来抵抗虫害侵扰。把食物挂在椽上对于防鼠毫无用处，但是，如果把食物挂在环上，再把环拧紧在平坦而光滑的天花板上，就可以阻止老鼠靠近了。

通风　大量的防蝇网是非常有必要的。要确保储藏室的顶部和底部都有通风口，还要注意通风口与盛行风向一致，才能使得空气流通顺畅。通风口虽然会加速储藏物风干，但它也能够阻挡霉菌和真菌。在天气炎热或者多风的时候，建议封掉一部分通风口。

无蝇区　除非你计划要储藏生肉，否则没必要把防蝇措施做得那么完美。我更喜欢为这个目的特别建造一个特殊“安全食品橱”，按照自己的需求进行防蝇。很明显，你越打那些飞虫，那些飞虫反而会越多。这里说的不仅仅是绿头苍蝇，还有那些在你的农作物上产下食草幼虫的飞蛾。如果你还担心飞虫的话，你可以给每一块食物都盖上细棉布。

日光　日光直射会产生多余的热量，也会使食物褪色、变干。在葡萄酒和啤酒酿成之后，要把它们保存在阴凉处。

理想的储存室

储存室的面积没必要特别的大，6平方英尺（3.5平方米）就非常实用了。此外，储藏室的地面不要太过潮湿，所以事先应在地板下铺一层质量好一点的塑料薄膜。确保入口处薄膜的边缘比地面高一点，避免遭受到害虫和洪涝雨水的侵害。选用铝作为门槛和门框的材料，可以防鼠。如果空间够大，储存室可以设计得允许人走进去。我建议再在里面搭一些货架，可以很方便地取出或放入所需要的东西。货架的材质应该便于清洗（个人偏好抛光木板或胶合板）。同时，我还喜欢用砖头、石头和预制混凝土块砌墙，这样不仅能增加对害虫的防护能力，还能提供额外的热量，有助于保持恒温。

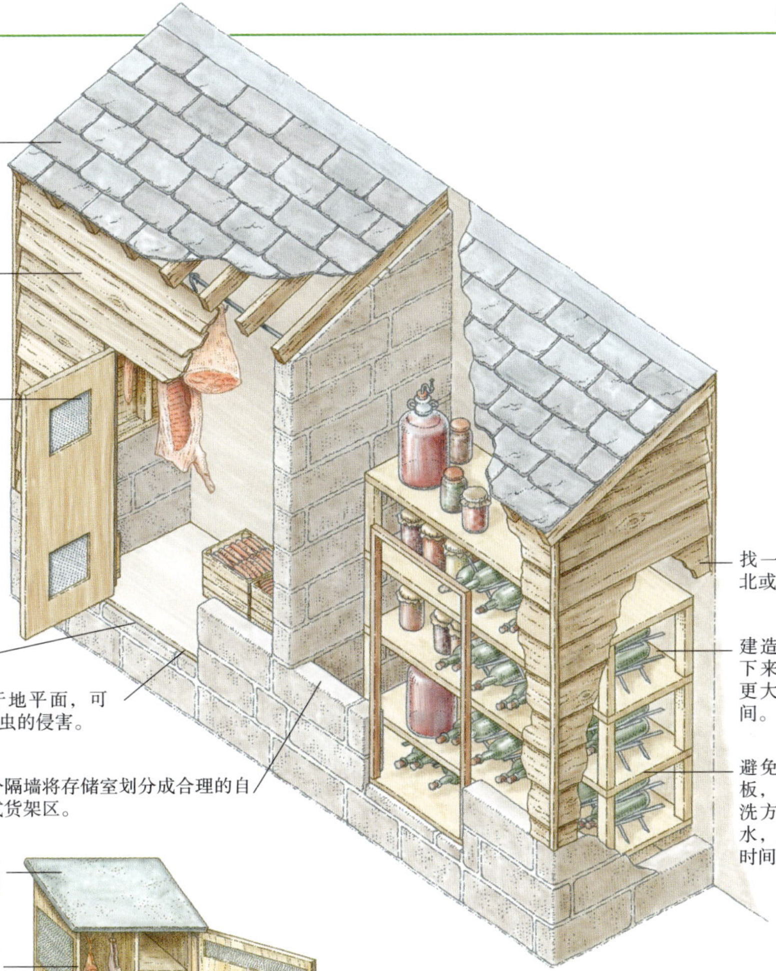

安全食品橱

安全食品橱看上去很简单，但你不能否认它的多重实用性。从本质上讲，这是一个能够防蝇，通风良好的箱子，它可以放在任何光照条件好的地方。对于新近猎杀的野味，以及加工过的各种肉类来说，它都是理想的存储场所。这个箱子的尺寸不必过大，1×2×3英尺（30×60×90厘米）就很实用了。这是一种简单却相当有效的储存各种肉类的方法。但必须做好蝇虫防护措施，并放在阴凉的地方。

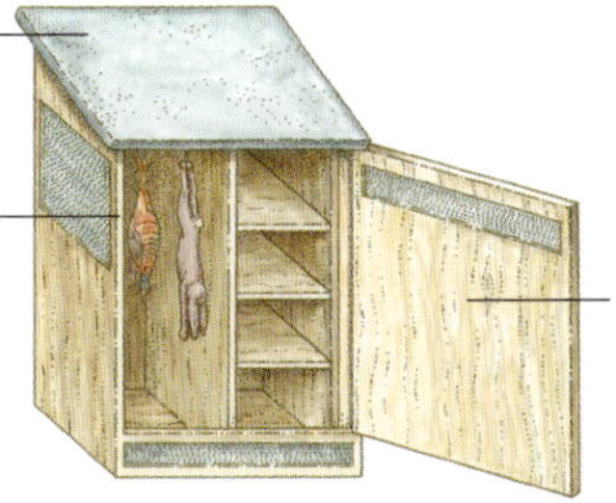

第2节 采收和储存

采收、加工和储存是 3 个密不可分的过程，彼此息息相关，缺一不可。劳作中的艰苦，很大程度上可以在加工和储存的过程中得以缓和。下面我送给你一些金玉良言，帮助你在采收来之不易的农作物时少走弯路。采收的量不要大于你可以处理或储存的量，否则它会被白白浪费掉，除非你可以用来易物交换，或者直接送人，来提高你的社会信用评级。在采收的过程中，一定要足够小心，以免给农作物带来损害。最后，切记不要储存那些不合格或者已经破损的作物。

蔬菜

室外堆埋法是用来存储各种块根作物的传统方式。你可以先在地上铺一层稻草或蕨菜，将作物堆在上面，摆成一个金字塔形，然后覆盖上 6 英寸（15 厘米）厚的泥土，用铁锹的背面夯实压紧（见本节后文图示）。对于小农场主来说，面临的问题是，这种方法在小批量的生产中并不十分有效。这就是为什么我建议（详见本章第 5 节）专门使用一个或者多个旧的冰柜来储存蔬菜。这样储存的效果惊人的好，并且防鼠功效一流。对于甜菜等块根作物，我发现如果能用粗麻布或结实的纸袋储存，并且保存在一个良好的储藏室或地下室，效果就非常好。每年秋天，豆类应在干燥后大量存放在一起。将豆类彻底干燥、脱粒、扬净之后，将它们存储在缸、桶、箱子里，或其他防鼠的地方。蘑菇和大多数菌类可在 120° F（50℃）的理想温度下烘干，然后碾成粉末，储存在封闭的罐子中。用这种蘑菇粉可以做出风味绝妙的浓汤和炖菜。甜玉米的储存过程相当简单，所以它确实是值得拥有的东西。将玉米棒煮熟，然后放进烤箱中用小火烘烤一晚，之后将玉米粒取下来，并将它们储存在封闭的罐子中。当你想吃甜玉米的时候，你只需要把它们从罐子里取出来，然后煮一下就可以了。

> “不要储存不合格或者已经破损的作物。

水果

众所周知，早熟品种的苹果和梨都不能很好地储存。所以当你把它们摘下来之后，就尽快吃掉，只把那些还没有完全成熟的储存起来。尽可能让非早熟品种水果在树上待得时间长一点，只摘那些已经熟透的果实。摘下之后，小心地放到篮子里面，之后将它们平铺放在通风的地方，干燥一个晚上。第二天，将它们存储在一个黑暗、通风良好、温度约为 2~4℃的地方。梨子需要的温度稍微高一点。理想的情况是，每个水果都应该单独用纸包装，以此来隔离霉菌或细菌。只有完整无瑕的水果，才可享受储存的待遇，所以要避免任何瘀伤、割伤，或缺少梗的情况。如果地板材质是泥土、石头或混凝土，可以不时洒一点水在上面，以保持空气的湿度。别把水果存放在炎热干燥的阁楼上。苹果可以一直完好地存放到春天。要是你觉得你的苹果保存不了那么久，你可以烘干后再储存。将苹果去核之后切成薄片穿成串，并挂在炉灶上方，或放在太阳能烘干机（参见第 5 章第 4 节）里面，在 65℃下烘 5 小时。烘干后，把它们装到密闭的容器中，存放在阴凉的地方。

挖土豆

对土豆或者其他一些根茎类作物，尤其是胡萝卜来说，任何损害在储存时都会被放大20倍——根茎类作物极易受损。通常情况下，需要把作物仔细地分成3部分：第一部分用于储藏，这部分作物品质完好，块头也很大；第二部分用于立即食用，这部分作物大都是受损的，或者块头太小而不宜储存；第三部分用于做成堆肥或者焚烧，这部分作物是有病害的，或者块头过小，或受损严重，而不宜食用。储藏作物之前，一定要在某个和风煦日的日子里把它们铺平，使其充分干燥。还要记住，你所选择储存作物的地方一定要完全干净和干燥——每一根稻草都要这样。

储藏土豆

1 用一台旧冰柜来储藏土豆。首先在冰柜底部铺上一层干净且干燥的稻草。

2 倒入几筐干燥且未受损的土豆，堆到大约1英尺（30厘米）深。然后盖上一层干净且干燥的稻草。

3 再倒进去一层土豆。然后在盖上盖子之前再在上面铺上最后一层，把一小块木片放在盖子和柜体之间，留出一道透气的缝隙，但不要开得太大，免得老鼠进去。

挖胡萝卜

在挖胡萝卜的时候，一定要确保你的耙子离根部远一些。把耙子笔直地插进地下，另一只手抓住叶子，慢慢拔出胡萝卜。

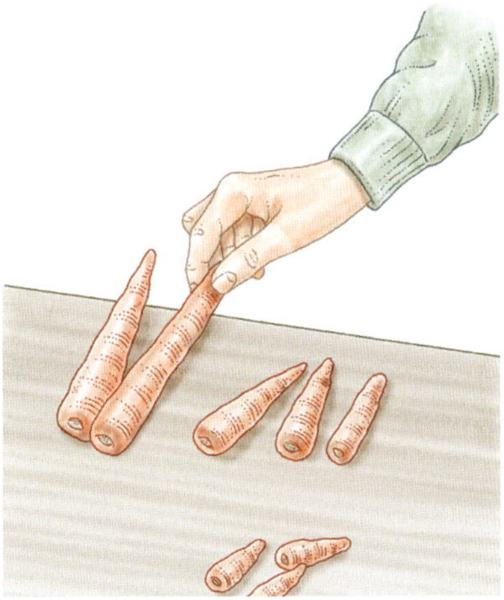

挑选胡萝卜

挑选胡萝卜之前要轻轻甩掉或者擦掉胡萝卜上面的泥土。但不能用水洗。现在，仔细地把胡萝卜分成3部分：一份用于储藏，一份立即食用，一份用来堆肥。

室外堆埋法

室外堆埋法是一种露天保存块根农作物的方法，这样病害就无法像在地窖里那样感染传播。但这种方法并不能抵抗霜冻，因此在寒冷的深冬，你还是必须将作物储存在室内。

1 当你挑选土豆，以室外堆埋法储存时，要先将土豆晾上 2~3 个小时。然后在地上铺一层稻草。

2 把土豆（或者其他块根农作物）堆在稻草上，呈金字塔状，这样在堆完之后，雨水就会顺着斜坡流下，而不会积存。

3 铺上一层稻草或蕨草，在盖上土之前，先让它蒸发一些水分。

4 在表面盖上一层 5~6 英寸（13~15 厘米）的泥土，用铲子背面拍平夯实。

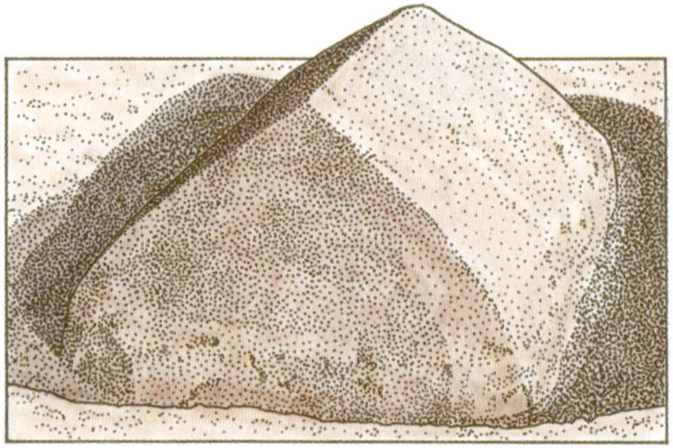

5 确保有少量稻草伸出土堆，从而保证土堆内的农作物能接触到空气。

将洋葱串起来储存

你可以将洋葱储存在带有板条的托盘上，聚乙烯网上，或是木架上，但理想的储存方法还是把它们串起来，放置在阴凉通风的地方。在储存洋葱前，一定要首先让它们干燥，放在太阳下晒干或风干均可。

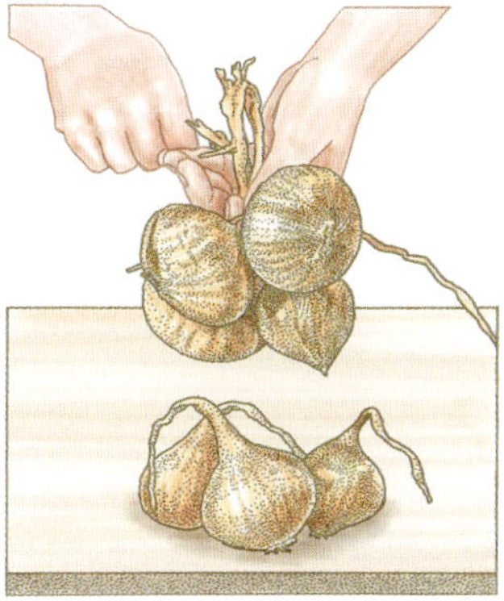

1 确保所有你想要串起来的洋葱都有长长的茎。首先将4颗洋葱牢固地结在一起，然后再逐一添加洋葱。将洋葱的茎紧紧地扭在一起，并将它们牢牢地拴在线上或者麻绳上。

2 继续将洋葱添加到不断增大的洋葱串上，确保将每一颗洋葱固定好，同时洋葱串不能过重。

3 把打成结的茎秆缠绕在长绳的末端，这样一来，当你拿起洋葱时，它们会悬挂得均匀而平衡。

4 当你完成你的洋葱串时，你就可以将它们挂起来了。这样可以让洋葱保存很长时间。

其他储存方式

将南瓜悬挂在网上储存

对南瓜属植物(南瓜和西葫芦等)来说，如果你有时间偶尔翻动它们，可以将它们储存在架子上。但最佳的储存方式，还是将它们悬挂在网上。

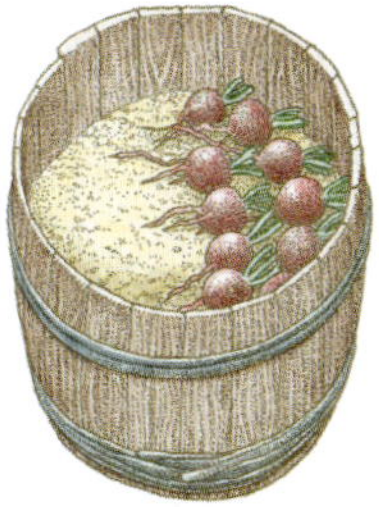

储存甜菜

将甜菜块根置于干燥的沙子中，以免受到霜冻危害。

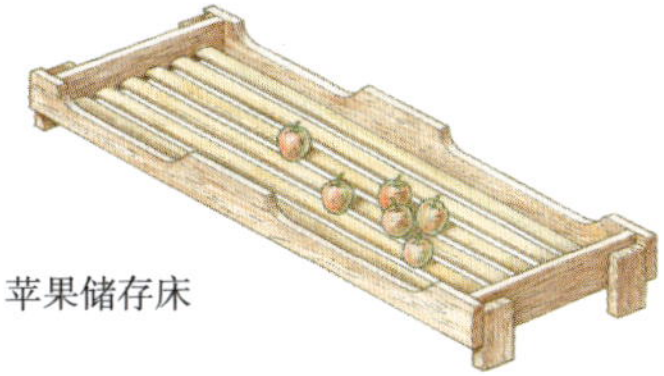

苹果储存床

铁丝网洋葱干燥床

平板床储存法

如果你能将晚熟苹果保存在凉爽而阴暗的地方，它们便能整个冬天都保鲜，但要确保它们不会彼此接触。一个储存床（如上图所示）就是非常理想的储存设备。你还可以将每个苹果用纸包裹起来。将洋葱保存在铁丝网上。如果下雨的话，就将它们覆盖起来，放在通风的地方。

倾侧移植韭葱

如果你担心你的韭葱、芹菜以及洋姜遭受霜冻，可将它们“倾侧移植”（heel）到靠近房子的，干燥而有遮蔽的土地上，在那里它们将获得保护，避开严酷的天气。或者你也可以将它们留在地里，有需要时再去采摘。

第3节 烤制面包

面包可分为白面包和全麦面包，两者之间又可进行细微的分类。也可将面包分为发酵面包和未发酵面包，且同样可分类为多个细微的层次。面包还可以分为酵母面包、苏打面包、皮塔饼和扁面包。但对于过着自给自足生活的人来说，不管你选择做什么样的面包，也不管你用哪一种粮食来制作，只要记住简单的制作过程就行了。这个过程非常有趣，即使是最笨拙的厨师也可以享受自己的成果，并为之感到骄傲。

毫无疑问，历史上第一块面包是未经发酵的；历史上第一次发现酵母，也一定是出于偶然。如果你用面粉和水做了一个面团，却没放酵母或发酵粉，就去烘焙它，那么你做出来的东西将会像极了一块砖头。人们起先通过将面团揉得非常薄的制作方式，解决了这个问题。但是有一天，有人揉了一些面团，没有马上烘焙，随后便发现面团开始发酵了。这是因为野生酵母钻进了面团，并将面粉中的糖分转化成了酒精和碳酸气。酒精随后挥发，二氧化碳却使得黏黏的面团中产生了许多气泡。这位不知名的古人拿起这团冒泡的面团，把它放在一块热的石头，或一个中间挖空的小石头火炉中烘焙，从而制作出了第一个发酵的面包。

后来人们发现，面包不仅可以做成薄片，还可以做得厚而长，仍然很好吃。人们还发现，发酵面包的口感可以比未发酵面包保持得更久——自家烤制的全麦面包可以保持5天以上的良好口感，未发酵面包则不同，除非趁着新鲜出炉时吃掉，否则口感会变得非常糟糕。

酵母

我们永远不会知道，我们曾经花了多长时间，才弄清可爱的酵母的本质。但毋庸置疑的是，安享自给自足生活的先行者们肯定已经发现，如果他们足够幸运，让野生酵母为面团发好了酵，他们就可以继续使用它——只要在每次烘焙时都留下一点点生面团，并将它揉进下一批面包里。人们把美国蛮荒西部的老一辈拓荒者称为“发面头”，因为他们正是用这种方法做出了面包。直到今天，接触不到面包店和酵母供应商的人们，仍然用这种发面头来做面包。

如果你家附近有面包店，要记得每次都要购买新鲜的酵母。新鲜酵母应该有奶油般的浅灰色泽，摸起来凉凉的，容易折断，散发着一种美妙的酵母气味。不要购买疏松易碎，或长有暗斑的酵母。将酵母存放在带有螺旋盖的罐子中，放在冰箱里，可保鲜7~10天。你也可以把酵母切成1英寸见方（2.5平方厘米）的小方块冷冻起来。酵母和面包都能很好地通过冷冻进行保鲜。

如果你买不到新鲜酵母，用干酵母也能做出很棒的面包。把这样做出来的面包分成小块包起来，保质期可长达3个月。但如果你已经将干酵母放置了一段时间的话，最好还是先检测一下。用温水和好面，撒几小粒干酵母进去，如果酵母“活力”尚存，水会在10分钟内起泡。如果你在任何指定使用干酵母的配方中使用了鲜酵母，记得增加一倍的用量。而如果配方要求用新鲜酵母，你使用的却是干酵母，用量则应减半。酵母需要在温度为9~35℃的温暖环境下发酵；但温度若超过60℃，酵母就无法存活。所以要将你的面团放到温暖的地方来发酵，比如炉子上面，烤箱里面，甚至是被子下面。

揉捏和存放

下面谈谈揉捏。这个步骤很重要，因为在揉捏的过程中，面团的麸质能够得到充分的释放，同时能使酵母均匀地分布到面团中。揉面团时不必担心用力过猛。来回揉捏面团，直到它基本上不黏手为止，这样它就会在你手中变得如丝般光滑，且弹力十足。然后将面团放到一边，等上几个小时，直到它发起来。当面团发酵充分时，你用手指按上去，指痕处可以自动复原。

如果你没有冰箱，就把面包放在干燥、阴凉、通风的箱子里。不要将它放在密闭的容器内，否则会发霉。存放的时候要确保面包是干燥的，否则热面包上的蒸汽会将其他的面包弄湿。面粉则要存放在干燥、避光、阴凉的橱柜中。

享用你的面包

制作面包的基本材料有：酵母、面粉、盐和水。加入牛奶、黄油、鸡蛋、糖、蜂蜜、香蕉、胡萝卜和坚果，可以使面包成分更加丰富，口感和质地拥有更多变化。如果你喜欢的话，还可以在面包外皮加上罂粟籽、芝麻、莳萝、芹菜或葛缕子。也可以刷上点牛奶，或者涂点蛋黄。将面包打成结，扭成麻花，做成辫子的形状，都没问题。自己去体验吧，你会发现，亲手制作面包，是自给自足生活中最快乐的事情之一。

“自家烤制的全麦面包可以保持5天以上的良好口感。

做你自己的面包师

对于那些种植黑麦、大麦、燕麦、玉米、水稻、高粱等谷物的人来说，用这些粮食（或将它们掺在小麦粉里）烤制面包，会是一个有趣且实用的尝试。我们应该记住，所有的谷物中，只有小麦含有足够的麸质来维持酵母菌的活动，产生足够气体，使烤出来的面包松软可口。你可以尝试将两种或三种不同的面粉进行组合，不过一般都要加入一些小麦粉，这样效果会更好。通常还要添加盐、油、黄油、猪油、人造黄油之类，帮助面包保持水分。面粉的吸水性也会因种类不同而不同。下面是对不同种类面粉的简单介绍：

小麦粉　小麦粉中含有丰富的麸质，不仅可以使面团柔韧易于拉伸，还可以在烹制的过程中使面团易于成型且内部松软多孔——这是由发酵过程中产生的气泡形成。

黑麦粉　黑麦粉可以加在别的谷物烤制的面包里，为面包添加上一种很不错的酸味，也可以单独用来烤制面包。不过要使用一半或三分之一的小麦粉，才能烤出较为松软的面包来。由同时长成的小麦和黑麦研磨而成的混合面粉，在中世纪的英国曾被用作主食。

大麦粉　如果只用大麦粉烤制的话，面包的味道会非常的甜腻。大麦粉和小麦粉以 1：2 的比例混合，烤出来的面包会很好吃。如果事先将大麦粉炒一下，烤出的面包会更美味。

燕麦粉　燕麦粉也偏甜，用它烤出来的面包绵软耐嚼，吃起来很有味道。燕麦粉和小麦粉以 1：1 的比例混合，就能达到一个很好的平衡。

玉米粉　玉米粉做成的面包口感较脆。可以试试将玉米粉和小麦粉以 1：1 的比例混合。

米粉　米粉和小麦粉以 1：1 的比例混合，烤出来的面包味道会比单用米粉好得多。

熟糙米　与任何其他炒到全熟的谷物一样，熟糙米也可与小麦粉混合，烤出风味独特的面包。

高粱粉　只用高粱或小米磨成的粉，烤出来的面包会很干。加入小麦粉，面包会变得酥脆可口。

大豆粉　大豆粉和小麦粉混合会更好。加入豆粉后，能大量补充面包中的营养成分。

烤制地道的全麦面包

我从来不称量面粉的多少，因为真正重要的是让面团达到合适的稠度，这和面粉的粗细、吸水性和品质等因素有关。如果你真的想要一个秘方，下面这个就是。它是我的一个面包师朋友（他都是自己种植小麦然后加工成面粉）所推荐的。

原料：

2.5 磅（1 公斤）全麦粉
1 盎司（28 克）盐
0.5 盎司（14 克）干酵母
2 茶匙黄糖
1.25 品脱（0.7 升）水

把面粉和盐放在一个大碗里。把酵母放在另一个碗里，加一些糖和热水，放在温暖的地方发酵。酵母发酵好后，将它加到面粉和剩余的水里，一直揉，直到面团变得质地柔滑。把面团放回盆里，搁在温暖的地方，直到它膨胀到原来的 2 倍大时，再揉几分钟，把它捏成饼状。把面团放在抹了热油和面粉的温热容器里，如果是软质小麦面粉，就再发酵 5 分钟；如果是硬质小麦面粉，则延长发酵时间到 20 分钟。把面团放入烤箱，温度调到 220℃，持续烤 45 分钟。

烤制面包

只要你会煮鸡蛋，你就会烤面包。这件事一点难度都没有。要做 6 个中等大小的面包，你需要 4.5 品脱（2.3 升）加热到与体温相同温度（37℃）的水，2 盎司（56 克）盐和等量的黄糖，1 汤匙鲜酵母（或半汤匙干酵母）。你甚至可以使用啤酒桶底发酵过啤酒的酵母。

时间和温度

面包发起来（酵母发酵）的最佳温度是 27℃。温度超过 35℃，酵母会被杀死；温度低于 11℃，酵母则无法繁殖。所以，面团发酵的地方，温度应该介于这两者之间。通常情况下，炉子的顶部是理想的地方。烤箱的话——唔，温度有点高了。除了要花时间等着发酵外，你只需要不到半小时的时间和面，然后就可以烤出 6 个美妙的全麦面包了。

1 将所有配料放入一个较大的搅拌碗中。酵母溶解后，倒入足够的面粉，至形成稠度适宜的黏糊状物。用木勺搅拌，勺子应与碗底垂直。用棉布盖好，放置在温暖、密闭的地方一整夜。

2 到第二天早上，酵母已经在面团里注满了热情，让它膨胀起来了。堆一些干面粉在桌上，把面团放在中间。

3 撒些干面粉在面团顶部，就可以开始揉了。先将干面粉与面团混合。

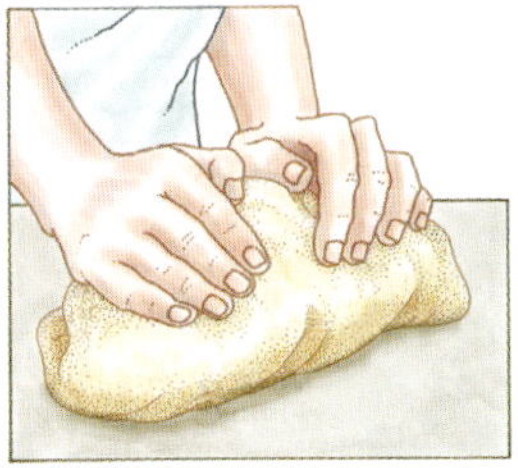

4 揉面的目的，是要揉出一个外表干燥，内里有韧性的面团。先用你的手掌把面团向外（或向上）推离，再将面团拉回来（或向下）。这就是揉面，揉的过程中会感受到很大的黏性。如果面团粘在手上（肯定会的），扑上一些面粉就好。每当你感觉黏糊糊的，都可以这样做。

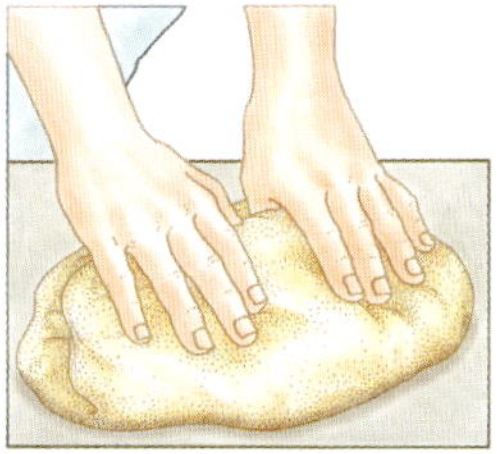

5 揉面必须要彻底——需要不停地推拉，以及不断扑上干面粉，直到揉出一个干燥、令人满意的面团。把它揉成任何你喜欢的形状，等上 10 分钟之后，就可以烘烤了。

6 把面团均分成 6 等份。把烤盘抹上油，面团捏成型，只塞到烤盘的 3/4 满。用刀在面团上刻出花纹，盖好，放在温暖的地方等 1 个小时。

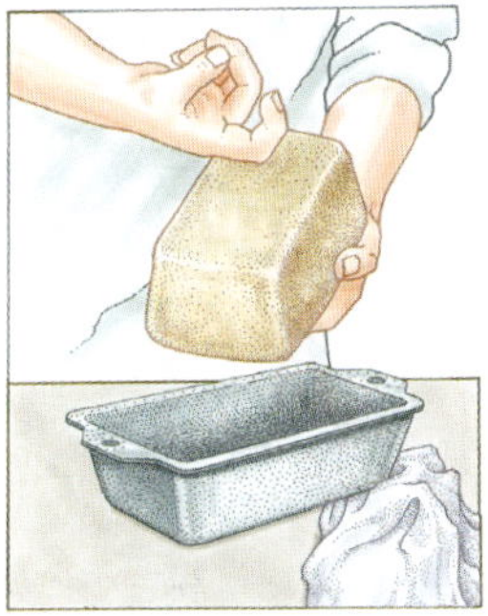

7 轻敲底部进行检验，如果声音空洞，那就是已经好了。或者用扦子戳一下，拔出时干干净净的，没有沾上黏糊，也就行了。如果没好，就放回去再等一会儿。

8 当你确定面包已经烤好了，就将其取出来，放在烤盘顶上，等待冷却。

第4节 保存

没有什么事情，能比半年没有吃到豌豆后，看见新种的豌豆破土而出更加愉悦。连续几个月吃那些冷冻豌豆，或者伪装成新鲜豌豆的速干豌豆，味觉已经变得疲惫、受损。从这些食物里，根本没有感受到真正的快乐。但如果是将真正的干豌豆制作成豌豆布丁，或者放入汤和炖菜中，则完全是另一件事。这是一种传统而经受了时间考验的，在冬季保留植物蛋白的方式，即使整个冬天都吃它们，也不会损害你的味觉，妨碍来年 6 月品尝新鲜豌豆的体验。

同时，在缺少阳光，缺少新鲜蔬菜水果的冬季，你有缺乏维生素的潜在危险；那些阴暗寒冷的日子你也需要腌肉之外的好味道和好气味，来增添几许活力。因此，在自给自足生活中，我们希望通过一些方法来保存特定的食物，并让它们的天然味道得到升华，比如制罐头，腌咸菜，做酸辣酱，或酿酒。

还有一种方法是冷藏，特别是针对浆果一类的食物。虽然这是一种有效的存储方法，但你不能通过深度冷藏来提升任何食物的风味。不过，你可以将水果和蔬菜制成酸辣酱、果酱之类，来让它们更加美味。冷藏肉是另一回事——除非你饿得要命，否则你不可能在肉变质之前吃掉一整头肉牛。

在更加温情的时代，人们会和整个社区分享宰割好的肉。但如今，与邻居共享的这个原则早已被遗忘，冷冰冰的冰箱代替了温暖的睦邻关系。

> 那些阴暗寒冷的日子你也需要腌肉之外的好味道和好气味，来增添几许活力。

果酒

酿果酒的原理与酿啤酒的原理很相似，都是将糖转化为酒精。有一些水果，比如在温暖气候下种植的葡萄，富含天然糖分，你无需再添加任何糖。但是其他很多可以酿酒的原料里，糖分却不高。所以如果你想要酿出有一定浓度的酒，就必须加入糖。务必记住，浓度不高的果酒不能保质，搁久了会变坏。某些书中描述的“果酒”，其实是发酵过的糖水再掺些别的东西。大多数花卉酒就是这样制成的。人们甚至用茶叶这样的无糖材料，来酿制出所谓的“果酒”！

果酒本身含有一定的糖，但往往不够，所以你必须添加一些糖分。而这同样适用于块根酿成的酒。迄今为止，最适于酿酒的块根是欧洲防风草，它含有非常多的糖分。乡村果酒能够保持原材料的风味，甚至有所提升。它们能让我们在寒冷阴暗的冬天精神振奋。喝果酒对我们的身体也有好处。

酸辣酱和腌菜

你可以将水果，或蔬菜，或它们的混合物用香料调味，然后泡在醋里储存，从而制作成酸辣酱和腌菜。但是二者保存的方式不尽相同。酸辣酱是在醋里烹煮过的水果或者蔬菜，通常加入了大量香料并充满甜味。这些水果或者蔬菜需要一直烹煮，直到所有的剩余液体都蒸发掉，只留下类似果酱的浓浓的浆液。它的味道非常醇厚。腌菜则是将原料整个或者大块大块地放进醋里，但不需要在醋中加热。任何要腌制的食物都不能含有过多的水分。所以有时必须进行脱水，最早的方法是用盐来吸水，最终产生的味道浓烈而辛辣。

制作酸辣酱和腌菜，是冬天储存食物的绝妙方法，同时还能提升食物的风味。用酸辣酱或腌菜就着冷肉和肉饼吃，相当的美味。这种味道会掩盖掉咖喱和奶酪的味道。番茄酱以及其他类似的酱汁，都是蔬菜或水果泡在醋中调味并烹煮后，产生的精炼酱汁。如果制作得当，它们能让清淡的食物更加有味。

制作罐头

罐头的制作原理非常简单。将食物放在罐子里面，然后将食物连同罐子一起加热到一定温度，并保持一段时间，确保所有的病菌、霉菌和病毒都被杀灭，然后在这个温度点上对其进行密封，以确保不再有其他的病原体进入罐子，最后再让其冷却。由于罐头是加热灭菌的，所以能够很好地抵制腐烂有机体的侵蚀。水果罐头很简单，蔬菜罐头相对而言就会显得很困难，因为蔬菜含酸量较低，而酸使食物保鲜更为容易。我个人对蔬菜罐头的感觉就是，不要将蔬菜做成罐头。除了北极以外，在其他区域的气候环境下，除了腌制的红花菜豆、德式酸菜、窖藏或以室外堆埋法储存的块根作物或卷心菜，冬天也可以种植一些东西，使你可以在室外得到新鲜的食材。所以没有必要将它们制作成无味而潮湿的蔬菜罐头。但是番茄（严格来说不是蔬菜）倒是一种很好的罐头原料。番茄很容易做成罐头，并且富含维生素；它们生长周期短，你可以反复种植，获得大量的盈余来制罐头。

第5节 冷藏

几乎所有的水果、蔬菜和肉类都可以冷藏。有些食物比其他食物更适于用冷藏的方式来储存，不过你会发现，这其实取决于你个人的好恶。冷藏的原理是将温度降到很低，让细菌和霉菌无法活动，也就不能使食物腐坏——但缺点是，冰占用的空间比水更大，导致食品的细胞结构和纹理被破坏，甚至会改变食物原有的味道。

你或许会觉得，用冷藏作为储存的主要方式，一旦断电，或者受天气和其他自然因素的影响，那就悲剧了。对于这种情况，有两种补救方法：书面的补救办法是购买保险；实际的补救方法，也是我自己采用的方法，是准备一个备用发电机。你可以用一个相当合理的价格，买到一台实用的备用发电机。冰箱的耗电量相当小，发电机的功率不用太大。我们如此依赖电力这种便利的能源，买一台备用发电机还是相当有必要的。

冰柜

跟其他食物储存方式一样，冷藏也应该只处理那些优质的原材料。在这一步上一定要严格把关。损坏的水果和蔬菜冷藏的效果并不好，同时还浪费了时间和可以更好地用于储存其他食物的空间。

卧式大冰柜是一个造型奇异的冷冻柜，它像所有的归档系统一样，需要有秩序的排列。你不仅需要给你的食物贴上清楚的标签，并保证标签在冻结时不会脱落，而且必须倒换使用顺序，以此保证最早冷藏的食物最先取用。给你提供一些我们自己的处理方式吧，我们农场里面有三个相当大的卧式大冰柜，一个用来冷藏肉类，剩下的两个用来储存水果、蔬菜、冰激凌以及其他一些我们喜欢吃的美味食物。每年我们最少清空冰柜一次，以清除里面的霜——而且几乎每年6月之前，我们都会拼命吃光细心囤积了一整个冬天的食物，或干脆直接送人，因为马上又有新一年的收成了。从这一点上看，我们说不定有史前某个松鼠类物种的血统。

冷藏小贴士：

1. 把关冷藏原料。
2. 倒换使用顺序。
3. 定期除霜。
4. 使用优质冷冻袋。

食物储存得越久，失去的水分越多。多次失败的试验之后，我们最终使用的是一种昂贵的拉链袋，因为它的材料比较粗糙，易于平放，并且可以多次使用。

速冻

1 对于很多食物来说，最好的储存方式可能是速冻，特别是蘑菇和莓类水果。将水果平摊在托盘或者报纸上，径直将它们放入冰柜冷冻 24 小时，无需覆盖。

2 将冷冻好的食物装入塑料袋。因为它们已经冻结，所以不会粘在一起，这样可以使它们在烹煮时风味更佳。

冷冻黑莓

1 一篮子新鲜采摘的黑莓里满是茎梗、叶片，还有小虫子。在采摘时尽可能去除不需要的杂物，可以为后续工作节省时间。

2 切掉茎秆，去除叶片和杂物，把小虫子丢进堆肥箱。在美好的夏日傍晚吃过晚餐以后，这实际上是一件非常愉快的工作，可以一边聊天一边进行。

3 幸运的是，水果在冷冻之前不需要任何特别的处理。不过在冷冻之前，最好将水果铺散开来，这样它们在速冻前不会互相接触。

4 现在，将水果放入质量上乘的塑料袋，以备冷冻。在袋子上写上内容和日期。最好使用自动密封或搭扣开合的冷冻袋。

蚕豆、糖荚豌豆和蜜豆

这几种豆子都很容易冷冻，冷冻工作和准备工作的基本方法也都相同。首先，要在你的作物完全成熟时进行收割。要定期检查作物，以免它们长得太老。这或许意味着每天都要进行采摘。要按照作物的生长进度，有规律地每天进行少量采摘和加工。获取新鲜柔嫩的食物是耕作的基本目标，人们采摘得越频繁，植物的产出越多。不同种类的豆类作物，其种植方式各不相同——低矮品种的豆类作物在停止生长前可以连续采摘数周，但其他豆类，或许在采摘过两三次后便会停止生长。

1 挑选和修剪豆荚，去除多余的叶子、坏掉的豆荚以及茎秆。切除豆荚的两头。你可以同时处理3~4个豆荚，但一定要注意你的手指！

2 蚕豆需用锋利的刀具，倾斜着切成薄片。你也可以用精巧的蚕豆切片器进行切割。糖荚豌豆和蜜豆可以整体冷冻。

3 把装满水的锅放在炉子上，并把水烧开，随后把豆荚倒入锅中。静待一两分钟后，锅中的水会再次沸腾。

4 将豆荚煮至发白，过滤去水。随后将豆荚迅速倒入冷水中，以阻止其继续在残留的开水中烹煮（你有可能需要重复多次）。之后要使劲摇动，去除所有水分，使其变干。

5 煮好的豆荚要立马装袋准备冷藏。一定要注意，在密封之前要挤出袋子里的所有空气。有种特制的冷藏袋由可以承受撕扯的坚韧塑料制成，带有可重复的密封盖子，非常实用。

糖荚豌豆

只需把糖荚豌豆或甜豌豆的两端用锋利的刀切掉，再用沸水焯一下。在去头的时候，要尽可能把筋都去干净。

豌豆

普通豌豆很好冷冻。先把豌豆剥好，把叶片和豆荚剔除干净，再放入冰箱即可。还可以把豆荚之类的“废料”拿来喂猪。

李子

每个人都期待着李子成熟的季节，毕竟，还有什么能比从树枝上直接采摘香甜的李子更令人欣喜呢？我在摘李子之前，会先把树下的杂草清理干净，然后只用轻轻摇晃树干或树枝，熟透的李子便像下雨一样纷纷落下——还可能会招来几只愤怒黄蜂的袭击。从地上捡起李子是一件愉快的事情——如果你的草坪足够柔软的话，果肉的擦伤就会比较少。要留意那些愚蠢的黄蜂，尽快把李子分拣和归置到室内。李子在刚摘下的几天内，味道可以保持得很好，但时间长一点就会变味。

1 用锋利的刀切开李子，取出果核。这时很适合坐下来和朋友聊天，享受边聊天边工作的惬意。

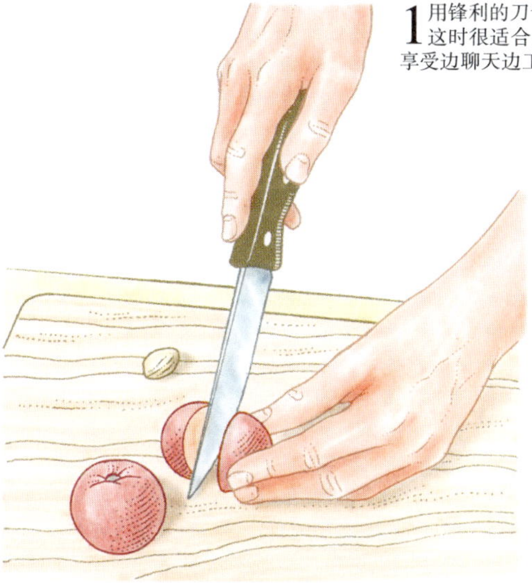

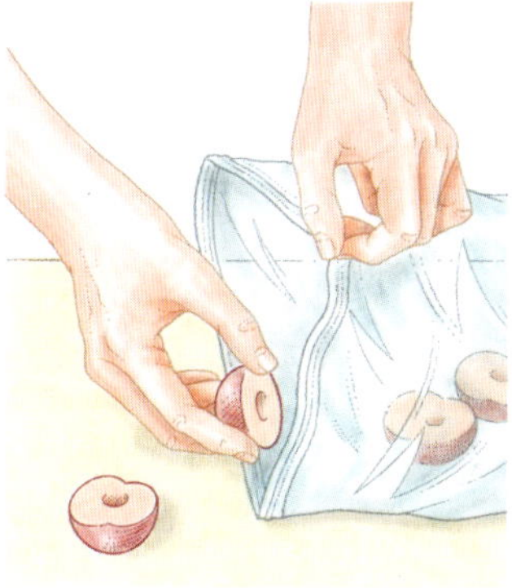

2 把切开的李子直接放入冷冻袋，还要确保里面没有掺杂一点茎叶。

3 每袋加上 3~4 汤匙糖，摇晃几下使糖分散开，挤出空气，密封好，放入冰箱。

第6节 制作罐头

用于做罐头的玻璃罐一定要有可密封的瓶口，能够形成真空环境，还要确保不会有金属物质进入罐中，与食材接触。如果你仔细检查常见的梅森玻璃罐——一种带有螺旋盖的玻璃食品罐，或是任一种类似的罐子，你会发现它们都有巧妙的设计，充分符合上述要求。被压缩在金属螺旋盖内的橡胶圈，使瓶子得以密封，而且只有螺旋盖内的玻璃片才能接触到罐子里面的东西。不论是在使用过程中，还是储备待用之时，梅森玻璃罐和其他专门做罐头的瓶子都需要在其金属部分涂抹凡士林，以防止生锈。要确保橡胶圈处于阴暗环境中，因为光会腐蚀橡胶。

在做罐头过程中，你还需要一个可以对玻璃罐进行加热的容器。如果你要买一个，那一定要购买带有活底的容器，这样可以避免玻璃罐过近地接触热源。你可以选择在罐子底部放一块硬纸板，或一条折好的毛巾。在把水果装罐的过程中，要尽可能把罐子装满塞紧。在桌子上轻拍瓶子底部有助于把水果压实，同时排出罐中的气泡。

制作水果罐头

冷水浴法

把水果放进装有冷的卤水或糖浆的罐子里，再把瓶子放进冷水里。先用一个小时把水温烧至54℃，然后再加温半小时——如果是莓类水果，把水温烧至74℃（额外加10分钟）；如果是柑橘等有核水果，需把水温烧至83℃（额外加15分钟）。到冬天，你的储物架上将是一片充实丰盈的景象。

到冬天，你的储物架上将是一片充实丰盈的景象。

烤箱法

装满罐子，但无需事先加入任何糖浆或卤水，只需用大一点的碟子盖在罐子上面即可。将罐子放在温度为121℃的低温烤箱中。莓类水果需烘烤45~55分钟，番茄需烘烤80~100分钟，柑橘等有核水果则需要40~50分钟（在加工之前加上热糖浆，把温度保持在149℃）。然后从烤箱取出，与经过相同步骤处理的水果一起，塞满另一个空罐子，接着把煮沸的卤水或糖浆装进罐子中，拧紧盖子，放置冷却。

热水浴法

如果你没有温度计或者烤箱，那就使用热水浴法吧。首先在塞满的罐子内倒入热的卤水或糖浆，拧松瓶盖，在放罐子的容器内注入热水，煮沸——起始温度要在39℃，煮30~35分钟后达到预期的190℃。如果是莓类水果，再熬煮2分钟，柑橘和有核水果再煮15分钟，番茄则再煮40分钟，一定要保证温度为190℃。对于水果（不包括番茄）来说，你可以加入蔗糖糖浆和水。只加水也可以，而且如果瓶内水果填充的足够紧实，就不用加太多。但是如果水果是酸的，加点低浓度糖浆会很有用。

如果你一定要把蔬菜贮藏在罐头里，就必须要用高压锅来加热，因为在常压下烹煮不足以达到理想效果，蔬菜可能会腐

制作番茄罐头

在寒冷的冬季看见一瓶瓶番茄摆放在架子上，是多么令人愉悦的景象啊！将番茄装瓶是一件非常容易的事。

1 去除番茄上的绿梗，用小刀划破果皮。

2 将番茄放入碗里，并浇入开水。放置一段时间，直到番茄皮已经变得易于脱落。

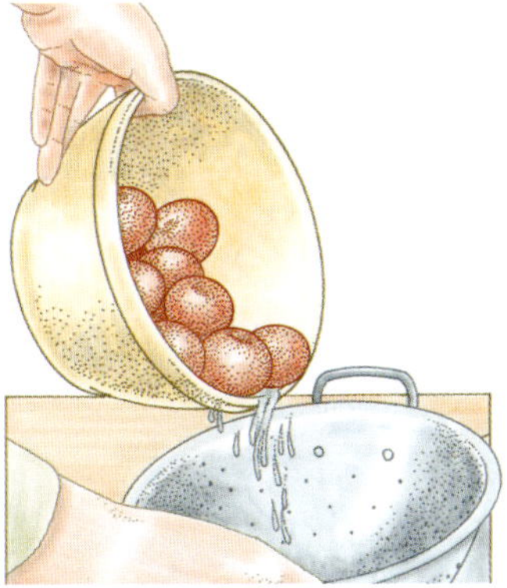

3 将碗里原来的水倒掉，再倒入冷水浸泡。泡的时间不可太长，不能让番茄被水浸透。

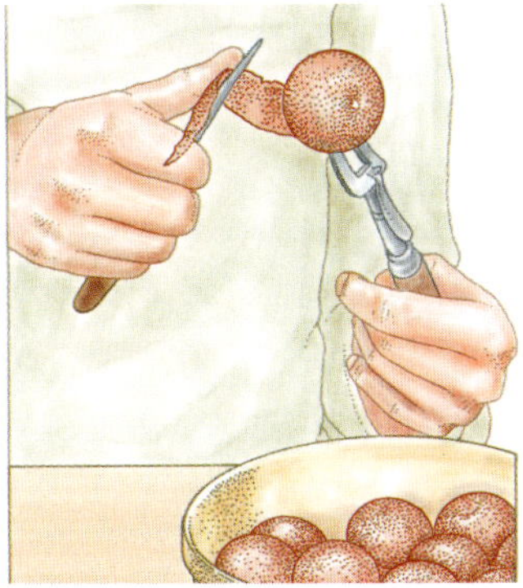

4 将番茄的皮小心地剥去，保持它们形状完好，且汁液不会流失。将 0.5 盎司（14 克）的盐和 1 夸脱（约 1 升）水混合制成盐水。

5 将番茄满满地装进玻璃罐里。用木勺的手柄将个头较大的番茄塞进瓶子里。

6 如果选择在水里消毒，就将卤水倒入瓶子，盖上密封阀，盖子不需要拧紧；而如果选择在烤炉中消毒，则之后再加入卤水。

7 将玻璃罐放入装满水的平底锅里，或放入铺有报纸的烤炉。现在开始烹煮。

8 冷却后捏着密封阀来提起玻璃罐。罐子密封得够好能产生足够吸力。

坏。我会在甜玉米还嫩的时候就将其采摘回来，把超出日常需求的部分煮熟，再用刀把玉米粒刮下来，放在金属丝网上，置于炉子或低温烤箱里烘烤，然后装在锡罐里。到青黄不接的时候，我会把这样储存的玉米用水浸泡 12 小时，煮熟后食用。它几乎和新鲜玉米同样美味。另外，甜玉米也可以做成罐头：剥掉玉米皮，去掉玉米须，洗好，用刀把玉米粒刮下来。如果在倾斜的板上钉颗钉子，把玉米棒固定在上面，刮玉米粒的时候就不会乱晃了。把玉米粒装入罐子，装到距罐子顶部 1 英寸（2.5 厘米）处，每品脱玉米加半茶匙盐，加入沸水，直至距罐子顶部半英寸（1 厘米）处，松松地盖上盖子，放入高压锅，在 115℃的温度和 10 磅的压力下，煮一个小时。然后把罐子从锅里取出来，密封。

盐腌豆角

每 3 磅（1.4 千克）豆子里加入 1 磅（0.5 千克）盐。尽量使用“乳制品加工用盐”或块盐——尽管普通的盐也可以。铺一层盐在瓦罐底部，在上面铺一层去筋后切成片的豆角（柔嫩的四季豆不用切太薄，红花菜豆则要切薄一些），再撒一层盐，依此类推。向下压紧实。每天都再添加几层。用隔绝空气的盖子把瓦罐密封好，放在阴凉的地方。豆子会泡在自身渗出的卤水里，不要将卤水倒掉。食用时，把腌豆角用水清洗一下，然后浸泡在水里，不要超过两小时，即可烹饪。

制作德式酸菜

冬季卷心菜（参见第 2 章第 7 节）会受潮，但如果缺乏绿色蔬菜，可以制作德式酸菜作为备用品。

1 把卷心菜呈白色的坚硬菜心切成细丝，每 1 磅（0.5 公斤）卷心菜大概需要 0.5 盎司（14 克）盐。

2 把卷心菜丝铺在石缸或木桶里，每铺一层卷心菜丝就撒上一层盐。

3 顶部盖上一大张卷心菜叶，再用布盖住，然后盖一块板。

4 把盖板向下压实，放到温暖的地方。3 周之后把卷心菜放在罐子里杀菌并封存。

第7节 制作腌菜和酸辣酱

腌菜和酸辣酱不仅能够保存农产品，还可以给冷肉、肉馅饼、奶酪和咖喱等食物增添风味。腌菜和酸辣酱的制作原理相同，都是在蔬菜里加入调料，然后把它腌在醋里。如果你不会自己酿醋，那就要在购买之前，花些时间来了解不同的醋的浓度和口味（以及成本！）。

蒸馏醋或强化醋的味道最浓（也是最贵的）。酒醋是最酸的天然醋，要比苹果醋或麦芽醋贵很多。要记住，醋会把它的味道留存在酸辣酱中，在腌菜里面会留存更多，因此，如果你想给冷馅饼添加最美味的配料，那可要买好醋才行。风味最佳的醋是酒醋。做酸辣酱时，大部分液体会在熬煮过程中蒸发，所以便宜的麦芽醋可能是更经济的选择。

香醋

将调料浸泡在醋里，或者加糖一起蒸煮，都可以提升醋的口感，使其变得更加香醇。你可以添加任何你喜欢的调料，调配出适用于各种腌菜的香醋。磨成粉的调料会使醋变混浊，如果你想腌制出色味俱全，又容易辨别的腌菜，就得使用成整块的调料来制作香醋。

最理想的制作香醋的方法，是将所有的调料在生醋中浸泡几个月，过滤之后便可食用。鉴于有时时间可能不够充裕，这里有个速成的版本。在每两品脱醋中加入2~3盎司（56~84克）调料——要包在小纱袋里。香料包括一块肉桂、几片肉豆蔻、些许五香粉、6~7枚丁香和胡椒、半茶匙芥末。然后加入大蒜，或其他任何香草，如果你喜欢吃辣的话，还可以加入辣椒、生姜，或者更多的芥末。

现在把醋和调料放入水壶或可封口的耐热罐里，放进一锅水中。把水烧开，端离炉子，冷却2小时，这时调料应该已经彻底渗入醋里。取出装有调料的纱袋，醋就可以食用了。你可以用这种醋来腌制鱼、蛋、瓜果蔬菜等，把食材整体腌制或切块腌制均可。新鲜的蔬菜和鱼通常都会先用盐腌一下，脱去一些水分。

诸如黄瓜、甜菜、卷心菜、洋葱等蔬菜，可直接放入生醋中，腌制出口感爽脆的腌菜。一些水果蔬菜，如李子、番茄、梨等，则要在香醋里煮软，这样在腌好之前，醋的稠度可以降低到与糖浆相近。在给甜腌菜加糖时，要用白砂糖，因为它能使腌菜颜色清亮。腌菜坛子需要严格密封，以防止水分蒸发；同时，醋不能与金属盖直接接触。要在6个月内吃完所有的腌菜，否则腌菜会变软。

腌蛋

将刚产下的鸡蛋煮硬，剥壳，然后放在罐子里用香醋浸泡。平均每打鸡蛋加一升醋。如果你喜欢的话，可以加入一些辣椒。将罐子密封，1个月后就可以吃了。

腌洋葱

挑选一些小一点的洋葱，保留表皮，用盐水浸泡，盐和水的比例为每升（夸脱）水里加上4盎司（114克）盐。浸泡12个小时后，将表皮剥掉。然后将它们浸入重新调制的盐水里，顶上压一块板，保证洋葱全部没入水中，浸泡 2~3 天。之后将水弄干，把盐腌过的洋葱装进罐子或者瓶子里压紧，加入香醋。然后放一点糖提升口感。腌制 2~3 个月之后就可以吃了。

腌苹果

腌苹果是一种甜腌菜，应选用小苹果或酸苹果来腌制。每 2 磅（约 1 公斤）苹果放 2 磅（1 公斤）糖和 1 品脱（0.5 升）香醋。将糖浸在醋中，直到糖恰好完全溶解为止。用餐叉的尖头将苹果刺透。如果苹果太大，不能装进罐子里的话，就把它们切成两半。把苹果放到糖醋混合物中熬煮，煮到足够柔软，但又没煮烂的程度。然后将它们装进罐子里。熬煮过程中水分会挥发，待煮到糖醋混合物剩下约 0.5 品脱（0.3 升）时停止。然后将热的糖醋混合物浇到苹果上，但温度不能太烫，以免玻璃罐破裂。

酸辣酱

酸辣酱可以是任何你喜欢的蔬菜和水果的混合，加入香料调味，倒入醋，增加酱汁的浓稠度。莓类水果、熟透的水果和蔬菜是理想的材料，因为它们很容易被制成黏浆状。凡是你喜欢的东西都可以用作酸辣酱的原材料，比如西葫芦、南瓜、芜菁甘蓝、萝卜、辣椒、洋葱、甜菜、芹菜、番茄、苹果、大黄、黑莓、梨子、西洋李、鹅莓、李子、水果干、橙子、接骨木果、蔓越莓、西柚，等等。香草和调料可以选用月桂叶、红辣椒、小茴香、胡荽、小豆蔻、肉桂、丁香、姜、甜胡椒、胡椒子、芥菜籽、山葵、大蒜等。最好将蔬菜或者水果切碎，然后长时间慢慢熬煮，使水分充分蒸发。糖在酸辣酱中扮演着重要角色。大部分酸辣酱在熬煮之后颜色会变黑，如果你希望酸辣酱的颜色再深一点的话，可以往里面加黄糖，甚至是黑蔗糖浆。

制作和储存酸辣酱

用不锈钢锅或者搪瓷锅来熬煮。醋会腐蚀铜和铁，所以不要选用铜锅或铁锅。对于较为耐煮的原料（比如洋葱），要加一点水先炖一会儿，再和易熟的，诸如西葫芦之类的原料放到一起熬煮，并加入能使水果和蔬菜变硬的盐、糖和醋。

将香草和调料放进细棉布袋里，并系在锅的手柄上泡进锅里，这样袋里的调料就不会混入酸辣酱里。你可以根据自己的口味加入适量的香料粉，也可以将大蒜和生姜洗净捣碎之后，加入酸辣酱中。水果干在熬煮之前，要先用水浸泡一段时间。熬煮时要加足量的醋，以恰好淹没原料为宜。加热煮到酱汁黏稠，直到没有多余的水分为止。在煮的过程中，要一直充分搅拌，注意别把酱汁煮糊。煮完趁热装进干净的热罐子中，密封保存，并贴上标签。

储存条件会影响酸辣酱的味道，所以应将酸辣酱装在玻璃罐子里，存放在阴暗凉爽的地方。确保罐子已经完全密封，否则里面的醋挥发掉之后，酱会变成又干又皱的黏糊。用来封果酱瓶子的那种玻璃纸不是很合适。我用的是从旧果酱罐或者腌菜罐上拧下来的金属盖子。装罐前要检查金属盖子上的喷漆是否完好，或是否有蜡纸板防护，如果没有，醋会腐蚀金属。

制作番茄酸辣酱

做好酸辣酱的秘诀在于使用风味对比鲜明的作料。在这道酸辣酱中，各种香料与番茄苹果的味道有巨大差异，在味觉上正好形成绝妙互补。你需要准备以下材料：1公斤番茄，2个洋葱，1个煮熟的苹果，适量葡萄干，2瓣大蒜，约14克鲜姜，约56克红糖，约0.3升醋。

1 洋葱去皮，然后将苹果削皮去核，接着，把它们切碎并剁成细末。将剁碎的洋葱放入盛有少量水的小平底锅中慢慢熬煮。再加入苹果和葡萄干，煮软。

2 番茄剥皮，切成大块。加适量盐。根据个人口味，还可酌情加入准备好的其他调味料。

3 将大蒜和鲜姜压碎，加盐后捣成泥。如果你用干姜代替鲜姜，就取用半盎司（约7克）干姜，加入下面说的调味包（即纱袋）里。

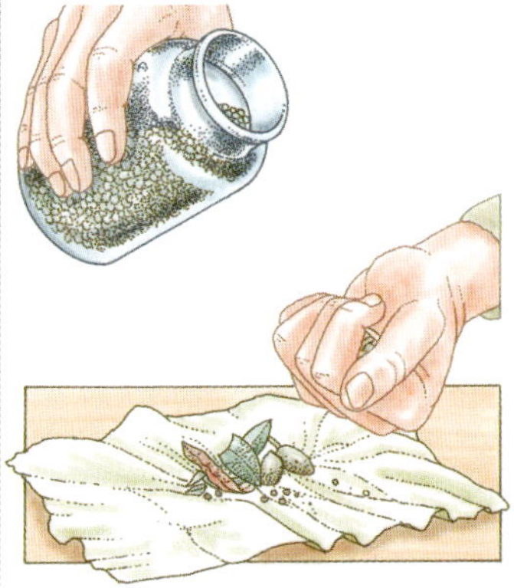

4 将下述材料包进你的纱袋中：1片碾碎的月桂树叶，2~3条干辣椒，0.5茶匙芥菜籽，4~5粒丁香。你还可以根据个人口味，加入适量的小豆蔻、肉桂粉、胡荽、胡椒子。

5 将纱袋放入大炖锅，纱袋的一头系在锅的把手上，以避免里面的调料混入你的酸辣酱里。然后将之前煮软的食材（洋葱、苹果和葡萄干）倒入锅内，之后再依次倒入其他食材。

6 文火熬制约一个小时，直到锅里的酱汁变得浓稠，达到你用汤勺舀一下，就能看到锅底的程度。这样你的番茄酸辣酱就做好了。

7 即刻将做好的酱汁装入一个干净的热玻璃罐中。密封并贴标签。你也可以使用人造树脂，或是垫在防油纸下面的蜡纸圈来封住罐口。

第8节 制作果酱与果露

将水果做成果酱和蜜饯是很好的保存方法。通常情况下，你需要先不加糖烹煮水果，使其软化并释放出果胶。果胶是使果露凝固的关键成分。接下来你需要加糖，迅速煮沸锅里的所有食材，直到达到凝固点。只要制作方法正确且密封完好，放置在干燥阴凉处的果酱可以保存很长时间。未熟透的水果比熟透的好。此外还要干净。如果水果上有擦伤，只要切掉那部分就可以了。开始制作之前要记得称重，否则你就不知道需要加多少糖了。你应该尽可能选择质量上乘的糖，因为它们会溶解得更快。你也可以用红糖，但这样果酱就会带上红糖的特殊味道，有时还容易受潮。总之，请校准食材的重量。

果酱基本做法

制作果酱的步骤大致如下：清洗，分类挑选，准备好水果。给水果称重后，在足量的水中将其煮软。接着将它们放入较大的平底炖锅中，当水沸时加入适量糖。搅拌至锅里的糖彻底溶解后改用猛火快煮，并停止搅拌。同时你需要不时检查，果酱是否开始凝固。当其开始凝固时立即停止烹煮，使其冷却一段时间，以免装罐后水果块浮到果酱的表面。最后将果酱装进温度较热且干净的罐子。然后加盖密封、贴上标签。

果胶测试

“未熟透的水果比熟透的好。

准备一个小玻璃杯，先把水果煮熟，然后过滤冷却得到果汁，将冷却后的果汁放入玻璃杯中。在添加糖之前，先添加 3 茶匙变性酒精，将二者混合摇匀后静置一分钟。然后把静置后的混合物倒入另一玻璃杯。如果果汁成形为一团完整的固体，那么果胶就是良好的。如果出现的是多个块状物，那么果胶就形成得不够好，在这种情况下你需要在后面的步骤减少糖的添加。如果它仍然全是液体，那就证明它已经不能使用了，在这种情况下，你需要再煮一次水果。如果有必要的话，可以添加一些从商店里买来的果胶。

凝固测试

从锅中取出少量果酱到碟中冷却。当你用手指按压上面的果酱时，如果表面起皱就表明果酱完成了。你还可以舀一勺果酱，观察其如何滴下：如果滴成一条均匀不断的液流，说明果酱不太好；如果形成大而浓的液滴，则说明果酱品质较好。同时，果酱的沸点需要达到约 105℃。最好使用所有的测试方法，或者至少使用 2~3 种方法来确认果酱品质。水果罐头和蜜饯都不如果酱保存时间久，但因为它们只经历短暂的熬煮，所以能保持相对新鲜的味道。蜜饯不一定要有充足的果胶，所以你可以用低果胶的水果来制作，如树莓、草莓、黑莓、大黄等。另外请注意，在制作蜜饯时，你需要加入更多的糖。

西洋李酱或李子酱做法

李子的果胶大多都集中在它的核里，所以如果可以的话，应先把核取出，砸碎部分外壳，将核仁取出装入一个小袋子中，再进锅熬煮。如果这步对于你来说太困难了，你也可以直接将核放入锅中，因为在熬煮果酱的过程中，它们会自己浮到顶部，然后你就可以用勺子将它们从表层舀去。

多种水果混合果酱做法

你可以通过以下步骤，用橙子、柠檬和柚子来制作美味的混合果酱。这是在传统的塞维利亚橙子酱基础上进行改良的配方。

1 首先，你需要准备 8 个橙子、2 个柠檬和 2 个柚子，挤出它们的汁，再用筛子滤掉果汁里的杂质，并挑出种子，以便后面的步骤使用。

2 将果皮撕碎，碎片的粗细取决于你想要制作的果酱的浓稠程度，撕得越粗，果酱的表层就越稠。

3 用不锈钢锅装上 10 品脱（约 5.7 升）水，将挑好的种子放进纱袋，与撕碎的皮和挤好的果汁一起放入水中，浸泡一天。次日，把浸泡好的混合物熬煮两个小时，熬煮过程中需要不停地搅拌，以防止锅底处的果皮和纱袋煮糊。

4 为了检查果胶是否形成，你可以舀出 1 茶匙果汁，加入 3 茶匙变性酒精。摇晃过后，可以看到明显沉淀。果胶是一种存在于橙子皮和种子中的物质，与糖和果酸一起煮沸以后，可以使果汁凝固成胶状。

5 将纱袋从锅中取出。继续熬煮果汁与果皮的混合物，同时加入 3 公斤白砂糖，搅拌至完全溶化。在熬煮和搅拌的过程中，同样要注意避免锅底处的原料煮糊。你需要一直熬煮，直到锅中的混合物凝固。

6 舀一勺果酱，并试着往下滴，若果酱呈大滴状落下，就代表已经凝固。

7 将一个茶盘冷冻一段时间后，舀一勺果酱涂在冻过的茶盘上。然后把涂好果酱的茶盘再次放回冰箱冷冻，几分钟后，重新取出茶盘，用手指轻触果酱表面，如果有起皱的现象，说明果酱已经凝固。

8 最后，将凝固好的果酱装进干净的热罐子中（你需要事先加热所需的罐子，同时注意在拿出罐子的时候不要被烫伤）。用勺子把果酱舀入罐子，然后把罐子包上防油纸或玻璃纸，如果需要，还可以用螺旋盖之类的东西将罐子密封。

制作西洋李或李子果酱，你需要：

6 磅（约 2.7 公斤）西洋李或李子
6.5 磅（约 3 公斤）糖
0.5 品脱（约 0.3 升）水

将李子洗净，切成两半。用文火熬至果肉变软为止。加入白砂糖，搅拌至糖分溶解后，用沸水煮至凝固。挑出浮在果酱面上的李子核；若你是将核放在袋子里的，就取出袋子。装罐前你需要将果酱冷却，这样水果块就不会浮于果酱表层。之后装罐、密封并贴上标签。

覆盆莓酱配方

4 磅（约 1.8 公斤）覆盆莓
5 磅（约 2~3 公斤）糖

你可以使用有破损但未发霉的覆盆莓。将盛有糖的小碗放入低温烤箱中加热。将黄油均匀地抹在平底锅表面，放入覆盆莓，小火加热。当覆盆莓开始渗出果汁和泡沫时，慢慢加入加热过的糖，用力搅拌直至糖分溶解。这时的果酱色泽明亮诱人，且散发着新鲜覆盆莓的香味。装罐密封保存，几个月后检查果酱是否发霉。另一种方法是将糖和覆盆莓分层放入一个大碗中。放置一夜后用沸水煮熟并装罐保存。

柠檬酱配方

4 盎司（约 114 克）黄油
2 磅（约 0.9 公斤）糖
4 个鸡蛋
3~4 个柠檬（数量取决于柠檬的大小和水分）

这不像是做果酱的方法，反而更像是把多余的鸡蛋用完的妙方。柠檬去皮，挤出果汁。将果皮、果汁、黄油和糖放入小锅中加热至黄油融化、糖分溶解，放置一旁冷却。选用一个适合放在炖锅盖子上隔水蒸蛋的碗，将鸡蛋打匀后放进碗中，加入果汁搅拌。然后将碗放到炖锅盖子上，或者干脆使用双层蒸锅，将碗里的浆液蒸至呈凝乳状。装罐并密封保存。柠檬酱保质期短，需尽快食用。一次不要做太多。若使用 8 个蛋黄代替 4 个鸡蛋，果酱将更加浓稠。也可以试着用橘子或橙子代替柠檬，少加些糖。

柠檬胡萝卜酱配方

8 盎司（约 228 克）柠檬薄片
8 盎司（约 228 克）切碎的胡萝卜
2 品脱（约 1 升）水
2 磅（约 0.9 公斤）糖

将柠檬、胡萝卜和水混合后封存一夜。次日，用炖锅加盖煮至沸腾后，再文火熬制 30 分钟，熬至软化。加入糖，文火煮至完全溶解；之后大火煮至凝固。在此过程中，可以挑出少许放在盘中，观察其是否凝固；这个步骤可能需要 15~30 分钟。最后将其倒入干净保温的罐子，用蜡纸密封。这就是胡萝卜和柠檬混合制成的果酱，味道清新香甜。保质期 3 个月。

水果黄油和水果芝士做法

水果黄油和水果芝士由水果浓浆或滤过的果汁制成。水果黄油比水果芝士更加柔软。如果制成的水果芝士足够有韧性，可用模具塑成各种形状。水果黄油和水果芝士不论是加上奶油作为甜点，还是涂抹于面包上食用，都无比美味。

黑莓苹果芝士做法

你需要准备等量的黑莓和苹果。苹果洗净后，不必削皮去核，将其切成粗块。然后挑选一些黑莓将它们洗净。把这两种备好的水果倒入平底锅，加些水，水的量要刚好没过水果。接着便可以开始加热熬煮，加热过程中要不时搅拌。煮到苹果成糊状，滤掉果泥里多余的水并称重后，在果泥里加入两倍重的糖。将加糖后的果泥放入锅中继续熬制，同时要一直搅拌，否则很容易煮糊。煮到果泥足够浓稠，达到你用汤勺舀上一勺，就能看到锅底的程度时，你的黑莓苹果芝士就做好了。最后，像保存果酱一样，将其装罐密封。黑莓苹果芝士凝固后会变得很硬，就像干奶酪一样。可长期保存。

果冻做法

果冻其实就是一种果酱，只是熬煮水果过程中将固体物质滤掉了而已。给果汁加糖后煮沸，冷却后就会形成果冻，与做果酱的方法基本相同。

黑莓苹果果冻做法

这个制作方法适用于一切富含果胶的水果，如酸苹果、黑加仑、柑橘类水果、榅桲果、鹅莓、黑刺李，西洋李和花楸浆果等。你也可以尝试制作混合水果果冻。如果一种水果所需的熬制时间比其他水果的长，那你就需要分开熬制了。下面集中介绍黑莓苹果果冻的做法。将果泥熬制好后，用布将果汁中的固体物滤除。滤除果汁要慢慢来，否则制作出来的果冻就不够清透啦。将滤出来的果汁称重后，按每品脱（约 0.5 升）果汁加入 2 磅（约 0.9 公斤）白砂糖的比例来加糖。将加过糖的果汁熬煮直至刚好凝固，然后做好的果冻就可以按往常的保存方式装罐、贴标签了。如果你比较节俭，你还可以把果汁过滤布放入锅中，加些水一起熬煮，这样可以得到更多的果汁；或者用滤布上挤下来的果汁做成水果芝士。如果你真想这么做的话，就按照以上步骤试试吧。

果露做法

果露与果冻的制作方法一样，只是制作果露不需要放这么多糖。为了防止果露发酵变质，你必须对果露进行杀菌处理，并完全密封保存（制作红酒时也是这样）。用果露可以在夏日制作出清爽提神的饮料和奶昔，你也可以在吃甜品和喝麦片粥时用果露当调味汁。任选一种你喜爱的未加糖的水果，煮制过后，榨取果汁，榨汁步骤就和做果冻一样，你也可以直接通过按压和过滤的方法得到果汁。将榨好的果汁称重后，按每品脱果汁（约 0.5 升）2 磅（0.9 公斤）白砂糖的比例加糖。将加糖后的果汁放入锅中加热，直到白糖正好溶解完后，马上停止加热，否则它将会凝固并形成果冻。将果露静置冷却。把瓶子以及盖子（最好用带螺旋纹的那种盖子）放在沸腾的水中煮 15 分钟消毒后，将瓶子和盖子取出并擦干。接着你就可以将果露装瓶了，记得先拧紧盖子然后再松半圈，这是因为加热的果露会膨胀。每个瓶子要在瓶口留出 1 英寸（2.5 厘米）的空间。接下来把瓶子立在一个足够深的锅中，锅中的水要没过瓶子。有条件的话可以选用有暗隔的高压锅。文火慢煮至沸点后，继续加热并保持沸腾 20~30 分钟。然后就把瓶子取出来，等果露一凉就马上拧紧盖子。如果你觉得拧得不够紧，就用蜡烛融化的蜡滴，将瓶口裹一圈。

第9节 蛋糕、饼干和甜点

对我来讲，蛋糕、饼干和各类甜点有着真正的魔力。千百年来，心灵手巧的人们尝试了用各式面团，各种烤箱烤炉来烹制出各类甜点，而今天的我们正享受着前人的试验成果。面粉、鸡蛋、酵母和发酵粉之间的化学反应非常复杂，我从未在学校里研究过它，但是最终的甜点成品却是实打实的好。有了现代化的烹饪机器，你就可以享受每周做甜点和糖果的快乐了。那么，怎样才能实现这种魔法呢？先把所有的烹饪器材擦洗干净，冷却好。然后尽量选用特制的案板，大理石或页岩材质的最好，方便揉面团。擀面杖不宜太重，其实一个装满冷水的圆玻璃瓶最好用。你需要在低温环境中揉面团，这样面团中的冷空气受挤压扩张时，会让面团变得疏松。可以说，手太热的人做不出质量好的面团。在手掌接触面团的部位扑上足够的面粉，以免粘手。轻轻揉捏面团，两手均匀用力。在擀制的过程中，你要始终向身体的反方向用力，动作轻盈而快捷，每擀一下之后，将擀面杖抬起收回。

下面是制作几种蛋糕、面点和甜点的食谱，希望你能和亲友尽情享用美味。

农庄胡萝卜蛋糕

用鸡蛋和菜园里的胡萝卜可制作出香气扑鼻、口感绵密的蛋糕。你需要以下原料：

1 磅（450 克）细砂糖
4 个鸡蛋
1 杯橄榄油
8 盎司（225 克）切碎的胡萝卜
8 盎司（225 克）未发酵的纯面粉
满满 1 茶匙发酵粉
磨碎的甜胡椒和肉桂各 1 茶匙

做糖霜的原料如下：

8 盎司（225 克）糖霜
1 杯软化的奶油芝士
2 盎司（56 克）黄油
1 茶匙香草精油
6 盎司（170 克）碎坚果（推荐胡桃）
如有需要，酌量添加少许牛奶

把糖、鸡蛋、食用油及切碎的胡萝卜放入大碗中搅拌。另取一个碗，把所有干燥的食材混合过筛至其中。然后每次取少量的干食材加入大碗中搅拌，直到所有的食材都混合在一起。在 9 英寸（22 厘米）的饼模内部涂上油脂和面粉，把混合的食材分别放入两个饼模，然后将其放入预热至 190℃的烤箱，烤制 40 分钟。用叉子插入蛋糕中部，如果拔出后叉尖上没有黏状物，表明蛋糕烤制完成；反之还需继续烤制。

刚烤制好的蛋糕需要冷却几分钟，然后将蛋糕倾倒出来，放置于铁网架上彻底冷却。

接下来制作糖霜。将除胡桃外的所有食材混合，搅拌成平滑、易于涂抹的均匀流质，如果太干需要加入牛奶。接着加入胡桃，继续搅拌。在一层蛋糕上面涂上糖霜，然后再加一层蛋糕，最后把剩下的糖衣涂满整个蛋糕表面。

炸面包圈

一旦你自己学会制作炸面包圈，你就再也吃不惯商店里的货色了。炸面包圈是由烤面包用的面团烘焙而成，但是你还需要加入其他食材：

2盎司（56克）融化的黄油
2盎司（56克）砂糖
1个鸡蛋，以及适量牛奶（烘焙普通面包的面团中需要加入水，这里用牛奶代替）
少许盐
1磅（0.5公斤）面粉
1盎司（28克）鲜酵母或0.5盎司（14克）干酵母

揉捏面团至松软光滑，用纱布遮盖，放置于温度较高处发酵1个小时左右。待面团发酵后，用力揉捏面团4~5分钟。案板表面涂上面粉，然后把面团平摊在案板上。用大玻璃杯或刀具切出大的圆形面团，再用瓶盖在面团中心压出圆形小洞。压出的洞看起来太小的话，不必担心，因为它在油炸过程中会扩大两倍多。用纱布盖上，置于温度较高处，继续发酵20分钟。发酵后，将面团放入滚烫、油深足够的锅中炸透。不宜一次性放入过多面团。圆环形的面团炸到一半时会自动翻面，圆环中轴线上出现一圈浅色的痕迹。炸好后捞起，用厨房用纸沥干，裹上细砂糖或糖粉，即可食用。

燕麦饼

燕麦饼是一种非常健康、简单的点心。

4盎司（112克）黄油
2.5盎司（70克）砂糖
1汤匙糖浆
6盎司（170克）燕麦片

把黄油、砂糖和糖浆放入平底锅内加热融化，同时倒入燕麦片并搅拌，直至充分混合。然后将其倒入涂过油的烤盘中，压紧，用锋利的刀具切成正方形。放入190℃的中型烤箱中烤制15~20分钟。烤好后冷却片刻，最后把成块状的燕麦饼取出。

芝士司康

芝士司康的烤制时间短，刚出炉时吃起来热乎松脆，十分美味。独具风味的芝士司康是所有筵席的绝佳搭配。需要以下原料：

1盎司（28克）黄油
6盎司（170克）自发面粉
3盎司（85克）浓厚的切达干酪，磨成粉
1/4汤匙芥末和1/2茶匙盐
1个鸡蛋和2大汤匙水

在面团中加入黄油揉捏，然后加入干酪粉、作料、鸡蛋和水，继续揉捏至充分混合。待面团变韧后，将其平摊在案板上，面团厚度约1厘米。在面团表面撒上一点干酪粉，用刀具或玻璃杯切出圆形。在托盘内部涂上油，把圆形面团放入托盘，在220℃的烤箱中烤制15分钟。

第10节 肉类烹饪

对过着自给自足生活的人来说，肉不仅仅是“肉食”。每一种动物的生命都是一个传奇故事，既有追逐、逃亡和伤害，也有生灵万物之间共通的情感。作为动物的“照料者”，当你看到它对自己的起居环境、饮食和你的照料感到满意时，内心何尝不会感到真正的愉悦？它们也有让人沮丧和恼火的时候，比如踩踏草莓苗床，或破坏饮水槽，导致水漫食品店之时。但那一天终究会到来，动物们化为鲜肉，供人食用或腌制。

熏制

熏制是一种非常有效的保存肉类方法。同时，这种方法还可以去除肉类中的水分，使之加速干燥。熏制程序远没有想象中那么复杂，如果你有一个敞开的大烟囱，只需把肉挂在烟囱高处远离火舌的位置，用木柴烧火，持续熏烤约一周即可。对于木柴的选择，有许多神秘的说法——美国人无比信赖山胡桃木，而英国人非橡木不用。以我的经验，只要你选择的是硬木，别用松木，用哪种其实区别都不大。

不管用哪种木柴，你都需要控制室温在50℃以下，34~39℃为最佳。盖一座熏制房只需要基本常识，加上一点点创造力即可。从前的很长一段时间里，我们制作熏肉都是在砖盖的露天洗手间里（当然，我们从不在那儿上厕所）。在这个洗手间外面有一个用木柴缓慢烧热的炉灶，产生的烟经由烟囱管穿过外墙，传到洗手间内，待熏制的肉就挂在洗手间天花板下面的角铁上。

> “说到熏肉用的木柴，美国人无比信赖山胡桃木。

但是，燃料产生的热能无法被利用有些可惜，所以如果你能够将炉灶放在自己的屋内就最好了，哪怕熏肉的屋子不在室内也行。通常一个用木柴缓慢烧热的炉灶无须再添加燃料，就可高效为屋子供暖，同时你还可以利用炉灶产生的烟。

熏制肉类的方法有两种：冷熏和热熏。其中热熏在美国和德国家喻户晓，在英国却鲜为人知。热熏需要在高温下进行，大约在65~93℃之间，肉在被熏制的同时也被烹熟了。热熏的肉需要在几天之内全部吃完，因为它远不如冷熏的肉保存时间长。

解冻

你需要在每次烹饪时提前24小时将肉类从冰箱中取出。在室温下，肉类需要一夜的时间来慢慢解冻。已经解冻的肉类最好马上烹饪，否则就无法保证它的新鲜度了。

带骨肉

许多屠夫喜欢剔掉肉里的骨头，这种做法我不太推荐。我知道人们不喜欢为肉中的骨头花钱，但如果仔细想想，就会明白剔骨的肉其实更贵，贵出这部分钱是花来支付屠夫们剔骨所用的时间与精力。

事实上，带骨头的肉烹饪起来味道更鲜美，因为骨髓和骨头本身会为菜肴增添特别的风味。

填馅和覆盖培根

我现在很少听说有人这么制作，因为货真价实的培根十分稀少。但是，如果你用自己喂养的猪来制作培根的话，你很可能会做出来不少“肥腻型”培根，适合用来配着别的烤肉吃。可以用培根来填馅，说白了就是将切碎的培根放入“填馅针”里，再注入烤肉内部。所谓“覆盖培根”，具体来说就是把几片肥腻的培根贴在烤肉上露出的精瘦部分。这样做可为烤肉增加一些油脂，很好地防止烤焦，还能为烤肉增添一种特殊的风味。

烧烤

一年当中我会办一两次美味绝伦、让人兴奋不已的露天烧烤。如果你想烤制一整头猪或羊羔，或同等大小的肉类，你至少需要 12 小时的烘烤时间——烘烤得越久，烤肉的口感就越纯正。因此你应该在早上生火，用两个坚固的金属支架来支撑烧烤叉，而且必须用铁丝扎牢烧烤架。烤肉时，应先把肉置于高处，然后渐渐接近烤炉。你需要准备充足的干木柴，并且指定一个负责任的人一直看着炉火。

如果用烤箱烤肉，应把温度设置在 190℃，盖上箱门烘烤。烘烤时要随时注意，不能将肉烤干，如有必要，在烤肉表面涂抹油脂。如果你想要获得美味多汁、皮酥肉嫩的口感，烘烤前在肉上面擦一些盐。如果你觉得烤炉温度不均匀，用锡箔纸包住暴露在烤炉高温区的部分。没有固定的最佳烤制时间，因为每一块肉有自己的特性，瘦长的肉比圆肥的肉要熟得快，而有些肉多烤 20 分钟也不要紧。猪肉、羊肉和小牛肉的烘烤时间要比牛肉长一些。

煎炖

煎炖是一种有效地结合了烘烤与水煮的烹饪方法，即少量加水，慢慢加热。它适于烹调卖相不好，且不易煮熟的大块肉。如果有条件，用一个带有密封盖子的大生铁锅来进行煎炖，必要时可以用线把肉串起来。在锅里加入适量的水，根据你的口味酌量加入香料（最好有番茄干和黑胡椒），煎炖至肉变嫩为止。煎炖的温度比烤肉的温度低，约为 150℃，注意不要让汤煮干。如果肉很肥，就把整锅肉放凉一晚，第二天再重新煎炖，煎炖之前除去表面所有凝固的脂肪。

炖煮

在我看来，对于那些卖相不好且不易煮熟的肉，炖煮是一种很理想的烹饪方式，可使其口感变得软嫩。第一步要把肉切成约 1 平方英寸（6 平方厘米）的小块，去除所有没用的肥肉和脆骨。接下来用上好的动物油或是橄榄油炝锅，也可加入一些洋葱块。三四个小时的文火慢炖开始之前，你要选好蔬菜和作料。你可以把鲜美的炖汤保存好几天，做饭时只需简单地加一些新鲜蔬菜。但是每天都需高温煮沸一遍，不然就会变质。

第11节 鱼类烹饪

我清楚地记得，我当年曾乘坐一艘游艇驶到马尔岛附近的苏格兰戈梅拉岛，进入锚地后捕捉马鲛鱼的情形。捕到马鲛鱼后，几分钟工夫我就把它切成了片；此时游艇落了帆，下了锚。马鲛鱼离开大海，走上烧烤架的这段旅程如此迅速，以至于就算被切成了片，它还是不甘心地从烤架上蹦了下来。加上柠檬汁烤制的新鲜马鲛鱼十分可口。

我从中领悟到了什么呢？我领悟到：精心烹制出的鲜鱼乃是世间美味。但是有多少次，我们对餐馆里那些要么煮得过头，要么半生不熟，要么干脆就是生的食物，感觉到失望？所以，请找一家鱼店或是当地的渔民，从那里购买鲜鱼，请务必完美地掌握烹调的时间。除此之外，还要牢记以下步骤：

清理鱼内脏

你必须正确清洗并取出鱼内脏——用刀顺着鱼腹从头部切至尾部，小心取出内脏。过程中需动作轻缓，以免擦伤鱼肉。若鱼腹内有鱼卵，可将其留在鱼腹内，也可取出单独做成一道菜。

确保取出鱼腹内的所有内脏及黑色薄膜，黑色薄膜需用盐揉搓取净，以避免鱼肉有苦味。用流水清洗，切勿浸泡清洗，否则鱼肉将会吸入水分并失去弹性。如果鱼身有鳞片，用锋利的刀从鱼尾往鱼头方向刮去鳞片，将刀对准恰当的角度，慢速刮鳞，以避免鳞片四处飞溅。如果鱼鳞很难刮除，可将鱼在沸水中迅速浸一下，然后再刮。若你想烹饪整条鱼，切除鱼鳍和鱼头（或用锋利的剪刀将鱼眼睛挖出！）即可。

> 精心烹制出的鲜鱼乃是世间美味。

剥鱼皮和切鱼片

鱼皮是头尾相连接的。你可以在鱼身侧面，靠近鱼鳍处切道口子，再在鱼头下方切道口子，然后用刀压住鱼身，开始向下剥鱼皮。如果鱼太滑，可沾些盐在手上，也可垫层布来按住鱼身。比目鱼的剥皮方法与之相似，但是要从尾部开始剥。只要在鱼鳍处切了个小口，那么鱼皮就可轻松剥去——只要按住鱼尾，保持鱼身稳定便可。

你需要一把非常锋利的刀，然后稍加练习便可以轻松剔除鱼骨。切鱼片的方法如下：纵向将鱼肉切至鱼骨处，小心将两面的鱼肉切下，一面切出两片鱼肉。从左侧由鱼头向鱼尾方向切下第一片鱼肉，通常这个步骤最简单，之后将鱼身转一个方向，由鱼尾向鱼头方向切下第二片鱼肉。翻转鱼身，以同样的方法片下另一边的鱼肉。

鱼高汤

制作上好鱼酱的关键在于烹调出香浓的鱼高汤。新鲜的鱼肉才能煮出最美味的鱼高汤。将内脏间的黑色薄膜丢弃，鱼骨切成小块，鱼肉放入炖锅中，加上水或牛奶，以及一小片洋葱，适量白胡椒和欧芹。小火熬制大约半小时后滤出鱼高汤。若你喜欢，也可用白葡萄酒代替牛奶。

煮鱼

这是一个烹饪大鱼的好方法。不要剥掉鱼皮，保留头部，只把鱼眼去掉。在水煮到滚热，但还未达到沸腾时，将鱼放入汤中，再加入盐，加上少许醋或是柠檬汁以添加酸味。如果不在汤中加入一些酸味调料，鱼肉就会变色，肉质也会过于绵软。

煮鱼锅十分适用于烹饪鱼。煮鱼锅有一个滤干器来将水脱掉，并且它能够很好地避免鱼肉被破坏。如果你手头没有煮鱼锅，可以使用一个普通的大炖锅来替代。在锅的底部放一个盘子，再将鱼放入扎紧的棉布袋中。将棉布袋系在锅的任一侧，你就可以通过移动袋子来移动整条鱼，而不会破坏鱼的完整性。

在烹饪之前需先称出鱼的重量：先煮 10 分钟，然后鱼肉每重 1 磅，就多煮 8 至 10 分钟。事先称出重量能够很好地指导你控制烹饪时间。一定不要放入过多水，否则鱼肉会在沸腾的汤里不停晃动，鱼皮也会煮破。水面超过鱼身2英寸（5 厘米）就足够了。

烤鱼

这是一个烹饪鲱鱼、马鲛鱼、鲑鱼等小型鱼类的好方法。仔细准备好原料，并且将鱼身两侧都划开，这样可以避免鱼身在烧烤过程中受热爆裂。你可以用盐和辣椒来给鱼调味，再给整条鱼刷上植物油或融化的牛油。也可将鱼剖开，将鱼骨取出来，轻轻裹上面粉或燕麦粉。在你开始烹饪之前，确保烤焙用具已经预热过。烤制 7~10 分钟，在这个过程中鱼身至少翻一次。烧烤好后，鱼身应该呈现诱人的棕褐色，只待你大快朵颐。

炸鱼

这可能是烹饪鱼最受欢迎的一种方法，同时也最需要技巧。在动手之前，你应该记住两点：第一，在油炸之前，要尽可能沥干鱼身上的水分；第二，给鱼涂上一些混合作料，来避免它在油炸过程中吸收油脂。有几种在油炸之前为鱼裹上混合作料的方法。

最简单的一种方式是将鱼放入筛过的面粉中来沾上面粉。你也可以选择裹上一种较薄软的面粉、牛奶和鸡蛋混合而成的糊状物。我更喜欢滚上鸡蛋清和面包屑，这样炸出来的鱼卖相十分诱人。保持油温，不要一次就在平底锅中放入过多的鱼片；当油温上升后，再接着放入鱼片。炸好后，用纸巾沥干多余的油脂。

烤鱼、文火煮鱼或清蒸鱼

你只要简单地将鱼放置在盘子里，在温度适中的烤箱中烤制。根据你的口味添加调味料。烤制是一种干燥的烹饪方式，所以你可能需要加入一些黄油、猪油或牛奶来提供水分。只要拥有正确的设备，文火煮和清蒸也是两种烹饪鱼的绝佳方法。

第12节 蔬菜烹饪

烹饪蔬菜最怕的就是忘了时间，以至于烹调过度。烹饪好的蔬菜应当清脆爽口，而不是绵软无味！

洋蓟

洋蓟只需要简单地烹饪，便能做出一道美味且受欢迎的开胃菜。你需要选择花头较大，柔嫩且没有开花的洋蓟（每人可食用一两个），将其浸泡在水中加入少许醋以逼出里面的小虫。半小时后将干净的洋蓟取出洗净，放入滚烫的沸水中加热五六分钟，再文火熬煮40分钟到1个小时，具体时间取决于洋蓟的大小。当洋蓟煮至叶片可轻易剥落后，将其从水中取出，沥干并涂上黄油，也可按照个人口味涂抹其他酱料。我最喜欢的酱料是由等量酱油、柠檬汁和橄榄油混合而成。

蚕豆

要临到烹饪之前，再把蚕豆从豆荚中剥出。除非蚕豆非常鲜嫩，否则你要一一剥去表皮。将其放入沸腾水中煮几分钟后取出，便可轻易剥落表皮。之后放入盐水中煮，撇去漂浮在水面的泡沫和杂质，并不时检查蚕豆是否已经煮软。蚕豆完全煮好后将其捞出并沥干，根据个人口味抹上融化的黄油，或撒上盐和胡椒。

青豆

在青豆熟透前就采摘下来，这样可以避免青豆生长过老而难嚼。小而嫩的青豆比大而老的要好！如果青豆非常小而且鲜嫩，你只需去除头尾直接上桌即可。老青豆必须斜切成菱形薄片，将薄片放入煮沸的盐水中，煮熟的青豆会沉入锅底。将煮好后的青豆加入热黄油、大量的盐和胡椒上桌。

甜菜

小而形状漂亮的甜菜可以制成一道绝妙的热菜。请仔细挑选甜菜，擦洗干净后放入盐水中煮一个小时或更久。用手指触碰一下，看看甜菜是否应经煮熟——千万不能用叉子，否则会将甜菜戳破，菜汁会渗入水中。煮熟后立即取出去皮。

胡萝卜丸子

不要将胡萝卜煮得过于软烂。将胡萝卜刨成细丝，每人大约一满杯的量。将黄油和面粉（等量，每人1盎司，即28克）及牛奶（每人1杯）放入锅中加热搅拌，直到糊状物开始向中间凝集，期间一直要匀速搅拌。在搅拌好的糊状物中加入事先刨好的胡萝卜丝和蛋黄（每人1个），按个人口味加入调味料（盐、胡椒和一些糖），之后倒入盘中冷却。你可以将其做成各种形状。扑上少许面粉，防止它们粘在一起。

烤茄子

烤茄子这道菜非常美味且制作方法很简单，有一个能够持续加热的大炉子就更好了。擦净或洗净茄子，切掉梗。将茄子从中间切成两半，放置于烤盘上，切去多出的部分，抹上橄榄油以防粘锅。将奶酪粉撒在茄子朝上的那一面。将烤箱设置为适当的温度，即约 170℃，烤制约 40 分钟。

奶油韭葱

把五六根韭葱仔细清洗干净。把韭葱头和大部分韭葱叶切掉，纵向切开韭葱，然后切成约 2 英寸（5 厘米）长的小段。把切好的韭葱放在沸水中煮 10 分钟，加入少许盐，然后沥干。之后把韭葱放入平底锅中，倒入半品脱（约 0.25 升）牛奶，加入少许胡椒和盐，文火慢炖直到葱段变软为止。

接着滤掉牛奶，小心翼翼地把葱段放进做熟的蔬菜中。在平底锅中加入 1 盎司（28 克）黄油，加热融化后加一勺面粉，搅拌后倒入之前滤出的牛奶，不停地搅拌一直到煮沸为止。然后继续煮几分钟，最后把熬制好的奶油浇在韭葱上，撒上一些欧芹，趁热食用。

烤蘑菇

洗净、削好蘑菇，把菌柄去掉。然后把蘑菇放入抹好橄榄油的烤盘中，菌盖朝上，撒一点盐和胡椒，加入几滴柠檬汁，之后在每个蘑菇上放一小块黄油。中火烤制 15 分钟。当然，你也可以在黄油上加一点蒜泥，产生特别的风味。

奶酪焗薯泥

和做土豆泥的一般方式相同，但需添加大量的牛奶和黄油，还有磨碎的奶酪——奶酪的量根据它的品质和你个人的喜好来定。在土豆泥中加入盐、胡椒、少许芥末，放入耐热的烤盘中，在表面撒一层干奶酪和一小把面包屑，之后再涂上一层融化了的黄油。烤箱温度设置为 220℃，烤制成棕褐色即可。

烤番茄

选取中等大小的番茄，切掉番茄梗和梗下面较硬的部位。将番茄放入涂好黄油的烤盘中，在去梗后留下的洞中抹一点黄油，撒上胡椒和盐，中火烤 15 分钟后趁热食用。

烤花椰菜 / 茄子

这种烹饪大型蔬菜的方法快速又美味。把烤箱的温度设置成适宜的温度，即约 190℃。在烤盘上涂一层油（我喜欢用橄榄油），将你准备好的蔬菜放在烤盘中间，（花椰菜切成块状，茄子切成两半），加一点盐和胡椒，撒上一些磨碎的奶酪（最好用切达干酪），烤上约半个小时即可。

第13节 酿酒入门

啤酒、果酒的酿造工艺，以及蒸馏工艺，在整个人类文明发展过程中曾产生重大的影响。到今天，酿酒工艺依旧是世界某些知名大公司的成功基石，更不用说它也是一些国家财政收入的重要来源。何其有幸，人们在当今的自然世界中利用酵母菌可以很方便地酿制出美酒，而酵母菌广泛存在于我们所吃的食物，和我们所呼吸的空气中。

酵母作用不可思议

不同菌株的酵母菌有不同的作用，我们需要选择一种最适用的酵母菌（参见本章第 3 节）。一些酵母菌会一直浮在酒液的表层，一些则会下沉，在底部形成稠浆，还有一些会呈胶状悬浮在酒液里——最后这种绝对不是酿酒者想要的。一些酵母菌起效快，但不能经受住高温或是高浓度酒精；另一些酵母菌起效慢，但能在数月的酿造过程中持续化合出酒精。第一种类型的酵母是上好的菌种，非常活跃，是酿造啤酒的理想菌类；第二种酵母菌则适于酿造红酒，但这种菌类极易被入侵菌类干扰，甚至被取而代之。之所以我们可以在未密封的容器中快速发酵啤酒，而相对必须更小心谨慎地酿造红酒，这便是原因所在了。

滤出啤酒

当酿制啤酒（或红酒）时，我们必须仔细地将味道最好的部分从沉淀物和酵母混合物中分离出来。而只有在完成“滤出”过程后，啤酒质地才会变成理想中的清澈状态。要将这个过程做好，首先应注意的是，在发酵完成后再滤出啤酒或红酒。在发酵过程中，碳酸气泡会携带沉淀物进入啤酒中。当发酵作用渐渐停止时，泡沫和沉淀物会越来越少。红酒的发酵过程缓慢，我们需要多分离几次。沉淀物一旦形成，我们就可以开始分离。

其次要注意，冷液体比热液体产生更少的沉淀物。所以在最后滤出之前，要将啤酒放置在一个阴冷的环境冷却至少 24 个小时。最好将坛子或发酵箱放置在一个高桌上，这样到滤出啤酒时就无需再次移动。桌子越高，你就能够越快地抽取出啤酒！并且你必须准备一种装置，用来确保抽管没有深入（及靠近）沉淀物，不然会将沉淀物也抽取出来。在销售酿造用品的商店里出售许多这样的装置，但相对而言，我更喜欢这样一种管子，它上面有用皮筋固定的优质铜钉。铜钉或镀锌钉子都不会污染啤酒，它们的重量可使吸管保持垂直。

最后要注意，不能将刚加上木塞的瓶子直接放在储藏室（这可是有着惨痛的教训）。你应当水平地放置瓶子，让标签贴在最上面，这样软木塞能够适当地呼吸，使沉淀物沉淀在标签的另一端。如果软木塞爆裂，一切将惨不忍睹。所以应将刚加塞的瓶子竖立放置至少 48 个小时，在平放之前仔细地检查，以确保瓶塞不会爆裂。

蒸馏

在铜锅炉里装上一半容量的啤酒，啤酒上浮置一个盆，再在锅炉顶部放置一个口径比锅炉宽一些的浅盘子，然后在锅炉底部烧火加热，便可制成威士忌。啤酒中的酒精会蒸发，然后凝结在大盘子的底部，汇聚到盘底最低点，最后滴入盆里。如果在盘子正面流入冷水，可使其降温，从而加快酒精凝聚。如果蒸馏制酒在你的国家是违法的，一些多管闲事的人前来探查，马上假装你在锅炉中洗衣服，在漂浮的盆中煮粥，在大盘子里给婴儿洗澡，还有什么比这些看起来更加无辜呢？

醇香麦芽

在人类千百年的历史中，有一种东西的发明帮助人们得到快乐，但它偶尔也会带来一些小问题，这种东西就是麦芽酒。据说人类发现谷物后，紧接着便发现，将这些谷物撒在水里，水就会发酵；喝多了这种发酵的液体，人就会醉。后来的一些智者发现，如果先把谷物培植发芽，做出来的酒味道会更好，并且酒性更强。当然，当时的智者不知其中缘由，而生活在现代的我们却知道其中的原因。原因就是，酒精是由糖类发酵产生的。酵母以微观的真菌或细菌的形式存在，它会吸收糖分，并把糖转化成酒精；在一定条件下，还能将淀粉也转化成酒精。现在的谷物的大部分成分，就是淀粉或碳水化合物，你可以直接将未发芽的谷物和酵母一起发酵，酿制一种档次较低的酒。但是，如果你将谷物培植发芽生长后再发酵，其中的淀粉就能在某种酶的作用下转化成糖类，你就可以酿出味道更好，酒性更强的酒了。所以，我们现代人在将啤酒发酵之前，都会先将大麦培育发芽。这一步叫作培育麦芽。任何谷物都可以培育发芽，大麦作为淀粉含量最高的一种，可以培育出顶级的麦芽。

大麦麦芽培育方法

首先将你的大麦放进一个多孔的袋子，然后将它们浸入温水中放置 4 天左右。到时间后将大麦取出，堆积在地上并每天测量温度。如果温度低于 17℃的话，就堆得更厚些。这种工艺的商业名称叫作“堆积法”。如果麦堆的温度高于 20℃，那就将麦堆散开，堆得薄些，并且不时翻转，以降低麦堆温度。为了保持大麦湿润但不湿透，你可以不时往大麦堆上浇一些温水。总之记住，你的目的是要让大麦发芽。10 天之后，胚芽或者幼枝会长到谷物的三分之二长度（根也会同时长出来，注意别将根和芽搞混了）。肉眼可以看到胚芽从谷物的表皮下长出。再用“堆积法”处理麦堆大约 12 个小时，麦芽培育就基本完成了。

麦芽烘干

将麦芽培育出来后，你必须烘干它们。你需要把麦芽放在带有通风口的灶火或火炉上烘烤，保证热空气在谷物中流通，温度设置为 50℃。你需要保持麦芽在火炉中持续翻滚，直到被烤干为止。这里所说的火炉，也可以是置于灶火上的带孔的金属盘。下一页将详解麦芽酒的酿造过程。

第14节 酿制啤酒

在都铎王朝之前，英国还没有啤酒花，人们喝的是麦芽发酵制成的酒，即所谓麦芽酒。大约在都铎王朝期间，人们从欧洲大陆引进啤酒花，用于调味及保存麦芽酒，成品就叫作啤酒。啤酒比麦芽酒苦，但当你喝习惯以后，会觉得它的口感较麦芽酒更纯正。在现代，啤酒和麦酒这两个名词没有明确的术语界定，导致混淆使用。总之，如果条件允许，自己种植啤酒花是很值得的。

啤酒花种植环境

种植啤酒花要选择排水良好的深层“重”质壤土，可自由施肥，最好用农家肥。只要啤酒花受精良好，土地不渍水，在大部分的土地上都能够产出作物。如果你为了自酿啤酒而种植啤酒花的话，你需要特定的作物，只需要几磅而不是几吨。首先找一块干净的土地，确保已连根拔除多年生杂草。然后向别人讨点、借点，或者偷点啤酒花根。

啤酒花根约 1 英尺为宜。啤酒花每年会生长出大量根，长好的啤酒花根至少能达到 1~2 英尺（30~60 厘米）。将啤酒花根按 2~3 英尺（60~90 厘米）的间距栽培，并施用大量农家肥和堆肥。平行排列铁丝，一部分要高一点，另一部分则要接近地面；然后将绳子垂直系于铁丝之间，便于啤酒花攀爬生长。每株啤酒花需要三四根绳子。

> “我一般每礼拜都要酿一次酒，但不知咋回事，一下子就全没啦。

啤酒花苗开始生长时，每株苗藤都会竞相攀爬绳子，它们的生长速度非常惊人，以至于肉眼都能看到它们生长的动作。要小心蚜虫，如果发现有蚜虫，喷一些烟碱和除虫菊，或者喷一些非持久性杀虫剂。当啤酒花完全绽放时将其摘下，夹杂着苦味的芳香黄色花粉是啤酒花的精髓。把花朵小心翼翼地烘干——将花朵放在铁丝网、麻布或是其他穿孔透气的物体上，再置于炉子上方，来烘干花朵。花朵彻底烘干后，最好放在编织麻布袋里。

麦芽、麦精与啤酒酿造

你可以用麦精酿造啤酒，麦精可在商店买到，或各家公司销售的“酿造设备套装”中买到。用麦精酿出来的啤酒，酒精度数会高一点（也可能不高），味道也会相当不错（也可能只是凑合），但和纯正麦芽酿造的啤酒不一样。最好的啤酒就得由用自己种的麦芽酿造出来的（见上上页）。你也可以购买袋装的麦芽，这比麦精好。麦芽酿制的啤酒与麦精酿制的啤酒有着天壤之别。你一旦习惯喝麦芽酿制的啤酒，就再也无法接受麦精酿制的啤酒，更不用说商场里那种 6 听装的啤酒了。

晚上睡觉前，煮 10 加仑（45 升）水。水在烧煮的同时，你可以为捣碎桶或酿酒桶安置一个过滤网。除去顶部，桶的容量为 20 加仑（90 升）。过滤网的制作方式为：用一小段绳子捆绑稻草、干草或金雀花叶，将绳子的一头穿过酿酒桶的流出孔，用力拽拉草捆抵住流出孔，然后把水龙头用力推进桶孔里，这时水龙头应固定住绳子。如果你喜欢的话，你还可以在酿酒桶底部钻个一个小孔，将白蜡木棍穿入桶中堵住小孔。当你将白蜡木棍抽出时，小孔自然就打开了。如果你在桶的底部铺上一层金雀花，再铺上一层稻草，压上一块中间凿有一个小孔的平坦石头，再用白蜡木棍穿过这个小孔，你就制成了一个绝佳的过滤器。

麦芽“捣浆”

当水煮沸后冷却至 66℃，倒入 1 蒲式耳（约 55 磅或 25 公斤）的碎麦芽，搅拌直到麦芽充分吸水。这一步骤就是“捣浆”，完成后就可得到“麦芽浆”。要注意水温不能高于 66℃，否则会破坏麦芽中的酶。在酿酒桶上盖块毛毯，你就可以去睡觉了。

清晨起床后，打开酿酒桶的水龙头或者抽掉白蜡木棍，将液体，也就是麦芽汁倒入水桶中。然后将水桶中的麦芽汁倒入锅炉，将装有 1 磅（0.5 公斤）干啤酒花的枕套置于麦芽汁中，一起加热煮沸。麦芽汁滴出的同时，往麦芽浆上喷洒沸水，（你现在不用担心沸水会破坏酶，因为酶已经将余下的所有淀粉转化成糖了），一直持续到排出 10 加仑（45 升）麦芽汁。此时大部分的原料已被麦芽浆吸收。然后烧煮 10 加仑（45 升）麦芽汁，放入装有啤酒花的枕套，烧煮一个小时。

如果你希望酿出来的酒度数高一些，而且舍得成本，现在可以加入 6 磅（2.7 公斤）的糖或蜂蜜。还有另外一种偷工减料的方法，就是加入 6 磅（2.7 公斤）麦精。但事实上，你什么都不用加，也可酿制出非常浓烈的酒。将酿酒桶中的麦芽浆清理干净，放置好。

啤酒的酿制

想要酿制出一如既往醇香的自酿酒，首先你必须仔细擦洗酿酒桶和木桶，并用开水烫一遍，进行消毒。

1 煮沸 10 加仑（45 升）水。给酿酒桶安置一个过滤网。用一小段绳子捆绑金雀花、干草或稻草，将其置于酿酒桶底部。将绳子的一头穿过桶孔，用力拽拉固定，然后把塞嘴（木制的水龙头）用力推进去。

2 水煮沸后，将其冷至 66℃，将一半的水倒入酿酒桶中。

3 倒入 55 磅（25 公斤）的麦芽和剩下的热水，彻底搅拌。接着将酿酒桶密封过夜，用一张干净的床单和毯子覆盖。麦芽中的酶和水会发生作用，分离出麦芽中的糖分。

4 第二天早上，打开水龙头，使“麦芽汁”（液体）流入桶中。

5 将沸水一壶接着一壶浇在发酵完成的麦芽上，以除去所有的糖分，一直持续到排出 10 加仑（45 升）麦芽汁。

6 将 1 磅（0.5 公斤）的啤酒花装入一个枕套中，再将枕套置于麦芽汁中。如果你想偷工减料，现在就可以加入糖、蜂蜜或麦精搅拌。每 10 加仑（45 升）麦芽汁需要加入 6 磅（2.7 公斤）糖（或蜂蜜，或麦精），至少再煮沸一个小时。同时，清空酿酒桶内的麦芽浆，它是猪和牛的绝佳饲料。

7 取一大杯沸腾的麦芽汁，并将其浸入冷水中冷却。当其冷却到 16℃时，投入酵母——大约 10 盎司（28 克）的啤酒酵母小包或是一汤匙的“酵母泡沫”皆可。“酵母泡沫”是从先前啤酒的酿造液中过滤出，须密封置于阴凉处保存。将剩下的煮沸的麦芽汁倒入酿酒桶。

8 将一桶冷水置于麦芽汁中，注意水不要溅出来，这样就可以达到快速冷却的目的。

9 一旦大部分麦芽汁冷却到与手的温度相近，或冷却到 16℃时，就可以倒入“启动剂”：一大杯起泡沫、发酵的麦芽汁，并搅拌。覆盖上毯子避免果蝇靠近，放置 3 天后，除去“酵母泡沫”。经过 5~8 天，发酵完成后，将啤酒“滤出”（即分离啤酒时避免搅拌沉淀物）。

将沸腾的麦芽汁倒入干净的酿酒桶。从中倒出一大杯麦芽汁，并将其浸入冷水中冷却。当麦芽汁冷却到与手相近的温度，或冷却到大约16℃时，往里面加入一些酵母。你可以用前次发酵时保留的酵母，也可以用你专门为酿造啤酒购买的酵母。面包酵母也可以用，但是其效果远不如啤酒酵母。

因为面包酵母是一种“底部发酵”的酵母，它总是沉入酒的底部。而啤酒酵母刚好相反，其发酵过程属于“顶部发酵”，发酵效果优于面包酵母。麦芽汁冷却越快，效果越好。

一台搅拌式牛奶冷却机可以帮到你，它的冷水循环系统能够有效地降低麦芽汁的温度。如果你没有这样的机器，你可以将一桶冷水置于麦芽汁中，但要避免水溅到麦芽汁里，并确保桶身干净。在温度降低至可以加入酵母之前，加快冷却能够缩短有害细菌进入麦芽汁的时间。

当大部分的麦芽汁温度降至16℃时，将已加入酵母的那一大杯麦芽汁倒入并搅拌。接下来是向上帝祈祷的时间啦。小心地密封好，以防止果蝇和灰尘的进入，放置3天。然后去除漂浮的酵母泡沫。否则，这些杂质会逐渐沉淀，影响酒的质量。

经过5~8天，发酵完成后，将啤酒“滤出”，即小心翼翼地将啤酒分离出来，避免搅拌底部的沉淀物，然后倒入专用的容器中密封保存。封盖以后，空气就无法进入了，你成功地酿出了啤酒。

你可以用塑料垃圾桶来装啤酒，而不是木质或者陶制容器。我不喜欢垃圾桶，但它具有卫生、随处可得的优点。如果你还是坚持使用木质容器，就必须保证容器绝对干净。

啤酒酿造设备

专卖店和保健食品店常常会出售啤酒酿造设备，以及相关的一整套酿酒工具。尝试了所有酿造设备之后，我发现并不是越贵越好。我多年来一直购买爱尔兰僧侣出品的罐装麦精/啤酒精华，它们虽然便宜，却十分美味。但是，嗟夫！如今这些和尚死得一个都不剩啦。所以你最好自己记张单子，记录自己酿了哪些酒，配方和过程如何。

在你酿酒过程中，最重要的工具就是一个大容量的发酵容器，通常其容量应该达到40品脱（23升），带有不透气的密封盖和一条倒注的虹吸管，虹吸管两端连上坚韧的管子。容器一端要装有水龙头，用来将啤酒倒入酒瓶中；还有一张加热垫，以确保发酵过程在适宜的温度下进行。你的酿造设备中还应包含酵母和酿酒指南。

记住你需要先用一壶热水烫洗发酵容器（你需要保持其卫生美观，如果用旧了，就立即换掉它），以杀死有害的细菌和虫类。然后将你的麦精倒入发酵容器（提前在灶台上加热可以方便倒入），加入2磅（1公斤）糖（你需要准备足够的糖）和两壶沸水。将它们一起混合搅拌，当它们混合完全后，用冷水加满容器，然后再加入酵母。一定要保证盖子密封好，然后将容器放在你的加热垫上，置于安静的地方大约1周时间。使用虹吸管时要小心！

第15节 酿制果酒

酿制果酒时，严格的清洁步骤必不可少。酒是由生物体（酵母菌）发酵，而如果不慎让其他生物体（野生酵母菌，或其他霉菌、细菌）进入了酒液中，那么你加入酒液中的好酵母就不能发挥作用，搞不好酒液还会腐坏变质，口味和气味都变得很糟糕。所以必须严格清洗所有的酿酒设备，最好用沸水消毒。除此之外，你无须参考那些烂大街的自酿酒参考书，这些书籍善用各种自相矛盾的所谓科学理论，惑人耳目。

接下来我所说的基本知识请务必牢记于心：首先，在发酵过程中，每 1 加仑（4.5 升）水里加的糖不要超过 3 磅（1.4 公斤）。如果你想要酿成烈酒的话，就大概按照这个比例调制。必须在酵母最具活性的温度下发酵。

你必须为精心培育出的酵母菌提供有利条件，这样相对于可能毁坏酿酒的野生酵母或其他有机物，好酵母才有压倒性的生存优势。你必须确保酒液不受污染，特别要注意果蝇，它们总在腐败的水果周围盘旋，携带着可以将酒转化为醋的小虫。你应该抢在小虫彻底破坏了酒的味道之前，把酒从沉淀物中过滤出来。在发酵完成之后，要将果酒放置在阴冷的地方沉淀。

最后，将果酒装瓶后，要储藏一段时间，努力忍住别碰它。红葡萄酒至少要储藏 1 年，白葡萄酒至少要储藏 3 个月。

> 必须严格清洗所有的酿酒设备。

设备

你需要准备酒坛、酒桶或是瓶子，用于给酒发酵。你还需要发酵闸（如果你有办法得到的话），其作用就是让发酵过程中产生的气体释放出去，同时阻止空气进入，因为空气中通常带有细菌甚至果蝇。许多大桶没有使用发酵闸也能酿造优质的红酒，仅仅在桶的颈部塞入一个棉花球，但无数加仑的酒却因为这样的做法白白浪费了。发酵闸是十分有用的工具，温度计的作用也不可小视。你需要准备一个橡胶或塑料的软管，用于过滤或抽取红酒，还要准备一两个漏斗和用于最后装瓶的容器。使用木塞枪，能够非常方便地塞入软木塞。你必须将木塞不留空隙地塞入，否则空气进入的话，酒就会因此变质。如果你不想花钱买木塞枪，聚乙烯密封胶是很好的替用品。

材料

酵母菌是必不可少的。传统国家的酿酒者，包括我，使用过各种酵母菌，但无疑最好还是从商店里买。为了酿制出更好更烈的酒，一些人会使用从店里买来的酵母菌营养素。你也可以加入酸——柠檬里面就富含酸；买点合成的柠檬酸加进去也行。丹宁酸也行，你可以从商店买点来，也可以加入富含单宁酸的茶叶或苹果（尤其是酸苹果）。读者看到这里也许会觉得，这些东西全都去商店购买，有点不符合现代田园生活中自给自足的原则。确实是这样，但是我认为，如果你想要酿制大量优质美味可的酒，一点微不足道的支出是很有必要的。

葡萄酒

没有一种酒像葡萄酒那样独一无二。红葡萄酒是由带皮的葡萄发酵酿成，白葡萄酒则是用去皮的葡萄发酵。酿制白葡萄酒使用的通常也是红葡萄或者黑葡萄，因为所有葡萄里面的果肉都是白色的。酿制红葡萄酒和桃红葡萄酒，比酿制白葡萄酒要容易得多，因为葡萄皮中含有的单宁酸能让作为酿酒原料的葡萄更好地发酵。发酵速度越快，劣质有机物污染酒液的可能性就越小。我个人认为，在碾压葡萄的这一步骤上，只要看到有人光着脚去踩碎葡萄，我都会难受得喝不下酒。（在欧洲，传统上会先光脚将葡萄踩碎，再用踩碎的葡萄酿酒。这种做法现已非常少见，但在此书初版的 20 世纪 70 年代还较为盛行。）所以我一般都会用一根杵和一只钵来压碎

酿制葡萄酒的设备

酿制葡萄酒时，需配备足够的容器，来盛装处于不同发酵阶段的葡萄酒。
准备酒瓶并将葡萄酒装瓶，仅仅是长时间发酵过程后的最后一道简单工序，在此之前，你至少需要准备好几个容器，比如量杯或广口瓶，可能还要用到酒缸和酒桶。

必备器具：
1. 发酵桶
2. 木塞枪
3. 量杯
4. 酒瓶
5. 过滤筛
6. 酒瓶清洁刷
7. 漏斗
8. 液体比重计
9. 量筒
10. 带螺旋盖的瓶子
11. 塑料或橡胶的虹吸管
12. 陶罐
13. 酒桶和带龙头的桶
14. 发酵罐和发酵闸
15. 软木塞和塑料封瓶器

葡萄。如果你想要酿制白葡萄酒，你需要先将葡萄用棉布包裹起来，然后放到一个压榨装置中（类似于小型千斤顶）碾压。酿制红葡萄酒和桃红葡萄酒也是用一样的方法碾压葡萄，不同的是须在原料中增加一定比例的葡萄皮。

葡萄皮加得越多，酒的红色就会越深。但在寒带气候下，颜色较深的红葡萄酒含有过多的单宁酸，使酒带有一丝苦味。若当时正是酿葡萄酒的好天气（这时你不需要阅读这样的酿制指南，因为你的邻居就可以指导你），你就不需要加入糖了。如果天气不太晴朗，你需要在每 10 加仑（45 升）发酵中的葡萄酒里，加入 4~6 磅（1.8~2.7 公斤）糖。如果天气较热，葡萄也很甜的话，你就少加点糖。相反，如果天气较差，你就需要加入更多的糖。

发酵

让葡萄汁和葡萄皮在大桶中一起发酵。虽然葡萄皮上本身就有酵母，但如果能在商店买到酵母培养物的话，你最好加入一些。取出一瓶发酵中的葡萄酒，加热至 24℃，加入酵母培养物，然后将瓶子放在较暖的地方，并用棉花球塞住瓶颈。同时，你还需要将大桶中的酒液也加热到 24℃。当瓶中的酒液或培养物开始发出嘶嘶声时，将其倒入大酒桶中。

如果温度保持在 24℃，发酵将会非常活跃，空气也不会进入酒液。这是因为，发酵过程中产生的二氧化碳会阻止外界空气进入。注意要防止让温度高于 27℃，否则一部分酵母将无法存活。同样的道理，温度也不能低于 21℃，否则你的酵母将会失去活力，而一些外来的酵母就会趁虚而入。记住要让葡萄皮一直浸泡在原料里面。它们会浮在酒的表面，注意不要让它们凝结成一层干皮。

滤出

当第一个发酵高峰结束后，滤出未发酵完成的葡萄酒，为避免浪费，尽量把葡萄皮里的汁水也挤出来。之后将葡萄汁倒入木桶或大玻璃瓶中，直到完全装满。注意容器中不要留一丝空隙。当温度下降到约 16℃，检查一下，如果大部分沉淀物已沉到容器底部，把红酒再倒入到另一个容器中。生活在温带大陆性气候中的人们在酿到这一步时，常在冬季把盛酒的容器放在户外，酒在低温中会接近冻结状态，这样有利于加速沉淀。接下来，再把红酒倒入另一个容器中。待红酒静静沉淀一两个月后，你就可以用我将要阐述的方法装瓶了。

装瓶

瓶子须彻底清洗并消毒。如果瓶内有尘土，消毒是无用的，首先要除尘。然后进行慢热杀菌，瓶子才不会爆破。如果你喜欢的话可以用微波炉杀菌。再倒入沸水消毒，或者先倒入冷水，然后慢慢煮沸，持续约 5 分钟。将瓶子倒置，把水滴干，同时防止灰尘落入瓶中。你可以在葡萄酒冷却后马上喝掉，也可以先用软木塞塞上，等到想喝时再喝。先用沸水对软木塞进行消毒，再用压塞机塞入软木塞。葡萄酒装瓶后平置储存，让软木塞保持湿润——如果软木塞变干，尺寸就会缩小，空气和醋杆菌也就会进入瓶内。在阴暗、通风且恒温处储藏葡萄酒。地窖或地下室是理想的储藏室。

酿制玫瑰果酒

在酿造液中加入一种酒酵母，就可以使其开始发酵。发酵时间可能长达3个月。

1 取3夸脱（3.4升）玫瑰果，洗干净。先仔细切碎，再用木勺或木槌捣碎。

2 将玫瑰果泥放入深口碗中，倒入1.5加仑（6.8升）开水。还可以加入现榨的橙汁和橙皮。

3 添加2磅（0.9公斤）的糖，然后加热到24℃，加入一茶匙鲜酵母搅拌。你可以在碗中取一小瓶水，加入鲜酵母，当要开始发酵的时候再倒入。然后加入一茶匙柠檬酸，半茶匙单宁酸。

4 把玫瑰果酒封盖放置一宿，以免醋蝇和其他各种污染源使玫瑰果酒受到污染。

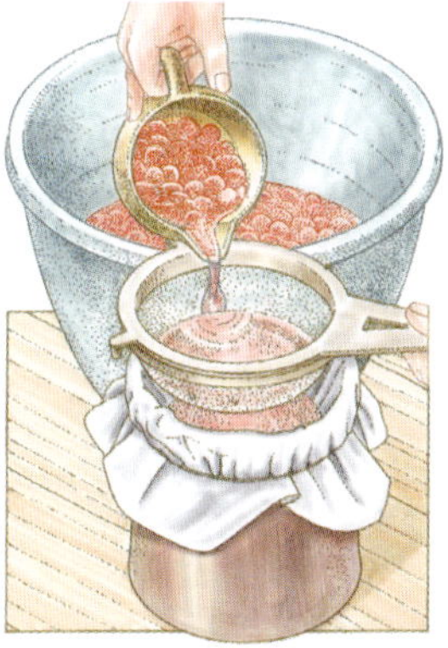

5 用细筛或薄纱布滤出玫瑰酒。要过滤出质地更清澈的酒，就同时使用上述两种工具。

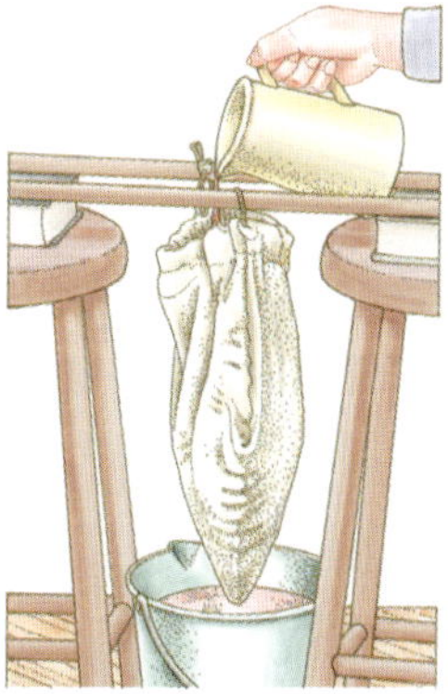

6 你也可以用果汁过滤袋过滤。用两个托架支着过滤袋，切记在过滤过程中不要按压，否则滤出的果酒会很混浊。

7 用漏斗将果酒滤出至发酵罐中，温度保持在24℃。

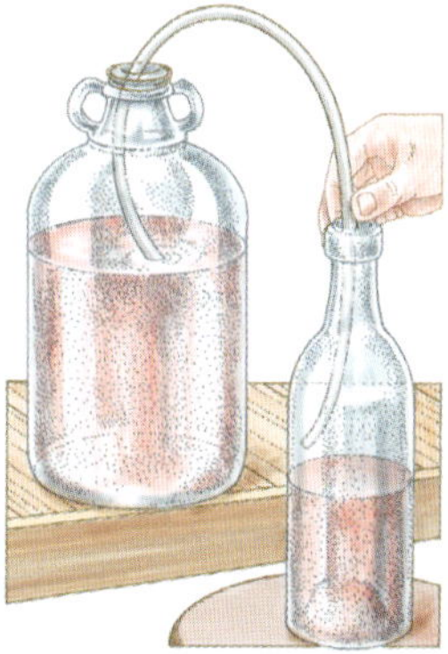

8 发酵罐的盖子能够防止外界空气进入，但允许罐中气体逸出。当发酵停止时，用橡胶或塑料管将玫瑰果酒与沉淀物分离，并引流至瓶内。

9 如果你没有管子，可以用一个带把手的量杯和一个漏斗来操作。装瓶时在瓶口给软木塞留出1英寸（2.5厘米）的空间。

10 木塞枪可以使软木塞塞得很紧，但用木槌也可以做到。为瓶子贴上带日期的标签，储存1年。

乡村果酒

我将向你介绍一些“乡村果酒”的酿造方法，这些方法是我从经验中总结出来的。我不排斥“科学酿酒法”，因为那是一种可靠的方法，能够酿造出优质的果酒。但欧洲和北美国家的村民使用我介绍的这种方法已有几世纪之久，用此方法酿出的酒非常醇香，鲜有失败之时。值得一提的是，酿酒的量越大，成功率越高。我有一些住在英国村庄的老朋友，他们总是在夏天酿造大黄酒，冬天酿造欧洲防风草酒，每次酿制 60 加仑（273 升），用大酒桶储藏，从未失败过。他们的老婆哭着喊着要在菜园里种植一些别的植物，却被他们拒绝。不管怎么说，他们酿制的酒是一流的。

鲜花酒

将 1 加仑（4 升）的沸水倒入等量的花中（花的选择依个人喜好而定），冷却后，将花沥干。然后加入 4 磅（1.8 公斤）糖、1/2 磅（228 克）葡萄干（可选）和 3 个柠檬榨的汁。由于花朵不能为酵母提供足够的营养，光靠糖也不够，因此若条件允许，加入一些酵母营养素。每加仑（每 4 升）酒中应加入 1 汤匙营养素。当温度降至 24℃时，加入酵母，最好是从商店购买的酵母。把酒装入带有发酵闸的容器中发酵。之后滤出酒并装瓶。我曾经用金雀花、荆豆、接骨木花（配方见下，效果一流）、黄花九轮草、蒲公英酿制过鲜花酒，我还喝过上好的玫瑰花酒。

酿制接骨木花酒需要：

6 磅（2.7 公斤）接骨木花

3 磅（1.4 公斤）糖

1 加仑（4 升）水

2 盎司（56 克）柠檬酸或柠檬汁

适量酵母

理论上，你应将所有接骨木花的茎梗摘除，但我曾将茎梗加入酿酒原料中，并且发现效果没有什么不同。因此，你完全可以不按照传统的方法进行摘除，还能减少工作量，何乐而不为？将沸水与接骨木花倒入土豆搅碎机中搅拌混合，然后盖好，浸泡 24 小时，加入糖和酵母，放置一段时间，越长越好。待完成发酵，滤出酒，倒入瓶子或其他容器中，让沉淀物沉淀下来。所有果酒和鲜花酒都可以依照此方法酿制。上述步骤也适用于任何由浆果或黑加仑酿成的果酒。

蜂蜜酒

你可能已经猜到酿制蜂蜜酒所需的材料：1 加仑（4.5 升）水中约加入 3 磅（1.4 公斤）蜂蜜。你还需要一些蜂蜡，一些从摇蜜机上滤除的野生蜂巢碎屑，以及一些纯蜂蜜。（趁老婆不注意，赶紧从蜜罐里偷点出来！）将蜂蜜用水融化、发酵；蜂蜜缺乏酸性物质，因此每加仑蜂蜜中要加入一些柠檬汁或合成柠檬酸。蜂蜜酒发酵还需要一些丹宁酸为酵母提供营养，因此要加入一些碾碎的酸苹果。我曾听说有人在蜂蜜酒中添加茶叶。我也曾将一些玫瑰果糖浆加入蜂蜜酒中，但发酵的效果不是太好，发酵过程过于激烈。蜂蜜酒发酵需要很长时间，因此不要着急。有耐心的话，你最好将它装入瓶中储藏几年。

第16节 酿苹果酒和苹果醋

苹果酒是用多种苹果混合做成的。酸性强、单宁酸多、糖分足的苹果是最佳选择，但极甜和极酸的苹果混合起来，再加上些富含单宁酸的酸苹果，也很不错。

成熟的苹果也能制作苹果酒，但总是达不到理想状态。最理想的状态是，在苹果成熟时摘下，然后成堆置放 2~3 天，直到它们变得软些之后再制作苹果酒。杂有少数劣质或在挤压中擦伤了的苹果，并不会影响到苹果酒的质量。由于苹果果汁含量差异很大，所以一定数量的苹果到底能做成多少苹果酒也是没有定数的。粗略估计，10~14 磅（4~6 公斤）苹果可以做出 1 加仑（4.5 升）苹果酒。

几个世纪以来，制作苹果酒是把苹果的营养价值保存过冬的最好方法之一。苹果发酵，产生酒精的过程充满了魔力。普通的苹果汁变成美味可口，使人微醺的金色美酒，堪称大自然的奇迹。秋天，大量苹果成熟，有一些品种很好储存，比如考克斯苹果（Coxes）。但大多品种只能储存几个月，而且还要毫无瑕疵地摘下才能储存这么久（被风吹落而擦伤的苹果就储存不了多久）。

现代社会很少有人知道怎么处理他们种的苹果，我们发现，许多朋友非常高兴我们能参加他们的派对，因为我们会带去一大群孩子，孩子们可以一起收集被风吹落的苹果。

大人和孩子们一起酿制苹果酒的派对，能让人愉快地享受秋光之美。

榨汁

当你选好一堆苹果——至少要能盛满一只手推车——就可以开始做苹果酒了。最好能找些身强力壮的帮手来帮忙。你还需要一些切块装置、一个压碎机、一个水果榨汁机，和一个 5 加仑（4 升）容积的发酵桶。接着要压碎苹果了，这是个很费力的任务，传统方法是让一匹马或一头牛拉着石磨转圈。我曾有个朋友习惯用轧布机来把苹果压碎成果浆，效果其实也蛮好。

首先，把所有的器具从储藏室拿出来清理干净，装配好，确保你的榨汁机不会被那些又重又结实的果子弄翻。我曾经专门做了一个很重的小桌子，用螺丝钉把榨汁机固定在上面，确保它不会乱晃。先把苹果从手推车拿到切块盒里，可以用一个干净的铲子在盒子里把苹果剁成块，然后把苹果块放到压碎机里面，这会儿要小心手指不要伸进机器里。当压碎机装够了碎苹果，就可以开始压榨了。第一桶果汁往往令人兴奋，直接从榨汁机里喝到的果汁味道很棒。

把压榨好的果汁导流进你的大容量发酵桶里，在这个阶段，桶里会漂浮着一些小苹果块和叶子，不要太担心。当第一批苹果压榨好后，关掉榨汁机，取出发酵桶中漂着的“奶酪”状果肉泥。我备有另一个手推车来装它们。这些东西你可以拿去喂猪喂牛，但大部分得拿来做堆肥。然后重新装满榨汁机，继续压榨的步骤，直到苹果果浆装满发酵桶。

密封发酵苹果汁

盛苹果汁的桶里充满着来自果皮和果木的天然酵母，也可能还有其他大量残余物。下一个步骤是用薄纱布覆盖发酵桶，避免果蝇进入，然后将桶在水槽中置放一夜。经过一天左右，苹果汁就会快速发酵，发酵过程中会冒出气泡，并且溢出来。快速发酵中的一个秘招就是气泡，让这些携带着大量污垢的气泡溢出来，最后与污垢一起聚集在桶的边沿溢出。这个剧烈的发酵过程完成后，你可以通过一个筛子将整个桶里的东西滤到另一个干净的发酵桶里。这一过程清除了所有剩余的苹果残渣，而第一个桶里的沉积物，你可以把它们留下。现在，你应该有 5 加仑（23 升）较为干净的苹果汁，可以进行后续的发酵程序了。在这个阶段，我通常会添加几茶匙商业酿酒酵母，以及 1~2 磅（0.5~1 公斤）砂糖。商业酿酒酵母可以确保苹果汁的发酵完美完成，因为在这个过程中你不能完全依靠天然酵母。要加多少糖可根据你的需要来决定，糖多的话，苹果酒的味道会更浓，会比稀薄的苹果酒更易保存。加糖的方式是这样的：用糖和几品脱的沸水制成糖浆，再把糖浆倒到桶中。盖紧发酵桶的盖子保持温热，也可以使用加热垫（一种可保持恒温的电热带子或垫子）或者电热柜。酿造需要完全发酵，也就是要将苹果汁中所有的糖分都转化为酒精。这一过程可能需要 10 天到 3 周左右。要检查发酵进度，可以仔细观察，看看是否仍有气泡浮上来；也可以尝一尝，如果果酒还是甜的，那么还得等上一段时间。当发酵结束后，液体开始变得清澈，容器边缘会留有酵母

3 个简单的步骤

1 切块——使用锋利的铁铲在木质盒子里剁碎苹果。往盒子里多装点苹果，这样苹果就不会在里面乱滚；但不要装太满，以免苹果碎块溅出去。

2 压碎——如果你剁碎的苹果是不超过 3 厘米的正方形，就可以放进压碎机里。直接压碎后让果浆流到榨汁机里，小心不要夹到手指。

3 榨汁——将榨汁机固定在结实的桌子或者工作台上，然后让榨出的果汁直接流到发酵容器里。把果浆里的“奶酪”状果肉泥拿去喂猪，剩下的可用作堆肥。

形成的棕色浮渣。为了储存酒，现在可以着手准备将酒榨出装瓶了。把发酵的容器放在阴凉的地方，最好就在你打算榨酒的地方，放置至少 24 小时，沉淀之后像给啤酒装瓶那样装起来。要确保二次发酵的发生，就多加点糖，不过一般二次发酵都会自动进行。我会先在室外将初次发酵后的苹果酒储藏一个冬季，等到天气转暖，二次发酵就开始了，并且会产生丰富的泡沫。随着储藏时间的增加，苹果酒会愈加香醇，其保质期长达 1 年。

苹果醋

葡萄酒、啤酒或苹果酒中的酒精，在特殊的细菌作用下，可转化成乙酸，这就是我们所说的苹果醋。这种特殊的细菌只能在有氧的环境中生存，因此可以通过隔绝氧气来防止葡萄酒、啤酒或苹果酒转化成醋。

酵母在发酵过程中会产生大量二氧化碳，这些二氧化碳会将储酒容器中的空气挤出去。当酒精含量过高时，酵母就无法正常工作。因此，在大量的糖转化为酒精后，酵母会被杀死，或自行终止发酵作用。这时醋酸形成的醋酸杆菌就会开始活跃，你必须彻底隔绝新鲜空气，防止细菌感染酒液。

但是，如果你想要制醋的话，则必须让葡萄酒、啤酒或苹果酒尽可能多与空气接触。如果你把它放在一个无盖的桶里，几周后就可以变成醋了。但是最好加快制醋进程，以确保周遭环境不会污染醋，并减少有害细菌的污染时间。

为了加快进度，可以使用一大桶山毛榉木的刨花。山毛榉刨花是加速制醋进程的传统材料，但实际上，只要不是来源于树脂木的刨花都适用。首先，将刨花完全浸泡在你想要酿制的优质醋中（如下图所示）。然后，将一个多孔的木板放置于大桶内的刨花之上，接着倒入你的葡萄酒、啤酒或苹果酒。

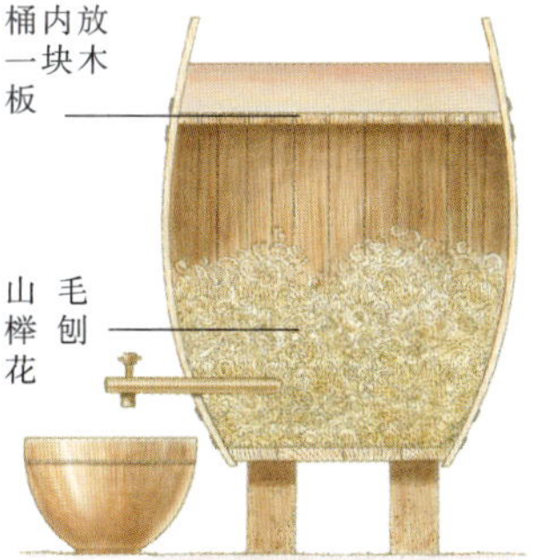

制醋

将大桶内的山毛榉刨花浸泡在准备酿制成醋的液体中。将一个带有多个小孔的木板放置于大桶内的刨花之上。将酒从木板倒入桶内。酒精液体穿过小孔（孔必须很小，尺寸和针眼接近）慢慢渗透桶内的刨花，并且能够更好地与空气和醋酸杆菌接触。1 周后打开木桶，醋就酿成了。酿制好的醋可以通过桶底部的水龙头流出。

第5章

能源与垃圾

“每个户主都会有几个小垃圾箱：一个盛装有机废物，一个盛装铝制品，一个盛装不可回收的玻璃，一个盛装镀锡白铁罐，还有一个盛装塑料制品。顺便提一下，如今塑料被过度使用，然而在50年前，塑料差不多还没有发明的时候，这个世界也曾出奇地和谐。我们应该拒绝购买那些塑料包装的产品。至于回收，目前德国已经开发出了一种最好的解决方法，即将塑料融化后转化成建筑板材，它们是坚固而优良的绝缘体。我们这个多灾多难的古老星球再也无法承受倾倒垃圾产生的浪费和污染了，而我们却把终结这种丑恶行为的责任推给了子孙后代。我们正在掠夺他们的遗产。”

约翰·西摩：《改变生活方式》，1991年

第1节 菜园的肥料

如果你把植物废料叠放堆积在一起，它们将会腐烂，转化成堆肥。但是要想更快地制出优质堆肥，你要做的不止如此。当然，在自给自足生活中，拥有家畜的农场主可在植物废料中加入动物内脏，从而在12小时内制出世界上最好的堆肥。仅用菜园里植物自然代谢的产物来制造堆肥，无论如何都要花上好几个月的时间。不管用哪种方法，堆肥制造的原理是一样的。

制造堆肥

植物会被需氧微生物分解，需氧微生物就是需要靠氧气存活的细菌和真菌。细菌分解植物纤维质需要速效氮的参与，如果它们拥有充足的速效氮，那么将会很快分解植物废料，同时产生大量热量。这些热量会杀死杂草种子，并减少堆肥中能传染疾病的有机体的数量。如果缺乏速效氮，微生物将会花费更多时间来分解植物。所以，为了尽可能的加速分解进程，你应该尽量提供制造堆肥的微生物所需的空气、水分和氮元素。你可以在堆肥下面排放砖块，每块砖之间留出空隙，以此来提供空气。你也可以根据个人喜好在堆肥时插上一些杆子，然后拔出来，形成透气孔。

你可以借助雨水或自己洒水，来为肥堆提供充足的水分，使之湿润。你也可以通过施加动物粪便（鸡粪和马粪最优）、尿液、鱼粉、无机氮，或者其他拥有较高氮含量的肥料，来提供所需氮元素。

> 制造堆肥的微生物需要空气、水分和氮元素。

粪便与化肥

通过自然方式获取肥料的传统方法，是把植物废料（通常为秸秆）扔在圈养的牛、猪或者其他动物的脚下，动物粪便和尿液中的速效氮就会将肥料“催熟”。一两个月之后，你就可以把它们挖出来，小心地堆放在室外。更多空气的进入使得腐烂程度更深。接下来数月后，你就可以用卡车装载起来送到你的菜地或其他地方进行施肥了。

但是如果你任何动物都没有，最好的办法就是铺设一层砖或混凝土块，留出空隙，架上粗糙的木架以便空气流通，然后开始在上面堆肥。你需要铺垫几层植物废料，每层中间撒一些含氮量高的物质。每层植物废料的厚度约为10英寸（25厘米），然后每层含氮物（鸡粪或无机氮肥）的厚度约为2~3英寸（5厘米），就是最理想的状态。也有人用石灰代替含氮物质。

肥堆四周用木材、砖或混凝土筑成垂直于地面的墙，保持肥堆适度湿润但不可完全湿透。要知道，任何人都可以把肥料堆成堆，但只有按我说的方法，才能让肥堆的边缘垂直，加大空间利用率。试试用这种方法能处理多少菜园中的材料，你一定会大吃一惊。你只需要确保把添加物每次都铺展成薄薄的一层，而不是堆成一堆。将大量的植物废料（杂草，修剪下来的草木等）与木材废料混在一起，可以做成很好的混合肥料。确保在半英亩的菜园内留出8×4英尺（2.5×1.2米）的空间，以便在整个季度里有足够的空间持续堆积植物。

堆肥在添加新材料之后会在 1 周内膨胀，接下来又会因为材料被分解而塌缩，而且塌缩后腾出来的空间大小是超乎想象的。

在本季度的尾声（10 月或者 11 月），你就要停止往堆肥里添加任何材料了。从现在开始，你将使用第二个堆肥制造区，同时静置第一区使其发酵。当早春到来之际（2 月或 3 月），你就可以把上个季度的堆肥顶部那些还没有腐烂的材料取出，放到第二个堆肥区底部。然后你就可以随意使用这些制好的堆肥了，可以施点在红花菜豆苗床里，施点给莓类水果，深层苗床里也施点。你还可以试着从当地的农民那里弄点农家肥，有农家肥或是堆肥的农场在路边会有标识，你可以开个拖拉机之类的车去拉点回来。

理想的双箱体堆肥箱

这是一个理想的双箱体堆肥箱，可将菜园和厨房中的废料堆置在其中。两个箱体都要足够大（底部面积分别不低于4平方英尺，即0.5平方米），能够分别容纳一个季度的废料。

堆肥

一切植物或动物来源的废料都可用于堆肥。肥堆底部应为土壤层，盖上稻草捆以便透气。

封盖式城市堆肥箱

城市里的厨房会产生更多的垃圾，它们会吸引苍蝇和老鼠，我喜欢用一个封盖式塑料堆肥箱来盛装这些垃圾。如果你可以从园艺中心买到顶部封上盖，底部可以防鼠的箱子，那就买一个吧。去确认一下你所在地的地方政府是否提供这样的箱子（现在很多地方政府都会提供，而且花销很少）。当然，如果你有一个堆肥厕所，那么直接把垃圾丢进去就是了。

从本质上来说，同样的原则对城中菜园与郊区开放式菜园都适用：要使用充足、优质的混合堆肥。我把带孔眼的铝片放进塑料堆肥箱里作底，这就挡住了老鼠，而让蠕虫可以进入。一旦你有了足够的混合物来促使产生发酵，你将会看到材料迅速塌缩。如果你觉得它需要额外的氮，可以添加尿液。这种堆肥箱在底部有一个开口，在几个月的发酵之后，可以打开它来铲出腐烂的材料。如果堆肥还没有完全发酵好，可以将其加入你现有菜园的肥堆里。

蠕虫堆肥

在温带气候中，蠕虫堆肥非常受欢迎，并且易于使用。这种堆肥完全是那些红色小肥虫的功劳，它们也许会自然而然地出现，或者也可以在诱饵商店里买到。蠕虫都需要在潮湿温暖的环境里茁壮成长。有一个简洁的办法可提供这样的环境，那就是用一摞废弃轮胎做成盛装有机废物的容器。在底部添加粪便后，蠕虫会不断地繁殖，并向上吃掉这些粪便。随着轮胎逐渐被填满，你可以移除下层的轮胎（将里面做好的堆肥一并取出），那时蠕虫一定已经移动到上层的轮胎去了。然后重复这个操作过程即可。

城市塑料堆肥箱

图为商店出售的标准堆肥箱，适合在城市使用。它由较为沉重的塑料制成，可以阻挡苍蝇和老鼠入内。

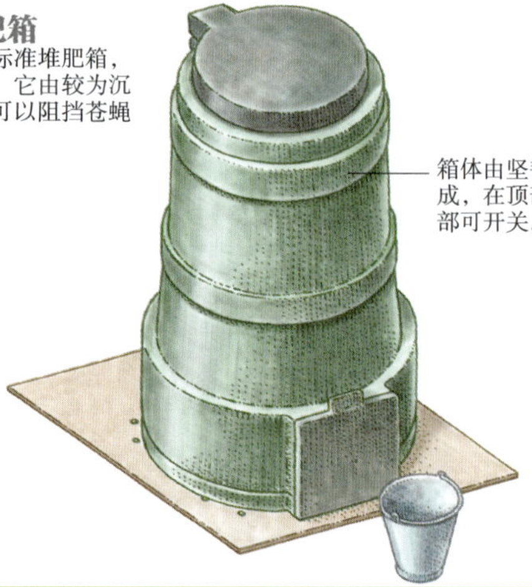

箱体由坚韧的塑料制成，在顶部封盖，底部可开关。

底部必须保证防鼠，但要让蠕虫能够进入，水分能够排出。穿孔铝片作为材质比较理想。堆肥箱装有推拉门，以便取出腐烂的肥料。

蠕虫堆肥

一堆旧汽车轮胎可以做成装蠕虫堆肥的容器。蠕虫喜欢温暖或炎热的环境。蠕虫会不断移动进入上层的轮胎，因此你应该经常将底部的轮胎取出。

第2节 垃圾处理

在过去的50年中，垃圾收集和处理已成为城市文明的一大挑战。我们从大自然中得到资源，短暂地使用后，将成吨所谓的“废物”丢弃掉。大部分垃圾被填埋掉——当然啦，它们应该会变成22世纪的甲烷发电站，要不就会在未来某天变成新的矿藏。一大半“废物”是纸张和厨房垃圾，还有很大一部分是可回收利用的玻璃、金属或布料。在现代田园生活中，秉承自给自足理念的人认为，应当以尽可能不产生废物为荣，以零浪费为目标。处理废物的第一步，也是最基础的步骤，就是避免购入废物（比如大捆的周日报纸）。第二步是将你的废弃物进行如下分类：

肥料堆 你的主要肥料堆（参见本章第1节）会吸纳大量废弃的植物，如土豆皮、杂草、树叶、果皮、酿酒剩下的苹果渣等等。封闭的肥料堆会纳入本可能招来老鼠的废料，如一次性尿布、泡过的茶包，和不适合家禽吃的腐烂的肉或鱼。

家禽饲料桶 家禽饲料桶可以装泔水和残渣，但每天都必须要倒空和清洗以保持新鲜。不新鲜的蛋糕和面包、面团、鱼皮等等都可以倒进桶里，那里简直就是小鸡们的天堂。

废纸 回收利用是首选，其次是焚烧，或放进肥堆（先要切碎，这比较烦人）。

塑料制品 在依靠石油产业驱动的现代世界里，人们几乎不可能不使用塑料制品。回收那些容积为2升的塑料瓶子，弄干净，拿来装你的啤酒和苹果酒。

易拉罐 现在大多数地方政府都回收铝罐和钢罐，所以你需要将它们单独分成一类。铝罐子很容易踩扁，钢罐子则需要将上下两头拆掉后砸扁。

玻璃 如今在回收中心经常能听见玻璃打碎的声音，人们在处理废玻璃时，会将那些绿色或棕色的玻璃瓶打碎。但我实在搞不懂，我们完全可以制造一些标准化的可回收瓶子，从而节省数百万瓦的能源，为什么还要打碎那些完好的瓶子呢？要是真这样做了，燃料公司可能会恨我们，但为了善良与正义，我们应该效仿法国的某些地区，将酒瓶重新回收灌装。我记得，确实有一段时间牛奶是用玻璃瓶装的，可以毫不费力地重复利用。对于以上各类垃圾，你还要首先搞清楚本地政府有关回收的最新报价（说不定比想象的高很多）。但最佳的回收利用方式，还是将垃圾放进肥料堆，制成绝佳的肥料稍后使用。

粪肥铲运妙法

据说东方的禅师会倾其一生的时间来研究洗碗工作，最终将这项活动升华成快乐与满足的艺术。生命中还有什么比这更加成功呢？究竟是何种魔力，能将苦役转化为欢乐？

前几页中，我讨论了如何为你的菜园制作最好的堆肥；在此，我还要为来年的蔬菜介绍一种更好的肥料（即使你自己不养牛、羊和猪，我也希望这个能对你有所启发）。这玩意儿有点恶心，我是说，你要把牛栏里一整个冬天的牛粪和下面垫的稻草全掏出来。

挖出重达10吨的臭便便，再用手推车运走，这听起来不是那么有吸引力，但还是请你勇敢地面对它吧！在自给自足的现代田园生活艺术中，善于学习的人能从腐烂的粪肥堆里看出其美丽，享受非凡的满足感。请把挥舞着热乎乎、汗津津、臭烘烘的铁铲的动作，想象成骑自行车登上一座美丽的山峰吧——上山时所付出的辛劳，将因下山时飞驰千里的畅快而加倍得到弥补；同样，让来年的蔬菜拥有了美味的“食物”，这岂不会加倍弥补你铲运粪肥时感到的痛苦吗？

粪叉和手推车

学习禅宗的人都知道，了解并热爱你的工具是最基本的要求。在当前讨论的例子中，我们应该了解和热爱的便是粪叉和手推车。精良的装备至关重要。粪叉要有4个由弹簧钢制成的尖齿和弯曲的叉肩，就像长柄草耙那样。尖齿上要有一个恰到好处的曲线，使它不仅能铲上更多的粪肥，还能用作一个重要的杠杆，铲去厚厚积压的湿漉漉稻草。弯曲的叉肩使你在把稻草铲进手推车时，稻草不容易粘在粪叉上。

菜园里用的那种沉重的、方头方脑的耙子是绝对胜任不了这个活儿的，因为它太直，齿端不够尖，稻草也很容易粘在叉肩上。

你选用的手推车须可承重220磅（100公斤），轮子应当是能够保持平稳的充气型车轮。别忘了，你可以换用不同尺寸的轮胎。用贵点儿的轮胎能减小爆胎的风险。镀锌钢材质的手推车是最好不过的了。你也可以把你的手推车停在更靠近牛棚大门的地方，这样每次你要把粪肥铲进车里时，可以少走几步路。

在牛棚和堆肥之间安排好畅通的路线，你肯定不希望这路程超过25码（23米）。确保堆肥箱的外壁牢固到可以承受好几吨粪肥的重量，如果有必要的话，可用后式打夯机打下防腐处理过的木柱，以达到加固效果。我们在这里讨论的是直径10英尺（3米），深6英尺（1.8米）的堆肥箱。它的一边是敞开的，其他3面用木板条连接加固。如果你已经开始铲运粪肥或者正要开始行动，请确保架在箱体外的斜板足够牢固，并能承受住重量。动物笨重的蹄脚会把稻草垫踩踏得紧密厚实，因此每车粪肥的重量都可能超过220磅（100公斤），你需要小跑着才能将它推上斜坡。

挖掘的艺术

你不能像挖沙子那样挖粪肥。相反，你必须把粪叉的尖齿放低角度，然后把尖齿弯曲的地方当成杠杆的支点，粪叉手柄轻轻放低，就能抬起一层约3英尺（7.5厘米）被压实的粪肥，随着压实的粪肥被抬起和略略松开，会发出吱吱嘎嘎的声音。这时你可以抬起粪叉，颤悠悠地把粪肥扔进手推车里。你可以把粪肥堆得很高，这样能使它们黏在一起，更加牢固。

注意不要把手放在粪叉手柄的末端，不然万一撞到墙上，会出事儿的。

铲运粪肥时会有一个几乎不可避免的副产品，唉，那就是崩坏的叉柄。粪肥很重，所以在使用粪叉时，稍微一用力就会弄坏叉柄。许多现代工具的柄的质量都不怎么样。你应该会想要一个白蜡木制成的叉柄，上面有漂亮的竖直木纹。它应当中间最粗，从中间到两端逐渐变细。如果你的叉柄坏了，接下来的活儿就会很惨啦。

堆出边缘垂直于地面的肥堆

你接下来的任务是，把粪肥好好地堆起来。制作堆肥是项艺术，每个农夫都知道，任何人都能堆出肥料堆来，但是只有真正的农夫，才能做出好的堆肥。拥有好的堆肥技艺，你就能在众目睽睽之下迅速把肥料堆起来；没有这门技艺，搞不好花一年时间都堆不起来！要堆成一个质量上乘的肥料堆，关键在于让材料（这个例子里是用稻草）从四周倾斜向下铺到堆肥上。如果从中心向四周倾斜，它容易滑下来，这样堆肥的四边就不能保持垂直了。在农耕时代，堆肥是一个讲求技巧的重要任务，如果堆肥的材料滑落，或者受到坏天气影响，将是一场大灾难。堆肥说起来没有那么重要，但一个整齐的肥料堆比起松散的肥料堆更能保持形状，并且能做出更优质的肥。要做一个边缘垂直于地面的肥料堆，就必须将粪肥沿外缘开始堆放。你需要将粪肥平铺开来，并铺上大量长绳，最好与肥料堆四壁呈直角。要是多出一粪叉的松散粪肥，暂时别管了，把它们丢到后面的空地上去吧！从肥料堆的前面开始，建起一道高约 9 英寸（23 厘米）的垂直壁板，然后确保粪肥可以从边缘倾斜向下铺放。每次运来结实的长绳时，就用它来固定壁板。后填入的粪肥会将长绳压实，从而加固肥料堆边缘的壁板。

你需要进行重大的战略抉择，来决定何时使用你的堆肥。你的堆肥是做好了就放在那里任其发酵呢，还是说你储备有上好的粪肥，所以每过 2 周就能挖出 6 英寸（15 厘米）的肥料层，添到日常使用的肥料堆里？在肥料堆里将粪肥和其他材料混合在一起，可以取得极好的效果。要在短时间里移走成吨的肥料，有很多种方法。与自给自足生活中的大多数工作一样，你可以通过定期的小批量操作来实现这一目标。

更多关于施肥的细则

如果在土里加入适量的农家粪肥，或者直接施用动物粪便，或者施加海藻（含有各种微量元素）或堆肥，那么土地就不会缺乏任何东西了。通过分析你的土壤样本，可以判断出土壤缺少的元素，然后一劳永逸地补充这些元素（无非氮、磷、钾、钙），继而在一个健全的有机生产方式下使用土地，土地的肥沃程度将不断增加，最终达到非常高的水平。这样，你就再也没有必要在各式肥料上花一分钱了。而且很多时候，如果是新开垦的土地，或者是之前采用正确的土地耕种方式，你都不需要对土壤成分进行分析。

第3节 节能

替代能源设备

我一直主张综合利用土地，即促进土壤、农作物和动物之间的有机良性互动。至于利用能源，我们也必须采取同样的办法。我们应该将持有的土地视为一种潜在的能源，可以用它来实现我们的美好目标，我们应该像让土地自主产出粮食那样，致力于使土地上的能源自动地为我所用。

在晴朗而炎热的天气里用煤烧水，在附近就有湍急溪流的房子里烧油取暖，在有潜在风能和水能的地方用电力驱动磨粉机或织布机，都是不利于节能的。雨水充沛且多丘陵的地方可以利用水能，平原地区可以利用风能。但在能够利用水能的地区，就不要再利用风能了，原因很简单：风是善变的，水却是相对稳定且可持续的。在烈日所照之地，免费的热能不用白不用。当你的铁皮屋顶已经热得烫手时，你还往热水锅炉里倒冷水来烧热，显然是多此一举。

天然能源的一个特点是可以大规模开采，小规模利用。比如，对于一条特定的河流，获取更多的能源的方法是顺着河流建造 100 个小水坝和水车，而不是建造一个巨大的大坝和驱动一组巨大的涡轮机。为了更好地开发风能，庞大的风力发电站并不是好的选择，利用众多小风车来达到目的才是如今的趋势（感谢环境让它能够变为现实）。

> 烈日所照之地，免费的热能不用白不用。

用不着一个“地球峰会”来叨叨，你就应该明白，城市里的每所房子本来都该有一个太阳能屋顶，借此获得能源。但目前为止，通过一个巨大的太阳能收集器获得能源，供给整个社会，仍是天方夜谭。分散的各个农场制出甲烷气体很容易，但将近百个农场的粪便集中运送到中心站，制成甲烷气体再重新分配，却极不划算。所以，对过着自给自足生活的人来说，“替代能源设备”是更好的选择。

天然能源的联合使用

自给自足生活中，联合使用几种能源比单单使用一种能源要好。比如说，你可以有一个烧柴加热的大锅炉，它可以为很多人煮饭，并为牛奶场、厨房、屠宰处、浴室和洗衣房提供热水。用太阳能对屋顶上的水进行预热的话，加热过程对木柴的需求就会减少。

沼气厂使用动物和人的粪便制成甲烷，甲烷作为燃料，将锅炉中的热水加热转化为蒸汽，为奶制品设备消毒。然后，你可以不用山上可能被轻微污染过的水，而是用一个抽水泵，抽取更为纯净的地下水来使用。

想要照亮房屋，何不让流动的河水带动一台小型涡轮机来发电？上面所有构想都确实可行，而且还花不了什么钱。再说节约下来的电能就足可弥补花掉的钱了。

室内保暖

必须先补好你现有室内系统的漏洞，否则安上从自然获取热量的复杂系统也是白费力气。

要想让房子保温效果更好，最好选择用石头、砌墙泥（捣实

防止热量散失

用传统方式建造的房子，屋顶、门、窗、地板和外墙都会白白散失大量热量。结合图示方法，每年家庭能源可节省高达三分之二的需求量。

的黏土）砌成的厚墙，或者开窗不大的砖墙，加上茅草屋顶。如果是用现代砖块或混凝土砌成的薄薄的空心墙，只要在墙板内填入塑料泡沫或其他隔热材料，房梁之间也置放一些，保温效果也会不错。现代建筑师所钟爱的大型“单片玻璃落地窗”保温效果并不好，双层玻璃窗可能会好些，却很昂贵。乡下人整天外出劳作，当他们回家时，他们想感受的是家里那种与室外不同的感觉。他们已在外欣赏过各色美景，再透过家里的大落地窗看风景，对他们来说已经没什么吸引力了。所以，对于乡村住房来说，大落地窗并不咋地。

当你可以轻松获取成吨的上好干柴时，最好使用大烟囱。这样的烟囱是浪漫的田园美景，它们冒出袅袅青烟，将木柴转化成热量。但在燃料匮乏的地区，大烟囱却并不讨巧。狭长而散落的房子容易流失热量，而紧凑的房子更为可取。圆形建筑比方形建筑更聚热，因为它们的表面积相对容积来说较小（蒙古牧民对此深信不疑）。而方形建筑明显优于矩形建筑。相对于从外墙获热，在房子内部获得基本热源是最好不过的了。

如今，高科技产品已经实现隔热体的最优化，但是这种产品非常昂贵。我们所能做的就是寻求更便宜、更自然的材料。只要是能种栓皮栎的地方，就种些吧，因为它能够大量提供优质隔热材料。

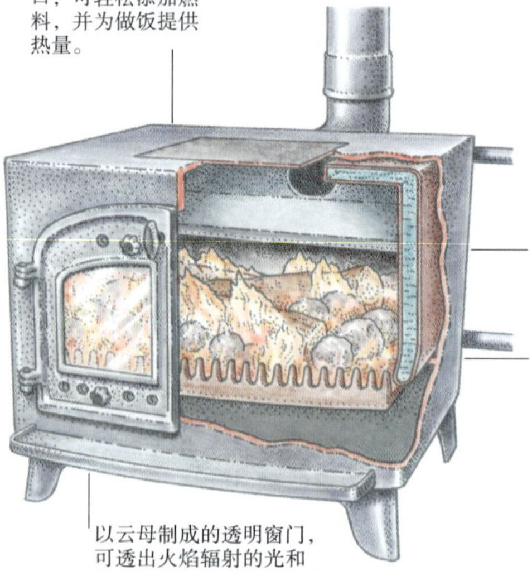

封闭式锅炉

基本上，凡是烧木柴的火炉和炉灶，都能燃烧几乎所有的可燃物。夏秋两季将木柴和其他的易燃废物储备起来，到冬季可作为燃料。那种大型老式生铁炉灶可以提供一般家庭所需的热能，比如用来烹饪肉类。

第4节 太阳能

最实用的太阳能集热器乃是树木，森林可以大面积吸收太阳光，并且如果管理得当，就可以持续地把太阳光转换成能量。与此相比，覆盖面积为几平方码的人造太阳能集热器，不仅费力，成本还高。而如果你能相对容易且便宜地收集和储存太阳能，比如在屋顶或墙面上安装相关装置的话，收集起来的太阳能便可作为其他能源的有效补充。其缺点是，我们最需要太阳能的时间是冬天，能够大量获得太阳能的时间却是夏季。不过，在冬季，我们可以用风能或水能来代替太阳能，从而建立起持续运转的能源系统。

太阳能

太阳能（1）在盛夏最为充沛，而我们的供暖需求（2）最旺盛的时候则是隆冬。大多数太阳能集热器在夏季（B）提供过多的热量，而在冬季（A）提供的热量则远小于我们需要的。太阳能使用效度（C）在春季和秋季达到高峰。在比较热的夏季，每平方米的太阳能集热器每天接收到的热量可能是4~5千瓦/小时，但在温带气候的冬季，这一数据则是0.5~1千瓦/小时。

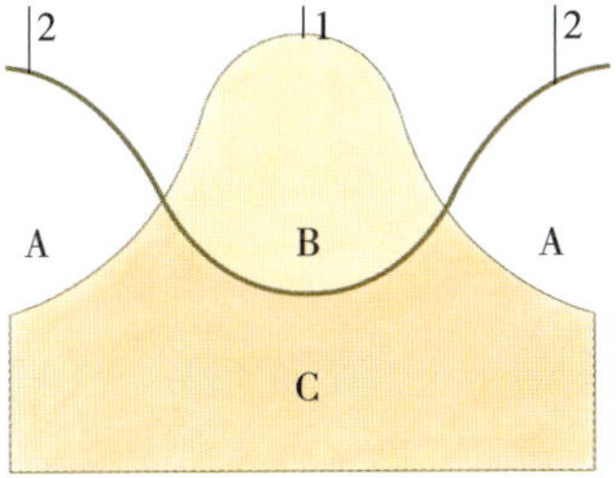

太阳能蒸馏器

将混凝土浅水池（1）漆成黑色或刷上焦油，它可以容纳几英尺深的污水。用大面积的聚乙烯棚（2）把水池盖起来，形成的冷凝水会沿其内表面流入两排集水沟（3）中。用重木条（4）压住聚乙烯棚，固定住两边，让它看起来像一个帐篷的形状。你可以通过塑料水管（5）更换水池中的污水。

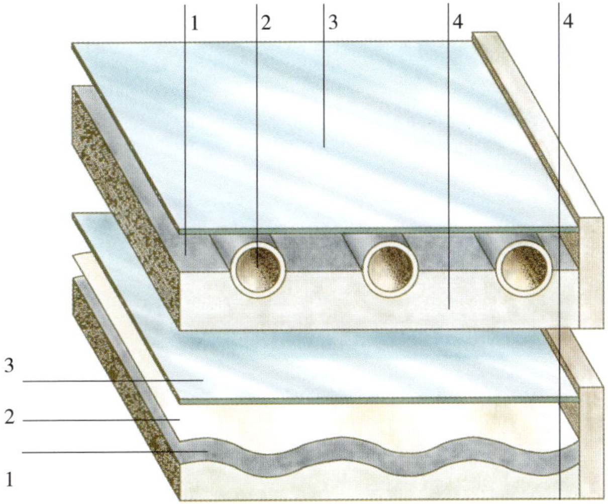

平板型太阳能集热器

大多数太阳能集热器用黑色表面（1）来吸收太阳辐射，产生热量。然后以流水为媒介，有的以空气为媒介，顺着吸收面后面的管道或渠道（2），将热量传递到热水箱或储热空间。玻璃或塑料隔层（3）可以阻止热量从集热器正面散失掉，而隔热层（4）可以阻止热量从集热器背面及两侧散失。

在温带气候下，过着自给自足生活的人可做以下实用的选择：

1. 在漆成黑色的瓦楞屋顶上盖一层透明的覆盖物，让热水顺着屋顶淌下，这样屋顶就变成了集热器。你必须买到透明覆盖物和一台水泵，才能让水循环起来。你同样可以用这种方法大面积收集太阳能。

2. 第二个选择就是在透明的覆盖物下，用漆成黑色的水管来加热水。这样做的好处是热水不会冒出雾气，遮挡视线；同时由于水受热后会向上涌起，你也不需要循环水泵。不过大面积的透明覆盖物价格不菲。

3. 太阳能蒸馏器：这个装置可直接利用太阳的热量蒸馏水或其他液体。

4. 太阳能干燥器：可用来干燥水果、蔬菜、谷物、麦芽，以及其他很多东西（见下文）。

5. 太阳能空气加热器：可为温室提供额外的热量。

6. 太阳能加热墙，如特隆布墙（见右图）：在白天储存热量，夜间将其释放出来。

太阳能加热墙：特隆布墙

这种墙以特隆布教授（Professor Trombe）的名字命名，是一种在冬季巧妙地利用太阳能的装置。高高的比利牛斯山脉经常会有太阳照射，但阳光很弱，特隆布教授就是在那里完善了这种墙。你可以向南面放一扇垂直双釉面板玻璃窗（1），并在玻璃窗后面放置一层涂黑的墙面（2），以此来吸收太阳的热量。当屋内需要热量时，你便打开排气扇（3），这样热空气就会在玻璃和墙壁间（4）循环。屋顶外沿（5）能保护玻璃不被盛夏的阳光曝晒，也能防止房屋过热。

另外一种可以代替特隆布墙的装置是在房顶增设玻璃覆盖物，换句话说，就是把房子变成一个温室。如果通风良好，这样也能让房屋温暖。

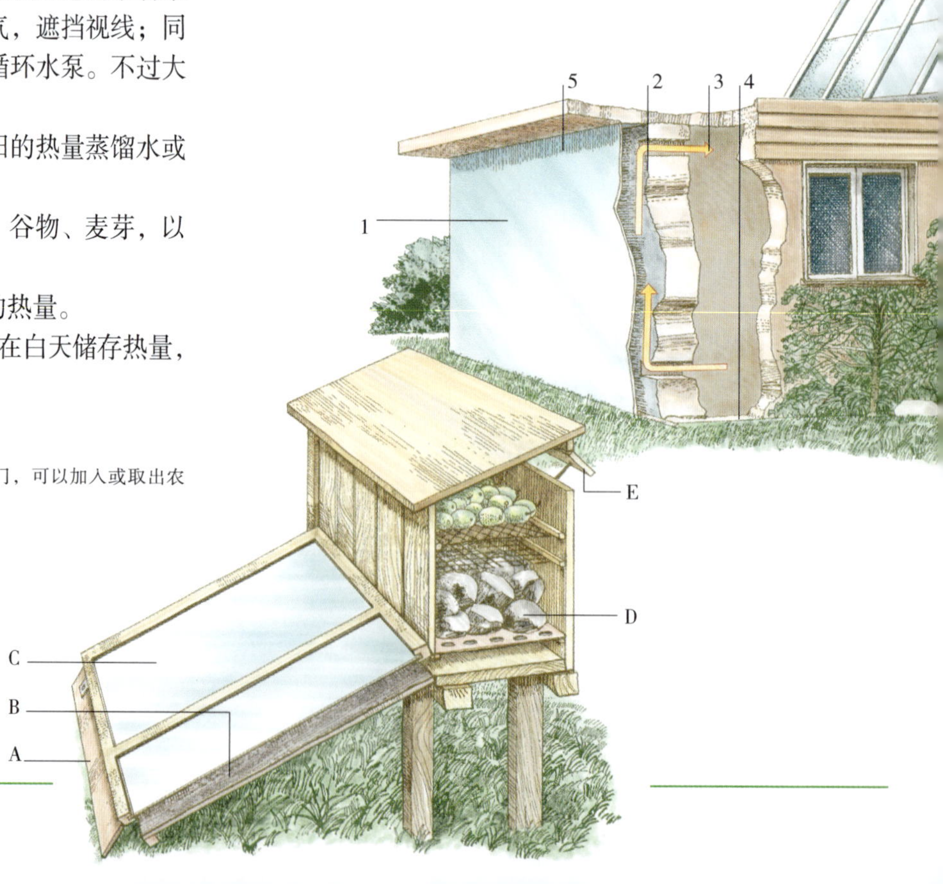

太阳能干燥器

一个倾斜、上过釉面的平板型太阳能空气加热器有个可调节挡板（A），可供空气通过。当空气通过涂黑的吸收表层（B）时，空气温度升高，因为玻璃面板（C）可收集热量。

被加热的空气上升，先通过一堆岩石（D），然后通过一连串的隔栏，这些隔栏上放着待干燥的农作物。屋顶外沿下的活板（E）可以调节空气供给的多少，或阻隔空气进入。

岩石在白天升温，日落后将热量释放给农作物，从而防止作物结露。这个阁楼后面有道门，可以加入或取出农作物。

细流式屋顶加热器

在朝正南方向的屋顶上安装一个太阳能热水器是不便宜的，但从长远来看值得投资。水会沿着玻璃后面漆成黑色的瓦楞式铝制屋顶向下滴流。铝板下面的隔热层能防止顶楼过热，并将绝大多数的热量保留在水中。只要屋顶上的传感器传回给控制箱的信息显示，屋顶的温度比铜制加热器中的水温要高，一台小水泵就会运转起来，让水在加热系统中循环流动。

太阳能热水器

在玻璃纤维空气垫里安装一个涂成黑色的家用散热器，并放在有釉盖的盒子里。放置角度为45°~60°，以吸收阳光。将这个装置放入你的供水系统中，就可以收集热水。更简单的方法是去掉旧瓶子的瓶底（见图右），用橡胶软管串起来，然后将其铺散开来吸收太阳能。水会通过软管慢慢流动。

第5节 风力发电

工厂里制造的普通钢质抽水风车，是人类有史以来设计出的最有效的设备之一；在必须从深层钻井里才能抽出水来的地方，这种风车随处可见。许多这种老旧的“风力泵”已经三四十年未经维修，却依然运转良好。这种机器可以稳妥地从地下1000英尺（300米）的地方把水抽到地面，耗费的只是少量风能而已。其尾部叶片通常被安置在枢轴上，是为了方便风车在暴风雨中自动侧向迎风的那面。

然而，家用风力发电仍处于起步阶段（在家里安装任何现代风力涡轮机都需要建筑许可证）。但毫无疑问，现在我们急需这种低功耗、高速度的设备，来驱动发电机，产生电力。

不可预测的能量

当然，风是完全不可预测的，在没有风，或风力过于狂暴的天气里，你都无法运用机器；而如果你要将电能储存起来，成本会相当高。然而，只要你在能够利用风力发电时予以利用，哪怕发出的电量仅能点亮低功率的灯泡，从长期来看，你将持续获得风能，你的投资将最终获得回报。风能是很难获得和存储的，所以应该节约使用。要利用风能，你所在地区的平均

风力发电机类型

帆式风力发电机
这是由地中海帆式风车演变而来的。后者曾用在克里特岛来对农场进行灌溉。易于使用。

全金属风力发电机
这种典型的全金属风车是用来抽水的，在风暴中，摆动的尾部叶片可以让风车转向避风的位置。你可以把一个旧风车改造成这种发电机。

钢管风力发电机
即一个抽水风车，其转子在钢管架的背部运转；转叶根部的重量能使叶片在大风中飞速旋转。

风速要不低于9英里/小时（14公里/小时），且不能长时间处于低风速状态。即使满足上述条件，你也要用蓄电池来储备电量，以应对连续20天的无风状态。除了风力发电机，你还需要一个电压调节器和断流器，以防止电池过度充电。电池总储存容量应为：20×平均电流（以安培为单位计算）×每天平均用时（以安培/小时为单位计算）。大部分家用电器使用220伏的交流电，你可以用电子换流器来将一组12伏（直流电）的电池转化为220伏交流电。某些低压电器也可以直接使用直流电。商业化制造的常规风车拥有2千瓦功率，它往往会产生110伏直流电，可为串联的低压蓄电池组充电。2千瓦的风车每年可为你产生5000千瓦/小时的电力。一千瓦等于一个单位的电力。传统的风力发电机可成套购买，也可自行设计。同时现代的涡轮风力发电机也越来越受欢迎。从理论上讲，你可以生产足够的电力，再卖回给电力公司。是不是棒极了？

三叶式风力发电机
这种风车只需要3片形状符合空气动力学的风叶。它可以为蓄电池组连续充电，从而为低功率电器供电。

帆翼式风力发电机
普林斯顿大学开发了这种简单廉价的帆翼。“翼”的两侧之间有一根拉伸的纤维套管。

垂直轴风力发电机
英国里丁大学（Reading University）开发了这种垂直轴风车。翼形叶片由弹簧承载，并且向外展开，以防止转速过快。

第6章

工艺与技术

“机器制造的工艺品都不能称得上美。精美的工艺品只能出自工匠之手，那是人类制造的机器所不能替代的。或许在未来某天，机器将懂得欣赏别的机器所生产的精美作品，但人类永远只会欣赏人类的作品。我们应尽量购买人类精雕细琢的作品，远离机器批量生产的东西。我并不是说，非要赤手空拳做出来的作品才算——人可以借助工具和机械，但人的双手必须参与其中。用双手操作织布机，织出来的布还能接受；一切都交给全自动的机器，那就太无趣了。工艺技术是很挑剔的，它只愿服务于那个唯一的目的。”

约翰·西摩：《沃土》，1976年

第1节 工作间

在现实生活中，物品经常损坏和磨损，而且往往发生在正急着用的时候。因此在需要使用工具的时候，如果手头正好有形状完好的工具，也适合在周围环境中使用，对于你的血压是很有好处的。

生活必需品

首先：工作间需要有一个良好而坚实的工作台。台面至少要0.5英寸（1厘米）厚的，品质优良的胶合板，这样还算凑合；不过最好还是用2英寸（5厘米）厚的板材。在工作台上钻几个大洞作为预留空间，将来可以钉入木钉来固定工作件。你还需要一把结实的老虎钳。在良好的光线下才能更有效地工作，但你肯定不希望被强光直射，所以最好开一扇朝北的宽敞天窗（很多老厂里都可以看到这种设计）。工作间并不需要有多大，8平方英尺（6~7平方米）就可以了。工作间应该在适于操作的高度安置电源插座。工作间的地板应易于清洁，但一定不能太滑，普通混凝土地板或未上漆的木地板是最理想的。事实上，一个新型便携式工作台能为自给自足生活提供很大帮助。我有两个这样的工作台，都已经用得非常破旧了。相信我，这玩意儿在使用中会受到严重的损害，所以不要只买一个，除非它确实够坚固。台面所用的胶合板，质量应该达到航海船板的级别，不能是那些乱七八糟的硬纸板，其他质量不好的材质也都会迅速化为齑粉。配件要能防锈。工具要是不够锋利，那它不但毫无用处，还会造成破坏。本书中所谓的锋利，是指刃口的边缘呈直线，没有缺口。凿子和刨子的刃口边缘已经过高温处理，如果不小心掉落，粗心放置，或用作刮刀和杠杆，将非常容易损坏。经常会有人把它们借去刮油漆或是修指甲——那真是一场灾难，你要经过长时间艰苦工作，才能重新将刃口打磨锋利。为避免这一点，我建议把好的凿子藏起来，留个旧的在机架或工作台上，把那些来借工具的人顺利地糊弄过去！

磨刀石和导轨

如果你想把刨子和凿子的刃口都磨利，就得购买一流的金刚砂或金刚石，很贵但非有不可。你使用磨刀石的方式将影响刀面是否平整，刃口是否呈直线。为了保持刀面平整，你必须利用磨刀石的完整宽度，并不时转换方向均匀打磨两端。要完成工作，没有合适而锋利的工具是不行的。我手头一直备上两块磨刀石，当其中一块磨损得较重时，我就把它留在板凳上作为糊弄人的诱饵。要让工具足够锋利，你就得按上面的建议来努力。当你打磨凿子或刨子时，应不停使用滚动导轨，以保持刃口处在精确的角度。你可以检查经打磨后闪闪发亮的部位，来判断轨道是否正确——如果你的角度是正确的，整个刃口都会闪闪发亮。没有导轨，就别想有效地把工具打磨得锋利。

理想的工作间布局

要有朝北的大天窗，但光照不可过强。哪怕只有 8 平方英尺（6~7 平方米）的空间，它也将是一个良好的工作环境，可以把恼人的琐事变成令人满足的挑战。所有的工具都有“乱动”的习惯，所以要让它们坚守自己的岗位。用完工具就归位，这是工作间里的首要原则。

架子顶层
此处置放老鼠药、木材防腐剂、胶水等令人不快的东西。

回收塑料
使用旧塑料容器或人造黄油罐子来存放一些小配件。透明容器是最好的，但不能是玻璃材质，否则容易打碎。

燃料储存
储存多余的燃油罐，并分别将它们标记为二冲程汽油、普通汽油和柴油。

电源
至少需要好几个双壁插座。

电动工具
不使用时，将电动工具放置于橱柜隐蔽之处。

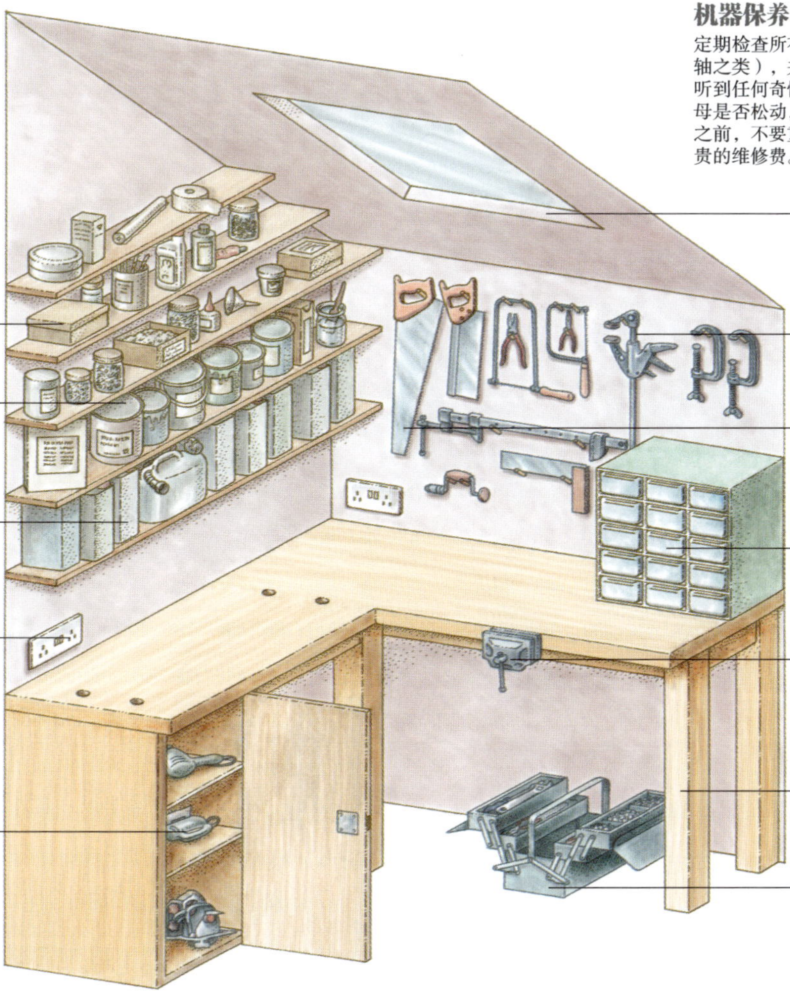

机器保养

定期检查所有发动机内的燃油（以及变速箱、后车轴之类），并按照制造商的指示进行更换。如果你听到任何奇怪的声音，马上停止机器运转，检查螺母是否松动，油位是否异常！在你找到问题的原因之前，不要重新开工。奇怪的噪音可能导致非常昂贵的维修费。

采光和通风
头顶的天窗提供采光和通风。

夹钳
使用便捷，非常值得购买的现代化夹钳。

悬挂全部工具
买一个挂墙架，或自己用钉子将夹钳、锯子、大钳子和其他工具挂在看得见的地方。

螺丝和配件
将你的小配件、螺丝、钉子等小件物品分开放置于特制的小抽屉中。

老虎钳
在工作台上固定安装一个耐用的老虎钳。

工作台
锤击和刨削，都需要一个有牢固桌腿支撑的工作台。

金属工具箱
用一个牢固、便携的工具箱放置所有小型工具，以便随身携带。

第2节 建筑

出于种种原因，在自给自足生活中，我们似乎要经常花大量时间修修补补。修补的对象有时候是建筑物，你要修复风吹雨打、湿气侵蚀造成的破坏。不但如此，过着自给自足生活的人还经常想要扩建自己的地盘，包括供人和动物居住的处所，以及存放设备的空间。

据我所知，泥土加上茅草，是建造坚固建筑最为理想的方式，而且还便宜。别因为听上去不够档次就嫌弃它。泥土能够防腐和防火，隔音好，并能有效保持热量。用于建房的泥土应不含有机物，所以要从地表以下很深的地方挖取，深度大概为 2~3 英尺（60~90 厘米），同时不要破坏供植物生长的腐殖质表土。我承认就现在来说，这种方法可能不再实用了，但即便用更容易获得的焦渣石来建造，你的建筑也应该相当简洁，有大面积的完整墙壁，窗户小而少，电线线路安装完备，屋顶没有向外伸出的屋檐。

计划决定一切

如果要建造结实的房子，你最好联系当地的建筑检查员。你可能还需要有建筑许可证——某种文件证明。坚持住，别被吓倒。在大多数情况下，建筑检查员可以为你提供一些建设性意见，告诉你本地有哪些特殊的情况和隐藏的危险。早点得到建议，远比拆掉你珍爱的墙壁然后重新开始好得多。建房是劳动密集型工作，但大部分工作并不需要你想象中的熟练手艺。如果你眼力够好，能够目测出直线和直角，就能事半功倍。此外你确实需要比较系统的知识。对于建筑在哪里选址，要建多大的面积，要使用什么材料，可用的财政预算是多少，你都要心里有数。最后一项要点是，应保证建房进程在你的管理能力范围内：从一项小的、简单的工作开始，完成后再继续下一步。建房中有一大部分工作，都是把笨重的材料从一个地方拖到另一个地方，并经常要提举到一定高度。

> “至关重要的第一步，是要计划得当。

有很多材料可以作为建筑材料。砖、混凝土块、焦渣石、木材和金属是最常见的建材。如果你够幸运，当地有合适的石头，你就可以就地取材了。当然你也可以使用更多稀奇古怪的材料，如稻草或夯土，但对大多数过着自给自足生活的人来说，最实用的方法是去一趟家装店。想要便宜、结实、耐用的建材，我的首选材料是混凝土砌块，上面覆盖水泥、灰浆或木材。

买材料之前先四处打听一下，以便找到质量最好，价格最合理的供应商。无论价格还是质量，不同供应商之间都会有很大的差异。如果直接从工厂进货，大部分材料都会更便宜一些。这意味着要买上能装满一卡车的量，大概一千多块砖（还要确保你的进货渠道没问题）。砖块和建材是可以长期保质的，相信我，你总能找到它们的用处。

在告诉卡车司机在哪里卸货之前，请慎重考虑。我这里说的卡车是现代化的液压起重机，它们有非常长的吊臂。所以，你将来需要在哪里用到砖块，就尽量把它们放到那附近。在自给自足生活中，潮湿是建设者最大的敌人。如果你的地板或墙壁潮湿，许多东西就容易腐烂，你将有各种各样的麻烦。所以，屋顶必须防漏防潮，混凝土板之间必须留出适当的空隙，墙与墙之间必须精心留出一定空间。混凝土和石膏就像吸墨纸一样，仿佛拥有神秘的功效，可以吸收所有的水分。

建造屋顶

屋顶材料也有各种形状和大小——从茅草到瓷砖再到波状钢，从极简陋的材料到极奢华的材料均可。采用中等材料的话，可以用瓷砖和天然石板。不同屋顶材料有不同的使用方法。显然，你的选择取决于你的设计，你的预算，以及当地获取材料的便捷性。如果使用沉重的屋顶材料，则需要建造一个坚固的木制框架。石板和瓷砖是极其沉重的，所以能用来建成牢固的屋顶，这样的屋顶能够抵抗冬季最为疯狂的风暴蹂躏。要确保屋顶通风良好，以防止木材受潮腐烂。使用不锈钢钉、铝钉或铜钉来固定屋顶的覆盖层。

砖块铺设入门

首先把砖块卸下来，堆成堆，放在将会用到的地方。确保你有几个调灰泥板来装要用的砂浆。调和水泥（通常将沙和水泥按 4：1 的比例混合），并添加一些灰浆增塑剂，使水泥的可塑性增强。自己实践一阵子，你会调出刚刚好的灰浆，不是太湿也不是太干（刚上手的时候，宁可湿一点，也不要太干）。用大泥铲将这一堆湿灰浆铲到即将放置第一个砖块的地方。小心地把砖块放在你之前标记的准确位置（角和边都要对准）。前后滑动砖块，使之在泥浆中固定。用小型水平仪检查一下，是否砖块的每条边都相对保持平行。如果仍没有放好，就用墙工槌轻敲校正。然后把砖一块块砌起来，确保每一块都放在建筑线的准确位置。

打地基和砌墙

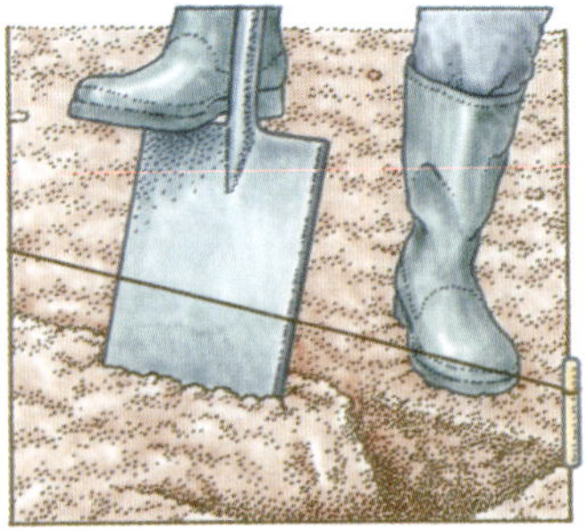

1 用木桩和线标示出基线。转角和对角线必须要经过精确的测量。手工划出线，或者用白石灰标示出位置，然后用小型挖掘机来挖出沟。一般来说，至少要挖到2英尺（60厘米）的深度。

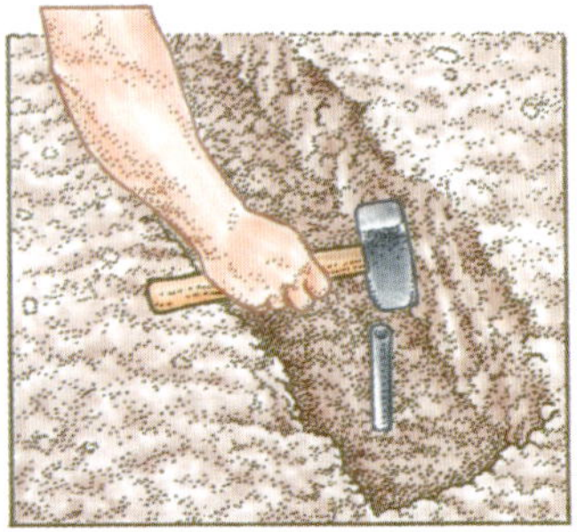

2 将金属杆敲进沟槽底部，直到其上端位于正确的位置，可标出确切的混凝土厚度。

3 横向观看，仔细检查每根金属杆的顶部是否平行。用一块又长又直的木板来确认水平面的平整，挑剔地重新检查几次。

4 浇灌混凝土直至金属杆顶部，然后小心地将其匀开。用一块又长又直的木板夯实混凝土，确保混凝土表面处于水平状态。

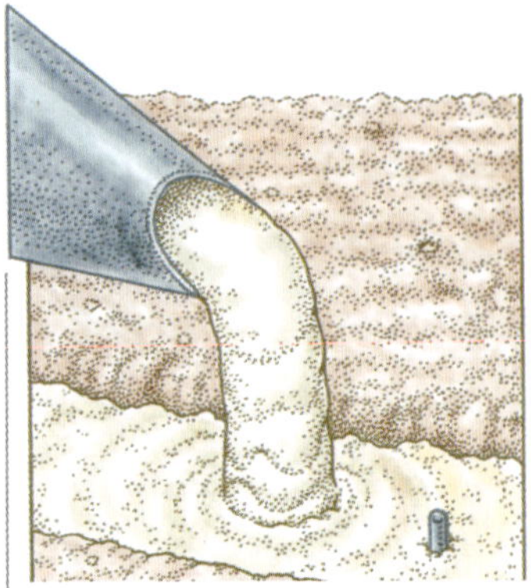

5 地基的混凝土变硬后，你就可以开始进行“地基处理”。先确定各个角的精确位置，然后以各个角为基准，拉线设定余下的砖块位置。

6 把内侧的砖块准确地放置在原有砖块的内侧。间距必须刚好可以安置保温材料层，通常为至少4英寸（10厘米）。记住两道墙之间每隔几英尺就要放置保温材料，绝对不要让墙壁之间的灰浆流下来，因为这样在两墙弥合时，可能会变得很潮湿。

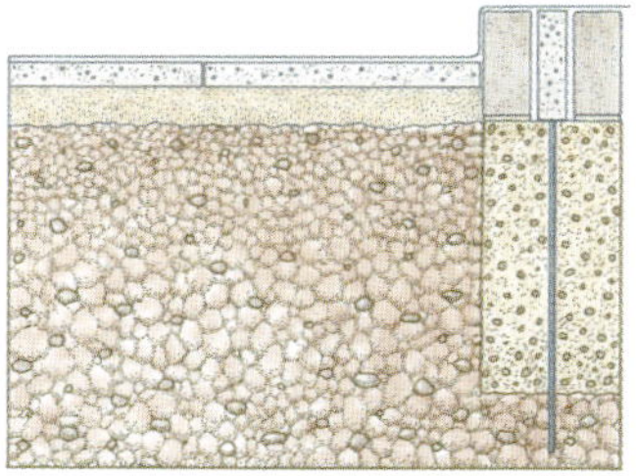

横截面
这里展示了地基、基脚以及保温层的横截面。混凝土板之下，墙壁的两层砖之间有着保温层。混凝土板和底下的泥土之间还有坚韧的防潮膜。

7 如果所要覆盖的面积比较大，就用钢筋网加强混凝土板。用几块石头或砖做支撑。

8 找到或制作一块长而坚硬的木板条，要正好横跨混凝土地基，这样你就可将混凝土“压”成一个完美平坦的水平表面。浇上比实际需要稍多一点的混凝土，然后可用木板将多余的部分刮掉。

9 在湿灰浆层的顶上，小心地铺上防潮层。为有效防潮，防潮层必须远高于地面。

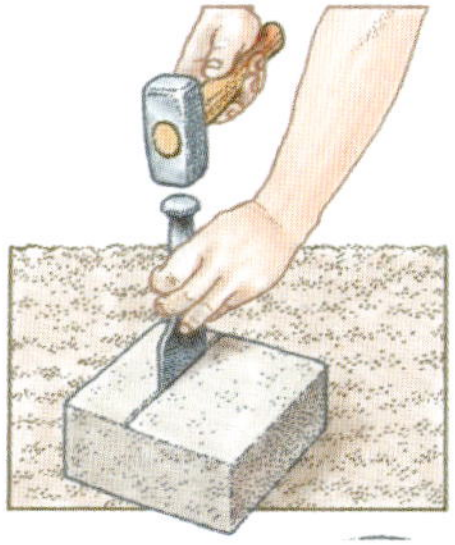

10 用墙工槌和凿子将混凝土砖分割成块。在混凝土砖的每一侧都凿几下，每侧切出一个浅槽。

11 仔细使用长水平仪检查，确保两个面形成的角是完全垂直的。不要偷懒，否则整个项目都会出差错。

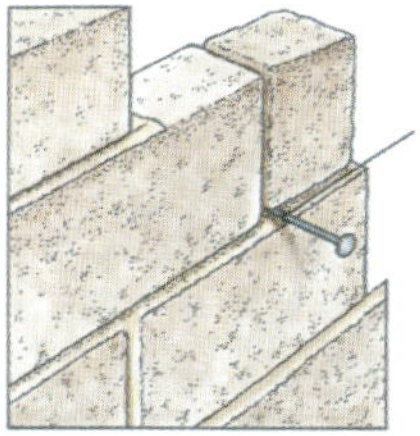

12 当墙角位置设好之后，在每个角上钉上钉子，每个钉子之间拉一条线，绷直。在线的中间悬挂一个水平仪，以便定期检查墙面是否平行。

第3节 打结和结绳术

人类使用绳子和线的历史可能比使用轮子还要早一些，堪称人类最伟大的发明之一。当绳子和线出现之后，绳结，绳网和编织活动也就相继出现了。人们通过各种聪明的方法，将结实的纤维揉搓成绳子。麻、亚麻、棉和羊毛是用来制作绳子的典型的纤维材料。但是今天我们更倾向于用一些现代的材料，如涤纶、尼龙和其他的一些所谓的合成纤维材料。

正确使用绳结

正确使用绳结，干活时会省下很多工夫。作为一名自给自足生活的导师，我很喜欢向学生演示：将他们多年来与之较劲的绳子，迅速打成一个好用的绳结，我会心满意足地看到他们大跌眼镜的表情。我的父亲过去经常讲一些趣事，谈到怎样使用“贼扣”而不是用平结来系上重要的包裹。平结是最简单的打结方式：将右边的线置于左边的线上，再将左边的线绕过右边的线，不管风有多大，这种结都可以将船帆紧紧地系于一处。这个结非常简单，常常用于系各种东西。乍一看，贼扣和平结一样，都是将右边的线置于左边的线上，再将左边的线绕过右边的线，这足以欺骗心存窥视的家伙。但是这两个结有一个非常不同之处：平结的末端是顺着打结的方向抽出来，贼扣的末端则是从相反的方向抽出来。这个原理非常简单，如果你打了贼扣，别人乱翻你的包裹你就会知道。（只要记住，平结经常用两根绳子来系，但是平结不适用于系包裹，因为当绳子的劲儿变了，或猛拉绳子，绳结就会散开。适于把两根绳子绑在一起的结是单编结，若两根绳子的粗细不同，则适用双编结。）

绳子的保管

所有绳子在不用的时候都应卷好。绳子不应该打结扭在一起，否则会逐渐磨损。而绳子的末端有磨损也没关系。以下 3 种方法可以让绳子末端保持干净：

1. 如果绳子是合成材料的话，用火柴或者烧热的铁来燎绳端。这样做的时候要小心，不然绳子会燃起来，而且滴下来的融化物会造成严重的烫伤。
2. 用结实的麻线在绳子末端 1 英寸（2.5 厘米）处缠绕成圈，将绳子末端绑紧。
3. 用绳子末端分叉出的 3~4 股细绳打一个反穿结，可使绳子更耐用。

绳子很烦人的地方就是会缠在一起，自己扭成结。个中原因非常简单。一条绳子只缠一圈的话，就很容易保持整齐，所以如果将两端绑紧，绳子就不会散，不过只有在绳子没乱时才能这样做。一旦绳子上的劲儿松了，绳子就散了，看起来就像绳子自己打了结。（电话线就经常出现这样的问题。）下页图示中是一些非常实用的打结方法。

重要的打结方法

单套结

单套结是一种重要的打结方法，能打成一个绳圈，不易松脱，也不易成死结——对于打蝴蝶结（这种结最初的目的）来说，这是一个必备的要素。如果你只学习过一种打结方式的话，多半就是它了。

单编结

单编结在重要性方面可与单套结一较高下。在拉力作用下连接两条绳时，单编结起着决定性的作用。若想要更加牢固，可把较细的那根绳子缠绕两次，做成一个双编结。为了确保安全，可把较粗那根绳子松散的末端对着“已固定”的部分拉紧。

驯鹰人结

学着用一只手打这种结，因为你需要用另一只手抓着猎鹰。一拉未扎紧的末端，绳结即可解开，将急不可耐的猎鹰放飞。

三套结

三套结可用来将绳子固定在柱子或横梁上。你应该向绳结的两个反方向拉，使结紧紧拴住，防止滑动。

酒瓶结

这是一个在柱子或杆子上快速打结的方法。但这个结很容易滑动，所以不用两个半结加固的话，是不能够长久使用的。

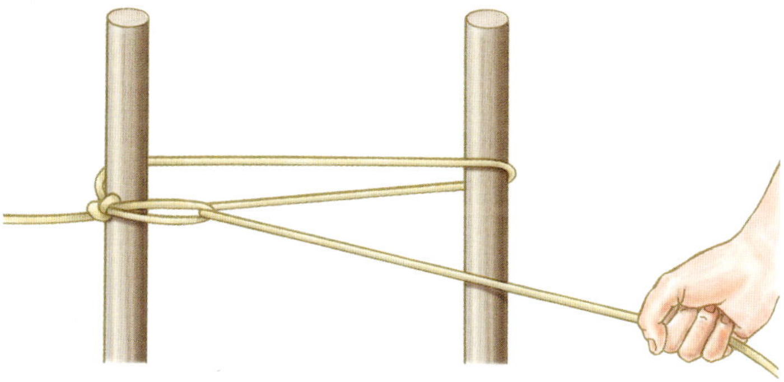

卡车司机结

这种结可用来加固已经绷紧的绳子。这个圈有类似于滑轮组的作用，可以使绳子的承受力加倍。若想要更容易地解开绳子，可以在绳圈上打一个半结，或一个活动的半结。如今，这种结已基本被两端带有钩子的编织物和棘轮紧线器所替代。这些都是强效的工具，我会随时在工作间里备一套。

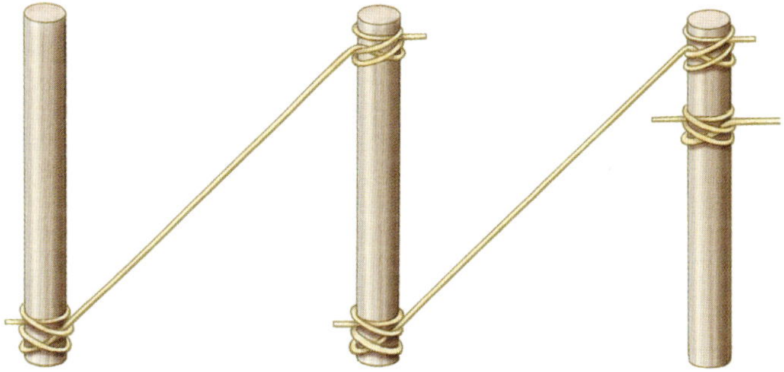

固着结

将3根杆子插进松散的泥土中，并且使用这种固着结，可以得到不可思议的持久固定效果。如果你拥有滑轮组，附近却没有便于着力的树，这是一种将机器或动物从淤泥中拉出来的好方法。每根杆子的间距应为3英尺（1米），要在地里插牢。然后使用三套结来固定绳子。你可以在施力前，使用同样的方法来固定畜栏的桩子：在桩子中间打一个洞来固定你的绳子。

第4节 木工

在自给自足生活中，木工是项极为重要的技能。做一个储存苹果的箱子，修补畜圈的围栏，建个鸡舍，搭个屋顶，都能用到木工。如果没有木工，真不知道日子该怎么过。无线电动螺丝刀和钻头是必不可少的现代化工具。这些工具与十字螺丝钉相结合，使木工发生了巨大的变革。

没有必要再为木螺丝预先钻出定位孔。新型螺丝钉的设计意味着它们可以自行轻松地钻孔。切记，若螺丝钉的长度不均，工具柄很难将两个木片紧紧地钉在一起。要时刻保持螺丝钉、固体胶、胶泥、油漆和稀释剂的足够供给。通常情况下，你能很容易购买到整箱的螺丝钉，并且你会惊奇地发现，所有的螺丝钉很快就会用完。你可以从当地的家装店购买到各式各类的螺丝和钉子，钉子通常是按重量称着卖的。

挑选木材

为你大部分的活计着想，你得从家装店或贮木场选购木材。我的意思是你要亲自挑选——不要相信木场工人会为你选择上好的木材，否则你最终得到的仅仅是别人挑剩的。同样切记：每一个贮木场都有自己的准则。有些经营者对供应商提供的木材很是挑剔，有的经营者则不注重木材的质量，只会购买价格最低廉的木材。如果你能在当地找到对木材质量要求很高的商店，尽可能利用它们。即便花费不小，但是你也会省去很多麻烦。这儿有个简单的清单，可供你选择木材。

1. 选择笔直的木材。用你的“火眼金睛”好好检查，把那些弯曲的木材剔除掉。你也许会大吃一惊，自己差点就被下等货色给糊弄了。
2. 挑选没有裂痕的木材。
3. 剔除在不恰当的地方长有瘤节的木材。
4. 挑选纹理走向有致，能防止将来变形的木材。对于一些重要的项目，如门边框来说，这一点非常重要。
5. 对于任何有质量要求的木工活儿来说，你需要那些在四分之一处锯开的木板。当你观察纹理的末端时，纹理应该与木板的对边呈直角。切记，商人会把每棵树锯成尽可能多的木板，对于他们来讲，赚钱比木板是否结实更加重要。

快装夹钳

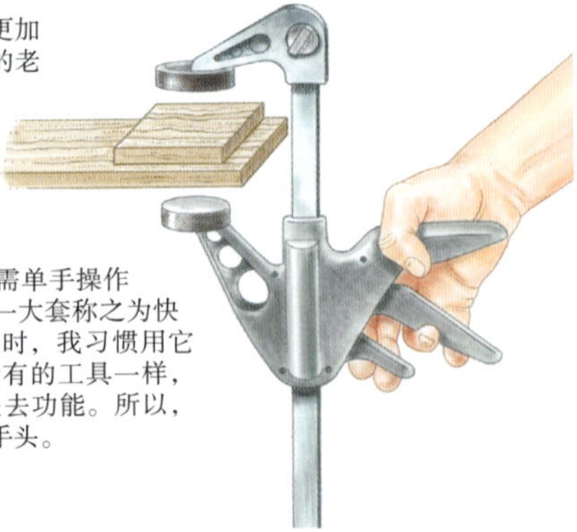

快装夹钳是一种快速便捷，也更加轻巧的工具，可用来替代传统的老虎钳。使用这种夹钳，你可以稳定、迅速地将木块夹到工作台上（如果你在建筑工地工作，用它可以夹起大块的木板），并可很容易地将木块夹在一起，固定住。当你有数个任务同时进行时，这个只需单手操作的工具是非常便利的。我也有一大套称之为快装夹钳的行头，在安装和固定时，我习惯用它把大的木块夹在一起。正如所有的工具一样，它并不会随着时间的流逝而失去功能。所以，它值得你花点钱买上一副备在手头。

重要配件

以下就是一些做任何木工活都十分需要的螺丝和钉子。应把它们放在工具箱中可随手拿到的地方。

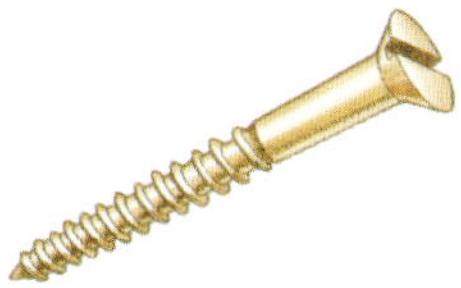

沉头木螺丝
这是用于修理木制品的传统螺丝，使用前需先在木制品上凿一个孔，以避免螺丝将其劈裂。用螺丝顶部凹处钻孔装埋。可额外配螺帽进行加固。

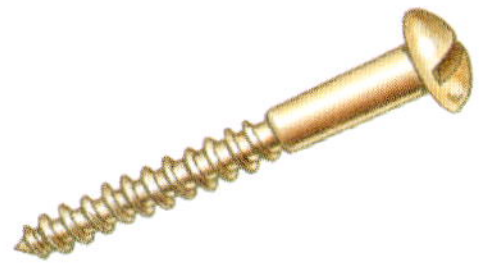

圆头螺丝
这是另一种传统的修理配件，需要预先将孔凿好。螺丝顶部凸留在外。

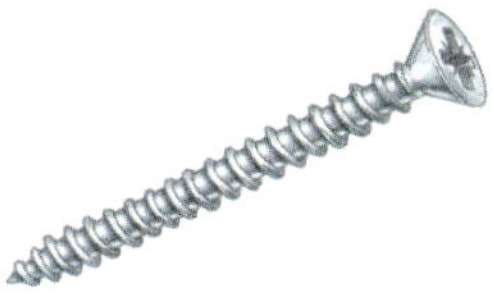

十字螺丝
这种螺丝如今普遍与无线电动螺丝刀配搭使用。它的优势在于不用预先定位钻孔。就算钻入端面纹理的木材，也能紧紧地固定住。

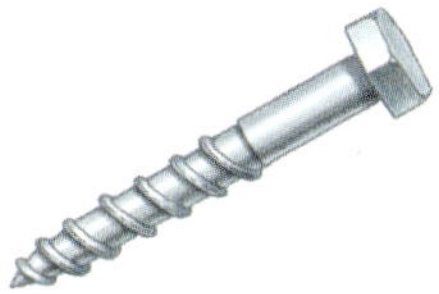

方头螺丝
在户外作业中，方头螺丝是十分有用的小配件。你需要提前钻孔，并且要用扳手把它拧牢。镀锌的方头螺丝使用寿命更长。

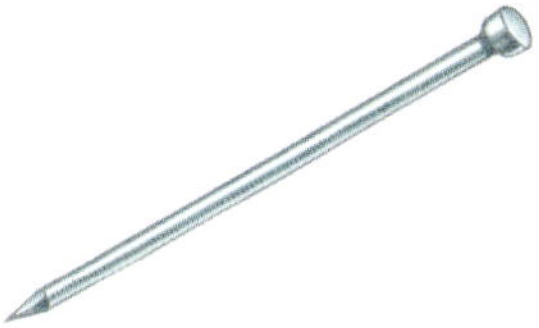

无头钉
名为“无头”，其实是指这种钉子的小圆头很容易敲入木制品里面去。尤其在修理地板时，这种钉子非常实用。多与冲钉器配合使用。将它敲到木材表面以下，不让人看到它。

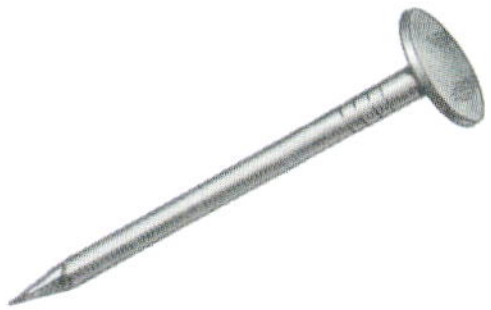

镀锌大头钉
一种在修理屋顶木板之类户外工作中使用的钉子。用这种钉子，也可以经济实用地对石板进行加固。大头钉有各种形状和尺寸，长短粗细都不尽相同。使用前先确定一下你需要的尺寸，尤其是当你要修理屋顶，而不想让锋利的钉子划到你的毛绒衣物时。

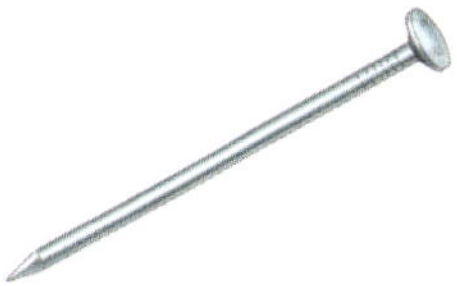

平头长钉
用于修理工作的标准钉子。也有专为户外工作所制的镀锌平头长钉。这些有用的小钉子越多越好。

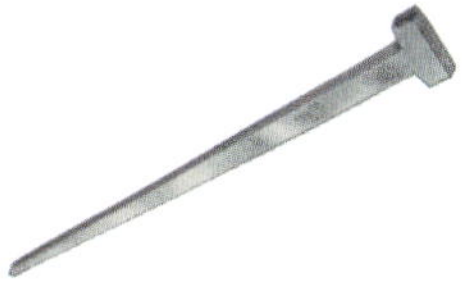

扁钉
经常用于加固地板。这种钉子的方形部分对于防止地板开裂十分有效。

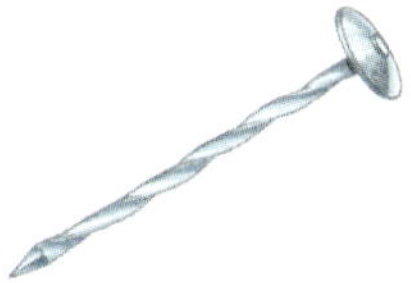

屋面钉
一种较重的钉子，扭成麻花状并镀锌。钉在屋顶挡板上，即使暴风也无法将它拔出来。

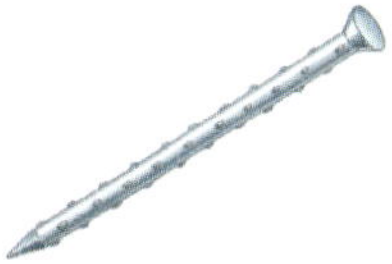

砖石钉
一种经过加固的不锈钢钉，用于直接加固石制物品。有时会很难使用，小心溅出火花和碎屑。

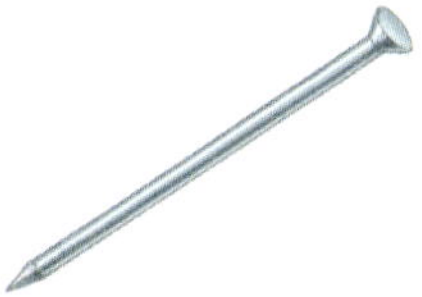

护板钉
一种用于加固纤维板和刨花板地板的钉子，使用这种钉子，地板就不会松动，也不会吱吱作响。

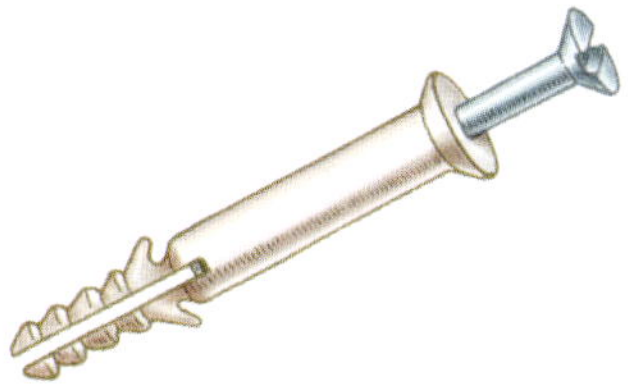

锚固螺栓
一种用于墙面修缮的零件，有各种尺寸。先用砖石钉在墙上钻出大小合适的孔，再用锚固螺栓深深钉入孔中。

扩张砖石螺栓
用于加固砖石材质的终极工具配件。具有强大的承重能力。需要与尺寸相符的石工钻头搭配使用。

暗榫接缝

如果想要将两块木头轻松利落，又结结实实地结合起来，你可以从五金店购买制作榫头的成套装备。装备里有不同长度、直径的硬木榫头，一整套的钻头配合使用各种尺寸的木榫头，再加上一把小巧的钻孔器，在必要的时候就可以固定接上榫眼了。为了能让榫头起作用，榫眼一定要打在正确的位置上。

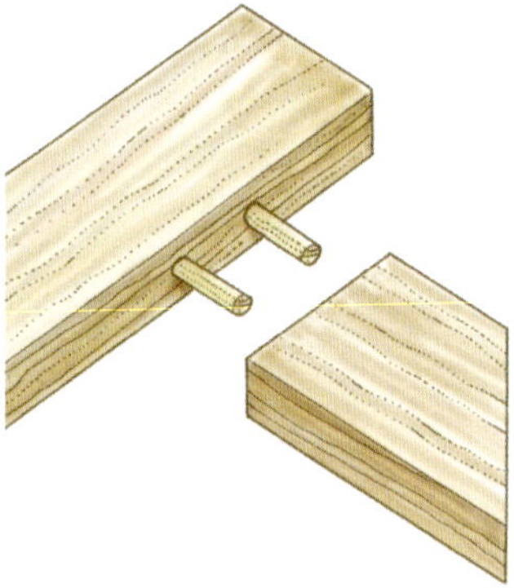

位置一定要精准，这样圆形的榫头与榫眼才会在接合点完美地接合起来。

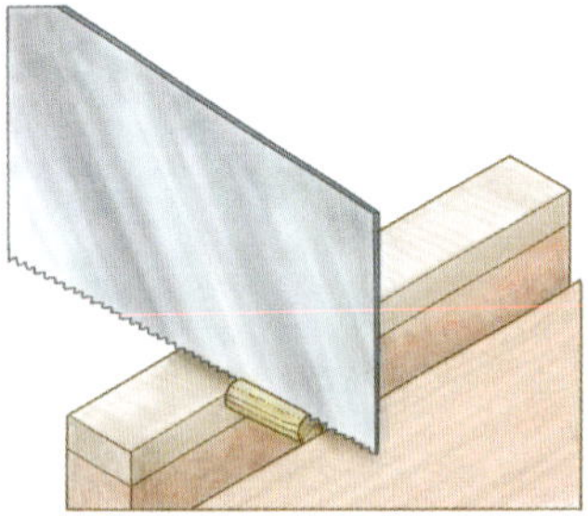

1 将木头截出合适的平面，以便与其他部分相结合。使用三角尺，确保按照所标画的线进行截取。

2 用划线器在端面木纹的中心处做一个清晰的标记。

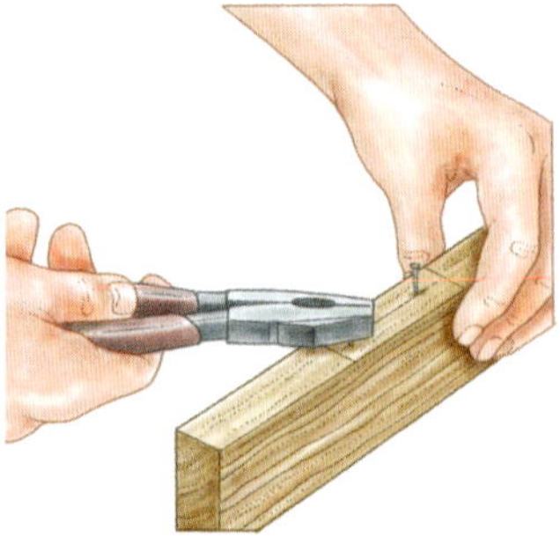

3 在需要接合的木头上钻孔，将榫头的一端涂上胶水，插入一半至孔中。

4 现在将固定好暗榫的木头与另一块在端面木纹上做过标记的木头进行对准。准确地标出中心点，然后用三角尺沿着中心点画出中心线。

5 现在在木头上钻出两个最终的定位榫眼，注意确保钻孔器和端面木纹完全垂直。

6 将两块木头接合，轻轻将木头敲进去，并用一点胶水，让榫头粘合到位，这时接合就完成了。夹住两块木头直到胶水变干固定。

榫头与榫眼接合

对于专门学习使用榫头的细木工来讲，基本的接合是榫接合。榫接合，或者它的几种变化形式，都很适用于制造桌子或大门。只要稍加用心练习，就会很快掌握它的诀窍，并且做出牢固而整齐的接合。精确的标识是很重要的，你必须学会决定，是从轮廓线外侧切割，还是从轮廓线内侧切割。你需要认真思考这一点，否则公差会过大。始终用质量好的胶水来完成这个工作。

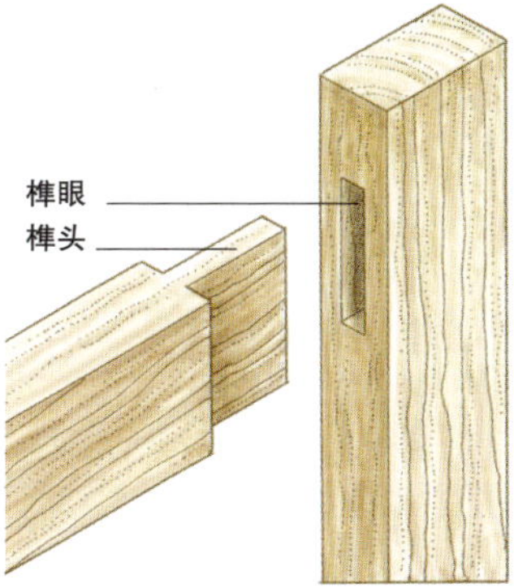

在纵梁上精确地切割出凹槽（榫眼），长度和宽度都要准确，以适应从横梁的端面木纹处切出的榫头。

1 用横梁认真地标示出榫眼的长度。在整个过程中，使用三角尺来在纵梁上画线。

2 标出榫头的长度（再一次使用三角尺）。不要让它太长，否则你得把纵梁上的榫眼打穿，榫头才插得进去。

3 在每个横梁的末端认真给榫头的边缘画出标记。用锋利的锯子和结实的老虎钳做出这些标记。如果锯子容易跑偏的话，就换用尖锐的凿子。

4 为榫眼标记出正确的宽度。用锋利的凿子和木槌一点点地将榫眼凿出来。榫眼宁可很小，也不要太大。

5 将榫头插入榫眼，检查松紧是否合适。如果需要改善契合度，就再次用凿子进行修改。此时你就会明白为什么小一点的榫眼更好。

多层榫接合

在纵梁上切削出榫头和榫眼的牢固接合处。将榫头从凹槽上切割出来；裁切出精确的长楔形，将接合处定位好后，从外面将楔形捶进去。

制作木箱

这是一个简单却有效的制作结实木箱的方法，它迟早将在你的自给自足生活中发挥作用。使用质量上乘的胶合板，和精心挑选的6×1英寸（15×2.5厘米）的松木板。为了达到最好的效果，在拐角内侧和上侧涂上起泡剂。

1 把6英寸（15厘米）厚的松木板按精确的长度锯好，使用三角尺来确保木条的长宽两边呈90度直角。然后将胶合板底板锯成合适的尺寸。

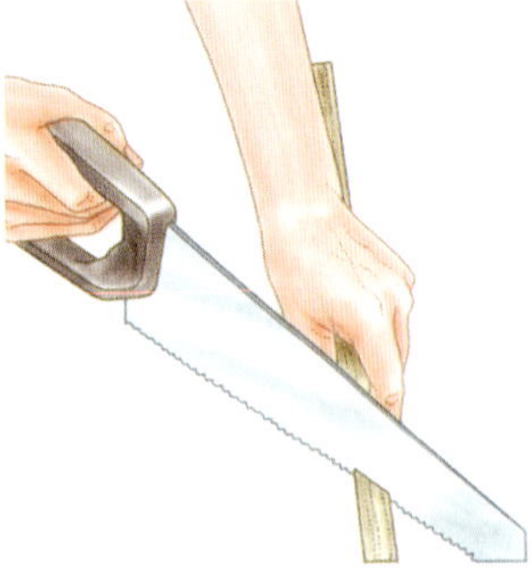

2 当你锯胶合板底板时，请再次确认锯出的角是直角。宁愿锯大一点，也不能锯小了，因为如果锯大了，你还可以用刨子改小。

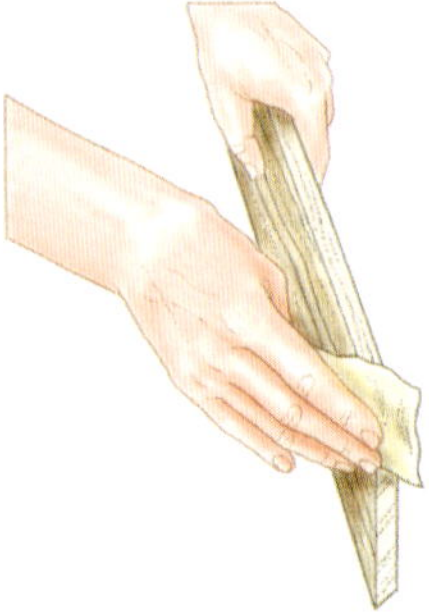

3 用砂纸或刨子把所有的毛边打磨掉。这适用于锯出的边缘以及外板的两侧。当使用砂纸打磨时你需要用点力。

4 现在用螺丝将箱子底部固定在胶合板底板上。请使用镀锌或黄铜的沉头螺丝，因为这些户外专用的螺丝具有良好的防水性能。

5 现在，可以将木板两边用螺丝固定进预先准备好的末端的槽里。十字螺丝就能胜任，并且也很容易从木材中拔出。

6 确保拐角处完全吻合，并把粗糙或重叠的地方打磨掉。对此你需要花点功夫，因为拐角处总是不那么好对付。完成组装后，使用更多的螺丝确保箱子更稳固。使用电螺丝刀是最好的选择。如果有需要，可以使用钻孔机和电动线锯来切出提手孔。

7 如果有需要，可以切出一个提手孔。首先，用钻孔机打一个足够大的孔，以便线锯的锯条可以放入。然后小心地锯出提手孔，完成之后用砂纸细细打磨。

用车床车出一个木碗

本页图片展示了怎样使用电动车床来车出一个木碗，不过同样的方式也适用于踏板车床，或者更辛苦点，用手动车床来车出木碗。如果使用后者，

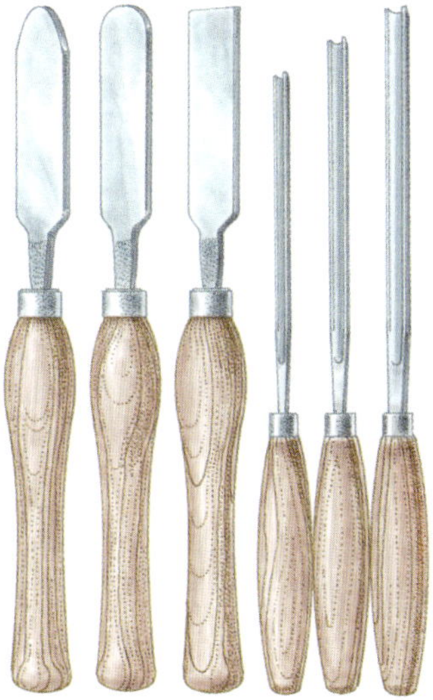

你必须用固定的夹头取代木杆，这样木碗就可以接上。打磨掉多余的木头是繁重的工作，需要 3 种不同厚度的圆凿（上图右），和可以使木头形状更好更光滑的刮刀（上图左）。永远不要使用任何工具用力去压，特别是圆凿。如果它们粘在一起，就麻烦了。保持工具锋利。

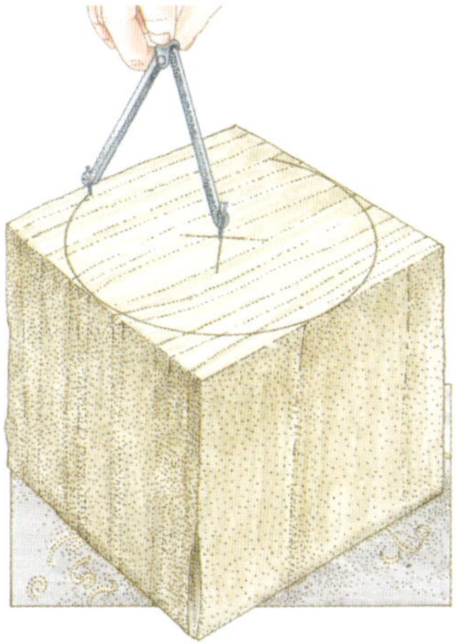

1 拿块木头，画一个交叉的十字标出中心点，然后用圆规画一个圆。圆的直径要比你打算车出的木碗直径大上6毫米左右。

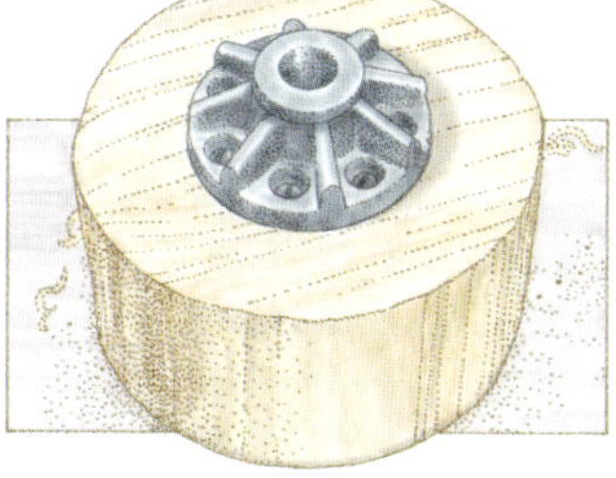

2 粗略地沿着这个圆圈锯下来，找到夹头的中点，均匀转动它。木碗底部必须比螺丝的长度还要厚。

3 用大圆凿子磨光边缘。

4 用小圆凿子凿出外形。使用手摇刀架，保持圆凿沿着它缓缓移动。

5 用刮刀打磨外围。把木碗放在车床上，用砂纸将木头打磨光滑。

6 移动手摇刀架进行木碗内部的工作。挖空木头，又能保持木头不会破损的方法是：从外缘开始，再到中心。先用一个圆凿凿出洞，然后用圆形的刮刀刮，最后用砂纸打磨光滑。拿掉车床的夹头，拧开它，并用塑化木填补空洞。用蜂蜡为它抛光，然后用胶水粘上碗底。

第5节 编篮子

你去乡下走一圈，只要手里拿把锋利的小刀，就能带个篮子回来。一般来说，柳树上生长了 1 年的嫩枝能做成最坚韧的篮子，此外你也可以用稻草或芦苇等其他材料。柳条很容易长成，只要把一段粗短的柳枝扦插进土壤中即可。柳枝大概要 1 英尺（30 厘米）长，至少 0.5 英寸（1.5 厘米）宽，柳枝种入土壤的深度约为 18 英尺（45 厘米），每株间隔 2 英尺（60 厘米）宽。这些柳枝会在一端长出根来，另一端生出枝条。冬天当枝条变干时就可以切下来了。在收获之后，把这些枝条按长度分类整理。可以让这些枝条自然风干，把树皮剥下来，或者为了加工成不同的形状，你可以把它们煮一下。有人把柳枝绑成一捆一捆的，用来出售。

编篮入门

好的柳条应该是光滑且挺直的，其尖端美观而纤细。只有经过浸泡的柳枝才可以做篮子。选择合适尺寸的柳枝可能比你想象中更重要。即使在粗细上只有一点点差别，都可能会导致最强韧的那根柳条在编成的篮子中凸出来。篮子的基底，也就是“篮底”，可以是圆形、椭圆形或正方形。基底是整个作品的基础，必须要结实，有着合适的形状。选择强韧、光滑的枝条，将它们“配对”编成需要的形状。接着将主枝牢固地编入篮底之中，再开始编织旁边的部分。给方形篮子编出主枝时，必须切掉柳条末尾粗大的部分，做成窄窄的一条。或者也可以只用传统的长锥子（见下页图），在篮底的每根枝干的每一边都插入一根木桩条。如果可以的话，把木桩条推到篮底的正中央。如果木桩条太僵直，就要“戳”它们一下——也就是说，用大拇指或用刀背，在篮底边缘离木桩条将要翘起来的部分大概 0.5 厘米处，弄出一小处折痕。绑好木桩条的尾部，准备开始编织。最先开始编的几圈（即“横腰”）对最终成形的篮子很重要。编织横腰所用的方法叫作“缠边”。千万记得将木桩条插入合适的位置，然后用起模棒将它们固定住。每编一圈都要用完一整根柳条。

包边 包边做得好不好，是十分关键的一步。我们在此展示一种包边方法（另一种常见的包边是 3 股枝条在前，一股枝条在后）。当 3 组枝条连续面向你的时候，把左手一组枝条中的右手那一根绕到相邻的一侧主枝之前，和另一侧主枝之后。然后把第一根主枝弯向它的侧下方。此后重复这一系列步骤。

提手 弯曲的提手是由一条合适长度的粗短枝条，用力编进篮子两端所制成。用锥子和油脂将磨尖的枝条小心地往下编入，能编多深就编多深。然后用细软的枝条包裹住提手，一次用 4 根枝条，将它们在提手边挤进去。在提手上绕 3 匝，直到缠到另一端，这些枝条能被编进去为止。再用 4 根枝条在相反的一面重复一遍。继续编入枝条直到提手被均匀地包覆住。如果要制作绞绳手柄，就用 4 根足够长的枝条绕手柄两次，并留出一些多余的枝条来。在手柄尾部插入，在手柄周围扭曲并缠绕这些枝条 5 次，缠绕到另一边。把枝条穿过篮边或编入篮边下面，再穿一次回来，第二次的位置要在第一次下面。将松动的枝条末端卷紧固定，然后对接下来的每根枝条都重复此过程。将松散的枝条末端扭在一起编入篮边之下，手柄就制作完毕了。

编篮工具

编篮子的工具包括：长锥子，即一根质量较重的铁棒，它从某一处开始逐渐变细，直到尖端。长锥子可用来挑开编织好的柳条，以编入新的柳条。长锥子不用的时候要储存在油脂桶里，用浸过牛油的粗棉布给它涂油。有着锋利尖刃的弧形刮刀，非常适用于切割篮底。砝码，就是在编织过程中用来固定篮子位置的大块金属。起模棒是一块扁平的条状金属，用于敲打编织过的每一圈以使其固实。螺旋夹板是一种用于使织物平坦的夹钳，尤其适合于制作篮底时使用。用直钢尺或者可伸缩的木尺来测量。修枝剪用于修剪枝条。

至于枝条的选择，是由你想要编织什么类型的篮子而决定的，一般来说包括以下规格：编织小篮子采用 3.3 英尺（1 米）长的枝条；编织购物篮采用 4~5 英尺（1.2~1.6 米）长的枝条；编织大篮子采用 8 英尺（4 米）长的枝条。将枝条按照不同的粗细程度分成 4 组。

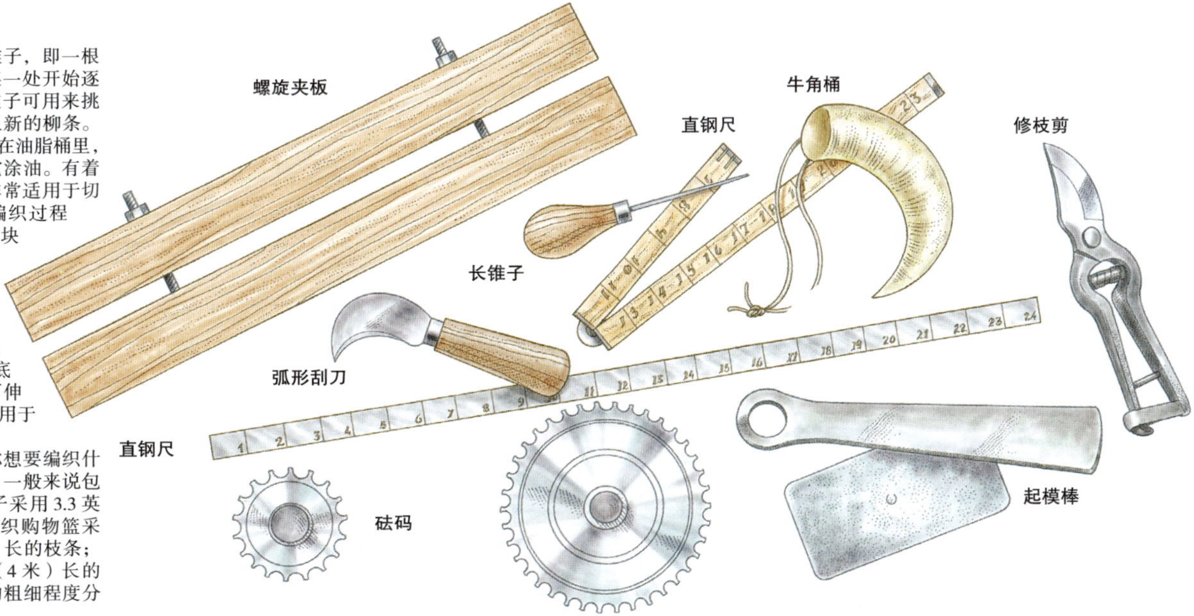

柳条构造

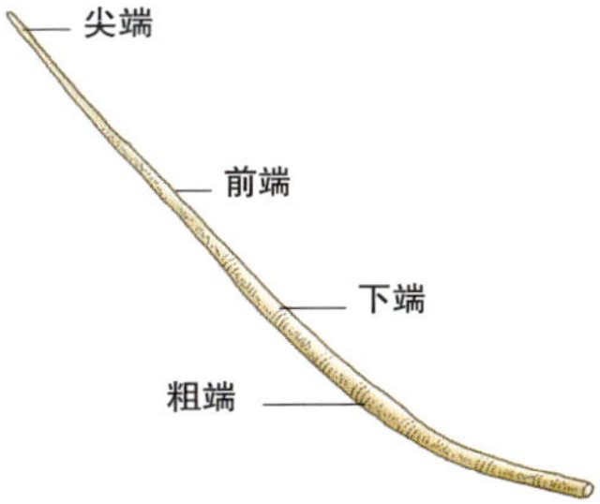

制作结实的篮筐

你需要 3 种不同的枝条：8 条短而粗的枝条，用来编成篮底；一些强韧但易弯折的枝条，用来编成篮边；还有一些编织条——这些长而纤细的枝条用来将篮筐紧密地系在一起。篮边应选用比篮筐预期的高度高出 8 英寸（20 厘米）左右的枝条。编织条可以选用任何长度（粗细也可不同），但长度起码要足够绕篮筐一圈。在使用枝条之前，将它们放入一个能容纳所有枝条的大容器之中，浸泡一小时左右。可能还需要用砝码将它们压到水面下。

第7章

总结与补充说明

“那么，现在我们已经学到了什么呢？从我撰写《沃土》开始，有哪些转变呢？最大的改变就是，我们这些过着自给自足生活的人，不再是孤独的。当初，我家刚在食物方面做到自给自足时，我们也许是整个英国绝无仅有的，以这种方式生活的家庭。而今，成百上千的家庭过上了自给自足生活，成千上万的家庭向往着这种生活。其他方面的改变包括飞涨的土地价格、可供出租的空置农舍、便宜的马拉车以及其他旧工具，还有国家对私人生活的进一步侵扰。岁月让我领悟到，独善其身、与世隔绝的自给自足生活，并非正确的道路。我们的尝试已经太过繁多，我们的工作已经太过艰辛，却忘掉了深夜独坐，聆听音乐的快乐忘掉了翻阅消遣读物的趣味，忘掉了连着几个小时谈笑的兴致。”

约翰·西摩：《沃土》，1976年

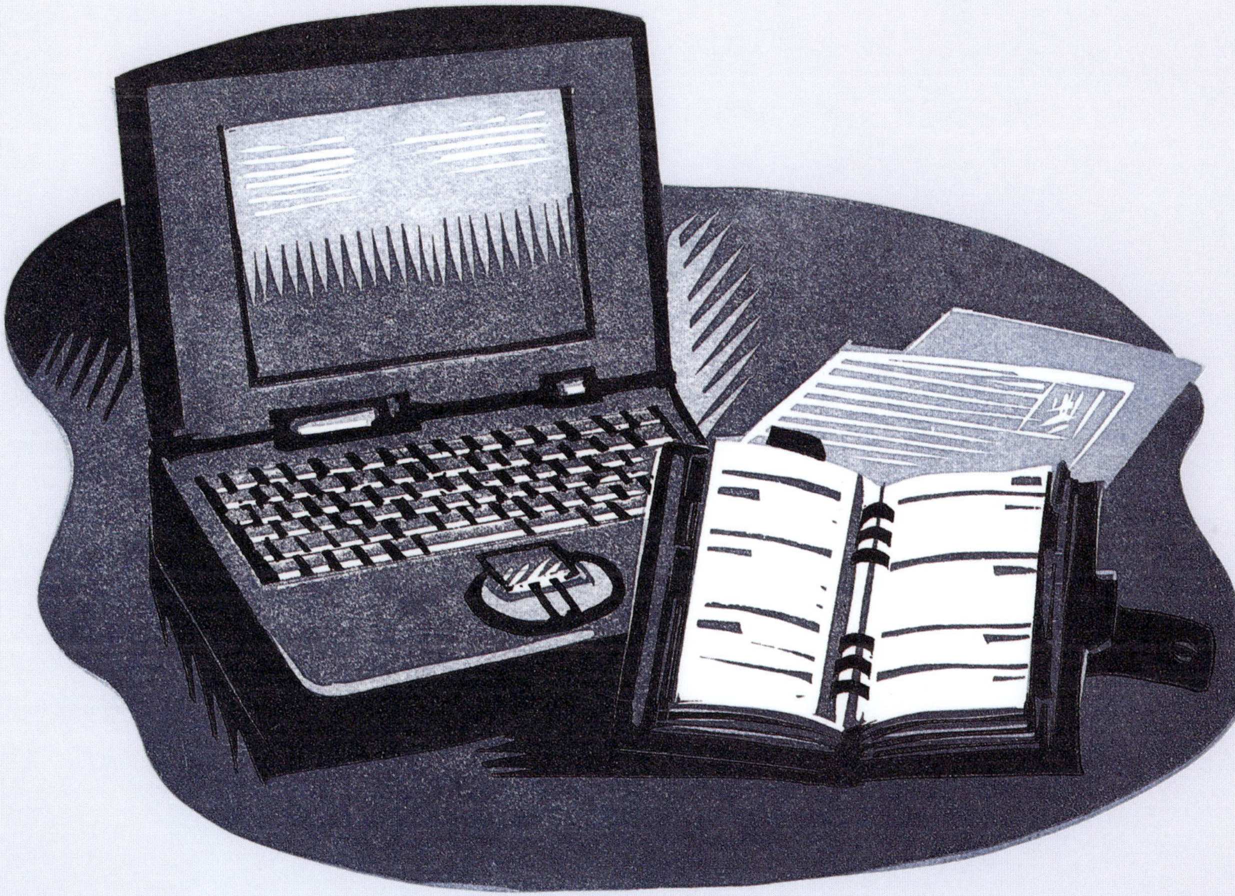

第1节 开始自给自足生活

现在，你已读到这本书的最后一章。我衷心希望，你能从书中找到至少一两件自己感兴趣的活动，受到激励，去改变一下生活方式。那些决心改变自己生活的人，已将我们所教授的一些重要经验付诸实践，取得了惊人的成就。但如果只有梦想和期待，却不身体力行的话，成功不会自己来到你的身旁。只有将一扇门关闭，另一扇门才能打开，并为你改变一切。种植自己所需的食物，管理生活中必需的东西（面包、啤酒、红酒、果酱、泡菜等等），你才能尽享生活乐趣，获得非凡满足。这本书主要的预期读者群，是那些仍想生活在村庄、城镇或城市里的人们。但我得老实承认，其实在乡下多获得一点空间，才是我们的最终目的。对于孩子还小的家庭来说，田园式的生活格外有趣，因为有很多活计可以全家一起动手做，并且让人乐在其中。在这样的生活方式中，你不必把工作时间浪费在堵车上，也不必把休闲时间耗费在健身房里；在这样的生活方式中，偿还贷款的压力会烟消云散，更无须迎合所谓职业规范。如果你真想做出一番改变，下面这些建议或许会对你有帮助。

选择一个小型农场

对于追求美好生活的人来说，遇到的第一个挑战，就是如何准确决定自己想要做什么。你喜欢动物吗？喜欢它们带来的兴奋与烦恼吗？你想做多少体力活呢？你会有空地来建造额外的住所，以便招待一些和你一起做手工活的义工吗？世界上有很多志愿组织，不付现金酬劳，却提供食宿和实践经验作为工作回报，它们将会为你提供很大帮助。（例如WWOOF，即世界有机农场机会组织，你可以在网上搜一下。）你想拥有多少土地？你喜欢通过建筑工作和住所周边的一些零工，来将旧有的房产翻新吗？如果从经济方面考虑，你永远别指望通过农业种植发财。欧洲许多国家都不遗余力地阻止了这种发财机会。如果你想把它当作一种兼职工作，也要避免负债这类众所周知的麻烦。所以还是卖掉你城里的房子换钱，把巨额的房贷也一并丢掉，在能力范围内买一块乡下的小农场吧。

获得亲身体验

上述问题都是很重要的——而且即使你认为，自己已经知道自己想要什么，但是在大多数情况下，人的梦想总是会超出自己经验、技能和忍耐力所能承受的范围。所以在你冒险一试之前，最好先获得一些亲身体验。你可以实践一些之前谈到的课程，也可以当一名义工，去别人的这类农场里参观帮忙。这会成为非常珍贵的经验——从别人那里能学到的东西太多了，一些建议和技巧啦，学会避免犯错啦，这些点点滴滴的经验教训都不容错过。且将这个战略性问题放到一边，先说点别的：要想有效率地生产出高质量的食物，你可能需要大约 1 英亩（超过半公顷）的优质土地。如果你能购买到超过 4 英亩（1.5 公顷）的土地，你将不得不承担起围栅栏和管理大面积土地的责任。当然，你也可以将土地的一部分转变成林地，但是，即便是这样，你也需要围上围栏，善加管理。

当你真的购买到了理想的农场，不要忘记，你能够（而且必须）管理好自己的土地。如果你不放牧食草动物，最简单的方法就是1年进行一两次除草（野草、荆棘等）作业。最好在6月或者9月，用锋利的镰刀进行除草。你可以用割下来的杂草制作成干草或者肥料。过一段时间你会发现，所有杂乱的野草已被连根除去；借助自己的双手，多一些时间和经验，建个小菜园是如此简单的事。城里人经常会忘记，在乡下，自然是杂乱无章却充满生机的。美味的食物吸引着种类繁多、数量庞大的野兽和昆虫，它们的触觉对这些食物相当敏感。要挡住这些祸害，围墙、围栏和铁丝网是必不可少的。祸害里面可能还包括邻家前来“拜访”的牛群和貌似可爱的熊孩子们。骚扰持续不断，菜园边界的战事一触即发，请保证自家的防御部队随时待命。

选择正确的地点

当你已深思熟虑一番，搞清楚自己想要做的事情之后，就必须选择正确的地点。你有两种选择，一是购买一片未开荒的土地，二是购买开垦好的土地并予改善。无论哪一种选择，地理位置、地势、土壤类型、耕作历史、遮蔽物、现有的树木等，都是需要考虑的因素。我们需要依次来考虑这些综合因素。

地理位置

你可能想要离购物中心相对近些，但不能太近，以免吸引来镇上那些偷东西、搞破坏的小混混。5英里（8公里）大概是比较理想的距离。如果你离得再远些，距离超过8英里（12公里），那么在置办日常用品、带孩子去朋友家串门、进行个人社交活动时，就得花上很长时间开车前往。

气候和地势

不同地区之间的降水和天气状况具有很大差异。通常情况下，西部潮湿；东部干燥；高处多风、阴冷、潮湿，而且注意，高山地带隔上200英尺（60米）左右，气候便会截然不同。低处可能阴冷，排水不畅。理想的地方应该是朝南倾斜，在北面和东面有些遮蔽物。你可能对朝北的土地没有兴趣，除非有其他非常重要的原因。这就是为什么在寒冷的气候条件下，阳光对于耕作是如此重要。

土壤的类型

如果你曾经尝试用铲子来挖掘潮湿的黏土，那么不用我说，你就知道了解土壤类型的重要性。黏土很难翻耕，但如果排水良好，却非常高产。

“轻”质的沙土是胡萝卜的最爱，但在炎热干燥的气候条件下，却难于耕作，可能还需要添加大量的肥料。休耕（未经耕作）多年，品质上好的壤土，或许最好的土壤类型。（参见第1章第1节中土壤类型部分）。

当你考察感兴趣的土地时，带上一把铁锹，向下挖一截，看看土壤质量如何。若这块地上出现小水坑，要多加注意，因为这很有可能意味着这是一片多雨，或者排水不良的地区。

如果可以的话，在冬季降雨之后去考察这块地，看看土地是否会积水。

要搞清楚，近年来这片土地上都种了什么，怎么种的。如果土地上曾集中种植谷物或甜菜，很可能土壤的肥力和结构已遭破坏。精心打理过的牧草场是最好的——根系较深的野草（蓟草、狗舌草、荨麻之类）最好已经拔除。

是否建有树篱，是否有已经长成的树，它们的位置在哪里，这些对土地的舒适性和微气候都有很大影响。这年头，已经长成的树简直就是奢侈品。而且这些树最好在你所选土地的北部或东部。

一般来说，你都想要一块位于南面和西面，阳光充足的地方——额外的好处是，你或许还能透过餐厅的窗户看日出。

回收有机废物
堆肥和动物粪肥是回收有机废物的主要途径。通过学习制作堆肥的方法，我们可以把杂草、厨房垃圾和菜园的副产品转化成新的土壤肥力。

轮作
不同的作物需要不同的营养，也会患有不同类型的疾病。选择轮流种植农作物，可以充分利用土壤的养分，并将作物患病的概率降到最低。

有机农业
为了健康的土壤和食物，我们必须把强效化学毒物对土地的污染降到最低。有机农场的主人会避免大面积种植单一作物，也会避免过度密集种植的作物。

上文已经讨论过，通过哪些因素来选择最适合自己的地点——要么是块未开垦的荒地，要么是已建好的地产，如带有附属建筑物的农庄。现在我们就进一步详细讨论这两种选择，以及其他几条或许值得考虑的要点。

土地的可持续发展

通过了解土壤的氮循环，掌握自然循环的原理，我们可以稳定地增强土地的肥沃程度和提高产量。健康的土壤是最主要的，我们依赖它将自然的废料转化为肥沃的土地和丰硕的果实。但健康的土壤需要细心的管理，并需要经常用人和动物的粪便来供给养分。绝对不能用强效的化学药剂来污染原本健康的土壤，也不能用人工合成的营养盐来施肥。如果土质变得更深、更肥沃，它就一定包含了大量的植物材料（腐殖质）。没有植物腐烂所产生的腐殖质，土壤就不够肥沃，地皮都会被大风刮去一层，也会在冬雨冲刷下流失。

可持续的木材
我们必须要制定一个长久的计划，去种植和管理木材。

收集能源和节能
我们必须要妥善规划，节约利用能源，生活方式也要与之相适应。必须利用好自然能源（如风能和太阳能）。

种植食物
尽可能因地制宜，善加利用你的土地类型与品质，来种植食物，并避免昂贵的加工费和大笔的运输费用。

不含硝酸盐的水
谨慎地采用无公害的有机方法，绝不可大量使用廉价的高浓度可溶性硝酸盐，以免饮用水受到硝酸盐污染。

双水系统
如今，很多人使用饮用水来冲洗废料、洗车或灌溉土地。必须制止这种浪费的行为。创建一个双水系统，可以回收“废水”，循环使用。

土壤肥力
不断提高土地的肥力，是有机农业的最高目标之一。使用化肥只能赚取短期的利益，从长远来看却会损害土壤的肥力。

选择 1：未开垦的荒地

一块未开垦的荒地不大可能比已经建好的地产更有魅力，但另一方面，它也不会有很多暗藏的缺陷。你总可以眼见为实，看到你是站在一块什么样的土地上。别忘了，在建造你的住房时，它的选址要与建造菜园的计划和土地的结构相符合。比如说，你打算建一个猪圈，就要把它建在住房的下风向，同时还要将堆制肥料的位置选在远离住房的地方。另一方面，你很可能打算在房子的南面留一片草坪作为休闲之用，同时你又想在房子的东面留一块好地种沙拉作物，还想将香草类植物种的离厨房近一些，果园和鸡圈安排得离房子远一些，等等。这样的单子可以列很长，选择也有很多。

我们在规划农场时会有很多的想法，但却没有足够的地方来合理地实现它们。明智的做法是，一旦产生靠谱的想法，就尽快去咨询有经验的人。

选择 2：建好的旧房产

你也许会找到带有附属建筑物，处于废弃或半废弃状态的老农舍。这虽然不容易，但也并非完全不可能。这样的情况大多是因为原来的村子已经不复存在，或者原主人搬迁到现代住所去了。这样的房产多半不会在房屋中介所登记，你得自己去找。

如果老屋子的屋顶比较牢固，你就可以开始和房主谈价钱了。不过这样的投资可能更适合那些资金充足，或者有足够时间做清理工作的人。老房子很难整理，可能经常会遇到各种意外的麻烦。不要听信什么世界末日的鬼话，以至于推迟你的行动。如果你真的很有热情，感觉地方也合适，说不定你会成为自己从未想象过的建房好手。我就认识几户放弃城市生活，转而经营农场的人家。他们在每天的重建工作结束之后，都觉得这活儿简直有趣极了！

合伙劳作

无论你的农场占地规模有多大，你还是需要考虑与他人合作。邻居可能是你首先想到要求助的人。他们的态度会对你的行动产生重大的影响。你可以在周围找找，看有没有和你志同道合的人。如果你想养家畜的话，有人帮忙很重要。当你想去度假或暂时离开农场一段时间，就需要找人帮忙照看家畜。在城镇工作时，在单位很容易认识同事，但是换作乡下就没那么容易了。你需要有意识地努力建立有用的人际关系网。在乡村，记得主动去给邻居家帮帮忙，善举会让你得到加倍的回报。

最后的话

我们可以亲手挖土豆，腌制甜菜，喝自酿的美酒，此类快事数不胜数。但毋庸置疑的是，取得最后胜利的一定不是我们人类，而是大自然母亲和神秘的宇宙。形形色色的伟大文明早在我们之前产生又湮灭，形形色色的杰出人物曾在历史的盛宴中举杯畅饮，试着改变自己的世界。然而，任谁叱咤风云，终归一抔黄土。今日之文明巨物，恐也难逃最终湮灭之定数吧！

那些什么专家学者、名人大腕、先知大师、达官贵人，他们的观点有半毛钱价值吗？地球正在变暖，原野正在消失，越来越多的物种濒临灭绝，战争的暴行日复一日占据着新闻专栏。政客们拼命劝我们过低碳生活，节制生育。各种团体呼吁人们捐更多的款来保护濒危物种。宗教领袖祈盼我们更加重视精神世界。大公司一面扮出公益嘴脸，一面加速掠夺地球资源。银行继续笑里藏刀，利用全球资源榨取最大利润。

我们许多人都在凭良心做事，努力弥合越来越大的贫富差距，同时尽自己的一份绵薄之力，节约能源，回收废弃物，重复使用包装。但这个消费文化的庞然大物仍然不知悔改，朝着可怕的未来渐行渐远。

更广阔的视野

这绝不是一个乐观的前景！但是，让我们拓宽一下视野吧，哪怕仅仅是片刻。

每个夜晚，我们仰望星空，就会看到数十亿吨重的氢原子在狂暴地燃烧着，燃烧过程中产生更多的重元素，这些元素最终会形成无数新的星球，新的生命形式随之生生灭灭，永无止境——正如十亿年前，在群星之间，构成地球的原子曾被创造出来。和宇宙相比，我们的生命是何等微不足道的一刹那啊！它真的有什么意义吗？

最终灭绝就是人类的真实结局。撇开这一令子孙后代极度不安的话题，还有另一个不同寻常的事实。几乎可以肯定地说，人类是生命进程中最为复杂、有序的结构体。所以，我们到现在竟然把世界搞得一团糟，实在是件令人遗憾的事情。

内心深处的力量

当然，关于这项终极的挑战，人们已经写下何止洋洋万言，大谈各种原因理由，以及下一步该干吗。智者们已经深入研究了该问题的各个方面，我们可以读到一大堆忠告和建设性意见。真的有用吗？我有点怀疑。在我看来，关于哪个新的领袖或圣人出现，未来可以带来什么真正变革的说法，甭管吹得多么天花乱坠，别理就对了。

一切自然进程，只有当它们得到自下而上，而不是自上而下的动力时，才会真正起作用。微小的细菌和真菌只对土壤中的营养素进行分解加工，可归根到底，连食物链顶端的高级生物也会受制、依赖于它们的活动。这个极度重要的事实是一切事物的基础，即使它在现代社会被抛诸脑后，无人提及。

我们既是问题的制造者，也是解决者

我们现在最需要树立的重要观念是，我们是问题的制造者，也是唯一能够解决问题的人。

如果我们没能理解这个重要的事实，那么我们将成为精力充沛却毫无希望的螃蟹，永远无法爬出装它们的篮子。每一只螃蟹都决心比它旁边的同类先爬出篮子，所以它们互相扯着后腿，最终一起走向灭亡。我们人类也会如此愚蠢吗？我们真的要让这个由金钱、贪欲和民主制度组成的社会体系，将我们拉向万丈深渊吗？

首先，我要说的是，生活远远不仅是金钱和商品消费。没错，要摆脱童年、学生时代和广告宣传的影响很难，我们从小就

被灌输了关于竞争和所谓“成功”的思想。我记得我的一个学生给我讲过一个故事。他是个聪明且富有同情心的家伙，拥有几个大学的学位证，向一个大公司申请了一份薪水不错的工作。

“告诉我，”面试官问他，“要在现代商业中取得成功，最重要的 3 个因素是什么？”

他绞尽脑汁回答道：“努力工作、诚信和聪明才智。”

“不对！”面试官厉声喊道，“是进攻、进攻，再进攻！”

面试就这么失败了。

当然啦，广告商花费上百亿美元，来说服我们购买各种最新式的小玩意儿。在许多情况下，广告信息实际上成为了产品的一部分。想想吧，同样一件衣服，贴个名牌商标，价格就翻了多少倍！

改变我们的状况

在这个由贪得无厌的大公司所主宰的当今世界，我们很难摒弃贪婪的物欲，重新找到自己真正的需求。想要与身旁众人不同，特立独行，当然也是很困难的。不过困难并不意味着无法实现，这种独特的生活方式也会非常有趣——特别是当你掌握了一些简单的基本技能，可以帮助你开启自给自足生活的时候。

你不仅可以种植自己的食物，还可以建造自己的屋子，酿造自己的果酒和啤酒，寻找自己的娱乐方式，教育自己的孩子。如果你拥有一点勇气和适度的决心，你就能打破恶性循环，做成所有的事情。这无疑是一个积极而富有建设性的方法，能够促进生活向前发展。这无疑是一条告别掠夺时代，走向治愈时代的道路。（我在本书开篇就曾提出这一点。）现在，你可以开始行动了！

第2节 联合起来

如果你真的想改变自己的生活方式，那么你将会需要别人的帮助。志同道合的人越多，自给自足生活就会越来越好。举个例子，设想你只为了一个家庭挤牛奶的情形是毫无意义的。你会有太多的牛奶要挤，太多的事情要做，总是连一天的休息时间都没有。你不可能掌握所有的技能——做衣服、做鞋、打造家具、建房子、做陶工，等等。但只要找到其他会做这些事情的人，你的生活就会变得更加有趣，更加令人满意。

自给自足生活的圈子

这个逻辑并不仅仅适用于那些正在追寻田园牧歌的人们，它可能更适用于那些生活在城镇，但想要改变现有生活方式的人们。当然会有一些人能够管理好社区菜园，或自行开辟菜园；另一些人会养蜜蜂、鸡或兔子；一些人会是自行车维修专家；还有些人认识当地生产有机食品的农民；也不缺乏喜欢制作面包、酿造啤酒或果酒的人们。每个人各有所长。你的挑战就是找到这些人，只要找到就鼓励他们，还有鼓励你自己，去改变生活方式。通过开发和使用这些不同的技能，你可以让全家的生活更加丰富、更加快乐、更加健康。没错，甚至还能创造出更多属于自己的娱乐方式——聚会、音乐、散步、诗歌朗诵、美食和旅行。

上述这些人际互动和互助，正是我们所说的“联合起来”。奇怪的是，这些人际交往的技能几乎全被现代的都市生活方式摧毁了。现代都市生活方式重在亲密的小家庭，然后在工作场所进行社交，家庭生活与社会交际之间泾渭分明。每个家庭都要自扫门前雪，也就是说，自己挣钱，自己支付账单，独自面对危机。工作、学习与生存占据了我们太多的时间，让我们似乎没有空闲去自主交友。现在，是开始改变这一切的时候了。

发现或组织一个自给自足生活小组

你要做的第一件事是找找看，是否已经有一群人定期在什么地方举行聚会。你可以从当地报纸、商店、公告板、图书馆入手进行了解。如果还没有人将人们聚在一起，那就由你来迈出第一步。有些人天生具有组织能力，这对他们来说很容易；但对另一些人来说，这可能需要相当大的勇气。

有几个方案可供尝试，比如在当地的餐馆或其他聚会场所组织一个“家庭式”晚会，或者一次集会。重要的是要去尝试。这是一个很好的交换想法的机会，在交流中找到自己的错误并付之一笑，还能了解本地动态。当你们彼此熟悉之后，就可以计划更多的聚会活动，组织大家交换物品和交流技能。一旦聚会开始运作起来，就一定要定期举行——为了有个良好的开端，每月至少聚会一次吧。下面我将提供一些如何成功举办聚会的技巧和提示。

选择合适的聚会地点

首先，你可以在附近找一家适合聚会的餐馆或咖啡厅。公共场所是个不错的选择，因为它是一个中立的地点，可以避免出现“炫耀家产”的情况，也不必收拾房间和准备食物。你去外面聚会，也能避免一开始就让家人跟陌生人接触。你也可以找一家本地的保健食物餐厅，甚至找家宾馆也可以。不管选择哪类场所，我都喜欢去一家有啤酒，有实木，老板比较和气的店。你经常能在酒吧和饭店免费订到包间——但要环境气氛足够好，否则还是算了。至于那些阴冷，积满灰尘，毫无人气的地方，绝不会是理想的聚会地点。

组织第一次聚会

如果你从第一批尝试联系的人那里得到了正面的回应，就约个大家都方便的聚会日期。如果你们以前没有见过面，这会是十分令人激动的。当然，如果有人是第一次尝试跟陌生人见面，多少会有点缩手缩脚。对于那些自信、外向的人来说，聚个会，认识个新面孔，相对就显得轻松多了。但是对很多人来说，这都很困难。在寻找话题、寻找大家共同点的时候，可能会冷场。

讨论组的规模

如果讨论组规模较小（不超过 6 个人），每个人就能够更容易地加入到讨论中来，并且都有机会发言。如果讨论组人数再多些，就分成若干个小组，要不然你就必须制定更多的规则，保证让每个人都参与进来。有些讨论组非常懂得维持气氛，尽量让每个人都感觉自己参与其中。

如果讨论组本身气氛差一点，那就要求其中有人多做一些事，担当起一点领导义务，成为“催化剂”，气氛才能有所改善。如果讨论组中恰好有习惯团队合作的人，能够比较敏感地体察到每个人的情绪和需求，那就太有帮助了。

主持一次会议

如果你已经对大家进行了“召集”，并且正在准备相关事项，大家就会期望你能一马当先，开个好头。通常大家都会来个自我介绍，说说个人的工作，也许还有家庭，以及如何安排自己的自给自足生活。

如果气氛有点僵，你可以第一个站出来介绍自己，接着再请大家轮流发言。发言顺序可以是围着桌子坐的顺序，也可以以姓名首字母为序，还可以将每个人的名字写在小纸条上，然后放进帽子里抽签。最后这个没有听起来那么不靠谱，其实蛮有趣的，可以更好地活跃气氛。因为如果大家都不知道自己会在什么时候发言，就无须刻意准备，反而更加自然。

记住，第一次聚会中最重要的一件事情，就是互相熟悉并且组织下一次聚会。如果你发现有些人很怪僻，或者很讨厌的话，也不要泄气。你必须记住，随着时间的流逝，总有几个人会成为你的至交好友。

第3节 参考资料

下面是一些组织、社团、机构和合作社的名称，在我看来，它们都能对你的自给自足生活提供一些帮助。我也将我认为确实有用的参考书目列在下面，真心希望你也能用得着。下面还有许多网址，如果你生活在偏远地区，上网查资料会对你非常重要（我刚开始过自给自足生活的时候，全球网络还没建立起来）。要知道，网址和电话号码一样，变更得特别快，但起码这本书付印的时候，它们都还是准确的。家用电脑真的能为自给自足生活带来莫大帮助，特别是用来和同道中人进行交流。希望你能充分利用它，祝你好运！

本书付印之时（指英文原版在2007年出版付印之时），我们已全力核准，可保证下列网址、电话号码和电子邮箱的准确性，但联系方式和地址都经常会变化。出版社谨此声明，此类变化可能造成不便，我们并不承担责任。

The John Seymour School for Self-Sufficiency
Killowen,
New Ross,
County Wexford, Ireland
Tel/Fax 00353 51388945
Web: www.self-sufficiency.net
每一年，我们的学校都会不定期开办农场生活体验班，每班不超过八名学生，为期一周，提供食宿，前往混合式农场亲身体验。邻家农庄、当地的镇子和酒吧，也都是体验的一部分。基洛文小农场占地仅3.5英亩（约21亩），还有约1英亩（约6亩）土地被房屋和菜园所占据。课程包括丰富多样的实践技巧，根据季节变化而有所不同。这些技巧包括：有机蔬菜种植、农场规划、果树与莓类水果种植、养猪和养牛、禽类饲养、奶牛场相关工作、养蜂、编篮子、酿造果酒/啤酒与制取果汁、制作果酱与面包、除草与草坪管理、堆肥、砖工与建筑基础。

社团机构

Eco Village Network
The Create Centre, Smeaton Road
Bristol, BS1 6XN
Web: www.gaia.org.uk
致力于“生态村”理念的机构与杂志。

Earth Village Network
Postbus 11791000BD Amsterdam
Netherlands
also at Edinburgh Crescent,
Leamington Spa, CV31 3LL
为建立可持续发展的永久栽培社区提供帮助与建议。

Eco-Design Association
The British School
Siad Road, Stroud, Gloucestershire
GL5 1QW
生态建筑学相关信息来源。

Permaculture Academy
8 Helen Road, Oxford OX2 0DE
提供通过永久栽培技术与大自然一起工作的哲学思想。

Sustainable Land Trust
7 Chamberlain Street
London NW1 8XB
本机构致力于提供稳定的土地管理。

Smallholder’s Society (N. Yorkshire)
Web: www.smallholder.org.uk
For information email
roger-walker@tesco.net
本处创立于1999年，近年发展迅速，提供各种自给自足农场活动的信息，包括集会与地方联谊。

Energy
Centre for Renewable Energy and Sustainable Technology
威尔士麦肯莱斯替代技术中心
Powys, SY20 9AZ
Tel: 01654 705959
Web: www.cat.org.uk
本中心致力于研究替代技术的方方面面；发布大量数据文件，并提供课程培训。

Intermediate Technology

The Schumacher Centre for Technology and Development
Bourton Hall, Bourton-Dunsmore
Rugby, Worcestershire CV23 9QZ
Tel. 01926 634400
Web: www.itdg.org.uk
本组织根据E·F·舒马赫的理念，致力于促进各种中间技术和替代技术的发展。

风能与太阳能

Alternative Energy Systems Co.

1469 Rolling Hills Rd., Conroe,
Texas, US 77303
Tel: +61 3 9388 9311
Web: www.ata.org.au

Energy Development Co-operative Ltd
The Old Brewery, Oulton Broad Industrial Estate,
Harbour Road, Oulton Broad
Suffolk NR32 3LZ
Tel: 0870 745 1119
Web: www.unlimited-power.co.uk
各种替代能源设备供应商。

British Wind Energy Association
Renewable Energy House, 1 Aztec Row,
Berners Road, London N1 0PW
Tel: 020 7689 1960
Web: www.bwea.com
致力于促进风能发展的贸易协会。

杂志

Smallholder Magazine
3 Falmouth Business Park,
Bicklandwater Road,
Falmouth, Cornwall TR11 4SZ
Tel: 01326 213303
Web: www.smallholder.co.uk
一份报道小农场相关新闻与信息的月刊。

Country Smallholder Magazine
Fair Oak Close, Exeter Airport Business Park,
Clyst Honiton, Exeter EX5 2UL
Tel: 01392 447711
另一份报道小农场相关新闻与信息的月刊。

Earthgarden Magazine
PO Box 2, Trentham VIC 3458
Australia
Web: www.earthgarden.com.au

Green Futures
Circa, 13 ¨ C17 Sturton Street,
Cambridge CB1 2SN
Tel: 01223 564334
Web: www.greenfutures.org.uk
一个有关可持续性发展事宜的论坛。

Smallholder Bookshop
High Street, Stoke Ferry, Nr Kings Lynn,
Norfolk PE33 9SF
Tel: 01366 500466
Web: www.smallholderbooks.co.uk
关于小农场的邮购书店，非常有用。

更多帮助

Department for the Environment, Food and Rural Affairs
Development and Advisory Service
Ergon House, 17 Smith Square,
London SW1P 3JR
helpline@defra.gsi.gov.uk
Tel: 0845 9335577
Web: www.defra.gov.uk
对于有意加入自给自足生活的人来说，这是能够提供帮助的第一站。英国各地办事处可就各种农业问题提供建议与小册子(大多免费)。

Agricultural Development and Advisory Service
Whitehall Place, London SW1A 2HH
Tel: 0845 7660085
Web: www.adas.co.uk
有关农业其他方面的建议和信息(非免费)。

The Forestry Commission (GB)
Silvan House, 231 Corstorphine Road,
Edinburgh EH12 7AT
Tel: 0870 1214180
Web: www.forestry.gov.uk
有关林地建设的建议和小册子。

ASI, Importers and Wholesale Distributors
Alliance House, Snape Maltings,
Saxmundham,
Suffolk IP17 1SW
出售各种枪支（买家须持有购枪许可证，并通过经销商购买)。

Organic Federation of Australia
PO Box Q455
QVB Post Office,
Sydney NSW 1230 Australia
Tel: +61 2 9299 8016
Web: www.ofa.org.au

Wright Rain Irrigation
No4 Millstream Industrial Estate,
Christchurch Road, Ringwood,
Hampshire, BH24 3SB
Tel: 01425 472251
提供灌溉设备。

Garden Organic
(formerly HDRA)
Ryton Organic Gardens
Wodston Lane, Ryton-on-Dunsmore,
Coventry, CV8 3LG
Tel: 024 7630 3517
Web: www.gardenorganic.org.uk
Email: enquiry@hdra.org.uk
提供有关土壤和有机园艺的各种信息。

Global Action Plan
Web: www.globalactionplan.org.uk
本小型环境组织的生态部负责解释小农场中与节能相关的生态审计问题。

Donnachadh McCarthy
Web: www.3acorns.co.uk
本网站报道多纳查德·麦卡锡的生态审计工作，提供家庭访问和后续评估报告（收费），并附赠绿色生活方式的指导。

更多帮助

Frank Herring and Sons
27 High West Street, Dorchester,
Dorset DT1 1UP
Tel: 01305 264449
提供关于纺车的信息。

Alec Tiranti Ltd
27 Warren Street, London W1T 5NB
Tel: 020 7636 8565
Web: www.tiranti.co.uk
提供各种石工工具以及黏土。

Basket Makers Association UK
Membership Secretary: Sally Goymer, 37 Mendip Road, Cheltenham, Gloucestershire GL52 5EB
Web: www.basketassoc.org;
提供现场参观柳条篮编织。

British Goat Society
34 ¨ C36 Fore Street,
Bovey Tracey,
Newton Abbot,
Cornwall TQ13 9AD
Tel: 01626 833168
Web: www.allgoats.com
大型网站，全面提供各种饲养动物品种与相关供应商信息。

Pig Breeders
SM PO Box 233,
Sheffield S35 0BP
Tel: 0114 286 4638
Web: www.thepigsite.com
全面提供不同猪种的信息，以及获取方式——以通过运营商购买为主。

Linda & Derek Walker/ Oxmoor Smallholders Supplies
Harlthorpe,
East Yorkshire YO8 6DW
Tel: 01757 288186

Bridport Gundy Marine
The Court,
Bridport,
Dorset DT6 3QU
Tel: 01308 422222
渠道与网络供应商。

Art of Brewing
Tel: 020 8549 5266
Web: www.art-of-brewing.co.uk
各种酿酒相关物资的综合来源，可在线观看。

Buck and Ryan Ltd
101 Tottenham Court Road,
London W1T 4DY
Tel: 020 7636 8565
提供金属加工业工具。

General Woodworking Supplies
76/80 Stoke Newington High Street,
London N16 7PA
Tel: 020 7254 6052
广泛提供英国本土木材和进口木材。

SPR Centre
Greenfield Farm, Fontwell Avenue, Eastergate, Chichester, Sussex PO20 6RU
Tel: 01243 542815
Web: www.sprcentre.co.uk
提供与小农场相关的各种动物食品。

Ascott Smallholding Supplies
Anvil House,
Dudleston Heath, Ellesmere,
Shropshire, SY12 9LJ
Tel: 0870 7740750
Web: www.ascott-shop.co.uk
通过邮寄的方式提供各种与小农场相关的动物食品、精密播种机，以及其他物资。

Moorlands Cheesemakers
Brewhamfield Farm, North Brewham, Bruton,
Somerset BA10 0QQ
Tel: 01749 850108
提供生产奶酪的相关物资和设备。

Solartwin
Freepost, NWW7 888A, Chester CH1 2ZU
Tel: 0845 1300137
太阳能相关设备供应商。

Solar Sales
97 Kew St, Welshpool WA 6986
Australia
Tel: +61 8 9362 2111
Web: www.solarsales.com.au

Cheeselinks
15 Minns Rd
Little River, VIC 3211 Australia
Tel: +61 3 5283 1396
Web: www.cheeselinks.com.au

Chr. Hansen UK Ltd
Rennet Manufacturers, 2 Tealgate,
Hungerford,
Berkshire RG17 0YT
Tel: 01488 689800
为初学者提供纯天然奶酪的生产技术。

E. H. Thorne Beehives Ltd
Beehive Works, Wragby, Market Raisen,
Lincolnshire LN8 5LA
Tel: 01673 858555
Web: www.thorne.co.uk
提供养蜂设备。

Burntstone Ceramics Ltd
19 Redgate, Walkington, Beverley,
HUM 8TS
Tel: 01482 868 706
Web: www.burntstone.co.uk
火炉与锅炉供应商。

书籍

The Living Soil
Lady Eve Balfour; Faber and Faber, 1933
这是一本对土壤和花园进行有机管理的权威之作。作者贝尔福夫人是“有机生活”运动的创始人之一。

The Growth Illusion
Richard Douthwaite; Green Books, 1999
通过潜心研究，揭露了关于“经济增长”重要性的宣传所具有的极大欺骗性。

Short Circuit
Richard Douthwaite; Green Books 1996
本书通过大量例子介绍了一种经济体系，使社区的经济不必过分依赖于日益不稳定的世界经济。

Soil and Civilisation
Edward S. Hyams; HarperCollins, 1976
本书对土地及现代文明发展有着准确地描述，认为每一个城市文化的命运迟早都取决于他们管理土地的智慧。

Eco Villages and Sustainable Communities
Gaia Trust research publication commissioned from Context Institute, 1991. Gaia Trust, Skyumvej 101, 7752 Snedsted, Denmark Context Institute, PO Box 946, Langley, WA 98260 USA www.context.org
对世界生态村理论与实践做了极为重要和全面的回顾。报告得出一个发人深省的结论，大部分生态村失败的原因不是因为技术不足，而是因为经济问题和社会问题。

The Guide to Co-operative Living (annual)
Diggers and Dreamers c/o Edge of Time Ltd, BCM Edge, London WC1N 3XX
如果你希望探索社区生活，你会发现这是一本十分实用的手册。它包含了许多有关社区生活的信息，对英格兰、苏格兰和威尔士的社区信息做了全面的索引。

Ecotopia
Ernest Callenbach; Pluto Press, 1978
一本有关生态乌托邦的小说，用大量的实例探讨了生活在一个自给自足的生态文化中将是什么样的。

Blueprint for A Small Planet
John Seymour and Herbert Girardet, Dorling Kindersley, 1987
为了挽救我们的地球，本书用大量明晰的图表和事实事例阐释了日常生活对地球的破坏。

The Forgotten Arts & Crafts
John Seymour; Dorling Kindersley, 1984, 1987, 2001
这是一本非常美丽而详尽的书，书中详细地阐述了传统生活中所用到的技巧。这是一些真正的传统工匠的宝贵经验，是作者潜心研究和考察的结果。

The New Complete Book of Self-Sufficiency
John Seymour; Dorling Kindersley, 2002
本书是上世纪70年代那本经典之作的全新版本，用数字化技术重新着色，内容也有增强和扩展。

Home Farm
Paul Heiney; Dorling Kindersley, 1998
正如标题所示，本书在饲养猪、羊、马、鸡等动物和其他自给自足的技能上提供了很多实用的帮助。

Textbook of Fish Culture Breeding and Cultivation of Fish
Marcel Huet; Fishing News Books Ltd, 1971
一本研究水与森林的书。

The Fat of the Land
John Seymour; Carningli, 1991
本书记录了约翰和萨莉·西摩开发他们的萨克福小农场过程中的真实故事，有许多轶事趣闻，极富戏剧性。

Organic Gardening
Maria Rodale; Rodale Press, Emmaus, PA 18098 USA, 1999
一本有关于有机种植及有关先进理念的书。

HDRA Encyclopedia of Organic Gardening
Pauline Pears; Dorling Kindersley, 2001
这是一本有关于有机种植的书，亨利·道布尔迪研究协会是欧洲规模最大最受推崇的有机种植研究协会。

The Organic Garden Book
Geoff Hamilton; Dorling Kindersley, 1987
有关于花园有机种植的书，指导你种植比化肥催熟的蔬果更加美味的有机蔬果。

Flora Britannica
Richard Mabey; Sinclair-Stevenson, 1987
本书是一本有关于英国花卉植物的书，对自然环境与自给自足生活和谐共处数百年是个生动的见证。

Index

A

B

G

H,I

S

Y

致谢

第一版致谢

我谨在此感谢曾向我提供信息和建议，为我带来帮助的诸多朋友，尤其是萨丽·西摩。如果没有萨丽，这本书根本就不会面世。我在法重格·伊萨夫（Fachongle Isaf）农场的学生们，也在各方面给了我很大的帮助。特别是奥利弗·哈丁和大卫·李二位，于绘图和制表方面助益良多。

多林·金德斯利公司亦在此感谢萨丽·西摩，以及曾在法重格·伊萨夫农场携手奋斗的众人，感谢为本书绘制插图的艺术家们，感谢所有为本书做出贡献的单位和个人。

第二版致谢

金赛与哈里森（负责设计与编辑工作）在此感谢帕特里西亚·海曼斯、布莱特赛德公司的梅尔·霍布斯与彼得·雷蒙特、大卫·西尔斯与安妮·西尔斯。

译者简介

王小可，男，1981年生，重庆人。文学博士，毕业于南开大学。资深翻译，曾在中国海洋石油总公司等企业担任口译、笔译。天府翻译奖获奖者，中央级出版社特聘译审。现执教于西南交通大学峨眉校区外国语系。